Lori Wilde

Sommerstürme im Herzen

Roman

Aus dem Amerikanischen von
Marie Henriksen

Weltbild

Die amerikanische Originalausgabe erschien 2010 unter dem Titel
The True Love Quilting Club bei AVON BOOKS,
an Imprint of HarperCollinsPublishers, New York

Besuchen Sie uns im Internet:
www.weltbild.de

Dieses Werk wurde vermittelt durch die
Literarische Agentur Thomas Schlück GmbH, 30827 Garbsen.
Übersetzung: Marie Henriksen
Projektleitung und Redaktion: usb bücherbüro, Friedberg/Bay
Umschlaggestaltung: Johannes Frick, Neusäß
Umschlagmotiv: © Johannes Frick, Neusäß unter Verwendung von Motiven
von Arcangel Images (© Sandra Cunningham) und www.shutterstock.com
(© Dean Fikar, © Julia Henze)
Satz: Datagroup int. SRL, Timisoara
Druck und Bindung: GGP Media GmbH, Pößneck
Printed in the EU
ISBN 978-3-95973-642-8

2020 2019 2018 2017
Die letzte Jahreszahl gibt die aktuelle Ausgabe an.

Sommerstürme im Herzen

Die Autorin

Lori Wilde ist eine New York Times Bestseller Autorin und lebt in den USA. Dort hat sie bereits etliche Auszeichnungen für ihre Bücher bekommen. Sie ist berühmt für ihre romantischen Geschichten. Bei Weltbild erschien ihr Weihnachtsroman *Schneegestöber im Herzen*, der ebenfalls in Twilight spielt. Mehr über die Autorin unter www.loriwilde.com

Widmung

Dieses Buch widme ich meiner Cousine, der Tony-Award-Gewinnerin Judith Ivey. Als Kinder haben wir uns gar nicht so gut gekannt, aber du kannst dir nicht vorstellen, wie sehr dein Talent, dein Mut und deine Hingabe an deinen Beruf als Schauspielerin mich als junge Autorin inspiriert haben. Demütig sage ich »Danke schön«, weil du mir gezeigt hast, wie ich meinen Weg in diesem harten Geschäft gehen kann.

Prolog

Twilight, Texas, 1994

»Ein Quilt ist ein Quilt ist ein Quilt.«
Trixie Lynn Parks, vierzehnjährige Lumpenpuppe

Es war der zweitschlimmste Tag in Trixie Lynn Parks jungem Leben. Die hasserfüllten Worte ihres Vaters pochten in ihrem Kopf wie eine Migräne. Ihre Schritte hallten vom Straßenpflaster in ihren Ohren wider und verstärkten den Schmerz noch.

Die Straßen von Twilight, der kleinen Stadt in Texas, waren größtenteils menschenleer. In den Häusern wurde zu Abend gegessen, die Läden am Hauptplatz hatten schon geschlossen. Ein paar Autos standen vor dem Diner, wo es kräftig nach Pommesfett roch. Ein einsamer Händler fegte noch den Gehweg vor seinem Laden. Er hob die Hand zum Gruß, aber Trixie Lynn senkte den Kopf und rannte einfach weiter.

Sie war von der Schule nach Hause gekommen und hatte ihren Vater dabei erwischt, wie er seine und ihre Sachen packte – wie so viele Male zuvor. Sie blieben nie länger als ein Jahr in einer Stadt. Jetzt war es Mai, das Schuljahr war fast zu Ende. Noch zwei Tage. Alle freuten sich auf die Abschlussparty am Freitag. Und ihr Vater packte.

Als sie ihn gesehen hatte, mit einer Rolle Klebeband in der Hand und Umzugskisten im ganzen Wohnzimmer, war sie unglaublich wütend geworden. Zorn, Enttäuschung, Verletzung, Verrat – all das stieg in ihr hoch. Er hatte ihr doch versprochen, dass er diesmal bleiben würde. Sein Job in dem Atomkraftwerk von Glen Rose war gut bezahlt, sie liebte Twilight, und endlich war sie mal gut in der Schule. Warum riss er sie jetzt wieder aus allem heraus? Sie spürte, wie das Klebeband etwas in ihr zerriss, so wirksam wie eine Säge.

Er sah sie mit einem harten, entschlossenen Ausdruck um den Mund an. Seine grauen Haare standen in Büscheln vom Kopf ab. Sie konnte sich nicht erinnern, dass sie sich jemals nahegestanden hätten, jedenfalls nicht so, wie Kinder und Eltern sich normalerweise nahestehen. Er hielt sie mit seiner angespannten Haltung, seinen hängenden Schultern und dem leeren Blick seiner blassbraunen Augen immer auf Distanz. Irgendwie fehlte die Verbindung zwischen ihnen, Trixie war es nie gelungen, die Kluft zu überbrücken. Als ihre Mutter gegangen war, hatte sich die Lage noch verschlimmert. In ihrer Erinnerung gab es nur Bruchstücke und Zurückweisung.

»Dad, kannst du mich auf der Schaukel anschubsen?«

»Du bist doch schon ein großes Mädchen, schubs dich selbst an.«

»Dad, kannst du mir bei den Hausaufgaben helfen?«

»Jetzt nicht, ich muss den Rasen mähen.«

»Dad, die Jungs in der Schule machen sich über mich lustig, weil ich keinen BH trage. Ich brauche endlich einen BH!«

»Hier hast du zwanzig Dollar, kauf dir einen.«

»Ich hab dich lieb, Daddy!«

»Du sollst nicht mit vollem Mund reden!«

Sie dachte daran, dass er neunzig Prozent ihrer Geburtstage vergessen hatte. Dass er sie immer zurückgewiesen hatte, wenn sie ihn umarmen wollte. Sie hatte immer das Gefühl gehabt, er gäbe ihr die Schuld dafür, dass ihre Mutter weggelaufen war. Wenn sie ein braves Mädchen gewesen wäre, wenn sie ihre Spielsachen aufgeräumt und ihr Gemüse gegessen und sich die Zähne geputzt hätte, wie man es ihr sagte, dann wäre ihre Mutter nicht weggegangen und ihr Vater würde ihr nicht die Schuld dafür geben.

So viele Jahre hatte sie sich missachtet gefühlt. Und all diese Missachtung war zu einem riesigen, gemeinen Klumpen in ihrem Magen geworden. Sie konnte sich ebenso gut weigern, er hasste sie ja ohnehin. Sie hatte doch nichts mehr zu verlieren!

»Ich gehe nicht mit«, sagte sie einfach, bevor von ihm überhaupt ein Wort kam, und warf ihre Schultasche aufs Sofa.

Er sagte nichts und warf einfach weiter Sachen in einen Umzugskarton: eine Lampe aus einem Cowboystiefel, eine rote Decke, eine Handvoll Kassetten von George Jones, Marty Robbins und Merle Haggard. Dann sah er sie an. »Du bist erst vierzehn, du hast da gar nichts zu sagen.«

Sie stemmte die Hände in die Hüften. »Du kannst mich nicht zwingen.«

Er schaukelte auf seinen Absätzen und sah sie wieder mit seinem leeren Blick an. »Doch, das kann ich und das werde ich«, sagte er.

»Dann laufe ich weg«, drohte sie.

Er atmete schnaufend aus. »Reiz mich nicht, Trixie Lynn.« Dann hob er die Hand, und einen Moment lang dachte sie, er wollte sie schlagen. Das fühlte sich sogar ziemlich gut an, endlich eine Reaktion. Wenn er sie schlug, bedeutete sie ihm etwas. Das war etwas anderes als diese ständige Apathie.

Aber dann sagte er nur: »Geh in dein Zimmer und pack deine Sachen.«

»Nein! Ich gehe zu meiner Mutter.«

Er lachte heiser und wütend. »Na, viel Glück.«

»Warte nur ab.«

Langsam stand er auf, sah sie aber nicht an. Er drehte den Kopf und schob die Hände in die Taschen. »Dann los, sieh zu, wo du die Schlampe findest. Und warte ab, ob es mir was ausmacht. Ich habe wirklich versucht, alles richtig zu machen, Trixie Lynn. Ich habe mich um dich gekümmert, nachdem deine Mutter uns verlassen hat. Dir zu essen gegeben und ein Dach über dem Kopf. Ich habe dir die lila Turnschuhe gekauft, die sechzig Dollar kosteten, aber für dich ist ja nichts gut genug. Du willst immer noch mehr und tust so, als wäre das dein gutes Recht.«

»Der ganze Kram interessiert mich nicht!«, schrie sie ihn an. »Ich wollte immer nur, dass du mich liebst. Warum kannst du das nicht?«

Er drehte sich um und sah sie an, dieser Mann mit dem leeren Gesicht und der Halbglatze, der an den Wochenenden zu viel Bier trank und den größten Teil seiner Freizeit damit zubrachte, im Fernsehen Sport zu gucken. »Willst du das wirklich wissen?«, fragte er.

Sie nickte stumm. Endlich würde er ihr die Frage beantworten. Sie bildete sich das nicht ein, er liebte sie wirklich nicht. Er hatte sie nie geliebt. Ihre Kehle zog sich zusammen.

»Bist du sicher, dass du es wissen willst?«

»Ja.«

Er zuckte mit den Schultern. »Weil du nicht meine Tochter bist«, sagte er.

Einmal ausgesprochen, hingen die Worte zwischen ihnen in der Luft wie ein Henkerseil. Sie war nicht seine Tochter? Wie konnte das sein? Aber irgendwo weit hinten in ihrem Kopf hatte sie es immer gewusst. Er hatte schwarze Haare und braune Augen. Ihre Mutter hatte braune Haare und Augen gehabt. Und sie war rothaarig und ihre Augen waren grün. Sie sah aus wie eine Irin.

»Ich habe es versucht«, fuhr er fort. »Ich habe wirklich versucht, dich zu lieben, aber das kann ich nicht. Ich weiß nicht, wie das gehen soll. Du verlangst zu viel von mir. Du saugst mich aus.«

Seine Worte trafen sie härter als körperliche Schläge. Der Schmerz in ihrem Herzen machte sie vollkommen fertig. Ihre Knie wurden weich, aber dann straffte sie ihren Rücken, weil sie um alles in der Welt vermeiden wollte, dass er mitbekam, wie weh er ihr tat. »Wessen Tochter bin ich dann?«, fragte sie.

»Woher soll ich das wissen? Deine Mama war eine Hure, und du schlägst ja offenbar nach ihr.«

Daraufhin war sie weggerannt, war aus der Haustür gestürmt und gelaufen, so schnell ihre lila Turnschuhe sie trugen. Sie rannte, bis sie keine Luft mehr bekam und Seitenstechen hatte. Dann ließ sie sich auf den Bordstein fallen, ohne noch zu wissen, wer sie war, schlug die Hände vors Gesicht und schluchzte hemmungslos.

Erst als eine tröstende Hand sie an der Schulter berührte, merkte sie, wie lächerlich sie sich machte.

»Alles okay?«

Sie drehte sich um, und da stand er und sah sie mit besorgtem Blick an. Sam. Ihr bester Freund auf der ganzen Welt. Er war natürlich da, wenn sie ihn brauchte.

»Es ist nur … ich …« Sie bekam einen Schluckauf, dann liefen wieder die Tränen.

»Du bist ja vollkommen durch den Wind!«

Sie nickte.

»Willst du drüber reden?«

»Nei-hein.« Mehr brachte sie nicht heraus.

»Komm, wir suchen uns einen ruhigen Platz, wo du nicht so auf dem Präsentierteller sitzt.«

Sie sah, wie sich im Haus gegenüber der Vorhang bewegte. Auf der Veranda des Nachbarhauses saß eine alte Frau im Schaukelstuhl und beobachtete sie.

»Was machst du denn hier?«, fragte sie Sam.

»Ich habe bei ein paar Leuten Rasen gemäht, um mein Taschengeld aufzubessern.« Jetzt sah sie auch das Gras an seinen Jeans und den Schweißfleck auf dem T-Shirt.

»Oh.«

»Und was ist mit dir? Was machst du hier?«

»Ich bin weggelaufen.«

Er streckte den Kopf vor. »Komm, wir gehen woandershin und reden. Ich weiß den richtigen Ort.«

Sie gingen Hand in Hand die Straße hinunter. Erst an der nächsten Ecke sah sie, dass sie sich in dem Häuserblock hinter dem Hauptplatz befanden. Sie verschränkten die Finger, und er führte sie zum Seiteneingang des Theaters.

Die Tür war nicht abgeschlossen und sprang sofort auf, als er daran rüttelte. Er legte den Zeigefinger auf die Lippen und zog sie näher an seine Seite.

Auf Zehenspitzen schlichen sie in das dunkle Theater. Die gespenstische Stille verstärkte noch das Geräusch ihrer Schritte auf dem alten Holzboden. Er führte sie durch den Mittelgang des Zuschauerraums und auf die Bühne. Oben angekommen, ging es ihr gleich besser. Sie stellte sich vor, wie es wäre, hier vor Publikum zu spielen. Eines Tages würde sie das tun. Sie wollte unbedingt Schauspielerin werden. Auf die eine oder andere Weise würde sie das schaffen. Und dann würden alle Leute sie lieben, und Rex Parks würde es schwer bereuen, dass er sie so schlecht behandelt hatte. Und ihre Mutter – ihre Mutter würde es schwer bereuen, dass sie weggelaufen und sie verlassen hatte.

»Wohin gehen wir?«, flüsterte sie Sam zu.

»Warte es ab.« Er führte sie hinter den Samtvorhang.

Dahinter war es stockdunkel, und ihr Herz krampfte vor Angst und Aufregung. Als würde er ihre Stimmung spüren, legte Sam eine Hand um ihre Taille und holte eine kleine Taschenlampe aus seiner Hosentasche. Der Lichtstrahl glitt über die Wände und zeigte ihr die hölzerne Leiter, die zu dem Übergang der Bühnenarbeiter führte.

»Rauf mit dir«, flüsterte er.

»Ich hab aber Angst«, gestand sie ihm.

»Schon gut, ich bin ja bei dir.«

Da vergaß sie Rex Parks und seine bösen Worte. Sie vergaß, dass er sie von Twilight wegbringen wollte, dem einzigen Ort, an dem sie je hatte zu Hause sein wollen. Sie vergaß alles, außer, dass Sam Cheek hinter ihr die Leiter hochstieg.

Sie spürte seinen warmen Atem im Nacken. In diesem Moment zog sich all ihre jugendliche Sehnsucht zu einem pochenden Verlangen in ihrem Bauch zusammen. Atemlos und zitternd krabbelte sie auf die Plattform. Sam war gleich neben ihr.

»Leg dich auf den Rücken«, sagte er.

»Was?« Ihr Herz schlug bis zu den Ohren. Dachte er dasselbe wie sie? Aber sie war noch viel zu jung für so was! Obwohl sie ihn wollte, obwohl sie in ihn verliebt war: Sie war nicht bereit, mit ihm zu schlafen.

»Leg dich auf den Rücken«, wiederholte er und schaltete die Taschenlampe aus.

Zitternd legte sie sich hin, und als sie die Decke sah, verstand sie, was er wollte. »Oh!«, lachte sie. »Deshalb sollte ich mich hinlegen.«

»Was hast du denn gedacht?«, murmelte er, legte sich neben sie und stützte den Kopf mit den Händen.

»Ich dachte …«

»Dass ich dich hier raufgelockt habe, um einen Kuss zu kriegen?«

»Ja«, gab sie zu.

»So etwas würde ich nie tun«, sagte er todernst. »Ich würde dich nie austricksen.«

Sie starrten an die Decke, die mit Hunderten von selbstleuchtenden Klebesternen gespickt war, die jetzt in der Dunkelheit unheimlich glühten. Zwischen den vielen kleinen Sternen gab es einen größeren, der heller leuchtete als der Rest. Genau in der Mitte.

»In meinem Universum bist das du«, sagte Sam und zeigte auf diesen Stern. »Der größte Stern von allen, der alles andere überstrahlt.« Er nahm ihre Hand.

Trixie konnte kaum noch atmen. Zum ersten Mal in ihrem Leben spürte sie, wie es sich anfühlte, wirklich geliebt zu werden. Sie lag auf dem harten Holzboden, starrte die Sterne an, roch Sams Grasgeruch, spürte ihre Hand, die warm in seiner lag, und einen wunderbaren Moment lang vergaß sie ihre Probleme und war selig.

»Worüber warst du denn eigentlich so aufgebracht?«, fragte Sam ein paar Minuten später. »Und warum bist du von zu Hause weggelaufen?«

Sie erzählte ihm von Rex. Dass er nicht ihr Vater war und zugegeben hatte, dass er sie nicht liebte. Dass er sie nur aus Pflichtgefühl bei sich behielt. Dass er im Kraftwerk gekündigt hatte und dass sie mal wieder umziehen würden. Ein neuer Job, eine neue Stadt, weit weg von Twilight. Sie fing wieder an zu weinen. Leiser diesmal, mit schweren, unausweichlichen Tränen. Sie wusste, dass sie mit Rex weggehen musste. Wohin sollte sie denn sonst gehen? Soweit sie wusste, hatte sie keine Großeltern. Keine Verwandten, die sie aufnehmen würden. Sie war erst vierzehn, zu jung für einen Job. Und so traurig es auch war, dass Rex sie nicht liebte, er hatte gut für sie gesorgt, was ihre alltäglichen Bedürfnisse anging.

Als sie mit ihrer Geschichte fertig war, setzte sich Sam auf und schaute auf sie herunter. Die Tränen hatten eine salzige Spur auf ihren Schläfen hinterlassen, ihre Haare waren ganz nass geworden. Sie konnte ihn in dem schwachen Licht kaum sehen.

Er starrte sie mit einem Gesichtsausdruck an, der die Schmetterlinge in ihrem Bauch zum Tanzen brachte. »Ich glaube an dich, Trixie Lynn. Du wirst Großes erreichen, und du wirst ein tolles Leben haben.«

Freude, reine, süße, kraftvolle Freude, wie sie nur eine verliebte Vierzehnjährige empfinden konnte, überspülte sie mit der Macht der Niagarafälle. Sie setzte sich auf, ohne zu wissen, was sie als Nächstes tun sollte. Dann beugte sie sich vor und küsste ihn.

Es war wie ein Blitzschlag. Trixie Lynn fühlte sich, als hätte sie ein weiß glühender Blitz getroffen.

Sam musste es auch gemerkt haben, denn seine Augen wurden ganz groß, und er sah aus wie jemand, der sein erstes Erdbeben erlebt hat.

Sie küssten sich noch einmal, zärtlich, langsam, forschend. Es schien Stunden zu dauern. Trixie Lynn genoss jede Nuance des Augenblicks, jedes Geräusch, den Geschmack, den Geruch, die Berührung. Ihr bester Freund Sam küsste sie. Es fühlte sich unglaublich gut an.

»Wir müssen jetzt aufhören«, sagte Sam und zog sich von ihr zurück. Er fuhr mit den Fingern durch ihr Haar. »Meine Mom sucht mich bestimmt schon.«

Trixie Lynn seufzte. Sie wollte noch nicht gehen.

Er stand auf und streckte ihr eine Hand entgegen. Sie nahm sie, und er zog sie hoch.

Trotz all der Küsse fühlte sie sich schlimmer als vorher. Jetzt wusste sie erst richtig, was sie hier zurückließ. Sie wollte gegen die grauenhafte Ungerechtigkeit ankämpfen, aber der Blick aus Sams ruhigen Augen stillte ihren Zorn.

»Es wird alles gut sein«, sagte er. »Du wirst erwachsen werden, du wirst stark sein. Du wirst alles kriegen, was du willst.«

»Aber ich will dich. Und ich will in Twilight bleiben.«

»Du kannst aber nicht in Twilight bleiben. Trotzdem, es ist gut. Du bist zu Höherem bestimmt. Du wirst ein Star, das spüre ich in meinen Knochen.«

Sie sah ihn in der Dunkelheit an, sah das ruhige, stetige Leuchten der Gewissheit in seinen Augen. Und sie glaubte ihm. Sie glaubte, dass alles möglich war.

Und so wurde der zweitschlimmste Tag in Trixie Lynns jungem Leben dann doch noch zum besten Tag.

Kapitel eins

New York, Gegenwart

»Quilts sind sichtbar gemachte Erinnerungen.«
Nina Blakley, Broadway-Schauspielerin, Besitzerin des Theaters von Twilight und Gründungsmitglied des True Love Quilting Club

In einem vollgestopften, staubigen Pfandleihhaus auf der Lower West Side von Manhattan stand Emma Parks hinter einem muskulösen Glatzkopf mit Meister-Proper-Ohrringen, einem fleckigen Mantel, grauen Arbeitshosen und abgestoßenen Doc-Martens-Boots. Er roch nach Eipulver, Lebertran und Eukalyptus. Und er schnauzte die Frau hinter der Theke an, weil er mehr für die schartige orangefarbene Kettensäge haben wollte, als sie ihm bieten konnte.

Eine Kettensäge? In Manhattan?

Der Typ sah so verschlossen aus, dass Emma entschied, ihn lieber nicht zu fragen. Sie schloss die Finger um ihren kostbarsten Besitz. Das war alles, was sie noch hatte. In den letzten Jahren hatte sie eine Erinnerung nach der anderen verkauft: Die Gläsersammlung ihrer Großmutter, ihren Highschoolring, die Prada-Handtasche, die sie sich am Ende der Highschool von dem Geld gekauft hatte, das sie im Sommertheater von Six Flags verdient hatte.

Der Mann ließ die Kettensäge krachend auf die Theke fallen und wandte sich ab, ein paar Dollar zwischen den schrundigen Fingern. Er schaute sie düster an. Emma trat einen Schritt zurück. Als er an ihr vorbeiging, sagte er: »Pass bloß auf, Mädchen.« Dann stürmte er hinaus.

»Nächste«, grummelte die Frau hinter der Theke mit einer Stimme, als würde sie jeden Tag mindestens zwei Packungen Zigaretten rauchen.

Emma trat vor.

»Was hast du da?« Die Frau hatte einen riesigen Kopf, aber einen magersüchtigen Körper, ein Melonengesicht und lange, strähnig-graue Haare, die ihr bis auf die Schultern hingen. Beim Casting hätte man sie wohl für eine der Hexen in *Macbeth* eingeteilt. Sie saß hinter kugelsicherem Glas auf einem hochgefahrenen hydraulischen Hocker. »Also? Ich habe nicht endlos Zeit. Zeig her oder raus.«

Wehmütig öffnete Emma die Hand und zeigte ihr die mit Diamanten verzierte sternförmige Brosche.

Die Frau kniff die Augen zusammen und sah auf einmal aus wie eine hungrige Wildkatze, die eine junge Ratte erspäht hat. »Schieb sie durch die Öffnung.«

Zögernd schob Emma die Brosche durch die kleine Öffnung unten in der Glaswand.

Die Frau schnappte sich die Brosche und hielt sie gegen das Licht. Dann öffnete sie die Schublade vor ihrem Bauch und holte eine Juwelierlupe heraus. Es dauerte eine ganze Weile, bis sie Emma wieder ansah. »Zweihundert Dollar.«

Emma blieb vor Schreck der Mund offen stehen. »Aber die Brosche ist mindestens das Zehnfache wert. Sie ist aus Weißgold, und auf jeder Spitze des Sterns ist ein Diamant.«

»Diamantsplitter von zweifelhafter Qualität.«

»Vor zehn Jahren wurde sie auf zweitausendfünfhundert Dollar geschätzt«, argumentierte Emma gegen die aufsteigende Übelkeit in ihrem Magen an.

Zweihundert Dollar nützten ihr überhaupt nichts. Der Kurs bei Master X kostete tausend Dollar. Und Master X war ihre letzte Hoffnung. Sie hatte alles versucht, um Erfolg zu haben, zwölf Jahre lang, vergeblich. Die größte Rolle war eine Sprechrolle als großer Zeh in einem Werbespot für eine Fußpilztinktur gewesen. Dafür hatte sie ziemlich viel Geld bekommen, aber jedes Mal, wenn der Spot irgendwo gesendet wurde, starb etwas in ihr. Das war keine große Kunst, dafür hatte sie nicht so lange gelitten.

Master X hatte sie widerwillig als Schülerin akzeptiert. Aber sie musste bis zum Ende der Woche tausend Scheine aufbringen. Es war fast unmöglich, in seine Kurse zu kommen. Er machte keine Werbung, hatte nicht mal eine Website. Es ging nur über Beziehungen. Jill Freeman, eine ihrer ehemaligen Zimmergenossinnen, hatte den Kurs im Jahr zuvor gemacht, und eine Woche darauf hatte sie eine Nebenrolle neben Julia Roberts bekommen, die in ihrem Alter immer noch die M'Lynn spielte, in einer Wiederaufnahme von *Steel Magnolias*.

Danach hatte Jills Karriere richtig Fahrt aufgenommen. Sie war nach L.A. gezogen und hatte eine Dauerrolle in einer beliebten Sitcom gekriegt. Aber Jill erzählte niemandem, was sie in dem Kurs gelernt hatte. Master X verdonnerte seine Schüler vertraglich zum Stillschweigen. Immerhin hatte Jill ein gutes Wort für Emma eingelegt, damit sie in den Kurs kam. Aber sie musste das Geld aufbringen. Sie hatte das Gefühl, die Techniken, die dieser Mann ihr beibringen konnte, wären das letzte Puzzleteilchen, das noch fehlte, um endlich richtigen Erfolg zu haben.

»Tja, es sind harte Zeiten. Du hättest sie vor zehn Jahren verkaufen sollen.« Die Frau hinter dem kugelsicheren Glas sah sie wütend an.

»Aber vor zehn Jahren habe ich das Geld nicht gebraucht.«

»Also. Zweihundert Dollar oder gar nichts.«

Enttäuschung und Kummer durchfuhren Emma. Sie biss sich auf die zitternde Unterlippe. »Bitte«, flüsterte sie. »Die Brosche ist das letzte Geschenk meiner Mutter.«

Der Tag war ihr noch deutlich in Erinnerung. Sie war in der ersten Klasse gewesen, war aus der Schule nach Hause gekommen, und ihre Mutter saß auf der Couch, den Second Hand gekauften dunkelblauen Rollkoffer neben ihren Füßen und ein eselsohriges Exemplar von Jack Kerouacs Roman *On the Road* in der Hand. Sie hatte geraucht, und auf einem kleinen Teller vor ihr lag eine ausgedrückte Virginia Slims. Die Augen waren rot, das Gesicht fleckig, als hätte sie geweint. Sie hatte nach Wein gerochen und nach dem billigen Parfüm, das Trixie Lynn und ihr Dad ihr zum Muttertag geschenkt hatten.

Trixie Lynn hatte ihre Mutter noch nie rauchen sehen. Sie bekam sofort eine Gänsehaut. »Mama, was ist denn?«

Mama hatte ein gezwungenes Lächeln aufgesetzt, auf den Platz neben sich geklopft und gesagt: »Setz dich mal hierher, Trixie Lynn.«

Sie hatte gehorcht, aber ihr war klar gewesen, dass etwas Furchtbares passieren würde. »Mama?«

»Ich muss fort, Trixie Lynn.«

»Fort?« Ihre Stimme war so leise und angespannt gewesen, dass es in der Brust wehtat. Auch wenn sie jetzt daran dachte, spürte sie den alten Schmerz mitten in ihrem Herzen. »Aber wohin denn?«

»Ich muss meinem Stern folgen.«

Trixie Lynn hatte nicht verstanden, was das heißen sollte, aber für sie klang es einfach nur schrecklich.

»Hör mir zu.« Ihre Mutter hatte ihre beiden Hände in ihre genommen. »Ich kann einfach nicht mehr.«

»Was?«

»Ich kann hier nicht mehr bleiben. Ich kann nicht mehr mit deinem Vater verheiratet sein. Als ich schwanger wurde, das war alles ein Riesenfehler. Ich bin jetzt fast dreißig, Trixie Lynn. Und wenn ich es jetzt nicht tue, dann tue ich es nie mehr.«

Trixie Lynn hörte das Blut in ihren Ohren rauschen. »Was tust du nie mehr?«

»Dann werde ich nie in Hollywood Erfolg haben. Ich bin was Besonderes. Ich bin dazu bestimmt, ein Star zu sein. Ich kann nicht mit dieser Lüge leben.«

»Kann ich nicht mitgehen?«

»Nein, mein Schatz, du musst hierbleiben. In der Schule. Und auf deinen Daddy aufpassen. Er wird dich brauchen.«

»Mama, bitte, bitte, geh nicht weg.«

»Ich muss. Eines Tages wirst du das verstehen. Hier, mach mal die Hand auf. Ich habe ein Geschenk für dich.«

Trixie Lynn hatte die Hand ausgestreckt, und ihre Mutter hatte die Brosche hineingelegt.

»Die ist sehr viel wert. Ein netter Mann hat sie mir vor

langer Zeit geschenkt, aber viel wichtiger ist, dass sie ein Symbol ist. Weißt du, was ein Symbol ist?«

Trixie Lynn war nicht sicher, aber sie nickte.

»Ein Stern für einen Star. Der Mann, der sie mir geschenkt hat, hat gesagt: ›Du wirst einmal ein Star sein. Du bist zu Großem bestimmt.‹ Also, Trixie Lynn, wenn du dich jemals einsam fühlst und mich vermisst, hol den Stern heraus und halt ihn fest. Dann wirst du dich daran erinnern, wer deine Mutter ist.«

»Okay.« Sie hatte den Kopf gesenkt.

Ihre Mutter hatte ihr Kinn mit zwei Fingern angehoben. »Wofür steht diese Brosche?«

»Dafür, dass du ein Star bist.«

Ihre Mutter hatte sie angestrahlt. »Gutes Mädchen. Und jetzt drück mich noch mal.« Sie hatte Trixie Lynn so fest umarmt, dass sie keine Luft mehr bekam, und sie sanft in ihrem Schoß gewiegt. Dann hatte sie geflüstert: »Du wirst auch einmal ein Star. Du wirst ein Star. Du wirst ein Star.«

Und dann hatte man von draußen ein Auto hupen gehört.

»Das ist mein Fahrer, ich muss los.« Mama hatte sie wieder neben sich gesetzt und war aufgestanden. Dann war sie zur Tür hinausgegangen, ein Stück den Gehweg hinunter, und in den strahlend weißen Cadillac eingestiegen. Ein Mann, den Trixie Lynn nicht kannte, saß am Steuer. Sie fuhren weg, und Trixie Lynn sah ihre Mutter nie wieder.

Nachdem ihre Mutter verschwunden war, suchte Trixie Lynn nach einer Möglichkeit, berühmt zu werden. Ballettkurse, Fußball, Kunst. Aber sie war so anmutig wie ein Ei, hatte bald überall blaue Flecken, und für Kunst war sie so begabt wie ein Schimpanse.

Schließlich hatte sie mit vierzehn Jahren das Richtige gefunden. Denn als sie zum ersten Mal die Bühne betreten hatte, in einer Schulaufführung von *Annie,* die sie in Twilight einstudierten, fühlte sie sich zum ersten Mal, als käme sie nach Hause. Dafür war sie geboren. Singen, in eine Kunstfigur hineinschlüpfen, ihre Phantasie fliegen lassen. Und endlich weglaufen vor dem traurigen, leeren Leben der Trixie Lynn Parks.

Sobald sie die Bühne kennengelernt hatte, gab es kein Zurück mehr. Und das, obwohl ihr Aussehen es nicht einfach machte. Zum einen war sie sehr dünn, nur Haut und Knochen, ein flacher Hintern und eine noch flachere Brust. Dann war sie viel zu klein, gerade eins fünfzig. Und schließlich waren da ihre kupferroten Haare und die Sommersprossen.

Nein, Trixie Lynn war keine Schönheit und auch keine Sirene. Aber sie war schlau und hatte einen eisernen Willen. Und wenn sie sich etwas in den Kopf setzte, dann bekam sie es, wie lange es auch dauerte. Auch wenn es sie viel kostete.

Mit achtzehn war sie von zu Hause weggegangen. Es war ihr nicht schwergefallen. Sie und ihr Vater waren von Twilight weggezogen, dem einzigen Ort, der sich ein wenig wie Heimat angefühlt hatte. Dann hatte sie ihren Namen geändert, nannte sich seitdem Emma und ging nach New York City. Zwölf Jahre lang arbeitete sie als Bedienung, ging zu Castings, lebte in engen, mit Kakerlaken verseuchten Dachwohnungen, gemeinsam mit vielen Zimmergenossinnen. Und nie, niemals hörte sie auf, von ihrem Durchbruch zu träumen und darauf zu hoffen. Sie würde ein Star sein. Das hatte ihre Mutter gesagt.

Verabredungen mit Männern hatte sie nur selten, und es war nie etwas Ernstes dabei. Liebe, das wusste sie, konnte ihre Pläne schnell zunichtemachen. Und schwanger werden durfte sie auf keinen Fall. Ungeplante Schwangerschaften hatten viele hoffnungsvolle Schauspielerinnen aus dem Rennen geworfen.

Das einzige Mal, dass sie nahe daran gewesen war, ihr Herz zu verlieren, war mit vierzehn gewesen. Damals in Twilight. An den ersten Jungen, der sie geküsst hatte, den dunkelhaarigen, geheimnisvollen Sam Cheek mit den tiefdunklen Augen. Sein Kuss war eine Rakete gewesen, sie hatte ihn nie vergessen. Hauptsächlich, um sich daran zu erinnern, was es zu meiden galt. Diese Art elektrischer Chemie brachte einem Mädchen mit großen Plänen nur Schwierigkeiten ein.

Emma konnte sich den hübschen Jungen immer noch vorstellen. Ab und zu fragte sie sich sogar, was wohl aus ihm geworden war. Ob er wohl geheiratet hatte? Ob er Kinder hatte? Was hatte er mit seinem Leben angefangen? Er hatte davon gesprochen, Tierarzt zu werden. Hatte er es geschafft? Aber meistens hielt sie ihre Gedanken fest auf ihr eigenes Ziel gerichtet. Sie wollte ein Star werden.

»Zweihundertfünfzig, letztes Angebot«, sagte die Frau hinter dem kugelsicheren Glas und holte Emma damit zurück in die Gegenwart.

»Die Brosche ist was Besonderes«, flüsterte Emma.

»Für Sentimentalitäten gibt es keinen Markt hier.«

»Bitte!« Emma blinzelte. »Ich brauche mindestens dreihundert.«

Die Frau betrachtete sie eingehend. »Lass mich raten. Du bist mit Sternchen in den Augen nach New York gekommen. Du wolltest ein Broadway-Star werden. Richtig?«

Emma nickte benommen.

»Und jetzt bist du schon eine ganze Weile hier. Du hast an alle möglichen Türen geklopft, immer und immer wieder, aber keiner macht dir auf. Ab und zu hast du eine Rolle gekriegt, ganz weit weg vom Broadway und schlecht bezahlt. Oder du warst sogar verrückt genug, für eine Rolle zu bezahlen. Du hast als Kellnerin gearbeitet, als Empfangsdame, hast Flyer am Times Square verteilt. Alles, um ein bisschen Geld zu verdienen.«

Es war ein Moment wie bei Alice im Wunderland. Woher wusste die Frau das alles? War es so offensichtlich? War sie so ein Klischee?

»Vergebliche Träume«, sagte die Frau.

»Wie bitte?«

»Du wirst es nie schaffen. Wenn du es schaffen könntest, wäre es längst passiert. Du bist nicht hübsch genug. Zu klein, und dann die roten Haare und diese helle Haut. Und du hast keine Verbindungen.«

»Woher wollen Sie das wissen?« Jetzt wurde Emma allmählich sauer.

»Wenn du Verbindungen hättest, würdest du hier nicht stehen und sentimentalen Scheiß verpfänden.«

»Könnte ja sein, dass ich drogensüchtig bin.«

»Bist du?«

»Nein«, gab Emma zu.

»Also. Eine Träumerin.«

Emmas Zorn flammte auf. »Sagen Sie das nicht!«

»Doch. Eine Träumerin.«

Emma wollte nicht klein beigeben, obwohl ihr klar war, dass die Frau richtig lag. Sie streckte die Hand aus. »Geben Sie mir die Brosche zurück.«

»Ich sag dir was«, brummte die Alte. »Aus reinem Mitleid gebe ich dir zweihundertachtzig.«

»Ich will Ihr Mitleid nicht, geben Sie mir die verdammte Brosche zurück, Sie Monster. Sonst rufe ich die Polizei.«

Ein amüsiertes Lächeln spielte um die dünnen, ausgetrockneten Lippen. »Na gut, dreihundert, aber nur, wenn du mir versprichst, dass du die dummen Träume aufgibst und das Geld nimmst, um nach Hause zu fahren, Rotkäppchen.«

»Das geht Sie doch überhaupt nichts an!«, schnauzte Emma jetzt.

Die schmalen, harten Augen wurden auf einmal unerwartet weich. »Doch, mein Kind, ich war nämlich mal wie du.«

Emma schnaubte verächtlich.

»Lach nicht. Oder glaubst du mir nicht?«

»Nein, wirklich nicht.«

»Dann warte mal, ich kann es beweisen.« Die Frau holte aus der Schublade ein vergilbtes, verknittertes Theaterprogramm. Tod eines Handlungsreisenden, 1989. Sie schlug das Heft auf. »Da.« Sie deutete mit ihrem schmutzigen Finger auf die Besetzungsliste. »Das bin ich. Ich habe die Miss Forsythe gespielt. *Am* Broadway. Und jetzt sieh dir an, was aus mir geworden ist.«

»Hatten Sie ein Drogenproblem?«, fragte Emma hoffnungsvoll.

Die Frau sah sie wütend an. »Dreihundert, wenn du diesen albernen Traum aufgibst und die Stadt verlässt.«

»Ja, ist in Ordnung«, sagte Emma. Dreihundert Scheine waren nicht mal ein Drittel der Summe, die sie brauchte, aber besser als nichts. Sie hatte nur noch fünf Tage, um die restlichen siebenhundert Dollar aufzubringen. In ihrer Situation hätten es ebenso gut siebentausend sein können. Nicht aufgeben. Auf keinen Fall aufgeben.

»Versprich es.«

»Ich gebe den albernen Traum auf und verlasse die Stadt«, plapperte Emma nach, obwohl sie kein Wort davon meinte.

Die Frau schob das Geld durch das Türchen. »Du verlässt die Stadt.«

»Ja, ja.« Emma stopfte die dreihundert Dollar in die Tasche ihrer ausgebleichten Jeans, die ihr in letzter Zeit viel zu locker um die Hüften hing, und verließ das Pfandhaus. Die Sternbrosche blieb in der verkrümmten Pfote einer gescheiterten Schauspielerin, die jetzt als Pfandleiherin arbeiten musste und versuchte, Leute aus Manhattan zu vertreiben.

Emma eilte die Straße hinunter, ließ sich von der Menge mitziehen, vorbei an ein paar kleinen, schmutzigen Schaufenstern, die sich heute irgendwie anfühlten, als hätten sie eine Botschaft für sie. Es war heiß und drückend, die Abgase der Autos reizten ihre Kehle. Die Luft summte von Geräuschen: Hupen, Schritte, gemurmelte Telefongespräche im Gehen. Dunkle Wolken hingen über den Wolkenkratzern und ließen die Stadt im eigenen Saft schmoren. Ab und zu rempelte sie jemand an, blickte wütend auf und knurrte etwas. Ihr Magen knurrte auch und erinnerte sie daran, dass sie seit dem Vorabend nicht mehr gegessen hatte als einen Apfel und zwei Scheiben Knäckebrot.

Sie ging schneller, rannte jetzt fast, als könnte sie vor ihrem Schicksal davonlaufen.

Lass dich doch von der Alten nicht aus der Bahn werfen! Sie ist verbittert, sie ist total am Ende. Sie ist nicht so wie du. Sie ist nichts Besonderes. Sie ist kein Star.

Aber es klang falsch in ihren Ohren. Sie konnte die Lüge tief in ihrem Inneren spüren. Sie war diejenige, die verbittert war. Sie war am Ende. Sie war nichts Besonderes. Sie war kein Star. Sie hatte sich die ganze Zeit selbst belogen. War einem vergeblichen Traum hinterhergerannt. Hatte versucht, etwas zu sein, was sie niemals werden konnte. Ihr Mut schwand dahin, die alten Zweifel brachen über ihr zusammen wie eine perfekt aufgestellte Reihe Dominosteine.

Immer schneller lief sie, verschwitzt und außer Atem.

Sie kam an einem Souvenirladen vorbei, hörte Sinatra »New York, New York« singen. Ja. Wenn sie es hier schaffte, dann schaffte sie es überall.

»Aber was, wenn du es nicht schaffst?«, murmelte sie sich selbst atemlos zu. »Was passiert dann, Old Blue Eyes?« Davon hatte Sinatra nicht gesungen. Na toll, jetzt redete sie schon mit sich selbst. Sie war genau noch einen Einkaufswagen weit davon entfernt, obdachlos zu werden.

Das Handy an ihrer Hüfte vibrierte. Dankbar für die Ablenkung nahm sie es vom Hosenbund, öffnete es und schaute aufs Display. In diesem Moment war die Hoffnung wieder da. Es war ihr Agent Myron Schmansky. Myron war mindestens fünfundsiebzig Jahre alt, vergaß gelegentlich ihren Namen und roch nach gekochtem Kohl und billigen Zigarren. Aber immerhin, er war ein Agent.

Ein schrecklicher Gedanke schoss ihr durch den Kopf. Was, wenn er vorhatte, ihren Vertrag zu kündigen? Ihr letztes bisschen Mut welkte dahin. Na wunderbar, das hatte ihr jetzt noch gefehlt. Wer den Schaden hat, braucht für den Spott nicht zu sorgen. Sie wollte nicht rangehen, aber es wurde ja nicht besser, wenn man die Realität ignorierte.

Also atmete sie einmal tief durch und nahm das Telefon ans Ohr. »Hallo?«

»Anna«, sagte Myron mit seiner rauen, kehlkopfkrebsschwangeren Stimme.

»Emma«, korrigierte sie ihn. »Ich heiße Emma.«

»Emma, Anna, was auch immer«, stöhnte Myron. »Das ist es!«

»Was ist es?«, fragte Emma, deren Angst gerade hörbar auf ihrer Hoffnung herumtrampelte. Hatte er wirklich angerufen, um ihr zu kündigen?

»Dein Durchbruch«, schnaufte Myron.

Ihr Puls wurde ruhig, sie fühlte sich, als würde sie außerhalb ihres Körpers schweben. Die Straße wurde immer kleiner, Emma wurde immer größer, wie Alice im Wunderland. Zum zweiten Mal an diesem Tag dachte sie an diese Geschichte.

»Du hast ein Vorsprechen bei Scott Miller, heute Nachmittag um drei.« Er gab ihr die Adresse. »Es geht um eine Nebenrolle in einem neuen Stück, und er hat extra nach dir gefragt. Hat dich wohl im Half Moon in *Oz* gesehen. Meinte, du wärst ein toller Zwerg gewesen, er war ganz aus dem Häuschen. Wollte wissen, warum dich nicht schon längst jemand ins Rampenlicht geholt hat.«

»Ernsthaft?« Die Hoffnung war wieder da.

»Miller steht auf echte Rothaarige, da kannst du was draus machen.«

»Scott Miller? *Der* Scott Miller?«, quietschte Emma, die jetzt wirklich keine Luft mehr bekam. Sie war so aufgeregt, dass sie die winzige Stimme in ihrem Kopf überhörte, die ihr sagte, dass Miller als aggressiver Bluthund galt. Was ging sie der Tratsch an? Wer wusste schon, ob das alles so stimmte?

»Kennst du sonst noch einen großen Broadway-Produzenten mit diesem Namen?«

Ihr wurde übel. O Gott, was war, wenn sie die Sache verbaselte? Sie musste es irgendwie hinkriegen. Zwölf lange Jahre hatte sie auf diesen Augenblick hingearbeitet.

»Versau es nicht«, sagte Myron. »Wenn du mit dreißig nicht im Geschäft bist, kannst du es auch bleiben lassen.«

»Und was ist mit Morgan Freeman? Der hatte sein Broadway-Debüt auch erst in den Dreißigern.«

»Aber du bist nicht Morgan Freeman, das kann ich dir sagen.«

»Nein, aber ich könnte es sein.«

»Bei Frauen ist das anders, das weißt du ganz genau.«

Emma war gerade dreißig geworden. Und sie wusste, Myron hatte recht, auch wenn sie es ungern zugab. Dies war ihre letzte Chance, ein Star zu werden. »Danke für die Aufmunterung, Myron.«

»Keine Ursache. Mach ihn fertig, Kindchen.«

Eine Stunde überlegte sie, was sie zu dem Vorsprechen anziehen sollte. Schließlich entschied sie sich für Künstlerlook: kurzer schwarzer Rock, türkisfarbene Strumpfhose und passende Bluse, die sie so trug, dass eine Schulter frei blieb. Dazu ein schwarzer Ledergürtel, schwarze Ankleboots und ein paar leuchtend pinkfarbene Armbänder.

Sie konnte immer noch nicht glauben, dass es jetzt losging. Wie oft hatte sie sich das vorgestellt! Die meisten Nächte sang sie sich mit Visionen in den Schlaf, in denen ihr Name auf einer Broadway-Reklame zu sehen war. Wenn sie verzweifelt war und fürchtete, sie wäre wirklich nur ein Klischee, ging sie die vierundvierzigste Straße hinunter zu Sardi's und setzte sich dort an die Bar. Sie bestellte sich einen Oldfashioned, denn schließlich war sie ein altmodisches Mädchen, und dann starrte sie die gerahmten Karikaturen an, die an den Wänden hingen: Katharine Hepburn, Marilyn Monroe, Clark Gable. Natürlich war Sardi's heute eher eine Touristenbude, aber man spürte die Energie noch, und wenn man die Ohren spitzte, dann hörte man die Geister der Vergangenheit.

Wenn sie die Augen zumachte, konnte sie sehen, was für ein wichtiger Treffpunkt dieses Lokal zu seinen Hochzeiten gewesen war. Walter Winchell und die Jungs vom Cheese Club hatten hier ihren Tisch gehabt, sie hatten ihre Witze gemacht und gelacht und sich Geschichten aus der Zeitung erzählt. In der Ecke da drüben hatte Bette Davis sich mit Freunden getroffen, sie hatten Highballs getrunken und so getan, als würden sie die neuesten Kritiken nicht kümmern. Und in der anderen Ecke hatte Eddie Fisher mit Elizabeth Taylor geknutscht.

Sardi's tat immer seine Wirkung und holte sie aus dem Blues heraus. Nach dem Vorsprechen würde sie wieder dorthin gehen, entweder um zu feiern, oder um ihren Kummer zu ertränken. Je nachdem.

Sie kam eine Viertelstunde zu früh ins Theater und war überrascht, keine anderen Teilnehmer des Vorsprechens vorzufinden. Sie war doch wohl nicht die Erste? War das Vorsprechen abgesagt worden? Hatte sie die Zeit falsch verstanden? Eine gelangweilte Assistentin, ein paar Jahre jünger als Emma, saß am Empfang. Sie las ein eBook und schaute kaum auf.

»Ich bin mit Scott Miller verabredet«, sagte Emma und bemühte sich, souverän zu klingen. »Um drei Uhr soll ich ihm vorsprechen.«

Ohne aufzublicken deutete die Assistentin zu einer Tür an der Rückwand. »Ja dann. Er ist in seinem Büro.«

»Findet das Vorsprechen nicht im Theater statt?«

»Sie sind die Einzige.«

Emmas Herz tat einen Sprung. Eine böse Vorahnung lief ihr über den Rücken, aber sie kämpfte sie nieder. Das war doch gut! Sie war noch nie als Einzige zu einem Vorsprechen eingeladen worden. Trotzdem, sie war zwar nicht sicher, was das bedeutete, aber auf einmal fühlte sie sich wie ein Fuchs in der Falle. Sie schob das Gefühl weg und rezitierte innerlich das Mantra, das sie jeden Morgen vor dem Spiegel wiederholte, wenn sie sich die Zähne geputzt hatte.

Du bist ein Broadway-Star. Ich bin ein Broadway-Star. Emma Parks ist ein Broadway-Star.

»Wo geht es denn zu seinem Büro?«, fragte sie.

»Den Flur da hinten entlang, durch den schwarzen Vorhang, letzte Tür.«

»Danke.« Emmas Lächeln ging ins Leere, die junge Frau sah sie nicht an. Sie hängte sich die Handtasche über die Schulter und ging am Bühneneingang vorbei. Wie viele Male war sie als Zuschauerin in diesem Theater gewesen, hatte in einer der hinteren Reihen gesessen, auf den billigen Plätzen, und sich vorgestellt, auf der Bühne zu stehen? Dutzende Male, vielleicht sogar schon fünfzig Mal.

Das ist es. Das ist es. Das ist es. Alle deine Träume werden wahr.

Sie ging den Flur hinunter, schob den staubigen schwarzen Samtvorhang zur Seite. Für sie duftete es hier nach Jahren des Starruhms. Meryl Streep war hier aufgetreten. Sie konnte fast spüren, wie Meryl sie bis zu der Tür am Ende des Flurs begleitete.

Ich will dir ja keinen Druck machen, aber verbasel es nicht!

Diese verdammte negative Stimme! Emma ging weiter, versuchte sich Meryl vorzustellen und klopfte energisch.

»Herein«, grollte eine tiefe Männerstimme.

Emma kämpfte den unerwarteten Drang nieder, wegzulaufen, drehte den Türknauf und trat ein.

Das Büro sah ganz normal aus: Schreibtisch, Stühle, ein paar gerahmte Bilder an der Wand. Der Mann auf der burgunderroten Ledercouch war aber alles andere als normal. Er war der berühmteste Produzent am Broadway, und genau so sah er auch aus.

Scott Miller trug seine dicke graue Löwenmähne nach hinten gekämmt und so lang, dass die Haare sich über dem Kragen kräuselten. An seinem weißen Hemd standen die drei obersten Knöpfe offen, sodass jede Menge gekräuseltes graues Haar herauschaute. Die Ärmel hatte er aufgekrempelt, sodass man seine muskulösen Unterarme sah. Er war zwar schon über sechzig, aber ausgesprochen gut in Form. Ein breiter Ehering prangte an seiner Hand, breit und aus Gold, mit kleinen Diamanten gesprenkelt. Am linken Handgelenk trug er eine Rolex. Auch sonst verströmte er eine Aura von Reichtum, trotz der ausgebleichten schwarzen Jeans mit dem Loch im Knie. An den Füßen hatte er schwarze Loafer ohne Socken, und im Gesicht trug er einen Ausdruck hochmütiger Langeweile. Sie widerstand dem Impuls, zu knicksen, aber in ihrem Kopf schrillten sämtliche Alarmglocken.

Als er sie sah, leuchteten seine Augen auf, er setzte sich gerade hin und schenkte ihr ein Raubtierlächeln. »Ah«, sagte er. »Der Zwerg. Komm rein, mach die Tür zu und schließ ab, damit wir ungestört sind.«

Emmas Herz klopfte wie wild, ihr Mund war ganz trocken. Etwas in ihr riet ihr wegzulaufen, aber vielleicht war es nur dieser Eindruck von Größe, mit dem sie nicht umgehen konnte. Sie fühlte sich gedemütigt und unglaublich aufgeregt. Also schloss sie die Tür, schloss sie ab, und als sie sich umdrehte, war er aufgestanden. Er war groß, mindestens eins achtzig. Neben ihm kam sie sich vor wie eine rothaarige Kröte.

»Du bist großartig«, sagte er und kam schnell auf sie zu.

Gut, sie hatte sich mit dem Make-up und ihrer Kleidung ziemlich viel Mühe gegeben, aber »großartig« war ein Wort, das sie von Männern eher selten zu hören bekam. Niedlich, ja. Munter. Ab und zu fand sie mal jemand bezaubernd. Aber großartig? Eher nicht so oft.

»In dem Moment, wo ich dich sah, wusste ich, du bist meine perfekte Addie. Bloß diese Dauerwelle muss natürlich weg.« Er streckte die Hand nach ihren Nicole-Kidman-Locken aus.

»Das ist keine Dauerwelle. Meine Haare sind von Natur aus so.«

»Dann musst du sie eben glätten lassen.«

»Okay«, sagte sie, obwohl sie keine Ahnung hatte, wie sie das bezahlen sollte. Egal. Es klang wirklich so, als würde er sie für die Rolle in Erwägung ziehen. Durfte sie das wirklich hoffen?

Er stand so nah vor ihr, dass sie seinen heißen Atem an ihrem Nacken spürte. Er hatte Knoblauch gegessen und versucht, den Geruch mit Nelken zu beseitigen. *Du lieber Himmel, hast du noch nie was von TicTac gehört?* Angenervt und mit einem flauen Gefühl im Magen trat sie einen Schritt von ihm weg, um die Bilder an der Wand anzusehen, die Miller mit einer hübschen, viel jüngeren Frau zeigten, dazu drei Kinder im Teenageralter.

»Ihre Familie?«, fragte sie und drehte sich zu ihm um. »Sie haben eine sehr schöne Frau.«

»Ja. Ja, ja, das sind meine Frau und meine Kinder. Und jetzt zieh dich aus.«

»Wie bitte?« Sie hatte ihn durchaus gehört, sie konnte bloß nicht glauben, was sie da gehört hatte.

»Ausziehen. Nackt.«

Sie versuchte zu verstehen. Passierte das gerade wirklich? O Gott, war das wirklich wahr? All diese Gerüchte? Emma schluckte. »My… Myron hat mir nicht gesagt, dass es in dem Stück Nacktszenen gibt. Ich spiele keine Nacktszenen.«

»Nein, in dem Stück gibt es keine Nacktszenen.«

»Und warum soll ich mich dann ausziehen?«

»Schätzchen, willst du eine Hauptrolle in einem Broadway-Stück oder nicht?«

Jetzt bekam sie Angst. Das hier passierte nicht wirklich. Das konnte nicht sein. Der größte Produzent am Broadway wollte … mit ihr schlafen? »Doch, natürlich.«

»Dann zieh dich aus. Ich will wissen, ob bei dir Vorhänge und Teppich zusammenpassen.«

Sie war nicht naiv. Sie wusste, dass so etwas vorkam. In diesem Geschäft gab es ständig sexuelle Übergriffe, auch sie hatte so etwas schon erlebt. Aber nicht so krass und direkt. Du gibst mir Sex, ich gebe dir einen Job.

»Los jetzt«, sagte Miller und trat wieder näher. »Schmansky hat gesagt, du machst alles für die Rolle. Ich will diese roten Haare sehen. Er sagt, du bist echt.«

Ihr Herz schlug wie verrückt. Musste sie das wirklich tun, um ihre Träume wahr zu machen? Die Demütigung schmeckte matschig und säuerlich. Es erinnerte an den Geruch von Wäsche, die zu lange in der Maschine gelegen hat.

Willst du diese Rolle?

Nein, nicht auf diese Art. Lieber Gott, bitte nicht.

Miller griff nach ihrem Hosenbund. Seine Augen waren jetzt nur noch zwei lüsterne schwarze Punkte, in seinem Mundwinkel klebte Speichel. Sie bemerkte, dass er ihr den Weg zur Tür versperrte. Über seine Schulter hinweg konnte sie das Foto von seiner Frau und den Kindern sehen. Was für ein Scheich!

Emma richtete sich auf und nahm all ihren Mut zusammen. »Ich fürchte, da liegt ein Missverständnis vor.«

»Ja?« Er öffnete seinen Reißverschluss.

Sie ballte die Fäuste. Wenn sie jetzt schrie, würde es niemand hören. Sie war eins fünfzig groß und wog nicht einmal fünfundvierzig Kilo. Miller war mehr als eins achtzig groß und wog mindestens hundert. Sie hatte keine Chance gegen ihn. Also versuchte sie es mit einem hochmütigen Blick. »Sie haben da falsche Informationen erhalten.«

»Nämlich?« Er trat noch näher.

Sie bewegte sich zentimeterweise nach hinten, den Blick sehnsüchtig auf die Tür gerichtet. »Myron hat übertrieben. Es gibt eine Menge Dinge, die ich nicht tun würde, um eine Rolle zu bekommen.«

»Komm, nur ein Blowjob. Fünf Minuten, und du hast es hinter dir, dann gehört die Rolle dir.« Er ließ die Hosen fallen und stand mit nacktem Unterkörper da. Sein Ständer war so groß wie Detroit. Schon der Anblick bereitete ihr Schmerzen.

»Ich … ich …« Sie bekam keine Luft mehr.

Miller streckte die Hand aus und umfasste ihre Taille. »Komm, ich helfe dir.«

Was dann passierte, war reiner Reflex. Sie vergaß, dass er groß war und sie klein. Vergaß, dass er der berühmteste Broadway-Produzent und sie nur eine verzweifelte, erfolglose Schauspielerin war. Fünf Jahre Krav-Maga-Training übernahmen die Regie. Sie rammte ihm das Knie in den Schritt und schlug ihm mit der Faust unters Kinn.

Millers Kopf fuhr zurück. Er schrie markerschütternd auf, hielt seine Kronjuwelen mit beiden Händen und fiel dann wie ein Sack in sich zusammen.

Emma drehte sich um, sprang über ihn drüber und

rannte zur Tür. Während sie mit dem Schlüssel hantierte, verfluchte Miller sie mit seinem gesamten bunten Wortschatz. »Du wirst in dieser Stadt nie wieder einen Job bekommen!«, kreischte er.

Emma stolperte den Flur hinunter, vorbei an der Assistentin, die jetzt nicht mehr ganz so gelangweilt aussah, und hinaus auf die Straße.

Erst als sie sich durch die Menge auf der 42. Straße drängte, wurde ihr klar, was sie gerade getan hatte. Sie hatte dem berühmten Broadway-Produzenten Scott Miller in die Eier getreten.

Damit war ihr Schicksal besiegelt. Sie würde nie im Leben ein Broadway-Star sein.

Kapitel zwei

»Freunde sind wie Quilts, man kann nie genug davon haben.« Lieutenant Valerie Martin Cheek, R.N., verstorbenes Mitglied des True Love Quilting Club

Der Rottweiler war ein Schleckermaul.

Jedes Mal, wenn Dr. Sam Cheek sich vorbeugte, um Satans Brust mit dem Stethoskop abzuhören, bekam er eine neue nasse Abreibung mit der dicken rosafarbenen Hundezunge.

»Er küsst sie«, erklärte Satans Besitzerin, eine Frau Mitte vierzig, die angezogen war wie aus einem »Girls Just Wanna Have Fun«-Video entsprungen. Sie hatte mehrfarbige Strähnchen im Haar, hauptsächlich pink, und trug die Haare zu einem hohen seitlichen Pferdeschwanz gebunden. Dazu pinkfarbene Leggings und einen pink und schwarz gepunkteten Minirock. Sams ältere Schwester Jenny hätte ihm jetzt eine sehr, sehr hässliche Bemerkung ins Ohr geflüstert.

Sam selbst kümmerte sich nicht um derlei. Kleider waren Kleider. Sam waren drei Dinge wichtig: seine Familie, seine Stadt und die Tiere, nicht unbedingt in dieser Reihenfolge. »Könnten Sie sich mal über ihn beugen, damit er *Sie* küsst, während ich sein Herz abhöre?«

»Aber sicher.« Das Cyndi-Lauper-Double beugte sich über den Hund und gurrte: »Wo ist denn mein kleiner Satan? Guter Junge. Ja, wo bist du denn? Wo bist du denn?«

Und tatsächlich küsste der Rottweiler sein Frauchen, sodass Sam die Untersuchung beenden konnte. »Sagen Sie mir noch mal, welche Symptome er zeigt«, bat er. »Ich kann nichts Ungewöhnliches finden, und auch die Laborbefunde sind in Ordnung. Ich könnte ihn in die Röhre schieben, aber das ist teuer, und ich möchte dem Tier unnötige Untersuchungen ersparen.«

Die Frau stemmte eine Hand in die Hüfte und wurde rot. »Gut, ich will es Ihnen gestehen.«

Sam trat einen Schritt zurück, legte das Stethoskop zusammen und steckte es in die Jackentasche. Eine Haarsträhne fiel ihm über die Stirn, aber er ließ sie, wo sie war. Sie versteckte die Narbe, die er selbst mehr sah als alle anderen. Er sagte nichts, wartete nur auf das Geständnis, das der Frau die Röte ins Gesicht trieb.

»Satan fehlt überhaupt nichts«, gab sie zu.

Abgesehen davon, dass er einen furchtbaren Namen hat. Sam sagte immer noch nichts. Er war das vierte von sechs Kindern und wusste lange, dass man die Wahrheit am ehesten erfuhr, wenn man den Mund hielt. In neunzig Prozent aller Fälle stellte sich der andere selbst ein Bein, wenn man ihm die Chance dazu gab.

»Ich bin neu in der Stadt.« Sie klimperte mit den Wimpern. »Und ich bin seit Neuestem wieder Single.«

Ah, alles klar. Satan leckte Sam über die Hand. Er kraulte den Hund hinter den Ohren, der arme Kerl konnte ja nichts dafür, dass er eine liebestolle Besitzerin hatte.

»Und ich habe gehört, Sie mögen ältere Frauen und …«

»Wer hat Ihnen das denn gesagt?«

Sie sah ihn schuldbewusst an. »Belinda Murphey.«

Sams Tante Belinda, die jüngere Schwester seiner Mutter, hatte ein Büro für Partnervermittlung mit dem schönen Namen »Sweetest Match«. Seit Monaten versuchte sie Sam dazu zu überreden, dass er sich in ihre Kartei aufnehmen ließ, aber er hatte absolut kein Interesse. Es war einfach noch zu früh. Valerie war gerade ein Jahr tot, und im Übrigen hatte er zwischen seinem Job als einziger Tierarzt von Twilight und seinem Zweitjob, der Erziehung seines Sohnes Charlie, keine Zeit für Ablenkungen. Trotzdem schickte Tante Belinda ihm unverdrossen irgendwelche Frauen ins Haus, und wenn er nicht so sehr auf den Erhalt des Familienfriedens bedacht gewesen wäre, hätte er sie längst einmal zur Rede gestellt.

»Ich finde es nicht gut, dass Sie Ihren Hund da mit reinziehen«, sagte er tadelnd.

»Sie mögen also *keine* älteren Frauen? Belinda sagte, Ihre verstorbene Frau sei sechs Jahre älter gewesen als Sie, und ich dachte …«

»Ich bin noch nicht bereit, mich wieder zu binden«, sagte er kurz. »Und jetzt entschuldigen Sie mich bitte, ich muss mich um meine Patienten kümmern.«

»Ja, okay, sicher. Ich wollte Sie nicht beleidigen, Dr. Cheek.«

Er war nicht beleidigt, nur ein wenig gereizt. »Kein Problem«, sagte er mit milderem Ton. Das Problem war ja nicht diese Frau, sondern seine verrückte Tante Belinda.

»Ich bezahle die Untersuchung selbstverständlich«, sagte sie.

»Keine Ursache«, erwiderte er. »Aber Sie müssen mir versprechen, dass Sie Ihren Hund nicht mehr benutzen, um Männer aufzugabeln. Dann sind wir quitt.«

»In Ordnung.« Sie lächelte falsch, und ihr rosafarbener Pferdeschwanz schien ein bisschen nach unten zu hängen.

Sie verließ die Praxis mit Satan durch den Seitenausgang, und Sam ging zum Empfang. »Die Besitzerin des Rottweilers bekommt keine Rechnung.«

»Nicht schon wieder eine Gratisbehandlung«, stöhnte Delia, seine Assistentin. »Wovon willst du denn leben, wenn du ständig Geschenke machst?«

»Lass mich in Ruhe«, sagte er. »Ich habe eine Mutter, zwei Schwestern und eine sehr neugierige Tante, die mir ständig dreinreden. Ich muss jetzt mal ein paar Minuten vor die Tür.«

»Im Wartezimmer sitzt ein Pudel, der von einem Hahn ins Auge gepickt wurde.« Delia stempelte »nicht berechnet« auf Satans Bogen.

»Bin gleich zurück.« Er drehte sich um und ging zur Hintertür hinaus.

Die Gasse hinter der Praxis verlief parallel zum Stadtplatz. Um zum Platz zu kommen, musste er am Theater vorbei, einem Gebäude aus dem Jahr 1886. Im Sommer waren hier Tourneetheater mit Broadway-Musicals zu Gast. Im Winter liefen eigene Produktionen, darunter auch Lesungen mit Cowboy-Dichtung, Konzerte und Weihnachtsmärchen.

Jetzt war es September, die Kinder waren wieder in der Schule, und das hausgemachte Programm würde allmählich anlaufen. Durch ein offenes Fenster ertönte ein Ragtime, als er um die Ecke bog und auf den Platz trat. Das erste Mal, dass er ein Mädchen geküsst hatte, war da oben im Theater gewesen, auf dem Hängeboden über der Bühne.

Unwillkürlich dachte er an Trixie Lynn. Noch heute sah er ihre knallgrünen Augen vor sich, umgeben von einer wilden roten Lockenpracht. Seit damals stand er auf Rothaarige. Valerie hatte ebenfalls rote Haare gehabt, aber in einer dunkleren, etwas bräunlicheren Schattierung. Trixie Lynn hatte Korkenzieherlocken gehabt, so leuchtend wie die Eichenblätter im Herbst.

Nach dem Kuss, den er ihr da oben auf dem Hängeboden abgeluchst hatte, war er so verliebt in Trixie Lynn gewesen, wie man es nur einmal im Leben ist. Er war erst fünfzehn gewesen, aber er hatte sich unglaublich nach ihr gesehnt, mit Leib und Seele. Heute war ihm das fast peinlich. Auch die Tatsache, dass er sich noch so oft daran erinnerte, war ihm unangenehm. Fast jedes Mal, wenn er am Theater vorbeikam, musste er an sie denken und fragte sich, wo sie sein mochte. Ob sie wohl geheiratet hatte? Ob sie Kinder hatte? Ob sie ein Star geworden war?

Gott, das war alles so lange her! Es war albern, ständig an sie zu denken, aber wenn er die Augen zumachte, kam die Erinnerung zurück, klar und deutlich und in allen Einzelheiten: das Shampoo mit Wassermelonenduft, die Elfenbeinseife, die Art, wie ihre Locken durch seine Finger glitten. Auf dem Hängeboden war es heiß und stickig gewesen, er hatte geschwitzt. Und niemand hatte gewusst, dass sie da oben im Dunkeln waren.

»Ich habe das Gefühl, dich betrogen zu haben«, hatte Valerie während ihrer Flitterwochen zu ihm gesagt. Sie waren in San Antonio gewesen und Hand in Hand am Fluss entlangspaziert. Aus einem nahen mexikanischen Restaurant roch es nach Kreuzkümmel, und in der Ferne sang eine

Mariachi-Band auf Spanisch »El Paso«. Sie hatten sich gerade geküsst, er hatte noch ihren sanften, milchigen Geschmack auf der Zunge. Ihr Kommentar überraschte ihn.

»Mich betrogen? Wie denn?«

»Meine große Liebe war ja Jeff. Er war mein Seelengefährte. Und du …« Sie blieb stehen, ließ ihre Hand sinken und sah ihm in die Augen. »Du wirst so etwas nie erleben, solange du mit mir verheiratet bist.«

Valerie hatte nicht gewusst, dass auch er seine große Liebe verloren hatte, genau wie sie Jeff verloren hatte. »Was wir haben«, sagte er zu ihr mit voller Überzeugung, »ist besser als alle Seelenverwandtschaft. Sicher und fest und gewiss.«

Sie sah ihn so traurig an, dass ihm trotz der Julihitze ein kalter Schauer über den Rücken lief. Dann streckte sie die Hand aus, fuhr mit dem Finger an seinem Kinn entlang und flüsterte den Namen, den man ihm in der Stadt gegeben hatte. »Mein süßer sicherer Sam.«

Das Büro seiner Tante befand sich auf der anderen Seite des Gerichtsgebäudes. Ein paar Spottdrosseln trillerten in der breiten Krone des Mimosenbaumes vor dem Funny-Farm-Restaurant an der Ecke. Man konnte gebratene Zwiebeln und Knoblauch riechen. Sams Magen knurrte und erinnerte ihn daran, dass er noch nicht zu Mittag gegessen hatte. Wieder mal. Er war oft so auf seine Arbeit konzentriert, dass er das Essen ganz vergaß.

Er ging über den dichten Rasen vor dem Gericht. Zu dieser Zeit am Mittwochnachmittag waren die Straßen ziemlich leer. Die Kinder waren noch in der Schule, die Mittagessenszeit war vorbei. Seine Stiefel kratzten über das Pflaster, und er probte im Kopf noch einmal, was er seiner Tante sagen würde, damit sie endlich diese schrecklichen Versuche aufgab, ihn zu verkuppeln. Er wollte ja auch nicht ihre Gefühle verletzen.

Die Kuhglocke an ihrer Tür bimmelte fröhlich, als er eintrat. Die Welt seiner Tante war romantisch bis zum Abwinken. Die Wände waren hellrosa gestrichen, und überall hingen Fotos von Paaren, die sie zusammengebracht hatte. Ein dicker rosafarbener Teppich führte in den geschützten Bereich, wo die Kunden Platz nehmen konnten, um die Formulare und Fragebögen auszufüllen. Dort wurden auch die Interviews gefilmt und die Gebühren bezahlt. Belinda hatte sich darauf spezialisiert, Leute mit einer lange verlorenen Liebe zusammenzubringen, und sie hatte es echt raus, die alte Glut wieder zu entflammen. Davon konnte sie ganz gut leben, gut genug, um ihre fünf Kinder zu unterstützen, nachdem ihr Mann Harvey seinen Job bei Delta Airlines verloren hatte. Er arbeitete jetzt im örtlichen Country Club als Greenkeeper, was insofern gut war, als er seine Frau mit den neuesten Gerüchten aus der Oberschicht der Stadt versorgen konnte.

Belinda schaute aus dem Hinterzimmer. »Hallo, Sam!«, begrüßte sie ihn mit einer Wärme, die ihn so gemütlich umgab wie eine Umarmung.

Seine Tante war eine fröhliche, lebhafte Frau Anfang vierzig. Alles an ihr schrie »Mama«. Wie seine Mutter war sie hilfsbereit, freundlich, großzügig, liebevoll und mischte sich gern in anderer Leute Angelegenheiten. Belinda trug einen praktischen Kurzhaarschnitt und meistens Blusen mit applizierten Häschen, Entchen und Hunden. Und sie roch allen Ernstes nach Schokoladenkeksen. Sie hatte ein rundes, fröhliches Gesicht und einen vollen Mutterbusen, an den sich alle Kinderköpfe gern anlehnten. Sie war eine Spaßmama, immer zu einem Spiel aufgelegt, voller Lachen, Geschichten und Bastelideen. In ihrem Haus wimmelte es ständig von Kindern.

»Brauchst du jemanden, der auf Charlie aufpasst?« Sie sah ihn hoffnungsfroh an und kam in den vorderen Raum, Stricknadeln und einen halb fertigen Schal in den Händen.

»Nein.«

»Fahren deine Leute früher ab als gedacht?«

»Sie sind gestern schon abgereist.« Sams Vater, der bei Bell Helicopter gearbeitet hatte, war vor Kurzem im Alter von sechzig Jahren in Rente gegangen, mit einer sehr hübschen Rente übrigens, und hatte sich zur Feier dieses Ereignisses ein neues Auto gekauft. Seine Eltern waren am Tag zuvor zu einer zweimonatigen Sightseeingtour aufgebrochen und würden erst zu Halloween zurückkommen.

»Oh.« Belinda klang enttäuscht. »Und keine Verabredungen?«

»Wir müssen reden«, sagte er.

Belinda legte ihre Strickerei auf den Ladentisch. »Natürlich, natürlich. Magst du ein Glas Eistee? Mit Pfirsichgeschmack?«

»Nein, danke.«

»Allmählich habe ich den Verdacht, das hier ist kein Freundschaftsbesuch.«

Er räusperte sich. »Tante Belinda …«

»Ja?« Sie lächelte, als hätte sie die Kraft der Sonne in sich.

»Du musst aufhören, mir ständig Frauen in die Praxis zu schicken. Das ist mein Arbeitsplatz.«

»Oha«, erwiderte sie. »Wer hat dich denn bei der Arbeit gestört? Misty? JoAnna oder Caroline? Ich habe ihnen ganz klar gesagt, sie dürfen dich nicht stören.«

»Gleich drei?«, stöhnte er. »Du hast mir gleich drei Frauen auf den Hals geschickt?«

»Tja, ich war mir ja nicht sicher, welcher Typ dir am besten gefällt. Misty ist zierlich und dunkelhaarig, ungefähr in deinem Alter und …«

Er hob die Hand, um sie aufzuhalten. »Ich weiß, du willst mir nur helfen, aber ich kriege das schon allein hin, wenn mir danach ist. Wirklich. Vielen Dank.«

Belinda spitzte die Lippen. »Nein, du kriegst das nicht allein hin.«

»Was?« Er starrte sie verwirrt an.

»Na, vielleicht könntest du es hinkriegen, aber du tust ja nichts. Seit Valeries Tod hattest du nicht eine einzige Verabredung. Du bist dreißig, Sam, aber du benimmst dich, als wärst du sechzig. Wann bist du das letzte Mal ausgegangen und hattest deinen Spaß?«

»Das ist doch meine Sache, Belinda.«

»Nein, denn es geht nicht nur um dich, und das weißt du auch«, sagte sie leise.

Sam richtete sich auf. »Was meinst du denn?«

Belinda presste die Lippen aufeinander und verdrehte die Augen, als dächte sie über eine Möglichkeit nach, es ihm schonend beizubringen. »Du bist nicht der Einzige, der unter Valeries Tod leidet.«

Er senkte die Stimme. »Glaubst du, das weiß ich nicht?«

»Charlie hat so viel verloren. Erst die Sache mit dem schrecklichen Unfall seines Vaters, und dann kaum anderthalb Jahre später setzt sich seine Mutter in dieses Militärflugzeug und kommt in einem Sarg zurück. Für einen Sechsjährigen ist das schon hart.«

Sam biss die Zähne zusammen und versuchte, seinen Zorn zu besänftigen. All das ging seine Tante überhaupt nichts an. Sie hatte fünf Kinder, um die sie sich kümmern konnte. Am liebsten hätte er nach ihr geschlagen, aber er wusste, sie machte sich wirklich Sorgen um Charlie. Also sagte er gar nichts, sondern stand nur da und spürte, wie die Muskeln an seinen Schläfen zuckten.

»Der Junge braucht eine Mutter. Wenn er rüberkommt, um mit meinen Kindern zu spielen, ist er …« Tante Belinda ließ den Satz halb fertig verklingen. »Aber du hast natürlich recht, es geht mich nichts an.«

»Genau.«

»Trotzdem ist es doch nicht normal, dass er seit Valeries Tod kein einziges Wort gesprochen hat.«

»Ich weiß«, erwiderte Sam heiser. Es schmerzte ihn sehr, den Jungen leiden zu sehen, den er so schnell lieb gewonnen hatte. »Ich war mit ihm bei allen möglichen Ärzten und Therapeuten. Meine Leute helfen, so gut sie können. Ich habe wirklich alles versucht.«

»Nein, hast du nicht.« Belinda war hartnäckig.

Er ballte die Fäuste, atmete tief durch und antwortete ihr mit so viel Beherrschung, wie er aufbringen konnte. »Er ist noch nicht bereit für eine Frau, die ihm die Mutter ersetzen soll.«

Sie verschränkte die Arme über der Brust und hielt seinem Blick stand. »Bist du sicher, dass es Charlie ist, der nicht bereit ist?«

»Ich weiß deine Mühe wirklich zu schätzen, aber bitte – bitte! – hör auf, mir Frauen zu schicken. Wann und ob ich jemals wieder heirate, möchte ich selbst entscheiden. Ich will nicht, dass eine Partnervermittlung in meinem Privatleben herumfuhrwerkt. Ich brauche das nicht. Verstehst du?«

Belinda schluckte sichtbar. »Es war keine böse Absicht, und ich möchte dir auch wirklich nicht zu nahe treten. Aber Sam, hast du mal darüber nachgedacht, was es für deinen Jungen bedeutet, wenn er nicht mehr spricht? Was für eine Zukunft er hat?«

Sam hatte darüber viel mehr nachgedacht, als Belinda sich vorstellen konnte, aber er hatte beschlossen, Charlie Zeit und Raum zu lassen und ihn nicht zu drängen. Irgendwann würde der Junge wieder anfangen zu sprechen.

»Und dann ist da noch etwas«, fuhr Belinda fort.

»Was?«

Sie zog eine Schublade auf und nahm ein paar Blätter mit Zeichnungen heraus, um sie ihm zuzuschieben. »Die hat Charlie letzten Samstag gemalt, als er bei seinen Cousins übernachtet hat.«

Sam nahm die Bilder in die Hand. Mehrere Blätter, mit Wachsmalstiften bemalt, und auf allen war eine schlanke Gestalt im Rock, die auf die verschiedensten Weisen umgebracht wurde. Ihre Augen waren X, ihr Mund ein weit aufgerissenes O. Und rundherum Bomben, Messer und Schusswaffen. Sam wurde ganz weich in den Knien, als er die Bilder sah, die sein Sohn gemalt hatte. Ihm wurde übel.

»Ich mache mir wirklich Sorgen um Charlie«, murmelte Belinda.

»Alle kleinen Jungs malen solche Kriegsbilder. Ich hab das auch gemacht. Ben und Joe und Mac auch. Malen deine Jungs so etwas nicht?«

»Nicht ausschließlich.«

Sam atmete hörbar aus.

»Und nicht mit Frauen als Opfer.«

Er schüttelte den Kopf. Es war, als würde er erst jetzt erkennen, dass Charlie sich innerlich wohl genauso tot fühlte wie er. Sam konnte nur schwer über seine Gedanken und Gefühle reden; sein Sohn redete überhaupt nicht mehr. Belinda hatte recht. Er gab dem Jungen ein furchtbares Beispiel.

»Und was soll ich deiner Meinung nach tun?«, fragte er.

Sie atmete tief durch. »Du musst eine neue Mutter für den Jungen finden.«

»Valerie ist doch nicht einfach ersetzbar.«

»Ich weiß, aber das heißt nicht, dass ihr beide nicht ein bisschen Glück im Leben haben dürftet. Ihr müsst euch wieder … normal fühlen.«

»Und du glaubst, dieser alternde Cyndi-Lauper-Verschnitt, den du mir in die Praxis geschickt hast, löst meine Probleme?«

»Nein, natürlich nicht. Es ist bloß an der Zeit, dass du es wieder mal versuchst. Nicht nur um deinetwillen, sondern auch für deinen Sohn. Er muss sehen, dass Menschen nach einer Tragödie weiterleben. Im Moment seid ihr beide noch wie gelähmt.«

Da hatte sie recht. Er gab es ungern zu, weil er keine Lust

hatte, sich mit Frauen zu verabreden, aber recht hatte sie trotzdem.

»Okay«, lenkte er ein. »Dann mach. Aber nur um Charlies willen.«

»Na endlich!« Belinda klatschte in die Hände. »Deine Mutter wird begeistert sein.«

»Ja, aber da seid ihr beide, sie und du, auch echt die Einzigen.«

»Wir müssen reden.«

Emma sah den entschlossenen Blick ihrer beiden Mitbewohnerinnen und wusste, sie waren mit ihrer Geduld am Ende. Zwei Wochen waren seit dem schrecklichen Tag im Büro von Scott Miller vergangen. Zwei Wochen, in denen die Boulevardpresse hinter ihr her gewesen war. Zwei Wochen, in denen man sie im Frühstücksradio lächerlich gemacht hatte. Zwei Wochen, in denen sie eindeutig zu viel Schokolade gegessen und zu viele Liebesromane gelesen hatte, weil sie irgendetwas brauchte, was sie ablenkte. Ja, Miller hatte es verdient, aber sie hatte trotzdem ein schlechtes Gewissen.

Der Albtraum jenes Tages war nicht zu Ende gewesen, nachdem sie aus dem Theater geflüchtet war. Schon zwei Häuserblocks weiter hatte sie Polizeisirenen gehört, und ein paar Stunden später waren die ersten Paparazzi aufgetaucht. Und da hatte sie erfahren, was passiert war. Miller war nicht gesund, und durch ihren Tritt hatten sich sein einer Hoden verdreht und war nicht mehr zu retten. Ihr schlechtes Gewissen darüber verlor sich schnell wieder, als sie hörte, dass er eine Pressemitteilung herausgegeben hatte, in der es hieß, sie habe sich auf ihn gestürzt, weil er ihre Annäherungsversuche abgewehrt hatte. Sie hätte nämlich versucht, ihm mit Sex eine Rolle in seinen neuen Stück abzuhandeln. Nachdem sie diesen Blödsinn gelesen hatte, hatte sie ihr Schuldgefühl abgelegt und sich in Tagträumen ergangen, wie sie ihm auch noch den zweiten Hoden abhacken könnte.

Ihre Mitbewohnerinnen Cara und Lauren standen vor ihrem Futon, die Ärmel hochgekrempelt und mit einem Blick wie Leute, die jemanden zurückholen wollen, der von einer Sekte entführt worden ist. Emma verschluckte ihr Kaugummi und legte Rachel Gibsons neuesten Roman zur Seite. Cara setzte sich ans Fußende, Lauren auf den Stuhl, der am Kopfende stand.

»Es tut uns leid, Em«, sagte Cara. »Aber wir ertragen es einfach nicht mehr.«

»Wir können nicht mehr aus dem Haus, ohne über die Paparazzi zu stolpern. Am Anfang war es ja ganz lustig, aber es ist ja klar, dass sie eigentlich nur Fotos von *dir* wollen.« Lauren schüttelte den Kopf. »Das geht so nicht.«

Schon verstanden. Sie war ja auch nicht scharf auf diese Art von Aufmerksamkeit. Myron versicherte ihr ständig, jede Publicity wäre gut, aber es fühlte sich nicht so an. Ihr tat der Magen weh, wenn sie aus dem Fenster schaute und die Reporter unten auf der Straße sah, obwohl es langsam weniger wurden, inzwischen gab es ja schon wieder neuen Tratsch. Sie hatte es aussitzen wollen, einfach so lange in ihrer Wohnung bleiben, bis es ihnen langweilig wurde oder irgendein echter Promi etwas Aufregendes tat. Und das hatte auch ganz gut funktioniert.

Bis jetzt.

Cara verschränkte die Arme und atmete tief durch. »Wir haben jemanden gefunden, der hier einziehen will.«

»Jemanden mit Geld«, fügte Lauren hinzu. »Du musst ausziehen.«

Cara sah Lauren wütend an. »Sie meint es nicht so.«

»Doch, natürlich meint sie es so«, erwiderte Emma. »Und sie hat recht. Ihr müsst tun, was ihr tun müsst. Ich weiß es zu schätzen, dass ihr es so lange ausgehalten habt.«

»Bitte schön.«

»Wann soll ich ausziehen?«

»Meg kommt morgen.« Lauren stützte sich mit der Schulter an der Wand ab und sah sie mit gelangweilter Geduld an. Sie hatte edle Züge, arbeitete als Model und war entsprechend groß, dünn und mürrisch.

»Ich soll *heute* ausziehen?« Emma hörte, wie schrill ihre Stimme klang, wie schwach und verzweifelt. Himmel, wie peinlich war das denn?

Lauren und Cara nickten synchron.

»Na toll.« Sie zwang sich zu einem Lächeln. »Dann werde ich mal packen.«

Cara sah sie an, rang die Hände und spitzte die Lippen. »Wo willst du denn hin?«

Da war Emma Laurens Desinteresse fast lieber, aber sie würde nicht das Opfer spielen, also schwindelte sie drauflos. »Das ist doch kein Problem, ich habe jede Menge Freunde.«

Die wirklich Antwort lautete: Nein, sie hatte keine Ahnung, wohin sie gehen sollte. Der Mann, von dem sie lange gedacht hatte, er wäre ihr Vater, lebte jetzt in Seattle, war wieder verheiratet und hatte eine zehn Jahre alte Tochter. Er würde sich nicht besonders freuen, sie zu sehen – wenn sie überhaupt das Geld für den Flug zusammenbrachte. Und nein, das würde kaum möglich sein. Eine Nacht im YWCA, wenn sie Glück hatte. Ihre meisten Bekannten waren aufstrebende Schauspielerinnen wie sie und lebten in engen Apartments mit mehreren Mitbewohnerinnen. Wo ihre Mutter war, wusste sie nicht. Genau genommen wusste sie nicht einmal, ob ihre Mutter noch lebte. Geschwister hatte sie nicht, auch keine Großeltern und keinen Freund. Kein Plan B in Sicht. Kein weicher Landeplatz.

So geht es, wenn man sein Leben lang nur darauf aus ist, ein Star zu werden, statt sich um andere Menschen zu kümmern.

New York war nun mal eine anonyme Stadt. Es war nicht die beste Stadt für ein Mädchen, das sich für etwas Besonderes hält. Emma hatte einiges mitgemacht, aber so schwer war es noch nie gewesen. Zweihundert Dollar auf dem Konto, fünfzig in der Tasche, eine Kreditkarte, die fast am Limit war.

Als sie ihren Futon verließ, fühlten sich ihre Beine ganz weich und zittrig an. Sie behielt ihr Idiotenlächeln bei und kämpfte die Hysterie nieder, die in ihrer Brust aufstieg.

Nicht zusammenbrechen. Auf keinen Fall zusammenbrechen. Du bist Scarlett O'Hara, die den verdammten Rettich aus der harten, trockenen Erde zieht. Du bist Ripley, die gegen gefräßige Außerirdische kämpft. Du bist Dorothy im Zauberer von Oz.

Gut, vielleicht nicht Dorothy, weil die ja immer erklärte, zu Hause wäre es am schönsten. Und Emma hatte kein Zuhause. Aber sie war stark. Sie würde es irgendwie hinkriegen. Kurz vor der Morgendämmerung ist es am dunkelsten, oder?

Es muss erst schlimmer werden, bevor es besser werden kann. Na, wenn das stimmte, dann musste es jetzt aber bald richtig gut werden.

»Sollen wir dir beim Packen helfen?«, bot Cara an.

Emma sah sie mit allem Hochmut an, den sie noch fertig brachte. »Wisst ihr was? Geht doch einfach einen Kaffee trinken, und wenn ihr zurückkommt, bin ich weg.«

»Ehrlich?« Cara runzelte die Stirn.

»Ehrlich.«

Lauren zog Cara schon am Arm. »Sie hat recht, wir stehen hier nur im Weg.«

Nachdem die Tür hinter den beiden ins Schloss gefallen war, kämpfte Emma ihren Drang nieder, in die Knie zu sinken und in Tränen auszubrechen. Stattdessen nannte sie die Namen aller starken Frauen aus Filmen, die ihr einfielen, zog ihren Koffer aus dem Schrank und warf ihn aufs Bett. »Lara Croft. Ilsa Lund. Elizabeth Bennet, Buffy die Vampirjägerin.«

Sie stopfte ihre Kleider in den Koffer. Jetzt waren starke Schauspielerinnen dran. »Susan Sarandon, Glenn Close, Bette Davis, Uma Thurman«, sagte sie und sprach immer lauter, um die Magenkrämpfe zu übertönen. »Barbara Stanwyck, Joan Collins, Demi Moore.«

Aber noch während sie die Namen all der entschlossenen Frauen nannte, die Zurückweisung ertragen und in Erfolg verwandelt hatten, spürte sie, dass sie einfach nicht zum Star geboren war. Egal, was ihre Mutter auch sagen mochte. Sie hatte nicht einmal mehr die Brosche ihrer Mutter. Ihr Talisman war weg, sie hatte nichts mehr, woran sie sich halten konnte.

Als ihre Taschen fertig gepackt waren, sah sie sich noch einmal in der schäbigen Wohnung um. Sie hatten sich solche Mühe gegeben, sie etwas fröhlicher zu gestalten: Webteppiche, um die tiefen Risse in den hässlichen Dielen zu überdecken, ein zugeschmiertes und übermaltes Einschussloch in der Wand, schöne Vorhänge vor einem Fenster, das auf eine Gasse voller Müll hinausging. Aber es war, als würde man ein Schwein mit Lippenstift anmalen, immer sah es traurig und verzweifelt aus. Emma atmete tief durch. Sie würde diese Wohnung trotzdem vermissen.

Sie ging zur Tür, wappnete sich gegen die Medienhaie, die noch draußen standen, und nahm sich vor, ein paar Mal »kein Kommentar« zu murmeln, während sie an ihnen vorbeihastete. Dann öffnete sie die drei Riegel. Und genau in dem Moment, als sie die Tür aufmachen wollte, ertönte ein Klopfen.

Erschrocken fuhr sie zurück.

»New York Police Department, öffnen Sie.«

Polizei? Emma stellte sich auf die Zehenspitzen, um durch das Guckloch zu spähen. Tatsächlich, da hielt jemand eine Dienstmarke hin.

Sie öffnete die Tür.

Zwei kräftige dunkelhaarige Polizisten in Uniform sahen sie ausdruckslos an. »Sind Sie Emma Parks?«, fragte der größere der beiden.

»Ja.«

»Sie sind verhaftet.« Der kleinere Polizist hielt ihr Handschellen vor die Nase. »Sie müssen sich umdrehen und die Hände auf den Rücken legen.«

Sie war entsetzt. Was hatte sie denn getan? »Worum geht es denn, Officer?«

»Versuchte Vergewaltigung, Ma'am. Ein gewisser Miller hat Sie angezeigt. Wenn Sie sich jetzt bitte umdrehen und die Hände auf den Rücken legen würden.«

Da sie nicht wusste, was sie sonst tun sollte, gehorchte sie. Ein Schauer der Angst ließ ihr Herz zusammenkrampfen, als er die kalten Handschellen um ihre Handgelenke zuschnappen ließ und dann seinen Spruch aufsagte: »Sie haben das Recht zu schweigen. Alles, was Sie sagen, kann und wird in einem Gerichtsverfahren gegen Sie verwendet werden. Sie haben das Recht, zum Verhör einen Anwalt hinzuzuziehen. Wenn Sie sich keinen Anwalt leisten können, wird ein Pflichtverteidiger für Sie bestellt. Verstehen Sie, was diese Recht bedeuten?«

»Ja«, wimmerte sie.

Sie führten sie die Treppe hinunter, und als sie im Erdgeschoss ankamen, waren die Medienleute wieder da, stießen ihr Mikrofone entgegen, Kameras liefen, Dutzende von Leuten wollten ein paar Worte von ihr hören.

Und während die Polizisten sie auf die Rückbank ihres Streifenwagens verfrachteten, dachte sie unwillkürlich, so viel Publicity hätte sie noch nie gehabt.

»Wonach ich bei einer Frau suche?« Sam starrte in die Kamera und fühlte sich, als wäre er in eine Falle getappt.

Nachdem er seiner Tante versprochen hatte, sie dürfte für ihn nach einer Frau suchen, war er eine Woche lang vollkommen deprimiert gewesen. Er hatte keine Ahnung, ob diese Sache Charlie helfen würde, keine verstörenden Bilder mehr zu malen und endlich wieder zu sprechen. Aber dann hatte Belinda seine Mutter mit in die Sache hineingezogen, und seine Mutter hatte ebenfalls an ihm herumgezerrt. Sie hatte ihn sogar vom Campingplatz in Jackson Hole, Wyoming aus angerufen. Schließlich hatte er das Handtuch geworfen und einen Termin ausgemacht. Und jetzt saß er da auf diesem Stuhl, hinter ihm die Aussicht auf den Lake Twilight, die Haare frisch geschnitten, in neuen Jeans und einem roten Hemd. Belinda hatte das Hemd für ihn ausgesucht, weil sie fand, die Farbe passte gut zu seinen Augen. Für Sam klang das alles, als wäre er einfach nur ein Riesenidiot.

Tante Belinda stand hinter dem Kameramann und hielt die Karteikarten mit den Fragen hoch, die er beantworten sollte. Sie lächelte strahlend und zeigte ihm einen hochgehobenen Daumen. Dabei hasste er doch nichts mehr, als im Mittelpunkt zu stehen. Lieber ging er zum Zahnarzt.

Er überlegte. Sollte er sagen, was er sich wirklich wünschte? Oder sollte er sagen, was er glaubte, was Frauen gern hörten? Sollte er überhaupt seine eigenen Bedürfnisse in den Vordergrund stellen? Oder sollte er nicht lieber daran denken, was für eine Frau am besten dafür geeignet wäre, Charlies Mutter zu sein? Was suchte er bei einer Frau?

Belinda sah ihn drängend an. Er musste jetzt irgendetwas sagen.

»Tja … ich suche nach einer … traditionellen Frau.«

Belinda schüttelte den Kopf.

Sam sah sie fragend an. »Nicht? Eher untraditionell?«

»Schnitt!«, rief Belinda und kam zu ihm gelaufen.

»Was ist denn?«

»Traditionell ist kein gutes Wort. Damit kriegst du nur Frauen, die fest in ihren Ansichten verwurzelt sind.«

»Aber was soll ich sagen?«

»Was heißt denn traditionell für dich?«

Er zog die Schultern hoch. »Keine Ahnung. So wie Valerie, würde ich sagen.«

»Okay. Dann erwähn doch einfach Valeries positive Eigenschaften.«

»Ja, gut.«

Belinda ging aus dem Blickfeld der Kamera. »Wir versuchen es noch einmal. Setz dich gerade hin.«

Er zwang sich, nicht die Augen zu verdrehen. »Wonach ich bei einer Frau suche?« Aus irgendeinem Grund kam ihm Trixie Lynn Parks in den Sinn. Sie war fesselnd, künstlerisch, seelenvoll, dramatisch, aufregend, unerschrocken, kühn, widerstandsfähig und tiefgründig. Eine Frau wie sie, das wäre eine echte Herausforderung. »Ich suche nach einer ruhigen, praktisch veranlagten Frau, die aussieht, als hätte sie schon viel erlebt.«

»Schnitt!«

»Was ist denn jetzt schon wieder?«

»Was soll das heißen, die aussieht, als hätte sie schon viel erlebt?«

»Was ist denn daran falsch?«

»Da kriegst du nur ungekämmte Frauen, die sich gehen lassen.«

»Ich meine, ich will nicht so eine, die nur an ihr Aussehen denkt. Keins von diesen Girlys, die so tun, als würde die Welt untergehen, wenn ihnen mal ein Fingernagel abbricht.«

»Andere Frage«, sagte Belinda. »Erzähl uns, was du am meisten schätzt.« Sie nickte dem Kameramann zu, der wieder mit der Aufnahme begann.

»Was ich am meisten schätze?« Sam lächelte. Das war einfach. »Ich bin gern Vater und Tierarzt. Meine Familie bedeutet mir viel. Ich liebe Tiere, und ich lebe in der besten Stadt der Welt.«

Belinda hielt eine neue Fragekarte hoch.

»Meine Hobbys – ich gehe mit meinem Hund Patches zu Hütewettbewerben. Und ich arbeite gern im Garten. Ich bin sehr erdverbunden. Bei mir kriegen Sie, was Sie sehen. Bloß dieses rote Hemd passt nicht zu mir.« Er zupfte an dem Hemd. »Das hat meine Tante für mich ausgesucht, weil sie meint, es wirkt vor der Kamera gut und bringt meine Augen zur Geltung. Was auch immer das bedeuten mag. Mir ist die Farbe viel zu grell.«

Er winkte dem Kameramann zu, damit der die Aufnahme unterbrach, und stand auf. »Ist das albern.«

»Gar nicht. Du machst das toll.«

Er hob beide Hände. »Für heute reicht es mir. Nichts gegen deinen Broterwerb, Tante Belinda, aber so möchte ich meine potenzielle neue Frau nicht kennenlernen.«

»Warum nicht?«

»Weil es sich gezwungen und künstlich anfühlt.«

Belinda klopfte dem Kameramann auf die Schulter, schüttelte den Kopf und winkte ihn aus dem Zimmer. Als die Tür hinter ihm zu war, sah sie Sam an. »Es fühlt sich immer ein bisschen gezwungen an, Sam, so ist das bei der Partnervermittlung, aber du kommst nicht gut allein klar. Du brauchst Hilfe.«

»Ich habe doch noch gar nicht gesucht.«

»Weil du Valerie nicht loslassen kannst. Dein Schrank ist ja noch voll mit ihren Kleidern.«

Er wand sich. Tante Belinda hatte recht, aber er brachte es einfach nicht übers Herz, die Kleider wegzutun. Wenn er nur daran dachte, verkrampften sich seine Eingeweide zu einem schwarzen Kohleklumpen. »Sie ist doch erst seit dreizehn Monaten tot.«

»Aber sie kommt nicht zurück.«

»Das weiß ich.«

»Ich kann rüberkommen und ihre Sachen ausräumen, wenn es dir dann leichter fällt.«

Das wäre zu einfach. Sam schüttelte den Kopf. »Nein, das ist mein Job. Ich mache das nach meinem eigenen Rhythmus und Gefühl.«

»So wie Charlie nach seinem eigenen Rhythmus und Gefühl wieder anfangen wird zu reden?«

Er sah sie wütend an. Tante Belinda war rundlich, freundlich und romantisch, aber in ihrem Inneren war sie stahlhart und konnte Berge versetzen. Sie erwiderte seinen Blick mit einem Tadel, der ihm das Gefühl vermittelte, er sei ein alter, böser Ziegenbock. Er wusste, was sie meinte. Wie konnte er erwarten, dass Charlie jemals wieder redete, wenn er es nicht mal fertigbrachte, sich von Valeries Kleidern zu trennen?

»Sie würde wollen, dass du weiterlebst. Das weißt du.«

Auch da hatte Belinda recht. Mehr als einmal hatte Valerie ihm gesagt: »Wenn mir etwas passiert, will ich, dass du wieder heiratest. Gründe eine neue Familie für Charlie. Ich vertraue ihn dir an. Ich vertraue darauf, dass du die richtigen Entscheidungen triffst.«

»Ich mache das schon«, sagte er mit rauer Stimme zu Belinda.

»Na gut.« Belindas Blick wurde sanfter. »Wenn du mich brauchst, weißt du, wo du mich findest.«

Kapitel drei

»Quilter nähen Vergangenheit und Zukunft zusammen.«
Belinda Murphey, Partnervermittlerin und Mitglied des True Love Quilting Club

Das Einzige, was Emma daran hinderte, vollkommen zusammenzubrechen, war ihre Fähigkeit, sich von der Wirklichkeit abzuspalten und in eine Phantasiewelt einzutauchen. Während man ihr den Gürtel und die Schnürsenkel abnahm und ihre Handtasche leerte, sagte sie sich die ganze Zeit, das sei Teil einer Hauptrolle, von der sie ihr Leben lang geträumt hatte. Als ihr die Fingerabdrücke abgenommen wurden und sie wie eine Schwerverbrecherin in die Kamera schaute, tat sie so, als wären das alles nur Recherchetätigkeiten für diese Rolle.

Aber als die Metalltür hinter ihr ins Schloss fiel und sie die anderen Frauen sah, die sie unfreundlich betrachteten, als sie den Gestank ungewaschener Körper roch, da wankte ihre Selbsttäuschung doch ein bisschen. Wie hatte das alles passieren können? Sie hatte sich doch nur verteidigt, und jetzt saß sie hinter Gittern. Es war einfach nicht fair!

Man gab ihr ein Sandwich mit Weißbrot und einen Styroporbecher mit Muckefuck. Da sie keinen Anwalt hatte, war der einzige Mensch, den sie anrufen konnte, ihr Agent Myron.

»Anna!«, keuchte Myron. »Das ist alles gar nicht so schlimm. Und du warst in allen Abendnachrichten.«

»Emma«, korrigierte sie ihn. »Ich bin im Gefängnis, man lastet mir ein Sexualverbrechen an, und ich habe einen der mächtigsten Männer am Broadway gegen mich aufgebracht. Wie soll es mir da etwas nützen, in den Abendnachrichten zu sein?«

»Man weiß nie, was das Leben mit einem vorhat, Puppengesicht.«

Sie hätte ihn am liebsten gefragt, ob das ein Kompliment oder eine Beleidigung sein sollte, aber der Wachmann neben ihr tippte auf seine Uhr, sie musste sich beeilen. »Kannst du dafür sorgen, dass ich hier schnell wieder rauskomme?«

»Ich tue, was ich kann.«

»Beeil dich bitte, das ist kein Wellnesshotel hier.«

»Aber das ist alles Material.«

»Wie bitte?«

»Koste die Erfahrung aus. Nutze sie. Sie macht eine bessere Schauspielerin aus dir.«

»Na, vielen Dank für den guten Rat.«

»Mach dir keine Sorgen, Puppengesicht, ich hole dich da schon raus.«

»Die Zeit ist um«, sagte der Wärter und nahm ihr das Telefon weg.

Zurück in der Zelle, rollte sie sich auf ihrer Metallpritsche zusammen, wagte es aber nicht, die Augen zu schließen.

Und dann geschah früh am nächsten Morgen ein Wunder. Der Wärter kam und rief ihren Namen. Sie sprang auf, und er ließ sie aus der Zelle.

»Was ist denn los?«, fragte sie.

»Sie können gehen.«

Sie blinzelte. »Wie meinen Sie das?«

»Die Anklage wurden fallen gelassen.«

»Einfach so?«

»Einfach so.«

Sie würde nicht mit ihm darüber streiten, natürlich nicht. Sie bekam ihre Sachen zurück, und gerade als sie gehen wollte, kam Myron hereingestürmt. So gut er eben stürmen konnte mit seinen arthritischen Knien und seiner Atemnot.

»Puppengesicht, du bist frei«, begrüßte er sie zwischen all den blauen Uniformen.

»Ja, aber ich weiß nicht, was du gemacht hast, damit er die Anzeige zurückzieht. Trotzdem, danke! Vielen, vielen Dank!«

»Ich war das nicht.«

»Nein?«

Er schüttelte seinen alten, welken Kopf.

»Sondern?«

»Miller hat die Anzeige von sich aus zurückgenommen.«

»Einfach so?«

Myron zuckte mit den Schultern. »Keine Ahnung. Vielleicht hat er eingesehen, dass es keinen Sinn hat. Schau einem geschenkten Gaul nicht ins Maul.«

Da hatte er recht.

»Aber ich bin eigentlich aus einem ganz anderen Grund hier«, sagte Myron.

Emma legte den Kopf schief. Myron war fast genauso längenmäßig herausgefordert wie sie. »Nämlich?«

»Ein Job.«

»Etwas Ernsthaftes?« Sie wagte kaum zu hoffen, dass sich hinter diesem Angebot etwas Gutes verbergen konnte.

»Ja! Ich habe dir doch gesagt, es ist gut, dass du in den Abendnachrichten warst.«

»Und es gibt kein Vorsprechen?«

»Nein. Du hast den Job.«

Sie befeuchtete ihre Lippen, ihr Puls ging schneller. Vielleicht hatte das Sprichwort ja wirklich recht. Vielleicht folgte nach der größten Dunkelheit ja wirklich die Morgendämmerung. »Was ist es denn?«

»Also, begeistere dich nicht zu sehr dafür, es ist nichts Großes. Nicht so lukrativ wie Werbung. Aber nun ja, nach dem Ding mit Miller muss man nehmen, was man kriegen kann.«

Sie ballte die Fäuste. »Was ist es?«

»Du musst die Stadt dafür verlassen.«

»Gut.« Sehr gut sogar. Raus aus der Stadt, nichts anderes wollte sie im Moment.

»Ein kleines Haus, aber zehn Mille für zwei Monate Arbeit, und du kannst im B&B vor Ort wohnen.«

»Eine Filmrolle?«, fragte sie hoffnungsvoll.

Myron lachte schnaufend.

Also wirklich, was war denn daran zum Lachen?

»Ein Regionaltheater. Du spielst die Hauptrolle in einem Stück über die Stadtgründer.«

»Klingt doch interessant. Wo denn?«

»Irgendein Nest in Texas. Lass mich nachsehen.« Myron zog ein Stück Papier aus der Jackentasche und setzte sich die Lesebrille auf, die er auf die Stirn geschoben hatte. »Da ist es ja. Twilight heißt der Ort.«

»Twilight?« Sie konnte es kaum glauben.

»Kennst du die Stadt?«

»Ja, allerdings.«

Von allen fünfzehn Städten, in denen sie gelebt hatte, war Twilight die einzige, in der sie sich mal ein bisschen zu Hause gefühlt hatte. Die Erinnerung machte ihr eine Gänsehaut. Sie dachte an die freundlichen älteren Frauen, die ihr manchmal Eintopf gebracht hatten, weil sie wussten, dass sie kein anständiges Essen bekam. Sie erinnerte sich an den See, der in der Abenddämmerung so schön ausgesehen hatte, wenn die tief stehende Sonne ihre orangefarbenen Strahlen über den lilafarbenen Himmel geschickt hatte. Aber vor allem erinnerte sie sich an Sam Cheek. Den einzigen Jungen, den sie je geliebt hatte.

»Die Betreiberin des Theaters, Nina Blakley, war früher mal ein großer Star. Ende der Sechziger hat sie einen Tony gewonnen, gehörte zur Anfangsbesetzung von *Firelight* und war eine der ersten Bühnenschauspielerinnen, die in ihrem Vertrag stehen hatte, dass sie für jede Aufführung eine Gage bekommt. Mit solchen Klauseln ist sie reich geworden, und jetzt betreibt sie also so ein kleines Provinztheater, das aber einen sehr guten Ruf hat. Und sie hat natürlich viele Kontakte in die Branche, das ist auch gut. Könnte sein, dass sie dich mit den richtigen Leuten in Berührung bringt, wenn du dich gut mit ihr stellst.«

Emma kannte Nina Blakley, sie hatte schließlich als Kind ein paar Jahre in Twilight gelebt. Damals hatte sie sich nicht viel um die Erwachsenen gekümmert, aber ihr war klar, dass Nina das Theater leitete. Ihr Herz war hin und her gerissen bei dem Gedanken, dorthin zurückzukehren. Ein Teil von ihr freute sich diebisch darauf, der andere Teil schämte sich. Als Trixie Lynn hatte sie mächtig damit angegeben, irgendwann eine berühmte Schauspielerin zu werden. Sie sei schließlich zu Höherem bestimmt. Und jetzt kam sie mit eingeklemmtem Schwanz zurück. Plötzlich wurde ihr klar, dass da jemand Mitleid mit ihr haben musste, wenn man ihr ein solches Engagement anbot. So wie seinerzeit mit den Eintöpfen. Die großen Mütter der Stadt hatten sie in den Nachrichten gesehen, die Boulevardblätter gelesen, vielleicht auch ein paar Blogs, und davon erfahren, was zwischen ihr und Scott Miller passiert war. Und jetzt warf ihr Nina aus dem fernen Texas einen Rettungsring zu.

Ihr Stolz hätte ihr am liebsten verboten, das Angebot anzunehmen, aber ehrlich gesagt, konnte sie sich keinen Stolz mehr leisten. Sie wusste nicht, wohin. Und außerdem ging ihr Sam nicht aus dem Kopf. Sie wusste, dass er noch dort lebte. Sam hätte Twilight nie verlassen.

Mach dich nicht lächerlich. Er ist wahrscheinlich verheiratet und hat jede Menge Kinder. Hör auf zu spinnen und von einer Liebe zu träumen, die nie eine Chance hatte.

»Am Montag sollst du dort antreten.«

Emma hielt den Atem an. Mitleid oder nicht, sie konnte dieses Angebot nicht ablehnen. »Myron«, sagte sie, »kannst du mir Geld für den Bus leihen?«

Der Bus kam am Sonntagnachmittag in Twilight an. Emma konnte kaum glauben, wie wenig sich die Stadt in den letzten sechzehn Jahren verändert hatte. Gut, es gab ein paar neue Geschäfte am Highway 377 Richtung Fort Worth, ein Großkino mit vierzehn Kinosälen, einen Minigolfplatz und einen Wasserpark sowie eine Bowlingbahn und einen

Super-Walmart. Und am See waren ein paar neue Wochenendhäuser und Hotels entstanden.

Aber der Stadtplatz war immer noch wie früher. Ein paar alte Geschäfte waren verschwunden und durch neue ersetzt worden, aber die Architektur war unverändert. Eines der Gebäude am Platz hatte vor Kurzem gebrannt, aber alle anderen waren renovierte Gebäude aus den 1870er Jahren. Man konnte fast erwarten, dass Jesse James die Straße entlanggeschlendert kam, den sechsschüssigen Revolver an der Hüfte.

Über dem ordentlich geschnittenen Rasen vor dem Gericht flatterten stolz eine US-Flagge und eine texanische Flagge. Vor dem Funny-Farm-Restaurant standen ein paar Leute.

An der südlichen Ecke des Platzes befand sich das Theater, dessen gerahmte Plakate für ein Ereignis warben, das bereits vorbei war. Als schlaksiger Teenager hatte sie in diesem Theater ihren ersten Kuss bekommen, erinnerte sie sich lächelnd. In einem Schaufenster war ein raffiniert zusammengestellter pfirsichfarbener und dunkelblauer Quilt ausgestellt. Bei dem Anblick fühlte sie sich … Ja, wie? Ihr Magen tanzte glücklich vor sich hin, und zwei Worte leuchteten rot in ihrem Kopf auf.

Zu Hause.

Verrückt. Wie konnte sie so warme Gefühle für einen Ort hegen, an dem sie kaum mehr als ein Jahr gelebt hatte? Für einen Ort, an dem sie herausgefunden hatte, dass ihr Vater gar nicht ihr Vater war, dass sie keine Wurzeln hatte, nirgendwohin gehörte, zu niemandem.

Der Bus rumpelte über den Platz zu dem kleinen Busbahnhof. Sie war die Einzige, die ausstieg. Der Fahrer holte ihren Koffer aus dem Gepäckfach und ließ sie neben einer überdachten Sitzbank stehen. Außerdem gab es dort einen kleinen Laden, der auf Schildern für sein Angebot warb: Wein, Bier, Kondome und Lotterielose. Und natürlich Bustickets. Ja, so sah die Schattenseite des Kleinstadtlebens aus.

Aber sie hatte ja die Wegbeschreibung für ihre Unterkunft in der Tasche. Topaz Street. Wenn ihre Erinnerung sie nicht trog, musste sie nur ein paar Blocks Richtung Norden gehen.

Genau in dem Moment, als sie sich bückte, um ihren Koffer aufzunehmen, sah sie ihn, wie er sie kühl und mit eisblauen Augen ansah. Sie atmete hastig ein und trat ein paar Schritte zurück. Er kam genau auf sie zu, langsam, zielstrebig.

Sie geriet sofort in Panik. Ihre Knie zitterten, sie bekam kaum noch Luft, war unfähig zu atmen. Sie hatte eine abartige Angst vor Hunden, und dieser hier schaute sie an, als wollte er sie zum Abendessen verspeisen.

Er legte sich hin, die Ohren am Kopf nach hinten gelegt, den Blick fest auf sie gerichtet. Kein großer Hund, aber auch kein kleiner. Wenn er sich auf die Hinterpfoten stellte, war er wahrscheinlich fast so groß wie sie. Er war schlank und drahtig und sah aus, als könnte er sehr schnell rennen. Sie war nicht sicher, ob sie seine Farbe als weiß mit schwarzen Flecken oder schwarz mit weißen Flecken bezeichnet hätte. Wie auch immer, er kroch langsam näher, als pirschte er sich an eine Beute an.

Emma schrie leise auf, ließ ihren Koffer auf dem Parkplatz stehen und rannte zu dem kleinen Laden, aber in dem

Moment, als sie anfing sich zu bewegen, war er auch schon da und blockierte den Weg.

Sie ging einen Schritt zurück.

Er ging einen Schritt vor.

Sie versuchte, um Hilfe zu rufen, aber die Angst schnürte ihr die Kehle zu, sodass sie kaum ein Wimmern herausbrachte.

Ihre Angst vor Hunden stammte aus der Zeit, als sie die Annie gespielt hatte. Der Produzent hatte darauf bestanden, einen echten Hund auf die Bühne zu bringen. Und dieses Vieh mochte Emma überhaupt nicht und schnappte nach ihr, wann immer es konnte. Sie trug keine größeren Verletzungen davon, nicht einmal ernsthafte Kratzer, aber es passierte immer so schnell, dass sie sich schon krümmte, wenn sie sich dem Hund nur näherte. Und je mehr sie sich krümmte, desto häufiger sprang das kleine Biest sie an. Sie hatte sich beim Regisseur beschwert, aber es war sein Hund, was sollte sie machen? Er sagte ihr, entweder gewöhnte sie sich daran oder er würde eine andere Darstellerin finden. Und weil sie das Geld brauchte, blieb sie. Aber seitdem bekam sie Panik, sobald sie in die Nähe eines Hundes kam.

Und dieser Hund kam jetzt immer näher.

Sie ging zwei weitere Schritte zurück, wagte es nicht, ihm den Rücken zuzudrehen. Wenn sie das tat, würde er sie anspringen, niederreißen und ihr die Kehle durchbeißen, das wusste sie ganz genau. Sie wollte den Angriff sehen, wenn er denn kam.

Das Blut rauschte in ihren Ohren, laut und schnell. Sie konnte an nichts anderes mehr denken als an die scharfen weißen Zähne, die sich gleich in ihren Knöchel bohren würden.

Der Hund war hoch konzentriert, sah sie fest an und begleitete sie vom Parkplatz in eine ruhige Seitenstraße mit hohen Eichen und Handwerkerhäusern auf großen Grundstücken. Die meiste Zeit hielt er einen Abstand von knapp zwei Metern ein, und solange sie geradewegs die Straße hinunterging, blieb er sogar vor ihr. Wenn sie jedoch versuchte, zur einen oder anderen Seite abzubiegen, kam er hinter sie und zwang sie, wieder in der Mitte der Straße zu gehen. Sie betete, jemand würde mit dem Auto die Straße entlangfahren, aber niemand kam.

Einmal versuchte sie, ihn zu täuschen, indem sie so tat, als würde sie zur einen Seite abbiegen, dann aber die andere Seite wählte. Aber er klappte nicht, er folgte jeder ihrer Bewegungen und übernahm sofort wieder die Kontrolle, wie ein entschlossener Tänzer, der mit einer sturen Frau Walzer tanzt und sich die Führung nicht nehmen lässt.

Nach einer gefühlten Ewigkeit – vermutlich waren kaum zehn Minuten vergangen – lief der Hund etwas schneller und hielt sich näher bei ihr.

Die Angst, die sich wie ein Stück Speck in ihrer Kehle anfühlte und auch so schmeckte, wurde größer. Das war es, jetzt würde er sie gleich in Stücke reißen.

Er kam auf ihre linke Seite, sodass sie den Rasen vor einem weißen Holzhaus betreten musste. Das Haus hatte eine breite, sehr einladende Veranda.

Als sie zu der Treppe ging, die zur Haustür führte, zuckte die Nase des Hundes, und er hielt den Blick fest auf ihre Füße gerichtet. Und er kam immer noch näher.

Jetzt konnte sie nirgendwo mehr hin, nur noch die Treppe lag vor ihr. Der Hund bewegte sich zwischen ihr und der Straße.

Die erste Stufe.

Der Hund kam näher.

Die zweite Stufe, dann die dritte.

Der Hund war jetzt auf der untersten Stufe, Emma stand auf der Veranda. Wenn sie sich ganz schnell umdrehte, konnte sie vielleicht an die Tür hämmern und um Hilfe schreien, bevor der Hund zu viel Schaden anrichtete.

Aber sie hatte keine Chance. Der Hund kam die Treppe heraufgesprungen, während Emma sich zitternd in die Ecke zurückzog. Jetzt saß sie in der Falle. Kein Ausweg mehr möglich.

Der Hund blieb direkt vor ihr stehen, sah ihr in die Augen und bellte.

Emma bereitete sich auf den Schmerz vor. Doch der kam nicht.

Durch das offene Fenster hörte sie eine Frauenstimme rufen: »Doc, kommen Sie mal kurz auf die Veranda, Ihr Hund hat mal wieder jemanden hierhergehütet.«

»Ins Haus, Patches«, befahl Sam dem Border Collie und hielt die Fliegentür mit der linken Hand auf.

Der Hund spitzte die Ohren und legte den Kopf schief. Dann sah er die zitternde Frau auf der Veranda an, als wollte er sagen: »Schau mal, was ich dir mitgebracht habe.« Na großartig. Jetzt fing sogar schon der Hund an, ihm Frauen anzuschleppen.

»Ins Haus!« Er schnippte mit den Fingern.

Zögernd trabte Patches hinein.

Sam ließ die Fliegentür los und wandte sich der Frau zu. Er würde sich entschuldigen müssen. Aber beim ersten

Blick in ihr Gesicht fühlte er sich, als hätte man ihm eine Bowlingkugel in den Bauch gerammt. Er blinzelte. Das konnte nicht sein. Seine Phantasie spielte ihm einen Streich. Das konnte sie nicht sein, oder? Wie sollte sie nach all den Jahren wieder nach Twilight kommen?

Sie hatte immer noch diese feuerroten Haare, ein bisschen wie das glänzende Fell eines Irish Setters. Und es sah aus, als wäre sie in den sechzehn Jahren keinen Zentimeter gewachsen. Eins fünfzig, schlank und jungenhaft, wie er sich an sie erinnerte. Und sie hatte immer noch ein paar Sommersprossen auf ihrer Stupsnase. Seine Mutter hatte immer gesagt, die Engel hätten Zimt auf sie gestreut, damit sie nicht nur süß wäre, sondern auch ein bisschen Würze bekäme. Und jedes Mal war die Reaktion ein Grinsen gewesen. Deshalb hatte seine Mutter es ja gesagt. Lois Cheek hatte eine Schwäche für Kinder, und wenn sie eins sah, das vernachlässigt wurde, dann tat ihr das im Herzen weh.

Sam starrte sie an. Ein Schwall von Gefühlen, die er nicht recht benennen konnte, überschwemmte sein Herz. »Trixie Lynn?«, fragte er und hörte, wie heiser er klang. »Bist du das?«

Sie sah ihm ins Gesicht, ihr Blick zuckte zu seiner Stirn. Instinktiv hob Sam die Hand und zog eine Haarsträhne über die Narbe. Die hatte er noch nicht gehabt, als sie sich kennengelernt hatten. Fand sie sie abstoßend? Sein Magen krampfte sich zusammen. Die Leute in Twilight ließen ihn meistens vergessen, dass diese Narbe da war. Bei den Menschen, die ihn kannten, sah er nie Abscheu oder morbide Neugier, aber Fremde schienen immer darauf zu starren, als bestünde Sam nur aus der Wunde. Plötzlich hatte er Angst, Trixie Lynn würde ihn deswegen ablehnen.

In diesem Moment erkannte er, dass sie zitterte.

»Trixie Lynn«, sagte er noch einmal.

Sie wurde blass, und ihre Knie gaben genau in dem Moment nach, als er bei ihr war. Warum hatte sie diese Narbe auch sehen müssen? Sicher waren jetzt all ihre Erinnerungen an ihn verdorben. Sie hingegen sah immer noch genauso aus wie früher. Dass sie allerdings gleich ohnmächtig werden würde, hatte er nicht erwartet. Es wäre besser, er zöge sich zurück.

Aber er zog sich nicht zurück. Stattdessen legte er ihr den Arm um die Taille und hielt sie fest. In der Sekunde, als er sie berührte, schärften sich alle seine Sinne. Sie duftete nach Wassermelonenshampoo und Elfenbeinseife, ein vertrauter Duft, der alle seine Erinnerungen weckte. Ein Sonnenstrahl, der durch die Bäume kam, tauchte ihr Haar in ein feuriges Licht. Er hätte sie am liebsten auf die Sommersprossen geküsst, um festzustellen, ob sie wirklich nach Zimt schmeckten.

Aber er stand nur da wie gebannt. Sie starrten einander an, und es war, als würde die Zeit stehen bleiben, als wäre der Moment eingefroren. Sie hatte die Augen weit aufgerissen, er keuchte, als wäre er gerade hundert Meter gesprintet, wie er es früher als Schüler oft getan hatte.

Es war, als hätte sich überhaupt nichts verändert. Als wären sie wieder im ersten Highschooljahr, bis zum Kragen voll mit Sehnsucht und Hormonen. In dieser Sekunde, die sich ewig dehnte, verschwand alles andere, aller Widerstand, alle Künstlichkeit. Es war, als wären sie nie getrennt worden.

Seine Highschoolliebe. Seine wahre, große Liebe. Seine Seelengefährtin.

Für immer und alle Zeit.

Schafscheiße.

Er lebte wohl doch inzwischen zu lange in Twilight und hörte auf die albernen Legenden von Liebenden, die sich verloren hatten und wiederfanden. Was fehlte ihm? Er war ein angesehener Tierarzt, inzwischen auch Vater. Und er hatte keine Ahnung, wer Trixie Lynn heute war.

Er konnte diese ganzen Gefühle überhaupt nicht gebrauchen. Zu kompliziert. Zu unordentlich. Zu angsteinflößend. Sam brauchte es einfach, ordentlich und berechenbar. Trixie Lynn war nie einfach, ordentlich oder berechenbar gewesen.

Und doch schlug sein Herz wie ein Hammer, und in seinem Magen flatterten längst vergessene Schmetterlinge. Er wollte ihr tausend Fragen stellen, was vollkommen untypisch für ihn war. Und so stellte er ihr nur eine einzige Frage: »Alles in Ordnung?«

Sie nickte schweigend. Daran war er gewöhnt. Er redete nicht viel, Charlie redete gar nicht. Selbst seine Haushälterin Maddie war eine stille Frau.

»Ich …« Sie schluckte. »Ich habe bloß so schreckliche Angst vor Hunden.«

»Oh«, sagte er und spürte, wie ihn Erleichterung durchfuhr. »Deshalb zitterst du so.« *Nicht wegen der Narbe!*

»Natürlich«, erwiderte sie. »Was denkst du denn?«

Er kam sich furchtbar dumm vor. »Du bist wieder zurück?«

»Genau.« Sie lächelte.

Er spürte, dass er sie immer noch festhielt, obwohl sie gar nicht mehr zitterte. Sam war nicht besonders groß, aber Trixie Lynns Scheitel reichte ihm gerade bis zum Kinn. Er schaute auf die üppigen rosa Lippen, die er nur einmal geschmeckt hatte und so gern wieder geschmeckt hätte. Was sie wohl tun würde, wenn er dem Impuls folgte und sie jetzt und hier küsste, einfach so auf seiner Veranda, als wären die sechzehn Jahre einfach nicht wahr?

Das geht nicht. Wahrscheinlich ist sie verheiratet.

Blitzschnell schaute er auf ihre linke Hand. Kein Ring.

Nicht so viel Begeisterung, das heißt gar nichts.

Sie trat einen Schritt zurück und löste sich aus der Umarmung. Der nächste Augenblick fühlte sich schwer und peinlich an. Hatte sie seine Gedanken gelesen? Wusste sie, dass er darüber nachgedacht hatte, sie zu küssen?

Sam senkte den Kopf und fuhr sich mit der Hand über den Nacken. »Schön, dich wiederzusehen, Trixie Lynn.«

»Ich heiße nicht mehr Trixie Lynn, ich heiße jetzt Emma. Emma Parks.«

»Ein Künstlername?«

»Nein, richtig offiziell.«

»Emma.« Er probierte das Wort aus. »Gefällt mir. Passt zu dir.«

Sie sah aus, als würde sie das freuen.

»Wie kommst du zurück nach Twilight?«

»Du hast noch nichts davon gehört?« Sie blinzelte ihn an wie ein neugieriger kleiner Vogel.

»Was gehört?«

»Ich dachte, die Buschtrommeln hätten es dir schon erzählt.«

Er winkte ab. »Ich höre nicht auf die Buschtrommeln.«

»Immer noch zu viel mit den Tieren beschäftigt, als dass du Zeit für Leute hättest?«

»Genau«, gab er grinsend zu. »Ich bin Tierarzt geworden.«

»Echt?« Sie schenkte ihm ein strahlendes, echtes Lächeln. »Das ist ja toll. Schön, dass du deine Träume wahr gemacht hast.«

»Na, ich vermute, dir ist das auch gelungen, wenn du jetzt einen Künstlernamen hast und so weiter.«

»Na ja.« Sie atmete tief durch, und er sah die Traurigkeit in ihren Augen. »Nicht alle Träume werden wahr.«

»Doc?«, rief Maddie von drinnen. »Bleibt Ihr Gast zum Essen? Ich habe einen Schmorbraten gemacht, wir haben jede Menge übrig.«

»Hast du Lust, zum Essen zu bleiben?«, fragte er. »Dann könntest du auch gleich meinen Sohn kennenlernen.«

Sie sah ihn mit einem seltsamen Blick an, und erst da merkte er, dass er sich die ganze Zeit mit der Hand durch die Haare fuhr, sodass seine Narbe noch besser zu sehen war. Ein Gefühl zog über ihr Gesicht, halb Mitleid, halb Traurigkeit. Seine Angst stieg wieder hoch, am liebsten hätte er die Einladung zurückgezogen.

Aber es war zu spät.

»Sehr gern«, sagte sie.

Kapitel vier

»Quilts sind sichtbar gemachte Liebe.«
Dotty Mae Densmore, ältestes Mitglied des True Love Quilting Club

Sam sah genauso aus, wie Emma ihn sich mit dreißig vorgestellt hätte. Er sah sehr gut aus, hatte struppige schwarze Haare und intelligente braune Augen, denen nichts entging. Und wie schon früher war er von Tieren umgeben. Kolibris summten an Futterstationen mit rotem Zuckerwasser, die auf der Veranda von Haken herunterhingen. Ein Terrarium mit Schildkröten stand auf einem Tisch hinter dem geflochtenen Gartensofa, auf dem eine rundliche dreifarbige Katze zusammengerollt lag. Ein später Schmetterling flatterte um Sams Kopf und landete dann auf seiner Schulter. Und der Hund, der offenbar Patches hieß, saß hinter der Fliegentür und schaute Sam an, als handelte es sich um Franz von Assisi.

Ein Ein-Tage-Stoppelbart spross auf Sams Kinn. Er trug ein kurzärmeliges Cowboyhemd, ausgebleichte Jeans und abgestoßene braune Arbeitsstiefel. Über sein Gesicht liefen die Schatten des Deckenventilators, der langsam über ihren Köpfen kreiste. Er hatte sich verändert, und doch war er immer noch der Junge, an den sie sich erinnerte. Nach innen gewandt, ernst, ruhig. Das absolute Gegenteil zu ihr.

Er hat einen Sohn.

Und dieser Sohn hatte vermutlich eine Mutter.

Sam war verheiratet.

Die Enttäuschung schmeckte wie teurer alter Cheddar-Käse. Sie hätte diesen Geschmack gern mit einem Glas Wein hinuntergespült. Sam hatte eine Familie. Eine Frau und ein Kind.

Eigentlich hatte sie damit gerechnet. Warum denn auch nicht? Er war ein gut aussehender Mann, ausgesprochen sexy, Tierarzt. Ruhig, verlässlich und stetig. Natürlich war er verheiratet! Er war dreißig Jahre alt, da war das doch normal. Da war man erwachsen.

Sie nicht. Sie hatte sich viel zu lange an ihre Peter-Pan-Träume geklammert und darüber vergessen, erwachsen zu werden.

Was für ein deprimierender Gedanke.

Er strich mit der Hand über seine Stirn und schob sich eine Haarsträhne aus den Augen. Das wechselnde Sonnenlicht, das durch die Bäume drang, tauchte sein Gesicht in ein hartes Licht. Da sah sie es.

Emma musste sich die Fingernägel in die Handfläche bohren, um nicht nach Luft zu schnappen. Und sie bot all ihre Schauspielkünste auf, um ihn nicht sehen zu lassen, wie sehr sie der Anblick erschreckte. Etwas Furchtbares musste mit ihm passiert sein.

Vier tiefe, lange Furchen durchzogen seine Haut von der Mitte der Stirn bis zur linken Schläfe. Der obere Teil seines linken Ohres fehlte. Die Narben waren silbrig weiß, also wohl schon älter. Das Mitleid schnürte ihr die Kehle zusammen und machte ihr das Herz schwer.

Ihre eigene Stirn pochte; am liebsten hätte sie die Hand ausgestreckt und wäre mit einem Finger über seine Braue gefahren. Sie sah, wie er sich anspannte und die Schultern nach vorn sacken ließ. Dann schüttelte er den Kopf, sodass die Haarsträhne wieder über seine Stirn fiel. Jetzt war ihr klar, warum er die Haare so lang trug. Er hatte etwas zu verstecken. Kummer durchfuhr sie. Er war schwer verletzt worden.

Sein Mund bildete eine feste Linie, und sie wusste, für einen Moment hatte sie sich gehen lassen und ihm ihr Mitleid gezeigt. Er sagte nichts, aber sie spürte den Zorn in seinen Augen und das peinliche Gefühl, das in ihm aufstieg. Auf der Stelle bereute sie, dass sie die Einladung zum Essen angenommen hatte, aber sie wusste nicht, wie sie das noch hätte rückgängig machen können, ohne dass es so aussah, als liefe sie wegen seiner Narbe weg. Es stimmte schon, sie wollte am liebsten weglaufen, aber eher, weil ihre Gefühle so heftig waren, nicht wegen seiner Verletzung. Sie hatte nicht damit gerechnet, so viel Mitgefühl zu empfinden, einen solchen Drang, ihn in die Arme zu nehmen und die Narbe zu küssen und ihm zu sagen, wie leid es ihr tat, dass er gelitten hatte.

Ja, das würde seiner Frau sicher gut gefallen.

Noch so ein Grund, warum sie am liebsten weglaufen wollte. Warum hatte sie bloß diese Einladung angenommen?

Weil du hier gestrandet bist, weil du einsam bist und weil du dich über ein freundliches Gesicht freust.

Sam ging zur Tür. »Dann komm rein.«

Emma blieb stehen und beäugte misstrauisch den Hund.

»Keine Sorge, Patches beißt nicht. Manchmal schnappt er nach den Fersen, wenn er dich in eine bestimmte Richtung bringen will, aber das ist auch schon alles. Er ist halt ein Hütehund.«

Emma ging auf Zehenspitzen, als könnte sie so ihre Fersen beschützen. »Warum macht er das?«

»Wie ich schon sagte, er ist ein Hütehund. Ein Border Collie. Die hüten alles, was sie kriegen können.«

Der Hund saß da und sah sie mit schief gelegtem Kopf an. Emma stand immer noch auf der Veranda. »Für ihn bin ich also sozusagen nur ein großes Schaf?«

Ein leichtes Lächeln spielte um Sams Lippen. »Sozusagen. Aber er ist gut ausgebildet und wird dich in Ruhe lassen, solange du mit mir zusammen bist.«

Emma wollte es nicht auf einen Versuch ankommen lassen. Sie dachte immer noch an den bösartigen kleinen Hund, der im Theater ständig nach ihr geschnappt hatte.

»Du hast wirklich Angst vor Hunden, oder?«

Sie nickte.

»Patches«, sagte Sam. »Nach oben.«

Der Hund drehte sich um und verschwand irgendwo im Haus. Emma hörte seine Pfoten eine Treppe hinauftappen, die sie von der Veranda aus nicht sehen konnte.

Sam streckte die Hand nach ihr aus.

Sie ergriff sie.

Seine Finger waren schwielig, sein Griff kräftig, aber sanft. In Emmas Brust bewegte sich etwas. Ein Gefühl, das sich jeder Definition entzog, aber deutlich spürbar war, als würde sich etwas dort fest zusammenrollen. Sie hielt die Luft an. Ihre Handfläche prickelte. Gott, war das dumm! Sie hatte wirklich keinen Anlass, etwas anderes für ihn zu empfinden als herzliche Freundschaft. Ja, klar, sie hatten sich einmal geküsst. Da war sie vierzehn gewesen. Na toll. Und jetzt war er verheiratet und hatte einen Sohn.

Sie fragte sich, ob seine Frau wohl zu Hause war. Würde sie nach draußen kommen? Würde sie die Treppe herunterkommen und ihn in den Arm nehmen, ihren Kopf an seine Schulter legen und ihn mit irgendeinem niedlichen Kosenamen anreden?

Ein Geschmack wie Brackwasser füllte ihren Mund. Nein, so etwas wollte sie wirklich nicht sehen.

Sie betraten die Diele und wurden sofort von köstlichen Düften eingehüllt: gebratenes Fleisch, geschmortes Gemüse, Kräuter und Gewürze. Zwiebeln, Knoblauch, schwarzer Pfeffer, Lorbeer. Irgendwann früher einmal hatte Emma gern gekocht, aber sie hatte damit aufgehört, als sie nach Manhattan gezogen war. In dem kleinen Apartment, das sie sich mit Cara und Lauren teilte, gab es keinen Platz für kulinarische Ambitionen.

Zunächst sah sie den Jungen gar nicht. Er fiel ihr erst auf, als Sam ihre Hand losließ und sich von ihr wegbewegte, auf das Kind zu.

Ein magerer kleiner Kerl mit blasser, sommersprossiger Haut, einer schwarz gerahmten Harry-Potter-Brille mit dicken Gläsern und roten Haaren. Seine Augen waren grün wie ihre. Er trug blaue Jeansshorts und ein weißes T-Shirt mit einem blauen Flugzeuglogo auf der Brust. Seine Knie waren verschrammt, seine Haare zerzaust. Er erinnerte sie an den Brille tragenden Opie aus der alten *Andy Griffith Show.* Sie schätzte ihn auf fünf oder sechs Jahre, und er musste wohl seiner Mutter ähnlich sehen, denn Sam war in ihm überhaupt nicht zu erkennen.

Erstaunlich, dass Sam eine rothaarige Frau geheiratet hatte. Wieder wurde sie von Gefühlen überschwemmt, diesmal von Neugier, Nostalgie und Wehmut. Der Junge hätte ihr Kind sein können, wenn sie in Twilight geblieben wäre. Wenn sie Sam geheiratet hätte. Wenn sie nicht davon geträumt hätte, ein Star zu sein. Ziemlich viele Wenn's. Und sie hatte es nie bereut, eine Schauspielkarriere zu verfolgen. Aber jetzt bekam sie hier einen anderen Weg vor Augen geführt, den sie hätte gehen können. Einen Weg, an den sie vorher nie gedacht hatte.

»Trix… äh, Emma«, sagte Sam, »das ist Charlie. Charlie, das hier ist eine alte Freundin von mir. Sie heißt Emma und wird mit uns essen.«

Sie hatte sich in der Gegenwart von Kindern nie besonders wohlgefühlt, vielleicht, weil sie ein Einzelkind gewesen war. Sie wusste nie, was sie mit ihnen reden sollte. Also sagte sie einfach nichts, lächelte nur und hockte sich hin, sodass sie mit dem Jungen auf Augenhöhe war.

Der Junge stand da und starrte sie an. Er sagte auch kein Wort.

Emma lächelte noch strahlender, nicht zuletzt, um das unsichere Gefühl in ihrem Magen zu bekämpfen. Konnte der Kleine sie schon auf den ersten Blick nicht leiden? Sie spürte Sams Blick auf ihrer Haut und war voller Zweifel. Was sollte sie jetzt machen? Aufstehen? Etwas sagen?

Eine Sekunde verging.

Charlie kam einen Schritt auf sie zu.

Emma rührte sich nicht.

Charlie kam näher, streckte die Hand aus und strich ihr

sanft übers Haar. Seine Augen wurden ganz weich, und seine Unterlippe zitterte.

»Charlies Mutter hatte rote Haare«, murmelte Sam so leise, dass sie ihn fast nicht hörte.

Hatte.

Vergangenheitsform. Charlies Mutter war also nicht mehr da. War sie gestorben? Weggelaufen? Emmas Magen verkrampfte sich. Sie wusste genau, wie es sich anfühlte, von seiner Mutter verlassen zu werden.

Charlie schaute ihr in die Augen. Sein Schmerz war deutlich sichtbar und griff ihr ans Herz.

»Hallo, Charlie«, flüsterte sie.

Charlie gab keine Antwort.

»Er hat sich entschlossen, nicht zu sprechen«, sagte Sam.

»Oh.«

Der Junge strich ihr weiter über das Haar, als wäre sie seine lange vermisste Mutter. Emma kämpfte mit den Tränen. Auf der Bühne war ihre emotionale Art eine große Hilfe, aber in Situationen wie dieser brachte es nichts, wenn sie weinte. Sie blinzelte die Tränen weg und strahlte den Jungen an.

Charlie warf seine Arme um ihren Hals und drückte sie fest. Emma spürte, wie er ihr die Luft aus der Lunge quetschte, und war sofort bis über beide Ohren in ihn verliebt.

»Das Essen ist fertig.« Eine Frau mittleren Alters mit einer Schürze um die Taille erschien in der Diele. »Charlie, gehst du dir bitte die Hände waschen?«

Der Junge ließ Emma los und trabte den Flur hinunter.

»Hallo«, sagte die Frau und reichte Emma die Hand. »Ich bin Maddie Gunnison, Sams Haushälterin.«

Maddie wirkte vorsichtig und ein wenig misstrauisch. Sie hatte ein scharf geschnittenes Gesicht, strahlend blaue Augen und eine sehr lange Nase. Ihre braunen, von silbrigen Fäden durchzogenen Haare trug sie in einem geflochtenen Zopf. Sie sprach mit dem singenden Tonfall von Ost-Texas.

»Hallo.« Emma schüttelte ihr die Hand. »Ich bin Emma Parks.«

Maddie schaute von einem zum anderen. »Ich vermute, Sie kennen Sam von früher.«

»Wir sind alte Freunde.«

»Na, dann passt es ja gut, dass Patches Sie von der Bushaltestelle hierhergehütet hat.«

War das sarkastisch gemeint? Emma war sich nicht sicher. »Woher wissen Sie, dass er das getan hat?«

Maddie winkte ab. »Er macht das mindestens einmal im Monat. Ich sage schon lange, der Hund gehört auf eine Schaffarm, aber Sam hat ihn zu gern, um ihn wegzugeben.«

»Wer weiß, Maddie, vielleicht kaufe ich mir ja eines Tages eine Schaffarm«, mischte sich Sam ein.

»Woher wollen Sie denn Zeit für eine Schaffarm nehmen? Es ist ja schon ein Wunder, dass sie heute noch nicht zu einem Notfall gerufen worden sind. Das passiert nämlich fast jeden Sonntag. Am einzigen freien Tag, den er sich nimmt«, bemerkte sie an Emma gewandt.

»Da hat sie recht«, bestätigte Sam.

Maddie nickte zu der Tür, durch die sie gekommen war. »Wollen wir nicht in die Küche gehen? Möchten Sie etwas trinken, Emma? Ich habe einen großen Krug süßen Eistee gemacht.«

»Das klingt ganz wunderbar.«

»Charlie!« Maddie erhob ihre Stimme. »Bitte auch die Handrücken waschen, junger Mann!«

»Kann ich was helfen?«, fragte Emma, als sie die Küche betraten.

»Nein, nein, alles fertig. Sie müssen sich nur noch hinsetzen.«

Der Küchentisch war mit Stoffservietten und Silberbesteck gedeckt. Sam zog einen Stuhl heraus, und Emma ging an ihm vorbei, um sich den nächsten zu nehmen.

»Der ist für dich«, sagte er.

Emma wurde rot. Er wollte ihr den Stuhl zurechtrücken. Wann hatte ein Mann das zum letzten Mal für sie getan? Sie konnte sich nicht erinnern. Hatte das überhaupt schon mal jemand für sie getan? »Äh, danke!«

Sie setzte sich ungeschickt hin, und Sam nahm ihr gegenüber Platz. Charlie kam herein und hielt Maddie seine frisch gewaschenen Hände zur Inspektion hin. »Gut gemacht«, sagte sie. Der Junge setzte sich neben Emma, nahm seine Serviette und breitete sie auf seinem Schoß aus.

Maddie kam mit zwei großen Tellern vom Herd, auf denen Braten mit Möhren, Kartoffeln und grünen Bohnen angerichtet war. Den einen Teller stellte sie vor Emma hin, den anderen vor Sam. Dann holte sie zwei weitere Teller für sich und Charlie. Zuletzt stellte sie noch einen Brotkorb auf den Tisch, in dem eine weiße Leinenserviette lag und der mit frisch gebackenen Brötchen gefüllt war. Und einen Teller mit Butter. Dann setzte sie sich zu ihnen.

Emma nahm die Gabel und wollte loslegen, als sie bemerkte, dass die anderen am Tisch die Köpfe gesenkt hielten. Maddie nahm Emmas rechte Hand, Charlie ihre linke.

Tatsächlich, hier wurde vor dem Essen gebetet. Bei ihr zu Hause war das nicht üblich gewesen, aber jetzt erinnerte sie sich, dass in Sams Familie immer vor dem Essen gebetet worden war.

Sam wünschte eine gesegnete Mahlzeit, und die anderen sagten »Amen«.

Und dann stürzten sie sich alle gleichzeitig auf den köstlich duftenden Braten.

»Brot?«, fragte Sam und hielt ihr den Korb hin.

»Ja, danke.« Sie hatte seit Tagen nicht mehr anständig gegessen, also war ein bisschen Brot wohl kein Problem. Als Schauspielerin musste sie ständig auf der Hut vor zu viel Kohlenhydraten sein, aber es gab einfach Tage, da musste man auch mal über die Stränge schlagen.

Als sie den Brotkorb nahm, berührten sich ihre Finger, und sie bekam eine Gänsehaut. Sein Blick sagte ihr, dass er es auch gespürt hatte. Schnell senkte sie den Kopf.

»Sam hat die Kartoffeln, die Möhren, Zwiebeln und grünen Bohnen selbst angebaut«, sagte Maddie. »Hier im Garten hinter dem Haus.«

»Ehrlich?«, fragte Emma beeindruckt.

Sam zog die Schultern hoch. »Gartenarbeit ist gut zum Stressabbau.«

»Hast du viel Stress?«

Er sagte nichts dazu, aber sie bemerkte den schnellen Blick, den er Charlie zuwarf. Wie lange der Junge wohl schon nicht mehr sprach? Vermutlich war Sam mit ihm bei verschiedenen Therapeuten gewesen, so wie sie ihn kannte, fühlte er sich für den Jungen in höchstem Maße verantwortlich.

Als Jugendliche war sie es immer gewesen, die ihn in Schwierigkeiten gebracht hatte. So wie damals, als sie ihn herausgefordert hatte, auf den alten Pecanbaum im Park neben dem Hauptplatz zu klettern. Prompt war er runtergefallen und hatte sich den Arm gebrochen. Sie hatte ein schrecklich schlechtes Gewissen gehabt, aber als er mit seinem Gipsarm aus dem Krankenhaus kam, war sie die erste gewesen, die darauf unterschreiben durfte. Und er hatte ihr gesagt, der Spaß sei es wert gewesen. Damals hatte sie beschlossen, dass er ihr Freund war und dass sie ihn küssen würde, wenn er es jemals versuchte.

Bei der Erinnerung an die Kühnheit ihrer vierzehn Jahre musste sie lächeln. Wie furchtlos sie damals gewesen war! Was war bloß in der Zwischenzeit mit ihr passiert? Sie biss in ein Stück Möhre. Ob es Sams Gärtnerkünste waren oder Maddies Kochkünste, oder ob es einfach nur die ehrlichen frischen Gemüse aus dem guten Twilighter Boden waren: Diese zarte, süße und butterige Möhre war das Beste, was sie seit langer Zeit gegessen hatte. Sie merkte gar nicht, dass sie die Augen geschlossen und ein leises »Hmmm« gesummt hatte, bis sie Sam lachen hörte. Sie riss die Augen auf.

»Du bist aber lange vom Landleben entwöhnt, wenn eine schlichte Möhre dich so zum Stöhnen bringt.«

Klang das anzüglich? Oder interpretierte sie etwas in seinen unschuldigen Kommentar hinein? Emma bestrich ihr Brötchen mit der sahnigen gelben Butter. »Kann schon sein, dass ihr hier gute Möhren anbaut«, sagte sie. »Aber ich bin durch und durch ein Stadtkind.«

Sie biss in das kräftige Brot und hätte um ein Haar wieder aufgestöhnt, so köstlich schmeckte diese frische Butter.

In der Gegend gab es einige kleine Molkereien, vermutlich kam die Butter von dort. Ja, okay, das Essen schmeckte tatsächlich besser, wenn man es direkt vom Erzeuger bekam.

Sam sah sie an. Sie spürte seinen Blick heiß auf ihrem Gesicht. »Du hast mir noch gar nicht gesagt, warum du zurück nach Twilight gekommen bist.«

»Nicht?« Sie fragte sich, ob er wohl von ihren Schwierigkeiten in New York gehört hatte. Wenn er es nicht schon wusste, würde er es bald erfahren. Klatsch und Tratsch blühten in Twilight wie überall sonst.

»Nein.«

»Nina Blakley hat mich engagiert. Ich soll in dem Stück über die Stadtgründer die Rebekka Nash spielen.«

Ein seltsamer Ausdruck huschte über sein Gesicht. »Letztes Jahr haben sie es ausfallen lassen. Ich dachte …« Er führte den Satz nicht zu Ende.

»Valerie hat in den fünf Jahren davor die Rebekka gespielt«, erklärte Maddie.

»Valerie?« Emma zog eine Augenbraue hoch.

»Meine verstorbene Frau«, sagte Sam.

»Oh, Sam, das wusste ich nicht. Es tut mir leid. Ich wusste nicht, dass ich ihren Platz einnehme, ich …«

Er schüttelte heftig den Kopf und blickte in Charlies Richtung. »Kein Grund, sich zu entschuldigen. Ich wusste bloß gar nicht, dass Nina das Stück wieder aufführen will.«

Ein unbehagliches Schweigen senkte sich über den Tisch. Als Emma sich zu Charlie umdrehte, bemerkte sie, dass er sie genauso intensiv ansah wie sein Vater. Er ähnelte ihm im Aussehen kaum, aber im Benehmen der beiden gab es viele Parallelen, von dem ruhigen, fragenden Blick bis zu der vorsichtigen Körpersprache. Die beiden konnten ein bisschen Aufmunterung wirklich vertragen.

»Nina muss dir eine Menge bezahlt haben, um dich von Manhattan wegzulocken«, sagte Sam.

Emma zuckte mit den Schultern. Sie war sich nicht sicher, wie viele Einzelheiten sie jetzt schon preisgeben sollte. »Es war eine willkommene Gelegenheit, für ein paar Monate aus der Stadt zu kommen. Erst als das Angebot kam, wurde mir klar, dass ich New York zwölf Jahre lang nicht mehr verlassen hatte.« Das war immerhin nicht gelogen.

Sam trank seinen Eistee und lehnte sich zurück. Er betrachtete sie mit ruhigem Blick. »Siehst du, selbst du merkst irgendwann, dass du zu lange in der Stadt gelebt hast. Ab und zu muss man zurück zur Natur, um den Kopf klar zu kriegen.«

Hätte er nur gewusst, warum sie wirklich hier war! Dass sie gescheitert war und dass dies ihr letzter Strohhalm der Hoffnung auf einen sterbenden Traum war. Emmas Magen krampfte sich wieder einmal zusammen, und sie fühlte sich schrecklich elend. All die Jahre, all die Wünsche und Hoffnungen und Kämpfe, um sich als Schauspielerin zu etablieren! Sie hatte sich etwas vorgemacht. Sie hätte einfach tun sollen, was Scott Miller verlangte. Dann hätte sie jetzt eine Rolle am Broadway. Stattdessen hatte sie sich von falschem Stolz und fehlgeleitetem Moralgefühl ihre beste Chance rauben lassen.

Sie passte nicht hierher. Ihre Kindheit war eine einzige Wanderschaft gewesen, sie hatte kaum Bindungen. So sehr sie auch versuchte, sich auf den Braten zu konzentrieren, warf sie doch unwillkürlich immer wieder Blicke in Sams Richtung. Lange Finger schlossen sich um seine Gabel, die Hände eines Tierarztes und Gemüsegärtners. Große, kräftige Hände mit gebräuntem Handrücken und kleinen Kratzern und Narben. Die Nägel sauber und kurz geschnitten.

In ihrer Phantasie spürte sie diese Fingerspitzen auf ihrer Haut. Ein wenig rau und doch erstaunlich sanft. Sie biss sich auf die Unterlippe, um nicht zu zittern.

Es klopfte an der Tür.

»Wer kann das denn sein?«, bemerkte Maddie mit einem Stirnrunzeln. »Zur Abendessenszeit am Sonntag?« Sie legte ihre Serviette neben ihren Teller und machte Anstalten, aufzustehen.

Sam drückte sich mit beiden Händen vom Tisch ab, schob seinen Stuhl zurück und stand schnell auf. »Bleiben Sie sitzen, Maddie, ich mache das schon.«

Von einer unsichtbaren Kraft geleitet, folgte Emma seinen Bewegungen. Etwas an seiner Haltung vermittelte ihr ein Gefühl der Ruhe und des Trostes, ohne dass sie es erklären konnte. Vielleicht war es nur Nostalgie. Wahrscheinlicher war, dass sie ihn unglaublich sexy fand. Er blieb kurz stehen, bevor er aus dem Zimmer ging, und sah sie an, als könnte er die Hitze in ihrem Blick spüren. Seine schokoladenbraunen Augen waren wie von einem großen Rätsel verschleiert.

Ihr Puls flatterte.

Sein Gesicht blieb undurchdringlich. Dann verschwand er den Flur entlang, und Sekunden später hörte sie eine resolute Frauenstimme sagen: »Dein verdammter Hund hat mal wieder einen meiner Gäste entführt.«

»Komm rein, Schwesterchen, ich freue mich auch, dich zu sehen.«

Emma legte den Kopf schief, als sie Sams Stimme hörte. Maddie und Charlie taten dasselbe.

Ein rasselndes Geräusch ertönte – kleine Räder auf den Holzdielen – und dann erschien eine schlanke Frau in der Tür und zog Emmas Koffer hinter sich her. Sie hatte etwas hellere Haut und Haare als ihr Bruder und trug einen Pferdeschwanz, beigefarbene Caprihosen und ein schwarzes T-Shirt mit V-Ausschnitt. Über das Ganze war eine blau karierte Schürze gebunden.

»Hallo!« Sie strahlte Emma an. »Ich bin Jenny.« Dann winkte sie mit den Fingern Maddie zu und zwinkerte zu Charlie hinüber. »Erinnerst du dich noch an mich? Ich weiß noch, du warst hier mal in der Highschool, aber da war ich schon in der Abschlussklasse, und du weißt ja, da ist man immer sehr mit sich selbst beschäftigt. Außerdem hatte ich da gerade meinen Mann kennengelernt. Also, damals war er natürlich noch nicht mein Mann, aber du verstehst schon.«

»Emma, du erinnerst dich sicher an meine Schwester Jenny, den Wirbelwind?« Sam kam ins Zimmer, lehnte sich mit der Schulter an den Türrahmen und verschränkte die Arme. Er hatte ein nachsichtiges Bruderlächeln im Gesicht.

Emma stand auf. Natürlich erinnerte sie sich an Sams ältere Schwester, die sie damals sehr bewundert hatte. Jenny war das beliebteste Mädchen der ganzen Schule gewesen. Sie war Cheerleader, Prom Queen, Miss Twilight und so weiter gewesen. Und sie war genauso gesprächig, wie Sam schweigsam war. Kein Wunder, dass er nicht viel sprach. Er war in seiner Kindheit wahrscheinlich nie so recht zu Wort gekommen. »Nett, dich wiederzusehen.«

Jenny drohte mit dem Finger. »Aber damals hast du irgendwie anders geheißen. Trixie Mae, oder?«

»Trixie Lynn«, erwiderte Emma. Der Name fühlte sich auf ihrer Zunge an, als hätte er Rost angesetzt.

»Aber Emma ist dir lieber?«

»Ich habe meinen Namen offiziell ändern lassen.«

»Ja, dann ist er dir wohl lieber.« Jenny schlug sich mit der flachen Hand vor die Stirn. »Altes Plappermaul, Jenny.«

Sam schüttelte grinsend den Kopf.

Jenny warf einen Blick auf die Reste des Schmorbratens. »Ich sehe, man hat dich schon gut versorgt. Das ist echt schade, ich habe nämlich Hähnchen und Klöße gemacht.«

»Für mich?« Emma griff sich entsetzt an den Hals. Es war schön und schmeichelhaft und gleichzeitig ein Graus, zu denken, dass Jenny sich solche Mühe gemacht hatte. Und jetzt hatte sie schon gegessen.

»Tut mir leid«, sagte Maddie. »Wir wussten ja nicht, dass sie zu dir soll.«

»Ich bin so schnell wie möglich gekommen. Wenn ich gewusst hätte, dass Patches sie von der Bushaltestelle abholt, wäre ich gleich rübergelaufen, aber ich hatte keine Ahnung, bis Rusty vom kleinen Laden bei mir anrief und sagte, mitten auf dem Parkplatz stände ein Koffer.

Emma verzog verwirrt das Gesicht. »Ich kann gerade nicht ganz folgen.«

»Ach ja!« Jenny schlug sich wieder vor die Stirn. »Ich habe das ja noch gar nicht erklärt. Mein Mann Dan und ich betreiben den *Fröhlichen Engel,* das ist das Bed and Breakfast, wo du wohnen wirst. Gleich um die Ecke. Tatsächlich grenzt unser Grundstück hinten an Sams Garten an.« Sie zeigte in die Richtung. »Ehrlich, kleiner Bruder, du könntest deinem Hund schon mal beibringen, dass er die Gäste zu meinem Haus bringt. Er wäre ja ein ganz reizender Begleitservice, wenn er nur das richtige Haus erwischen würde.«

»Der Fröhliche Engel?«, fragte Emma nach.

»Jenny sammelt Engel«, erklärte Sam. »Warte nur ab.«

Jenny beugte sich vor und boxte ihren Bruder gegen den Arm. »Hör auf, so ironisch darüber zu reden.«

Er grinste nur.

»Siehst du, jetzt machst du es schon wieder. Als wären meine Engel eine alberne Angelegenheit.«

»Nein, nicht albern, sie sind …« Sam machte eine Pause, als müsste er sich eine höfliche Art überlegen, das Unvermeidliche zu formulieren. »Äh … sie sind viele.«

»Ich mag sie.«

»Da bin ich ganz sicher.«

Emma beobachtete die beiden und spürte ein trauriges Verlangen und eine wehmütige Einsamkeit. Wie oft hatte sie sich einen Bruder oder eine Schwester gewünscht, um so gutmütig herumfrotzeln zu können?

»Du könntest hier auch ein oder zwei Engel gebrauchen.« Jenny sah sich in der Küche um.

Sam warf Charlie einen Blick zu. »Ich habe schon einen.«

Charlie sah die Erwachsenen fragend an, als wäre ihm überhaupt nicht klar, warum er auf einmal ins Rampenlicht rückte.

»Sie hat ein paar wirklich hübsche Engel in ihrer Sammlung«, bemerkte Maddie zu Emma.

»Danke«, sagte Jenny. Dann streckte sie Emma ihre Hand entgegen. »Komm, jetzt bringe ich dich rüber zu uns, damit du dich einrichten kannst. Und du, kleiner Bruder, lass dir gesagt sein: Wenn du deinen Hund nicht daran hindern kannst, meine Gäste zu entführen, sperr ihn im Garten ein.

Sam hatte nicht erwartet, dass es sich so … ja, wie zum Teufel fühlte es sich eigentlich an? Seit er Trixie … Emma wiedergesehen hatte, fühlte er sich, als hätte er zu viel Kaffee getrunken. Am liebsten wäre er die ganze Zeit ruhelos herumgelaufen. Er war so sehr daran gewöhnt, seine Gefühle unter Kontrolle zu halten – das hier traf ihn vollkommen unerwartet. Er brauchte Ablenkung, er musste irgendetwas tun. Wenn er die Hände beschäftigt hielt, fiel es ihm leichter, seine Gedanken zu ordnen.

»Na, alter Freund«, sagte er zu Charlie. »Wollen wir ein bisschen in den Park gehen und mit dem Baseball rumwerfen?«

Charlies Augen leuchteten auf, und ein breites Grinsen überzog sein Gesicht. Er rannte nach oben, um seinen Ball und seinen Handschuh zu holen. Sam sah ihm nach und spürte, wie sich die Traurigkeit wieder auf seine Schultern legte. Würde der Junge je wieder sprechen? An optimistischen Tagen dachte er, ja, natürlich, irgendwann sicher. Aber es war jetzt mehr als ein Jahr her, und Charlie hatte nicht eine einzige Silbe gesprochen. Sam war ja selbst ruhig, nachdenklich und vorsichtig. Vielleicht hätte es dem Jungen geholfen, wenn er lebhafter gewesen wäre. So seltsam es ihm vorkam, in seinem Alter noch etwas an seiner Grundpersönlichkeit zu ändern – wenn es gut für seinen Sohn wäre, würde er es tun.

Er dachte daran, wie Charlie mit Emma umgegangen war. Wie er sofort auf sie zugegangen war und ihr Haar gestreichelt hatte. Der Junge ging sonst nie auf Fremde zu. Es mussten die roten Haare und die zierliche Figur sein, die ihn an seine Mutter erinnerten.

Charlie kam die Treppe heruntergerannt und mühte sich mit Sams Handschuh, seinem eigenen Handschuh und dem Softball ab. Instinktiv wollte Sam ihm helfen, aber er wusste, Charlie musste auch Dinge selbstständig tun. Er öffnete die Tür, und Charlie kam mit ihm nach draußen.

»Soll ich meinen Handschuh nehmen?«

Charlie nickte und gab ihn ihm. Seite an Seite gingen sie die drei Häuserblocks bis zum Hauptplatz und dann über den Rasen zum Sweetheart Park.

Charlie war klein für sein Alter, und Sam fragte sich, ob auch das ein Grund für seine Schüchternheit war. Schon bevor Sam und Valerie geheiratet hatten, bevor Sam Charlie adoptiert hatte, war der Junge immer sehr zurückhaltend gewesen, was andere Kinder anging. In dieser Hinsicht ähnelte er Sam sehr, und er spielte auch sehr gern allein oder mit den Tieren. Charlie war, wie er war, und Sam kam damit gut zurecht. Er fand es nur schade, dass der Junge vieles verpasste, wenn er so sehr in seinem eigenen Kopf lebte.

Genau wie du.

»Stell dich da drüben zum Sweetheart Tree«, sagte Sam und bezog selbst ein paar Schritte weiter bei der Laube Position.

Der Sweetheart Tree war ein zweihundert Jahre alter Pecanbaum mit vielen schützenden Ästen. In der Vergangenheit hatten verliebte Pärchen Hunderte von Namen in seine Rinde geschnitzt. Die ältesten waren die der Stadtgründer. »Jon liebt Rebekka« stand da. Die Inschrift war inzwischen verblasst und verwittert, aber man konnte die Linien noch erkennen. Irgendwann in den Sechzigerjahren hatte ein Botaniker gewarnt, wenn das Schnitzen weiterginge, würde der Baum sterben. Daraufhin hatte man einen weißen Stakettzaun um den Pecan gezogen und ein Schild angebracht: »Zerstört den Sweetheart Tree nicht.«

Sam lächelte. Er und Trixie Lynn … nein, sie hieß jetzt Emma, er musste sich das endlich merken. Er und Emma also waren einmal auf den Baum geklettert, hoch hinauf, und hatten ihre Namen mit einem Taschenmesser an einer Stelle eingeritzt, wo man sie nicht sehen konnte. *Sam und Trixie Lynn waren hier.* Er hatte nicht den Mut besessen, *Sam + Trixie Lynn* zu schnitzen, aber es war ihm verdammt danach zumute gewesen. Dann war er vom Baum gefallen und hatte sich das Handgelenk gebrochen. Er hatte ruhig bleiben müssen, damit sie nicht in Panik ausbrach, und hatte ihr gesagt, sie solle zu ihm nach Hause laufen und seine Mutter holen. Seine Mutter war zwar der Ansicht gewesen, Trixie Lynn übe einen schlechten Einfluss auf ihn aus, aber sie hatte sie trotzdem ins Krankenhaus mitgenommen. Trixie Lynn war dann auch die Erste gewesen, die ihren Namen auf seinen Gips schreiben durfte.

Hallo! Das ist alles vergangen und vorbei. Vergiss es!

Sam zog sich den Fängerhandschuh an und hockte sich hin. »Also los, Champion.«

Mit einem viel zu ernsten Blick holte Charlie aus und warf, so gut er konnte.

»Gut gemacht!« Sam schnappte sich den Ball und warf ihn zurück. Charlie hatte keine Lust auf T-Ball. Valerie hatte ihn mal angemeldet, aber nach einem Spiel hatte er es wieder aufgegeben. Den Druck, den Mannschaftssport auf ihn ausübte, mochte er nicht, und Sam konnte ihm keinen Vorwurf daraus machen. Er war ja genauso. Deshalb war er gelaufen, statt Football, Basketball oder Baseball zu spielen. Allerdings liebte Charlie es, mit seinem Dad Softball zu werfen.

Mit seinem Dad.

Nein, Charlie war nicht sein leiblicher Sohn, aber er liebte den kleinen Kerl mehr, als er es jemals für möglich gehalten hätte. Charlie hielt Sams Leben zusammen. Sam erinnerte sich noch genau an den Tag, als Valerie und Charlie in seine Tierarztpraxis gekommen waren, kurz nachdem er sie eröffnet hatte und kurz nach dem Tod von Valeries erstem Mann Jeff. Er war bei einem Verkehrsunfall ums Leben gekommen. Charlies Katze Speckles war ganz müde und matt gewesen.

»Bitte«, flehte Valerie Sam flüsternd an, während Charlie dasaß und zärtlich die dreifarbige Katze streichelte. »Bitte lassen Sie die Katze nicht sterben. Das hält er nicht aus, wenn er jetzt auch noch die Katze verliert, nachdem sein Vater gestorben ist.«

»Ich tue, was ich kann«, versprach Sam. Dann hatte er festgestellt, dass Speckles einen Herzfehler hatte, den man operieren konnte. Und er hatte ihr nur die Materialkosten berechnet. Speckles hatte überlebt, war wieder gesund geworden und lebte immer noch, ironischerweise.

Mutter und Sohn sahen damals so verletzlich aus, dass er es sich zur Gewohnheit machte, die beiden zu besuchen. Irgendwann zog er dann zu ihnen, in dieses Haus, in dem er bis heute mit Charlie lebte. Er schaute nach den beiden, mähte den Rasen, hängte Bilder auf, baute Regale. Sie wurden Freunde, und als Valerie in ihrem Job als Krankenschwester bei der Army zu einem Auslandseinsatz abkommandiert wurde, machte er ihr einen Heiratsantrag. Sie hatte keine Familie mehr, und Jeffs Eltern waren zu alt, um sich um Charlie kümmern, wenn sie weg war. Indem er sie heiratete und Charlie adoptierte, erklärte sich Sam bereit, sich um den Jungen zu kümmern, während sie ihr Leben aufs Spiel setzte, um den amerikanischen Soldaten im Irak zu helfen.

Sie war eine tolle Frau gewesen. Er hatte sie bewundert und respektiert. Und er hatte sie geliebt, auch wenn es eher eine innige Freundschaft gewesen war als eine große Leidenschaft.

Beim Stichwort Leidenschaft musste er wieder an Emma denken. Sein Herz hatte schneller geschlagen, als sie auf einmal auf seiner Veranda gestanden hatte. Selbst nach sechzehn Jahren brachte sie seinen Kreislauf auf Trab. Das war schon mehr als erstaunlich. Vielleicht war doch etwas dran an diesem Mythos von den verlorenen Liebenden, die sich in dieser Stadt wiederfanden. Vielleicht gab es einfach keinen Ersatz für die erste große Liebe. Aber selbst wenn das stimmte, hatte er keinen Anlass, sich mit diesen Gefühlen aufzuhalten.

Sie war nur für kurze Zeit in der Stadt. Am besten hielt er sich von ihr fern, auch wenn sie bei seiner Schwester wohnte, gleich um die Ecke. Er hatte seine Arbeit, und er hatte Charlie.

Das reichte ihm voll und ganz.

Kapitel fünf

»Quilts sind ständige liebevolle Umarmungen.«
Jenny Cheek Cantrell, Besitzerin des »Fröhlichen Engels« und Mitglied des True Love Quilting Club

Der Fröhliche Engel machte seinem Namen alle Ehre. Das Haus war ein restauriertes Gebäude aus der viktorianischen Zeit, und darin befand sich jetzt ein gemütliches Bed and Breakfast. In dem Moment, als sie zur Tür hereinkamen, nahm Emma die verführerischen Aromen von Vanille, Grapefruit und Lavendel wahr. Darunter dufteten fast unmerklich auch noch frische Farbe, ein neuer Teppich und poliertes Holz. Der tröstliche Klang von Pachelbel verbreitete sich leise durch die eingebaute Stereoanlage. Aber die Düfte und die Musik waren nicht die Hauptsache in diesem Haus. Es war tatsächlich die Vielfalt von Engeln.

Überall, wo sie hinsah, standen, lagen, saßen und schwebten Engel.

Auch auf der dicken, samtig aussehenden Tapete. Sie fuhr mit dem Finger über das Papier in der Diele, und tatsächlich, es fühlte sich auch samtig an. Engel-Mobiles hingen von der Decke und bewegten sich sanft im Luftzug der Klimaanlage. Engel waren in das Treppengeländer geschnitzt und im Stuck zu finden. Engel aus Keramik und Porzellan fanden sich in einer Glasvitrine neben der Haustür. Ein Engel diente als Schirmständer, die Garderobenhaken waren mit Engeln verziert, und sogar auf der Lehne des Schaukelstuhls saß ein Engel.

Alle nur vorstellbaren Stilrichtungen waren vertreten, ebenso alle Farben. Es gab rundliche Cherubim, die wie Babys aussahen; witzige, spielerische Cartoon-Engel; große, dünne Engel mit windzerzaustem Haar und freundlichem Gesicht.

Am liebsten wäre Emma in Tränen ausgebrochen. Sie hatte keine Ahnung, woher all die Gefühle auf einmal kamen, aber sie überschwemmten sie im Takt mit der Barockmusik. Gleichzeitig fühlte sie sich unglaublich inspiriert und traurig bis ins Mark.

Jenny tätschelte ihr die Schulter. »Keine Sorge, sensible, künstlerisch veranlagte Menschen reagieren oft sehr emotional hier.«

»Ehrlich?«, fragte Emma zurück.

»Glenn Close ist sofort in Tränen ausgebrochen, sobald sie durch die Tür kam.«

»Glenn Close hat hier schon mal übernachtet?« Emma war beeindruckt.

»Ja, sie ist eine gute Freundin von Nina. Zwei Tage hat sie mal hier gespielt, in *Tobacco Road*. Sie ist unheimlich nett. Es gibt ein Foto von uns beiden, und sie hat einen Brief an den *Fort Worth Star-Telegram* geschrieben, in dem sie den *Fröhlichen Engel* über den grünen Klee gelobt hat. Seitdem haben wir hier wirklich viel zu tun.« Jenny nahm Emmas Koffer und ging zur Treppe.

»Ich kann den schon nehmen.«

»Nein, nein, du bist mein Gast. Komm mit.« Jennys Augen funkelten.

»Stell sofort den Koffer hin, den trage ich«, ertönte eine strenge Männerstimme. »Wie oft habe ich dir schon gesagt, du sollst das Gepäck mir überlassen?«

Aus einem Nebenzimmer trat ein gut aussehender blonder Mann, der Jenny Emmas Koffer aus der Hand nahm. Er war gebaut wie ein Holzfäller, hatte breite Schultern und einen riesigen Bizeps. Seine lebhaften braunen Augen schienen immer zu lächeln.

»Hallo, ich bin Dean, Jennys Mann. Und du musst Emma sein.« Er reichte ihr die Hand, sein Händedruck war warm und freundlich.

»Schön, dich kennenzulernen, Dean«, sagte Emma.

»Patches hat sie zu Sam gebracht«, erklärte Jenny.

»Wie nicht anders zu erwarten.« Er ging mit dem Koffer vor ihnen her nach oben.

»Du bekommst das rosa Zimmer«, sagte Jenny. »Das ist für die VIPs.«

»Ich bin doch kein VIP!«

»Aber sicher bist du das. Ein Mädchen von hier, das es bis an den Broadway geschafft hat.«

Emma war nicht wirklich »von hier«, und an den Broadway hatte sie es auch nicht geschafft, aber sie beließ es dabei und folgte Jenny in den ersten Stock, wo auch der Teppich ein Engelmuster hatte.

Das rosa Zimmer war genauso schön wie der Rest des Hauses, nur dass hier alle Engel in Rosaschattierungen gehalten waren: malvenfarben, lachsfarben, pink, rosarot, kirschblütenrosa, fuchsienfarben.

»Das schönste Zimmer im Haus. Die Matratze ist eine echte Stearns & Foster, und im Bad findest du eine rosafarbene Wanne«, sagte Dean, der ihren Koffer am Fußende abgestellt hatte.

»Wow.«

»Wahnsinn, oder?«, grinste Jenny und umschlang sich selbst mit den Armen. »Ich kriege immer noch eine Gänsehaut.«

Oder Albträume.

»Kaum zu glauben, dass das Haus uns gehört.« Dean nahm seine Frau in den Arm.

»Also«, sagte Jenny, als sie Emma die Zimmerschlüssel gab. »Das ist ein unheimliches Gefühl, oder? Wenn man die erste große Liebe zum ersten Mal wieder sieht nach … wie vielen Jahren? Sechzehn?«

»Du meinst Sam?«

»Natürlich meine ich Sam.«

»Sam ist nicht meine erste große Liebe«, leugnete Emma. Mit vierzehn hatten sie beide noch nicht solche Begriffe benutzt, es war eine Freundschaft gewesen, wenn man mal von dem Kuss im Theater absah. Und am nächsten Tag war Emma weggezogen, wenn auch nicht freiwillig.

»Sei nicht albern, natürlich ist er das.« Jenny boxte sie leicht gegen den Arm, so wie sie Sam vorhin geboxt hatte. »Alle in unserer Familie wussten davon. Er hat monatelang geschmollt, nachdem du weggezogen warst.«

Der Knuff war eine freundschaftliche Geste, wie man sie mit Geschwistern oder engen Freunden tauschte, nicht mit Menschen, die man kaum kannte. Emma war ein wenig verstört. Nicht, weil sie es nicht mochte, eher gerade weil sie es mochte. Sie fuhr sich mit der Hand über den Arm.

»Hab ich dir wehgetan? Tut mir leid.« Jenny rieb schnell

über die Stelle. »Manchmal überkommt es mich. Weißt du, ich stamme aus einer großen, ziemlich lauten Familie und habe vier Brüder, das ist so eine Sache.«

»Sie kennt ihre eigene Kraft nicht.« Dean zerzauste seiner Frau mit seiner großen Hand das Haar.

»Nichts passiert«, sagte Emma.

»Na, dann ist es ja gut. Sam würde mir einen Tritt in den Hintern verpassen, wenn ich dir wehtue. Er steht immer auf der Seite der Schwächeren.«

»Er ist zu einem sehr netten Mann herangewachsen.«

»Und er ist der sanftmütigste von meinen Brüdern. Er war immer schon sehr ruhig, aber nach dem Angriff des Pumas ist er ein bisschen düster und grüblerisch geworden.« Jenny schnalzte mit der Zunge.

Emma schrak zusammen. »Er ist von einem Puma angegriffen worden?«

»Im zweiten Jahr auf der Highschool, bei einer Pfadfindertour, ist er einem jungen Pumamännchen über den Weg gelaufen. Im Big Bend National Park. Der Puma war krank und konnte nicht laufen. Und was macht mein Bruder? Ruft nicht etwa die Ranger an oder informiert seinen Pfadfinderanführer.« Jenny schüttelte den Kopf. »Neiiin, Sam versucht, dem Tier zu helfen. Als die anderen ihn fanden, blutete er wie ein Schwein und war fast bewusstlos. Aber er wollte auf keinen Fall zulassen, dass man das Tier erschoss.«

Emma zog zischend die Luft durch die Zähne. »Und so ist es zu der Narbe auf seiner Stirn gekommen.«

»Genau. Es ist ihm sehr peinlich, und er trägt seitdem die Haare lang, damit man es nicht so sieht. Dabei sind die meisten Frauen ganz wild auf diese Narbe. Ich meine, er sieht doch ohnehin so gut aus, und die Narbe gibt ihm so einen leicht gefährlichen Anstrich. Findest du nicht? Dabei geht Sam wirklich nicht gern ein Risiko ein.«

Ich schon. Emma sprach es nicht laut aus.

»Aber die Aufmerksamkeit ist ihm einfach unangenehm. Ich denke, deshalb hat er sich ausgerechnet auf Valerie eingelassen. Sie war Krankenschwester und kümmerte sich nicht groß um die Narbe. Sie ließ sich weder davon beeindrucken noch abstoßen. Und sie schaute ohnehin vor allem unter die Oberfläche.«

»Er muss sie sehr geliebt haben.«

»Sie hat ihm gutgetan«, schränkte Jenny ein. »Hat dafür gesorgt, dass er ein bisschen aus seinem Schneckenhaus herauskam. Aber seit sie tot ist, zieht er sich wieder total zurück. Dabei kümmert er sich so toll um Charlie. Ich wundere mich immer noch.«

»Warum wunderst du dich darüber?«, fragte Emma. »Er ist der zuverlässige Sam, und Charlie ist sein Sohn.«

Jenny zog eine Augenbraue hoch. »Hat er es dir nicht erzählt?«

»Was erzählt?«

»Charlie ist nicht sein Sohn. Jedenfalls nicht sein leiblicher.«

Emma legte eine Hand auf ihren Mund. »Hat seine Frau ihn betrogen?« Warum sie auf einmal so einen Drang verspürte, einer Toten in den Hintern zu treten, wusste sie nicht so genau, aber genau so war es.

»Aber nein! Valerie war Witwe, ihr Mann war bei einem Autounfall ums Leben gekommen. Und dann kam die Einberufung zu einem Auslandseinsatz, und sie hatte ja keine

Verwandten, die sich um Charlie kümmern konnten. Da hat Sam ihn adoptiert.«

»So eine richtige Liebesheirat war das also nicht.« Verdammt, warum stellte sie solche Fragen?

Jennys Augen funkelten. »Es war nicht so wie bei dir und Sam, aber die beiden hatten sich schon sehr gern. Und natürlich geht es Sam und Charlie gar nicht gut, seit sie nicht mehr da ist. Deshalb ist es ja so cool, dass du jetzt hier bist.«

»Wie meinst du das? Was habe ich denn damit zu tun?«

Jenny breitete die Arme aus. »Ehrlich, Emma, du weißt doch, du bist in Twilight, der Stadt, die sich darauf spezialisiert hat, Jugendlieben wieder zusammenzubringen. Erinnerst du dich nicht an die Stadtlegende?«

Emma schüttelte den Kopf.

»Es heißt, wenn du ein paar Münzen in den Brunnen im Sweetheart Park wirfst, wirst du mit deiner Jugendliebe vereint. Viele Leute, denen es so gegangen ist, kommen nach Twilight, um unter dem Sweetheart Tree zu heiraten. Deshalb hat Tante Belinda ja auch dieses Büro. Die Partnervermittlung.«

Emma schüttelte den Kopf. »Klingt alles ziemlich weit hergeholt.«

»Bei mir hat es funktioniert«, sagte Dean. »So habe ich Jenny wiedergefunden, nachdem wir uns am Ende der Highschoolzeit getrennt hatten. Ich habe bestimmt den Gegenwert von hundert Dollar in den Brunnen geworfen.«

Jenny grinste ihn an. Dann sagte sie zu Emma: »Also, ich habe dich gewarnt. Twilight hat etwas an sich, was Liebende wieder zusammenbringt.«

»Na, dann habe ich ja nichts zu befürchten. Sam und ich

waren keine Liebenden, wir waren einfach nur Jugendliche, die miteinander befreundet waren.«

»Und trotzdem wart ihr verliebt«, sagte Jenny weise. »Aber jetzt kannst du dich ein bisschen frisch machen, und in einer halben Stunde nehme ich dich mit in die Methodistenkirche, damit du Nina und den Rest des True Love Quilting Club kennenlernst.«

Eine halbe Stunde später betrat Emma das Gemeindezentrum der Methodistengemeinde, gemeinsam mit Jenny, die vor sich hin schwatzte wie ein Cheerleader auf Speed. Kam diese Frau denn nie zur Ruhe?

Emma erkannte Nina Blakley, die berühmte Schauspielerin, schon an ihren anmutigen und eleganten Bewegungen. Nina sprach wie auf der Bühne. Sie war groß, fast eins achtzig, und sah aus, als wäre sie Anfang fünfzig, aber Emma wusste, sie hatte den Tony Award in den Sechzigerjahren bekommen, also musste sie mindestens zehn Jahre älter sein. Als Emma und Jenny hereinkamen, stand Nina auf und kam ihnen mit ausgestreckter Hand entgegen.

»Es ist mir ein Vergnügen, Sie kennenzulernen, Emma«, sagte sie mit einer ruhigen, kontrollierten Stimme ohne jeden Texas-Akzent, obwohl Emma wusste, dass dort geboren und aufgewachsen war.

»Das Vergnügen ist ganz auf meiner Seite«, erwiderte Emma und schaute zu ihrem Gegenüber auf.

Nina hielt ihre Hand einen Moment fest und sah ihr in die Augen. »Eine Frau, die den Mut hat, diesem Tyrannen Scott Miller in die Kronjuwelen zu treten, wenn er die alte

Casting-Couch-Nummer durchziehen will, hat einen festen Platz auf der Liste meiner Lieblingsmenschen.«

»Allerdings muss ich zugeben«, erwiderte Emma, »dass es nicht mein klügster Schachzug auf dem Broadway war.« Sie runzelte die Stirn. »Zumal es eigentlich der einzige Schachzug auf dem Broadway war. Ich habe meine große Chance mit diesem Tritt zunichtegemacht, bevor es überhaupt losging.«

»Ach, Unsinn.« Nina tätschelte ihre Hand. »Sie sind doch jetzt schon eine Legende. Also, dann will ich Ihnen mal die Mitglieder meines Quilt-Clubs vorstellen, ihre größten Fans.«

Emma fühlte sich furchtbar geschmeichelt, obwohl es nie ihr Wunsch gewesen war, ihren Starruhm darauf zu gründen, dass sie einen Broadwayproduzenten ins Krankenhaus brachte. Sie versuchte mit Nina Schritt zu halten, die zu den Mitgliedern der Handarbeitsgilde eilte.

»Das ist Patsy Cross«, sagte Nina mit einer Handbewegung zu der ersten Frau links. »Sie sitzt im Stadtrat und ist die Besitzerin des Teal Peacock, des reizenden kleinen Ladens am Platz.«

Patsy war allem Anschein nach Ende fünfzig, hatte kurze blonde Haare, die sich hübsch um ihr Gesicht fransten, und eine Lesebrille auf der Nasenspitze. Jetzt schaute sie Emma an wie eine Richterin. »Sie haben schon mal in Twilight gelebt, nicht wahr?«

»Ein Jahr lang. Als ich vierzehn war. Mein … mein Vater hatte eine Stelle im Atomkraftwerk in Glen Rose.« Sie schaffte es gerade so, nicht »Euer Ehren« hinzuzufügen.

Patsy nickte. »Ich erinnere mich. Dann sind Sie also eine von uns. Eine Einheimische.«

Emma war nicht sicher, ob man das so sagen konnte, aber sie freute sich trotzdem.

Patsy beugte sich wieder über ihren Teil des Quilts und nähte weiter. Die Frauen waren mit einer Decke beschäftigt, die zwischen zwei Gestellen aus Holz und Metall aufgerollt war. Der Quilt war fest eingespannt, sodass eine Fläche von gut einem Meter frei lag. Und selbst in diesem unfertigen Zustand sah er einfach unglaublich aus. Ein komplizierter Aufbau, sehr präzise Steppstiche, wunderbar aufeinander abgestimmte Farben.

»Man nennt dieses Muster ›Double Wedding Ring‹, doppelter Ehering«, erklärte Nina, die Emmas Blick aufgefangen hatte. »Die Decke ist für Patsys Neffen Jesse. Er und Flynn MacGregor heiraten nächsten Monat.«

Die Namen sagten Emma gar nichts, aber sie lächelte, als wäre ihr alles klar. »Oh, Glückwunsch.«

»Mit dieser Hochzeit war allerdings schon lange zu rechnen«, bemerkte Patsy. »Jesse und Flynn waren schon in der Highschool zusammen, aber sie haben lange gebraucht, um sich wiederzufinden.«

»Nicht alle begreifen gleich beim ersten Treffen, dass sie füreinander bestimmt sind«, ergänzte eine Frau mit rundem Gesicht, die gleich neben Patsy saß. Sie war um die Vierzig und hatte ein freundliches Lächeln. Auf ihrem T-Shirt prangten die Fotos von fünf reizenden Kindern, und nachdem die Frau außerdem eine wenig vorteilhafte, aber praktische Jeans trug, vermutete Emma, dass sie eine viel beschäftigte Mutter war, die weder Zeit noch Lust hatte, sich viel um ihre Kleidung zu kümmern. Die Frau schüttelte Emma die Hand. »Ich bin Belinda Murphey, die Tante von

Jenny und Sam und die Partnervermittlerin hier in der Stadt.«

»Ach ja, Jenny hat mir davon erzählt.«

»Ich habe mich darauf spezialisiert, Liebende zusammenzubringen, die sich vor langer Zeit verloren haben.« Belinda strahlte. »Ich selbst bin mit meiner Schülerliebe verheiratet, und ich habe schon mehr als hundert glückliche Paare zusammengebracht.«

»Wie reizend.«

Belinda legte den Kopf schief und betrachtete eingehend Emmas ringlose linke Hand. »Sind Sie denn schon vergeben?«

»Lassen Sie sich bloß nicht von ihr unter Druck setzen«, bemerkte eine dünne Frau mit spitzer Nase, die neben einem der Gestelle saß. Sie war ungefähr im selben Alter wie Patsy Cross. »Belinda ist verrückt nach Liebe. Sie kann nichts dagegen tun, wenn sie einen alleinstehenden Menschen sieht, hat sie das Gefühl, sie müsste etwas dagegen unternehmen.«

»Oh«, machte Emma, die sich über die unverblümte Art wunderte. Die Frau war für ihre sechzig Jahre ziemlich attraktiv und trug ihre langen, glatten blonden Haare in einem modernen Schnitt. Außerdem trug sie einen Minirock, der zwar nicht zu ihrem Alter passte, aber ihre schönen, wohlgeformten Beine gut zur Geltung brachte. Emma mochte sie sofort und hoffte, sie würde auch so viel Mut haben, wenn sie einmal in dieses Alter käme.

»Mein Name ist Raylene. Raylene Pringle.«

»Pringle? Wie die Kartoffelchips?«

Raylene zeigte mit spitzem Finger auf sie. »Wer lacht, wird erschossen.«

»Achtung, Gefahr«, ergänzte Belinda.

Patsy lachte, und Raylene sah sie wütend an. Aber Belinda winkte nur ab. »Kümmere dich nicht um die beiden, sie haben ihre ganz eigene Geschichte miteinander.«

»Aber sie sind trotzdem in derselben Handarbeitsgilde«, kommentierte Emma.

»Nicht nur in einer«, ergänzte Patsy. »Wir stricken auch zusammen.«

»Ehrlich?« Emma konnte sich keinen Reim auf die Beziehung zwischen den beiden Frauen machen.

»Ich hasse sie wie meine eigene Schwester«, grinste Raylene und umarmte Patsy kurz.

»Du stinkst nach Schnaps«, wehrte sich Patsy.

»Ein Glas. Ein einziges Glas Rotwein. Dr. Longoria hat gesagt, ich darf abends ein Glas Rotwein trinken. Stimmt doch, Terri?« Raylene zwinkerte der jüngsten Frau in der Gruppe zu, die ihr gegenüber saß.

»Terris Mann ist der Chefarzt des Krankenhauses«, erklärte Belinda.

Terri winkte Emma. »Hallo, Emma, ja, mein Mann Ted ist der große Boss da drüben, und ich leite das Fitnessstudio. Kommen Sie mal vorbei, Sie können gern erst mal zur Probe umsonst trainieren.«

»Danke, das ist nett.« Emma schaute Terri genauer an, die sechs oder sieben Jahre älter war als sie, eine schöne karamellfarbene Haut hatte und ihre dunkelbraunen Haare ganz kurz geschnitten trug.

»Sie sollen sich ja schließlich in Twilight wohlfühlen«, erwiderte Terri.

»Das tue ich schon«, versicherte Emma ihr. Nur zu wohl,

das war ja das Problem. Sie hatte das Gefühl, alle erwarteten etwas von ihr. Etwas, was sie unmöglich erfüllen konnte. Es war ein bisschen überwältigend. »Und das habe ich Jenny zu verdanken.«

»Aber erst mal hat sie einen ziemlichen Schrecken bekommen.« Jenny legte ihr den Arm um die Schulter, als wären sie alte Freundinnen. In New York kamen sich Menschen nicht so schnell nahe, es war wirklich ungewohnt. »Patches hat sie von der Bushaltestelle zu Sams Haus gebracht.«

»Und ich habe Angst vor Hunden«, gestand Emma.

»Der große Hütehund«, sagte die ältere Frau, die rechts von Terri saß. »Einmal hat er drei von Clinton Trainers Kühen in meinen Garten gebracht. Sie haben meine gesamte Ernte an Erbsen vernichtet, bevor ich etwas machen konnte. Diese fetten kleinen Hereford-Kühe lieben nämlich Erbsen.«

»Okay.« Eine Handarbeitsgilde, Hereford-Kühe, Erbsen und enge Freundschaften – all das war so weit von Emmas bisherigem Leben entfernt, dass sie keine Ahnung hatte, was sie dazu sagen sollte.

»Ach, ich vergaß: Dotty Mae Densmore.« Die ältere Frau lächelte. »Und ich erinnere mich auch an Sie, obwohl ich sicher bin, Sie erinnern sich nicht mehr. Sie haben bei mir Fenster geputzt, um Ihr Taschengeld aufzubessern.«

Doch, Emma erinnerte sich. Ihr Vater … Rex … hatte ihr ein Taschengeld gezahlt, aber die älteren Damen in Twilight waren immer wieder so nett gewesen, die eine oder andere Arbeit für sie zu finden, damit sie sich etwas dazuverdienen konnte. Nach all der ruhigen Freundlichkeit in

Twilight war es in Houston, ihrer nächsten Stadt, sehr schwierig gewesen. »Ich erinnere mich.«

»Dotty Mae war die erste Leiterin unseres Gefängnisses«, sagte Raylene. »Und wenn dir je nach Pfefferminzschnaps zumute ist, hat sie sicher ein Fläschchen in der Handtasche.«

»Das hättest du ihr jetzt nicht sagen müssen«, brummte Dotty Mae.

Raylene streckte die Hand aus. »Und gerade jetzt hätte ich gern ein Schlückchen davon.«

Terri räusperte sich.

»Was ist denn?«, fragte Raylene.

»Ein Glas Rotwein am Abend, hat Ted gesagt.«

Raylene verzog das Gesicht. »Ach, futter doch wieder mal einen Eimer Regenwürmer!«

Emma zog eine Augenbraue hoch.

»Terri hat zehntausend Dollar gewonnen, weil sie in einer Reality Show einen Eimer Regenwürmer gegessen hat«, erklärte Belinda. »Und Raylene reitet bis heute ständig darauf herum.«

»Aber Schnaps gibt es trotzdem keinen.« Terri zeigte mit dem Finger auf Raylene, die wütend ausschnaufte.

»Na gut. Und warum darf Dotty Mae welchen trinken?«

»Weil sie keine Patientin von Ted ist. Außerdem ist sie fünfundachtzig. Wenn du so alt bist, darfst du auch Schnaps trinken.«

»Meine Damen, wir müssen noch ein Mitglied unserer Gilde vorstellen.« Nina schien irgendwie gar nicht zu diesen redseligen Frauen zu passen. Emma fragte sich wirklich, warum sie auf dem Höhepunkt ihres Ruhms den

Broadway verlassen hatte, um ein kleines Provinztheater zu leiten. »Unser geduldigstes Mitglied ist nämlich Marva Bullock.«

Die dunkelhäutige Frau um die Vierzig mit schön geflochtenen Zöpfen saß zwischen Raylene und Dotty Mae. Als sie jetzt lächelte, hatte Emma das Gefühl, sie schon zu kennen. »Sie waren meine Algebralehrerin, oder?«

»Allerdings«, erwiderte Marva. »Ich habe mich schon gefragt, ob Sie sich noch erinnern.«

»In Mathe war ich eine absolute Niete, aber Sie waren so geduldig und haben sich Zeit genommen, mir nach dem Unterricht noch Dinge zu erklären.« Emma vergaß niemanden, der gut zu ihr war. Es gab nicht so viele Leute, auf die das zutraf. »Vielen Dank dafür. Sie haben mir eine gute Grundlage in Algebra gegeben, die ich wohl nirgendwo sonst bekommen hätte.«

Marva sah aus, als würde sie sich freuen. »Nett von Ihnen, das so zu sagen.«

»Nein, gar nicht nett, sondern einfach die Wahrheit. Unterrichten Sie noch?«

»Ich leite inzwischen die Highschool hier.«

Jenny, die zu Emmas Erstaunen die ganze Zeit geschwiegen hatte, klopfte Terri auf die Schulter. »Willst du mir mit den Erfrischungen helfen?«

»Klar«, antwortete Terri und steckte die Nadel, mit der sie gesteppt hatte, in den Stoff. Dann stand sie auf und folgte Jenny in die Küche, die sich am anderen Ende des Raums befand.

»Setzen Sie sich doch.« Nina zeigte auf den frei gewordenen Stuhl.

Emma nahm Platz. Warum Jenny sie eigentlich hierher mitgenommen hatte, war ihr nach wie vor nicht klar.

»Ich vermute, Sie denken gerade darüber nach, wer wir eigentlich sind und warum zum Teufel wir Sie nach Twilight geholt haben«, sagte Nina.

Emma nickte. »Das fasst es ganz gut zusammen.«

»Wir planen ein ganz besonderes Projekt, und Sie sind die Schlüsselfigur für den Erfolg dieses Projekts.« Nina faltete die Hände im Schoß. Die anderen Damen steppten fleißig weiter und überließen ihr die Hauptrolle. Aus der Küche hörte man Teller klappern und Eiswürfel klingeln. »Wir hoffen sehr, dass Sie dabei mitmachen.«

Sie hatte ja keine Wahl! Sie war pleite und obdachlos, und aus irgendeinem Grund boten ihr diese Frauen eine zweite Chance an. »Ich höre.«

»Lassen Sie mich erklären, wie das Ganze zustande kam.« Nina räusperte sich. »Sie erinnern sich vielleicht aus der Zeit, als Sie hier gelebt haben, dass die Stadt in der Thanksgiving-Woche ein großes Fest zu Ehren der Stadtgründer feiert.«

»Ja, ich erinnere mich, wenn auch nur vage.« Sie hatte damals nicht viel an solchen Lokalereignissen teilgenommen, schließlich war sie eine rebellische Vierzehnjährige gewesen.

»Es ist so ziemlich das größte Ereignis hier.« Nina strich sich kurz über die makellose Frisur.

»Und das in einer Stadt, die sehr gern feiert«, fügte Belinda hinzu.

»Jedes Jahr bringen wir ein Stück über die Stadtgründer auf die Bühne«, fuhr Nina fort.

»Und darin geht es um die Legende der verlorenen Liebenden?«, fragte Emma nach.

»Genau.«

»Jon Grant und Rebekka Nash haben sich schon als Kinder in Missouri geliebt. Dann kam der Bürgerkrieg, und Jons Familie stand auf der Seite der Nordstaaten. Rebekkas Familie jedoch kam ursprünglich aus Georgia und hielt zu den Südstaaten. Und so wurden die beiden auseinandergerissen. Jon schloss sich der Nordstaatenarmee an, Rebekkas Familie floh nach Texas. Fünfzehn lange Jahre vergingen, aber Rebekka heiratete nicht, weil sie Jon immer noch liebte, auch wenn sie gar nicht wusste, ob er den Krieg überlebt hatte.«

Alle lauschten ihr, obwohl Emma sich vorstellen konnte, dass sie die Geschichte schon tausend Mal gehört hatten. Aber Ninas Stimme verlangte einfach Aufmerksamkeit und war geradezu hypnotisch.

»Jon wurde im Krieg verwundet und zum Colonel befördert. Er blieb in der Armee, und 1875 wurde er zum Kommandanten eines Forts ernannt, das am Brazo erbaut worden war, um Indianeraufstände niederzuhalten. Am Thanksgiving Day kam er dort an und machte am Fluss Halt, damit sein Pferd trinken konnte. Es wurde schon dunkel.« Nina senkte ihre Stimme. »Die Dämmerung senkte sich herab. Twilight, verstehen Sie? Das Pferd erschrak, Jon schaute auf, und im ersten Moment dachte er, er hätte ein Gespenst gesehen.«

Nina hielt inne. Keine der Frauen sprach ein Wort.

»Da stand seine rothaarige Liebste Rebekka am anderen Ufer und war immer noch so schön wie vor vielen Jahren.

Sie war mit ihrem geliebten Border Collie Rebel hinausgegangen, um nach den Fischnetzen zu schauen. Rebel fing an zu bellen, und Rebekka blieb fast das Herz stehen, als sie ihren Liebsten sah. Er hatte Narben im Gesicht, und mit den Jahren war sein Haar ein wenig grau geworden, aber Rebekka kümmerte das nicht. Jon war endlich zu ihr zurückgekehrt!

»Sofort sprang Jon ins Wasser und schwamm hinüber. Als sie sich in die Augen sahen, war es, als wären die fünfzehn Jahre einfach verschwunden. Er nahm sie in die Arme und küsste sie mit all der Leidenschaft und Sehnsucht, die er empfand. Sie konnten es kaum glauben, dass sie sich nach so langer Zeit wiedergefunden hatten. Bald darauf heirateten sie, und an dem Ort, wo sie sich gefunden hatten, gründeten sie die Stadt Twilight. Das Fort existiert nicht mehr, aber die Stadt ist noch da, und ihre Wurzeln sind für alle Zeit mit der Vorstellung wahrer, dauerhafter Liebe verbunden.«

Alle seufzten glücklich auf und lehnten sich zurück.

»Und deshalb wird jedes Jahr dieses Stück aufgeführt«, fügte Nina noch hinzu.

»Aus der Reaktion dieser Gruppe entnehme ich, dass es den Höhepunkt der Festwoche bildet.«

»Allerdings. Die Aufführung findet am Thanksgiving Day statt. Dann ist das Theater immer bis auf den letzten Platz besetzt«, sagte Belinda. »Wir können gar nicht so viele Karten verkaufen, wie es Anfragen gibt. Im Jahr neunzehnhundertfünfundsiebzig hat Nina diese Tradition begründet, also zur Hundertjahrfeier unserer Stadtgründung. Ein Jahr zuvor hatte sie das Theater übernommen.«

»Eine tolle Leistung«, bemerkte Emma zu Nina.

Nina lächelte bescheiden. »Danke, aber ich kann leider keine makellose Bilanz vorweisen.«

»Was meinen Sie damit?«

»Im letzten Jahr wurde die Aufführung abgesagt«, flüsterte Belinda.

»Warum das?« Emma schaute von einer Frau zur anderen.

»Die Schauspielerin, die die Rebekka spielte, wurde in den Irak abkommandiert«, sagte Nina. »Und ihr zu Ehren beschloss ich, ein Jahr auszusetzen. Sie war nicht so leicht zu ersetzen. Dann kam sie in einer Sprengfalle ums Leben, gerade als sie Medikamente an ein Waisenhaus auslieferte.«

»Es war Sams Frau Valerie.« Belinda schniefte leise. »Sie sah Rebekka sehr ähnlich mit ihren kupferroten Locken. Genau wie Sie.«

Valerie war eine Heilige und eine Kriegsheldin noch dazu. Wie sollte sie sich jemals mit einer solchen Frau messen? Emma fuhr sich mit der Hand durch die Haare. »Und deshalb haben Sie mich hergeholt? Weil ich rote Haare habe wie Rebekka und Valerie?«

»Das ist nicht der Hauptgrund«, sagte Nina. »Aber als ich das sah, hatte ich das Gefühl, Sie wären für diese Rolle bestimmt.«

Emma runzelte die Stirn. »Und wie lange planen Sie das schon?«

»Seit Belinda zu unserem letzten Treffen die Boulevardzeitungen mitbrachte«, erwiderte Jenny, die mit einem Tablett voller Kekse und Obst herangetreten war. Terri folgte ihr mit den Getränken: Kaffee, Eistee, Limonade in Dosen.

»Als wir die Schlagzeilen sahen, wussten wir, was Sie in Manhattan durchmachen«, sagte Nina. »Ich weiß schließlich, wie es dort zugeht.« Sie befeuchtete ihre Lippen. »Und ich weiß, wozu Scott Miller fähig ist.«

Irgendwo gab es eine Geschichte dazu. Emma fragte sich, ob Nina sie ihr irgendwann erzählen würde. »Waren Sie der Grund, warum Miller die Anzeige gegen mich zurückgezogen hat?«

»Es könnte sein, dass ich ein paar Telefongespräche geführt habe«, gestand Nina.

Emma war fassungslos. »Ich kann Ihnen gar nicht genug danken, ehrlich, ich bin so froh darüber. Aber warum haben Sie sich für mich eingesetzt?«

Nina beugte sich vor und legte ihr eine Hand auf den Arm. »Schätzchen, Sie sind eine von uns und wir kümmern uns um unsere Leute.«

Auf einmal spürte Emma, wie ihr die Tränen kamen. Sie hätte es wissen müssen, ihre Erinnerungen an Twilight als eine Stadt der Liebe und des Glücks waren keine bloßen Hirngespinste. Sie hatte immer gedacht, sie hätte alles nur wegen Sam verklärt, aber offenbar war das nicht der Fall. Diese Frauen wussten, was sie taten. Und sie wollten ihr helfen.

»Aber was hat das alles mit dem Quilt zu tun?«, fragte sie und schob die übersprudelnden Gefühle zur Seite. Wenn sie Erfolg haben wollte, dann nur mit Hilfe dieser Stadt und dieser Menschen.

»Nach Valeries Tod«, fuhr Nina fort, »haben wir an all die anderen Soldaten aus Twilight gedacht, die über die Jahre hin getötet oder verwundet worden sind. Bis zurück zu Colonel

Jon Grant, der im Bürgerkrieg fast die Liebe seines Lebens verloren hätte.«

»Und so haben wir uns mehr mit der Geschichte beschäftigt.« Marva zog ihre Nadel durch den Quilt.

»Und wir fanden eine große Tradition des Quiltens in Kriegszeiten«, ergänzte Dotty Mae. »Wenn die Männer eingezogen wurden, holten die Frauen in Twilight ihre Quiltrahmen raus.«

»Twilight hat zwei Männer während des spanisch-amerikanischen Krieges verloren«, nahm Raylene den Faden der Geschichte auf. »Terri, hast du die Fotos dabei?«

»Aber sicher.« Terri wühlte in ihrer Nähtasche und holte ein Fotoalbum heraus. Auf einer Seite waren körnige, verblichene Schwarzweißfotos von zwei jungen Männern in Uniform zu sehen, darunter ein Farbfoto eines Quilts mit einer Landkarte von Kuba. Sie reichte Emma das Album. »Das Foto zeigt eine Replik, aber die Frauen hier sind zusammengekommen, um diesen Quilt zu nähen. Er wurde ein paar Jahre lang an der Nordwand im Gerichtsgebäude aufgehängt, um die Toten zu ehren. Blätter mal um.«

Emma gehorchte. Auf dieser Seite waren viele junge Männer zu sehen, die Fotos stammten offenbar aus dem Ersten Weltkrieg. Diesmal gab es mehrere Quilts für die Gefallenen. Und als sie weiterblätterte, fand sie Fotos aus dem Zweiten Weltkrieg, dem Koreakrieg und dem Vietnamkrieg. Und schließlich auf der letzten Seite die Fotos von vier Soldaten in Tarnanzügen und von einer rothaarigen Frau in Uniform. Die einzige Frau in dem ganzen Album.

Sams Frau. Valerie. Sie war sehr hübsch, machte aber

einen ernsthaften Eindruck. Als würde sie die ganze Welt auf ihren Schultern tragen.

Auf dieser Doppelseite gab es noch kein Foto von einem Quilt. Emma vermutete, die Decken waren noch in Arbeit.

»Insgesamt sind seit der Gründung von Twilight im Jahr achtzehnhundertfünfundsiebzig zweihundertvierundsechzig Soldatinnen und Soldaten gefallen«, erklärte Nina. »Und weitere dreihundertzehn wurden verwundet. Sechs sind vermisst, einer, nämlich unser Sheriff Hondo Crouch, wurde drei Jahre lang in einem Gefangenenlager in Kambodscha festgehalten.«

»Du lieber Himmel«, sagte Emma. Das waren gewaltige Zahlen für eine so kleine Stadt mit kaum sechstausend Einwohnern, selbst wenn sie sich auf eine Zeitspanne von mehr als hundert Jahren verteilten.

»In diesem Jahr wollen wir in das Stück Szenen aus allen Kriegszeiten einbauen, um die Menschen zu ehren, die den Geist der Stadtlegende am Leben hielten.«

»Wie romantisch.«

»Ich habe die Szenen schon geschrieben«, sagte Nina. »Und wir wissen auch schon, wer die männliche Hauptrolle spielt. Wir nähen Quilts für das Bühnenbild, einen Quilt für jede Epoche.«

»Das ist ein ehrgeiziges Projekt.«

»In der Tat, aber wir sind einer solchen Herausforderung durchaus gewachsen. Es sind sieben Quilts, einer für die ursprüngliche Szene mit Jon und Rebekka und weitere sechs für jeden Krieg, in dem Twilight mindestens einen Soldaten verloren hat: der spanisch-amerikanische Krieg, die beiden

Weltkriege, Korea, Vietnam und Irak. Nach der Aufführung werden die Quilts versteigert, und das Geld soll unseren Soldatinnen und Soldaten zugutekommen.«

Emma warf einen Blick in die Runde und sah die Frauen an, die ernst und eifrig dreinschauten. »Aber Thanksgiving ist in neun Wochen!«

»Ein Quilt pro Woche ist kein Problem«, sagte Patsy. »Das haben wir schon mal gemacht.«

»Aber sieben hintereinander?«, fragte Emma nach.

»Das ist neu«, gab Belinda zu. »Aber wir schaffen das. Wir haben ja noch zwei Wochen Puffer.«

»Und jetzt kommt die große Frage«, grinste Nina. »Können Sie nähen?«

»Nähen?« Emma blinzelte. »Ich soll nähen?«

»Wenn Sie die Grundlagen beherrschen, können wir Ihnen den Rest schnell beibringen. Sie müssen sich auch keine Gedanken über Stoff und Design machen, darum kümmern wir uns«, erklärte Nina. »Aber es wäre doch wunderbar, wenn wir behaupten könnten, dass Sie mit beteiligt waren.«

»Na ja, ich war ja Schülerin an der Highschool hier …«

»Und im ersten Jahr haben alle Handarbeitsunterricht, Jungen und Mädchen«, ergänzte Marva fröhlich. »Also müssten Sie eigentlich eine gute Ausbildung bekommen haben.«

»Aber ich habe seit Jahren nicht einmal mehr einen Knopf angenäht!«

»Ach, das ist wie mit dem Sex«, bemerkte Raylene. »Das verlernt man nicht.«

»Ich hatte sogar eine Note A in Handarbeiten«, konnte

Emma sich nicht verkneifen zu sagen, obwohl sie wusste, dass sie sich damit verriet.

»Na, großartig!« Nina klatschte in die Hände. »Dann proben wir tagsüber und abends wird gequiltet. Morgen früh um neun fangen wir an, wir treffen uns im Theater. Und nachdem das nun geklärt wäre, können wir alle eine Erfrischung gebrauchen.«

Die Frauen standen auf, schüttelten Emma alle die Hand und umarmten sie und sagten ihr, es wäre einfach schön, sie in der Stadt zu haben. Emma spürte, wie sich etwas in ihrer Brust zusammenzog. Ihre Augen brannten. Zum ersten Mal im Leben hatte sie das Gefühl, wirklich Teil einer liebevollen Gemeinschaft zu sein.

Und sie hatte eine Heidenangst davor.

Kapitel sechs

»Gib einer Frau einen Quilt, und sie hat es einen Winter lang warm. Lehre sie zu quilten, und du wärmst ihre Seele ein Leben lang.«
Terri Longoria, Besitzerin eines Fitnessstudios und Mitglied des True Love Quilting Club

Später an diesem Abend war Sam dabei, Valeries Gemüsegarten zu wässern, als er ein Platschen in Jennys Pool hörte. Ob Emma so spät noch badete? Er drehte das Wasser ab und ging zum Zaun. Der Blick durch die Lücken zwischen den Zaunbrettern wurde ihm durch das rote Geißblatt versperrt, das seine Schwester auf ihrer Seite gepflanzt hatte. Auf der Suche nach einer Möglichkeit, etwas höher zu klettern, sah er die Picknickbank ein paar Meter weiter und zog sie zum Zaun.

Tatsächlich war Emma in Jennys Garten. Jetzt kam sie gerade aus dem Pool, die nassen Haare klebten ihr am Rücken. Sie leuchteten wie poliertes Kupfer im Mondschein, und das Wasser lief über ihre Haut. Ihr weißer Bikini sah ausgesprochen verführerisch aus.

Es war ja klar, dass sie sich in Form halten musste. Sie war schließlich Schauspielerin, da gehörte regelmäßiger Sport und gesundes Essen einfach dazu. Aber er hatte nicht erwartet, dass sie aussehen würde wie direkt den Seiten des *Playboy* entsprungen. Kurven an den richtigen Stellen, aber kein Gramm Fett. Sie war schlank und fest und … wirklich, er hatte so etwas außerhalb von Zeitschriften noch nie zu sehen bekommen.

Sein Gehirn schickte Alarmmeldungen durch den ganzen Körper. Er zwang sich dazu, normal zu atmen, obwohl er am liebsten laut aufgekeucht hätte. Aber er hatte einfach keine Kontrolle über seine Augen. Er verschlang sie mit Blicken, vom Scheitel bis zum Hintern und schließlich zu den nackten Zehen mit dem roten Lack auf den Nägeln. Dann wieder zurück, die schlanken Beine hinauf. Nur zu gern wäre er über den Zaun gesprungen, hätte sie umarmt und an sich gezogen.

Sie schlenderte zu einem der Liegestühle. Wie lang ihre Beine waren – sehr lang für eine so kleine, zierliche Frau. Und als sie sich bückte, um das bunte Handtuch aufzunehmen, das sie über die Armlehne des Liegestuhls gelegt hatte, gab sie den Blick auf den großartigsten Hintern auf Erden frei. Was sein Verlangen eher noch größer machte.

Er musste irgendein Geräusch gemacht haben, denn auf einmal schrak sie zusammen wie eine Taube im Wald und wickelte sich in das Handtuch. »Du solltest ein Foto machen, Spanner«, rief sie. »Das hält länger.« Mit wütendem Blick näherte sie sich dem Zaun. »Ach, du bist es.«

Sam spürte, wie er rot wurde. Warum war er nicht längst von der Bank gesprungen? Jetzt kam er sich vor wie ein Vollidiot.

Ein wissendes Grinsen schickte ihre Mundwinkel in die Höhe. »Hast du gerade geknurrt?«

Er schüttelte den Kopf. »Nein«, schwindelte er.

Sie kam bis zum Zaun, das Handtuch fest um den Körper gewickelt. »Hast du mich beobachtet?«

»Nein.« Wem machte er eigentlich etwas vor? Sie hatte ihn schließlich auf frischer Tat ertappt.

»Nein?« Sie stemmte die Hände in die Hüften und schob unwillkürlich ihre Brüste vor.

»Doch, ja, ich habe dich beobachtet. Wäre es gemein, wenn ich sagen würde, hübscher Hintern?«

»Sehr gemein.« Sie kam noch näher und kniff die Augen zusammen. »Aber danke schön.«

Sam wusste nicht, was er sagen sollte. Alle Nervenenden in seinem Körper pulsierten. Der Höhlenmensch in ihm, der gerade den Kommentar über den Hintern abgegeben hatte, wollte nichts anderes, als mit bloßen Händen den Zaun niederreißen.

Sie standen da und sahen sich an. Sam immer noch auf der blöden Bank, Emma unter ihm, den Kopf in den Nacken gelegt. Der Augenblick schien sich zu einer Ewigkeit zu dehnen, heiß und voller Sehnsucht.

»Wolltest du mir noch etwas sagen außer der Sache mit dem hübschen Hintern?«

»Äh …« Ihm fiel nichts ein, solange sie so dort stand, nass und halb nackt. Der Anblick, wie sie sich über den Liegestuhl gebeugt hatte, war in sein Gehirn eingraviert. »Nein.«

»Gut, dann gehe ich jetzt ins Haus.« Sie drehte sich um.

»Warte mal.«

Sie blieb neben einem Vogelbad mit einem kleinen Putto stehen, die nackten Zehen ins Gras gegraben. »Ja?«

Los, Mann, sag etwas Intelligentes! Aber was?

Er starrte sie an, seine Kehle war wie zugeschnürt.

Und sie starrte tapfer zurück, das Biest. Sie erinnerte ihn

an einen Jack-Russell-Terrier: impulsiv, entschlossen und intensiv. Er hatte Jack-Russell-Terrier immer gemocht, obwohl sie für ihre Halter eine ziemliche Herausforderung sein konnten. Emmas grüne Augen schimmerten im letzten Licht, verführerisch wie das Meer an einem stürmischen Tag.

Etwas in ihm verschob sich. Ein Gefühl, das er noch nie erlebt hatte. Wenn er jetzt auf ihrer Seite des Zauns gewesen wäre, hätte er sie sicher geküsst. Er nahm jedes Detail ihres Gesichts wahr. Die leichten Sommersprossen auf dem Nasenrücken, die Wimpern, die fast dieselbe Farbe hatten wie ihr Haar, der Haaransatz, der sich auf der Stirn zu einem hübschen kleinen V herabsenkte.

Das Schweigen zwischen ihnen dehnte sich aus.

Sie wurde rot, sodass ihre rosige, sahnige Haut noch besser zur Geltung kam. Irgendwie erinnerte sie an Jennys Putten, die auch so rosig und weich und süß waren. Aber sie schaute nicht weg. Sie wirkte verletzlich und unschuldig, aber sie wusste sich zu wehren. Sie war nicht aggressiv – in einer vergleichbaren Situation wäre Valerie wohl über den Zaun geklettert und hätte ihn geküsst. Aber sie war auch nicht verschüchtert. Sie drehte sich nicht um, sie lief nicht weg, sie stand einfach nur da und sah ihn an, wartete, unverschämt und neugierig. Sie würde nicht den ersten Schritt tun, aber es würde ihr überhaupt nichts ausmachen, wenn er ihn täte.

Und er wünschte sich nichts mehr, als ihn zu tun.

Doch er wusste, er konnte seiner Sehnsucht nicht nachgeben. Emma war nur für kurze Zeit in der Stadt, und er musste an Charlie denken. Abgesehen von seinem eigenen

Wohlergehen. Er wusste, er würde sich so tief in sie verlieben, dass er nie wieder herauskäme. Aber mit einer Frau wie Emma konnte man nicht sein Leben verbringen. Er hatte das immer schon gewusst. Sie hatte große Träume, und er war nur ein Kleinstadtjunge, der sein Kleinstadtleben liebte. Sie wollte ein Star werden, und er durfte ihr dabei nicht im Weg stehen.

»Weißt du, was ich gedacht habe?«, sagte er schließlich.

Emma streichelte den Putto neben sich. »Dass Jenny noch mal über die Sache mit den Engeln nachdenken sollte?«

»Abgesehen davon.« Er grinste.

»Was?«

»Dass es schön ist, dich wieder hier zu haben.«

»Das ist sehr süß von dir, Sam.«

Süß! Er wollte nicht, dass Emma ihn nett fand. Kätzchen waren süß, Zuckerwatte war süß. Vielleicht war es auch süß, dass er immer noch den Gemüsegarten seiner toten Frau wässerte. Er knirschte mit den Zähnen. Das war es also, was sie in ihm sah? Ein harmloser, netter Kerl.

Er hätte gern die Haare aus der Stirn geschoben und ihr seine Narbe gezeigt. Sein Ego meldete sich. Er hatte gefährliche Dinge getan, und er war nicht so süß, wie sie dachte. Diese Gedanken waren nichts anderes als eitles Machogehabe, aber sie waren trotzdem da. Und er tat es. Er schob die Haare aus der Stirn.

Ihr Blick richtete sich auf die Narbe, sie schloss kurz die Augen und hielt dann wieder seinem Blick stand. Er versuchte herauszufinden, was sie dachte, aber sie war Schauspielerin, und das leichte Lächeln, das um ihre Lippen spielte, verbarg alles, was in ihrem Kopf vorging.

»Coole Narbe«, sagte sie, drehte sich um und ging ins Haus. Und er stand da und fühlte sich ganz aufgeblasen vor Stolz. Niemand hatte ihm je gesagt, dass diese Narbe cool wäre.

Nach einem kräftigen Frühstück aus Porridge mit braunem Zucker, Walnüssen und Bananenscheiben – natürlich in einer Schale mit fröhlichen Engeln serviert – betrat Emma am nächsten Morgen um halb neun das Theater. Das Foyer war noch dunkel, aber am Ende sah sie ein Licht. Dort stand eine Tür offen, und sie ging hinein.

»Guten Morgen.« Nina lächelte zur Begrüßung hinter einem uralten Schreibtisch, der aussah, als wäre er im gleichen Jahr entstanden wie das Theater. »Hast du gut geschlafen?«

»Wunderbar.«

»Jenny hat dich bestimmt im rosa Zimmer untergebracht.«

»Genau. Es ist … nun ja, sehr rosa. Viele Engel.«

»Kleinstadtcharme hat seine besonderen Reize.« Ninas Augen funkelten. »Und Twilight ist schon wirklich etwas ganz anderes als Manhattan.«

»Das kann man wohl sagen.«

»Wie lange haben Sie dort gelebt?«

»Zwölf Jahre.« Emma schüttelte den Kopf, als könnte sie es selbst nicht glauben.

»Dann haben Sie es länger ausgehalten als ich.«

»Aber ich war auch nicht so erfolgreich wie Sie.«

»Sie unterschätzen sich«, sagte Nina. »Das Broadway-Debüt steht noch aus, aber ich habe Nachforschungen angestellt und Ihre Kritiken von den Off-Broadway-Produktionen gelesen. Und die waren ausgesprochen positiv.«

»Wofür man sich genau einen Milchkaffee bei Starbucks kaufen kann, wenn man das Geld noch drauflegt.«

»In der Unterhaltungsbranche geht es hauptsächlich um Glück und Timing, das ist schon richtig. Aber Sie haben Talent. Und Sie halten Ihren Standard aufrecht. Sie sind eine echte Künstlerin, glauben Sie mir, so was merke ich.«

Emma war so viel Lob fast unangenehm. »Wenn Sie noch fünf Dollar drauflegen, kriegen Sie für Talent, Standard und Künstlertum vielleicht noch ein Croissant zu dem Milchkaffee.«

»Ihren Humor haben Sie sich auch erhalten. Noch ein Pluspunkt.«

»Ohne den kann man sich gleich kopfüber von der Brooklyn Bridge stürzen.«

»Die Menschen hier sind jedenfalls glücklich, dass Sie da sind. Und ich habe keinen Zweifel, dass Sie hier alle begeistern werden.«

Emma grinste. »Das wäre toll. Dann könnte ich auch noch eine Freundin zu Milchkaffee und Croissant einladen.«

»Ich verstehe, dass Sie manchmal verzweifelt sind bei so viel Konkurrenz. Als ich noch um die ersten Erfolge kämpfen musste, habe ich eine Menge Sachen gemacht, auf die ich nicht stolz bin«, murmelte Nina.

Emma hätte gern nachgefragt, hielt sich aber zurück. Es ging sie nichts an. »Ich habe verrückte Sachen gesehen«, gab sie zu. »Meine Mitbewohnerin Cara hat mit einem Typen geschlafen, der als Hausmeister im Ed Sullivan Theater arbeitete.

Er hat sie dann auf die Bühne geschmuggelt und ein Filmchen gedreht, das so aussah, als würde sie bei Letterman interviewt. Diesen Spot hat sie herumgeschickt, und ob man es glaubt oder nicht, daraufhin wurde sie ein paar Mal zum Vorsprechen eingeladen. Manchmal muss man gar kein Promi sein, es reicht schon, wenn man so tut, als wäre man einer. Eine andere Schauspielerin, die ich kenne, hat ihrer besten Freundin den Mitgliedsausweis der Gewerkschaft geklaut, um eine Rolle zu bekommen.«

»Und Sie haben so was nicht gemacht?«

Emma streckte ihr Kinn vor. »Ich bin vielleicht verzweifelt, aber keine Betrügerin. Außerdem fliegt so was am Ende doch immer auf.«

Nina starrte auf einen Punkt an der Wand, ein paar Handbreit über Emmas Kopf. Sie sah sehr wehmütig aus. »Da haben Sie recht«, sagte sie. »Da haben Sie leider verdammt recht.«

Die Versuchung, jetzt doch einmal nachzufragen, war groß, aber Emma riss sich zusammen. Wenn Nina ihr etwas sagen wollte, würde sie es zum richtigen Zeitpunkt tun.

»Bevor wir mit der Probe beginnen«, wechselte Nina das Thema, »möchte ich Ihnen etwas über den Mann erzählen, der Ihr Bühnenpartner sein wird.«

»Okay.« Emma setzte sich auf den Stuhl, der Ninas Schreibtisch gegenüber stand.

»Ich glaube daran, Menschen eine zweite Chance zu geben.«

»Ja, deshalb bin ich ja hier.«

»Genau, aber ich habe auch Spaß daran, die Neinsager Lügen zu strafen. Und die Art, wie Sie von den Medien behandelt worden sind, gefällt mir gar nicht. Man kann doch nicht Scott Miller zum Opfer und Sie zur Täterin machen!«

»Woher wollen Sie wissen, dass die Berichte falsch sind? Vielleicht habe ich Miller ja tatsächlich überfallen, nachdem er sich geweigert hatte, mir eine Rolle zu geben.«

Nina setzte wieder ihren geheimnisvollen Blick auf. »Jeder, der Miller kennt, wird sofort verstehen, dass das Blödsinn ist.«

»Hmm.« Emma rutschte auf die Stuhlkante, damit sie mit den Füßen auf den Boden kam. »Dass Sie mich engagiert haben, hat also ebenso viel mit einer Rache an Miller zu tun wie mit einer zweiten Chance für mich?«

Nina legte den Kopf schief und hob beide Hände. »Es würde mir eine Riesenfreude bereiten, wenn diese Rolle hier Ihrer Karriere neuen Schwung gäbe. Aus beiden Gründen. Weil Sie es verdient haben, und weil endlich bekannt werden sollte, was für ein Tyrann Miller ist.«

Emma lachte. »Und wie soll eine Rolle in einem Kleinstadttheater das alles bewirken?«

»Jetzt unterschätzen Sie *mich,* Emma. Wir müssen dringend etwas gegen Ihren Pessimismus unternehmen. Aber jetzt zurück zu Ihrem Bühnenpartner und der Tatsache, dass ich an zweite Chancen glaube.« Nina spielte mit ihren Fingern einen Trommelwirbel auf der Schreibtischplatte. »Beau Trainer wird den Colonel Jon Grant und alle anderen männlichen Hauptrollen spielen.«

»An Beau erinnere ich mich. Er war der beliebteste Junge in der Highschool. Ich wusste gar nicht, dass er Schauspieler ist.«

»Ist er auch nicht, aber er hat ein ziemliches Naturtalent.

Was auch damit zu tun hat, dass er sein ganzes Leben lang anderen etwas vorgespielt hat. Dass er sich für etwas ausgab, was er nicht war, nur um den Leuten zu gefallen.«

»Okay.«

»Ich erzähle Ihnen das, weil einige Leute meinen, er hätte keine zweite Chance verdient. Ich bin zufälligerweise der Ansicht, dass sie sich irren, aber es könnte sein, dass Sie Gegenmeinungen hören und dass man versucht, Sie rüberzuziehen. Ich würde es begrüßen, wenn Sie sich in dieser Angelegenheit neutral verhielten.«

»Warum sind die Leute denn so sauer auf ihn?«

»Beau war für kurze Zeit Sheriff hier, nachdem sein Vater einen Schlaganfall erlitten hatte. Aber dann hat er das eine oder andere angestellt und musste den Posten aufgeben.«

»Was hat er denn angestellt?« Emma war sofort fasziniert und neugierig.

»Er hat die alte Brücke gesprengt und das Haus neben dem Gerichtsgebäude angezündet. Sie haben die Ruine sicher gesehen. In dem Haus befand sich ein Motorradladen und ein Garnlager. Das Feuer war allerdings ein Unfall.«

An die Brücke erinnerte sich Emma, von dort waren sie und Sam als Jugendliche in den Fluss gesprungen, gleich oberhalb des Sees. »Ist ja verrückt.«

»Und man muss zu seiner Verteidigung sagen, dass die Brücke baufällig war.«

»Er wollte nur die üblichen Genehmigungen umgehen?«

»Nein, es war wohl etwas komplizierter.«

»Aber warum hat er es dann getan?«

»Warum benimmt sich ein Mann wie ein Idiot? Weil er eine Frau liebt.«

»Damit hat er sie sicher nicht besonders beeindruckt.«

Nina schüttelte den Kopf. »Flynn MacGregor war eigentlich immer noch in ihren Jugendfreund Jesse Calloway verliebt, der gerade aus dem Gefängnis gekommen war. Sie war mit Beau verlobt, aber dann fand sie heraus, dass er Jesse falsch beschuldigt hatte, weil er eifersüchtig auf ihn war. Na ja, das ist eine lange Geschichte.«

»Jesse ist doch Patsy Cross' Neffe, oder?«

»Genau.«

»Und Sie sind der Ansicht, Beau hätte eine zweite Chance verdient?«

»Beau ist ein komplizierter Charakter. Im Irak hat er das Purple Heart bekommen, das große Verwundetenabzeichen. Er hat mit seiner Tapferkeit Angehörigen seiner Einheit das Leben gerettet und keinerlei Rücksicht auf seine eigene Sicherheit genommen. Dabei wurde er schwer verwundet. Und jetzt ist er voller Reue für alles, was er angestellt hat, aber einige Leute können nicht so schnell vergeben. Was man auch verstehen muss. Er hat das Vertrauen der Öffentlichkeit missbraucht und seinen Job verloren. Dass er nur eine Bewährungsstrafe bekam, beruht auf einem Teilgeständnis, das sein Anwalt mit dem Gericht vereinbart hatte. Aber eigentlich hat er ein gutes Herz und kämpft schwer mit dem Schaden, den er sich selbst zugefügt hat. Jetzt braucht er Hilfe, damit er seinen guten Ruf wiederherstellen kann. Sam und ich sind so ziemlich die Einzigen her, die sich nicht von ihm abgewandt haben.«

»Wow.« Dass Sam Beau nicht aufgegeben hatte, wunderte Emma nicht. Der Sam, an den sie sich erinnerte, war unvoreingenommen, diplomatisch, offen und voller Mitgefühl.

»Ich dachte nur, Sie sollten das von vornherein wissen.«

»Danke, dass Sie's mir gesagt haben.«

Es war eben doch nicht alles so rosig im schönen Twilight. Gut zu wissen, dass auch hier manche Leute dunkle, quälende Geheimnisse verstecken mussten. Es vermittelte Emma das Gefühl, doch irgendwie normal zu sein. Und es weckte ihre Neugier auf weitere Geheimnisse und Gespenster, die in der Stadt ihr Unwesen treiben mochten.

»Da ist er ja«, sagte Nina, als die Eingangstür knarrte.

Der Beau Trainer, an den sich Emma vage erinnerte, war zu einem großen, breitschultrigen Mann herangewachsen, der nicht viel mehr sagte als Hallo. Sie fragte sich, wie es sich anfühlen musste, wenn man so viel auf dem Kerbholz hatte, dass sich die ganze Stadt von einem abwandte. Wenn er es wirklich bereute, hatte er ein großes Kreuz zu tragen. Sie stellte sich vor, wie übel es sein musste, mit hoch erhobenem Kopf durch die Straßen zu gehen, während die Leute hinter vorgehaltener Hand tuschelten.

Beau gehörte zu diesen leicht zerzausten, gut aussehenden Texas-Typen wie Dennis Quaid, Patrick Swayze, Tommy Lee Jones und so weiter. Aber er sah bei Weitem nicht so gut aus wie Sam, der einfach ein Sahneschnittchen war, trotz der Narbe. Beaus Nase war ein ganz klein wenig zu groß für sein Gesicht, und sein Kinn wirkte hart und unnachgiebig. Ein Spiegel der Charaktereigenschaften, die zu seinem Absturz geführt hatten: Sturheit, Zorn und Stolz. Aber seine dunklen, seelenvollen Augen sprachen eine andere Sprache. Es waren die Augen eines Mannes, der von seinen eigenen Dämonen geplagt wurde. Dämonen, die ihn dazu verleitet hatten, seinen eigenen Moralvorstellungen zuwiderzuhandeln. Sie spürte in sich ein Gemisch aus Mitleid und Wachsamkeit.

»Na dann«, sagte Nina betont fröhlich. »Dann wollen wir mal anfangen.«

Sie brachte Emma und Beau zur Bühne und schaltete im Gehen das Licht an. Alte Kronleuchter und Wandlampen beleuchteten den Zuschauerraum. Emma sah auf den ersten Blick, dass sich in dem Fünfhundert-Plätze-Haus nicht viel geändert hatte, seit es 1886 gebaut worden war. Die Mauern waren verputzt und weiß gekalkt, der Stuck und die Balustraden der Ränge waren noch im Originalzustand, und auch die bestickten Polster der Zuschauersitze erinnerten an vergangene Zeiten.

An einer Wand im Eingangsbereich hing eine Plakette, die darüber informierte, dass das Theater von Twilight ebenso wie der gesamte Stadtplatz unter Denkmalschutz stand. Eine zweite Plakette besagte, dass es zur Vereinigung der historischen amerikanischen Theater gehörte.

Und dann gab es ja da die Legende.

Angeblich war John Wilkes Booth gar nicht gefangen und getötet worden, nachdem er Präsident Lincoln erschossen hatte. Angeblich war er nämlich unter dem falschen Namen John St. Helen nach Twilight gekommen und hatte im dortigen Theater Shakespeare aufgeführt. Emma warf einen Blick auf Beau, der neben ihr stand und auf die Bühne starrte. Vielleicht führte Nina ja nur die Tradition des Theaters fort, indem sie bösen Jungs eine Chance gab.

Zu der Legende um John Wilkes Booth gab es auch ein Gespenst. Einige Leute schworen, dass es in dem Theater spukte. Gelegentlich sei das Gespenst auf den Rängen zu hören und auch zu sehen. Und diejenigen, die es gesehen hatten, behaupteten, es hätte ein langärmliges weißes Hemd, dunkle Hosen und schwere hohe Stiefel getragen.

Der leicht modrige Hauch der Geschichte versetzte Emma in der Zeit zurück. Nicht ins 19. Jahrhundert, aber in ihre Kindheit. Auf einmal war sie wieder vierzehn und schlich sich mit Sam durch den Seiteneingang herein, kletterte auf die Bühne und küsste ihn auf dem Hängeboden. Die Erinnerung ließ sie wohlig schaudern. Hier hatte sie Sam zum ersten Mal von ihren Ambitionen erzählt, Schauspielerin zu werden. Hier hatte er sie zum ersten Mal geküsst. Und hier hatte sie sich zum ersten Mal verliebt. In einen Jungen und in einen Traum.

Nina ging die Stufen zur Bühne hinauf. Ihre Absätze klapperten auf den alten Holzdielen. Für ein paar Minuten blieb sie verschwunden. Emma schaute Beau an und bemerkte, dass er sie anstarrte. Zwischen ihnen herrschte ein angespanntes Schweigen.

»Hat sie dir von der Brücke und dem Motorradladen erzählt?«, fragte er mit tiefer, fast schon grollender Stimme.

»Und hat sie dir von dem Typen erzählt, den ich halb kastriert habe?«

Sein Grinsen überraschte sie. »Allerdings.«

Damit war die Anspannung zwischen Emma und ihrem Bühnenpartner verschwunden.

Der Vorhang ging auf, und Nina erschien wieder, drei Skripten in der Hand. Sie gingen zu ihr auf die Bühne, und sie reichte die Textbücher an Beau und Emma weiter. Eins behielt sie selbst. »Ihr zwei seid die tragenden Säulen des Stücks. Die meisten Statistenrollen werden von Schauspielschülern aus Stephenville übernommen, von der Tarleton State University. Ein paar Einheimische machen auch mit, aber der größte Teil lastet doch auf euren Schultern. Wir sollten uns mal den Ablauf ansehen.«

Doch bevor sie richtig anfangen konnten, klopfte es an der Seitentür, und Sams Haushälterin Maddie kam herein, Patches an ihrer Seite.

»Komm ruhig rein.« Nina winkte Maddie auf die Bühne.

Die Haushälterin kam die Treppe hinauf, Patches sprang vor ihr her und lief sofort auf Emma zu, den Kopf gesenkt, die Augen fest auf ihre Füße gerichtet, die Zähne gefletscht.

Emma kreischte leise auf und stolperte ein paar Schritte rückwärts, um dem Hund zu entkommen. Wenn sie jetzt fiel, würde er sich auf sie stürzen und ihr die Kehle aufreißen, bevor ihn jemand aufhalten konnte.

»Bleiben Sie stehen«, befahl Maddie.

Aber die Angst war stärker. Emma drehte sich um und lief zu der Treppe, die zum Hängeboden führte. Nur leider konnte der Border Collie offenbar Gedanken lesen. Blitzschnell lief er um sie herum und schenkte ihr ein böses Hundelächeln, das zu sagen schien: *Mach nur weiter so, das wird ein Spaß.*

Er kam auf sie zu, die leuchtend blauen Augen fest auf sie gerichtet, ohne zu blinzeln.

Sie war so entsetzt, dass sie nicht mal mehr schreien konnte. Sie trat einen vorsichtigen Schritt zurück, hob die Hände und spürte, wie sich alle ihre Muskeln anspannten. Tatsächlich konnte sie an nichts anderes mehr denken als an den Schmerz, den sie empfinden würde, wenn er seine Zähne in ihr Fleisch schlug. Die Angst war scharf wie ein Axtblatt, und ihre gesamte Konzentration war auf den schwarz-weißen Hund vor ihr gerichtet.

Aufhören. Raus aus der Situation. Stell dir vor, wie tough du bist. Du bist Johanna von Orléans. Madame Curie, Maria von Trapp. Nichts und niemand kann dich besiegen. Sie versuchte, sich selbst zu überzeugen, aber ihre üblichen Mantras funktionierten nicht.

»Patches«, sagte Maddie scharf. »Schluss jetzt.«

Der Hund schaute von Emma zu Maddie und wieder zurück. Dann ging er noch einen Schritt auf Emma zu.

»Schluss!«, befahl Maddie. »Komm zu mir.«

Zögernd wandte sich Patches ab und schlenderte zurück zu Sams Haushälterin, ohne jedoch den Blick von Emma zu nehmen.

»Tut mir leid.« Maddie zog eine Leine aus der Tasche. »Er gehorcht mir nicht so wie Sam. Der Hund denkt sehr eingleisig. Und wenn er sich auf etwas konzentriert, dann konzentriert er sich.«

Ja, und ich habe eben das Pech, dass er sich auf mich konzentriert, als wäre ich ein Schweinekotelett mit roten Haaren.

Emma trat einen Schritt zurück.

Patches knurrte.

Emma blieb stehen und hörte das Blut in ihren Ohren rauschen. »Geh weg, Cujo«, sagte sie und reckte ihr Kinn in dem verzweifelten Versuch, ihre weichen Knie zu besiegen.

»Sie zittert ja«, sagte Beau. »Nina, sie hat wirklich Angst vor dem Hund.«

»Emma?« Nina klang sehr weit weg, obwohl sie gleich neben ihr stand. »Alles in Ordnung?«

Emma öffnete den Mund, um zu antworten, aber sie

brachte kein Wort hervor. Konnte es sein, dass sich Sams Sohn Charlie so fühlte? Dass er sprachlos war vor Angst? Sie spürte eine Welle von Mitgefühl. Armer kleiner Kerl.

Also los, Augen zu und durch. »Ist schon gut«, schwindelte sie.

Maddie kam zu ihr und hängte die Leine an Patches' Halsband ein. »Ich hab ihn.«

Nina legte Emma den Arm um die Schultern. »Kommen Sie, wir setzen uns.«

Wie benommen nickte Emma und ließ sich von Nina in den Zuschauerraum führen, während Maddie Patches nach draußen brachte. Beau verschwand hinter dem Vorhang. Emma ließ sich in einen Zuschauersessel fallen, schloss die Augen und atmete tief durch.

Nina setzte sich neben sie. »Ich verstehe sehr gut, was Sie durchmachen.«

»Ehrlich?«

»Ich hatte mal entsetzliche Angst vor Bienen. Als ich ein kleines Mädchen war, so etwa sechs Jahre alt, bin ich auf einen Pfirsichbaum geklettert, und in dem Moment, als ich nach einem saftigen Pfirsich greifen wollte, summten plötzlich Dutzende von stechenden Insekten um mein Gesicht.«

»Du lieber Himmel, wie schrecklich!«

»Sie haben mich überall gestochen. In die Augenlider, die Nase, die Ohren. An ihre Pfirsiche lassen sie keinen ran, die Bienen.«

Emma lachte, und genau das hatte Nina wohl beabsichtigt.

»Dann stellte sich heraus, dass ich allergisch reagierte

und keine Luft mehr bekam. Meine Eltern fuhren mit mir in die nächste Notaufnahme, wo man ihnen sagte, wenn sie mich nicht dorthin gebracht hätten, wäre ich wohl gestorben.«

»Das muss ja furchtbar gewesen sein!«

»Es ist das Erste, woran ich mich aus meiner Kindheit erinnere. Danach hatte ich eine lähmende Angst vor Bienen. Ich esse nicht mal Honig. Ich war überzeugt, sie würden mich anfallen, wenn ich Honig in meinen Tee täte.« Nina lächelte. »Etwas Ähnliches muss wohl zwischen Ihnen und den Hunden passiert sein.«

»Ja, aber das ist echt nicht zu vergleichen.«

»Na, jedenfalls blieb mir diese Angst viele Jahre lang erhalten. Irgendwann spielte ich mal Shakespeares Sommernachtstraum in einer Open-Air-Aufführung, als eine Biene im Licht herumflog. Ich bin in Panik von der Bühne gerannt. Daraufhin wurde ich wegen unprofessionellen Verhaltens gefeuert.«

»Harte Entscheidung.«

»Na ja.« Nina tätschelte Emmas Hand. »Nicht alle Regisseure sind so verständnisvoll wie ich.«

»Danke.«

»Aber Sie müssen etwas gegen diese Phobie tun, sage ich Ihnen. Sie schränkt Sie zu sehr ein. Nicht nur auf professionellem Gebiet, sondern auch persönlich. Wenn wir der Angst nachgeben, verlieren wir die Macht über unser Leben.«

»Ich nehme an, Sie haben heute keine Angst mehr vor Bienen.«

»Nein, nicht im Geringsten.«

»Und Honig?« Emma grinste.

»Kommt jeden Morgen in meinen Tee.«

»Wie haben Sie das geschafft?«

»In der Nacht meiner Kündigung habe ich gründlich meine Seele erforscht und beschlossen, dass ich meinen früheren Erfahrungen mit Bienen die Herrschaft über meine Gegenwart überließ. Daraufhin habe ich einen Bienenexperten aufgesucht und mir so viel über Bienen erzählen lassen wie möglich. Dann habe ich für eine Filmrolle vorgesprochen, wo es um eine Bienenzüchterin ging. Und ich habe die Rolle bekommen.«

»Habe ich gesehen. Ein toller Film, Sie waren großartig. Niemand wäre auf die Idee gekommen, dass Sie Angst vor Bienen haben.«

»Danke. Ich bin auch ein bisschen stolz darauf. Allerdings trage ich immer einen EpiPen bei mir, wegen der Allergie.« Sie griff in ihre Tasche und zeigte Emma die Spritze. »Vorgewarnt und gut ausgerüstet. So muss es sein.«

»Und was ist, wenn ich es nicht schaffe?«, fragte Emma, die sich, schon während sie die Worte aussprach, fühlte wie ein Superweichei. Wenn Nina die Angst vor etwas überwand, das sie das Leben kosten konnte, dann konnte Emma wohl verdammt noch mal ihre Hundeangst überwinden.

»Sie schaffen das. Denn es muss sein, das Treffen zwischen Jon und Rebekka hängt unmittelbar mit dem Border Collie zusammen. Wir brauchen einen Hund in dem Stück.«

»Wenn ich das mit dem Hund nicht hinkriege, bin ich draußen, ist es so?«

Nina steckte den EpiPen wieder ein. »So weit wird es nicht kommen. Ich bin sehr zuversichtlich, dass Sie es lernen können, Hunde zu lieben. Oder wenigstens mit ihnen zu arbeiten.«

»Aber wie?«

»Wir fragen Sam. Er weiß mehr über Tiere als sonst irgendwer in der Stadt. Und er wird auch wissen, was in Ihrem Fall das Richtige ist.«

Kapitel sieben

»Quilter erschaffen Geschichte.«
Rebekka Nash, historische Gestalt und Inspiration des True Love Quilting Club

»Dr. Cheek, hier ist eine Miss Emma Park für Sie.«

Sam bereitete sich gerade darauf vor, eine sechs Monate alte Dänische Dogge zu operieren, die einen Tennisball verschluckt hatte. Er wusch sich an seinem Chirurgenwaschbecken die Hände und schrubbte die Fingernägel mit Desinfektionslösung. Als er Emmas Namen hörte schaute er auf und spürte, wie ihm heiß wurde. Seine Assistentin Delia war eine entschlossene junge Frau, die ihre Arbeit sehr ernst nahm. Er hatte sie direkt nach der Highschool angestellt. Sie war die Klassenbeste gewesen und hatte die Abschiedsrede gehalten. Und seit er seine Praxis eröffnet hatte, arbeitete sie für ihn. Aufgewachsen war sie in einer der heruntergekommenen Trailer-Siedlungen auf der hässlichen Seite des Flusses, aber sie hatte das tiefe Bedürfnis, es besser zu machen als ihre Eltern. Um ihr dabei zu helfen, bezahlte er die Gebühren für ihre Grundkurse am Community College in der Nachbarstadt Weatherford.

»Ich habe ihr gesagt, dass Sie gleich operieren, aber sie meinte, es sei wirklich wichtig.«

Jetzt war seine Neugier geweckt. Was Emma wohl wollte? »Lassen Sie sie rein, Delia.«

»Ehrlich?«

»Ehrlich.«

»Sie haben noch nie jemanden hier reingelassen, der hier nicht arbeitet.«

»Es gibt eben für alles ein erstes Mal«, sagte er und wischte sich sorgfältig den Seifenschaum ab.

»Okay …« Sie klang sehr zweifelnd, als sie verschwand.

Eine Minute später kam sie mit Emma im Schlepptau zurück. »Sie können hier stehen und mit ihm reden«, sagte sie zu Emma. »Aber Sie dürfen die rote Linie nicht übertreten.«

»Verstehe«, erwiderte Emma. »Vielen Dank.«

Delia verschränkte die Arme vor der Brust und beäugte Emma misstrauisch.

»Sie können uns ruhig allein lassen, Delia«, sagte Sam.

Delia sah ihn an, als hielte sie es für einen großen Fehler, diese Frau aus der Großstadt einfach ins Haus zu lassen, aber dann drehte sie sich doch um und ging langsam weg.

Sam hielt die seifigen Arme unter den Wasserhahn, der durch einen Bewegungsmelder gesteuert wurde. »Was gibt's denn?«

»Ich brauche unbedingt deine Hilfe«, sagte Emma.

Das war Musik in seinen Ohren. Sie brauchte ihn! »Okay.«

»Ich bin in großen Schwierigkeiten, und offenbar bist du der Einzige hier, der mir helfen kann.«

»Wie bitte? Hast du auch einen Tennisball verschluckt?«

»Entschuldigung, was hast du gesagt?«

Er winkte ab. »Insiderwitz. Ich werde hier gleich eine Dänische Dogge operieren, die einen Tennisball verschluckt hat.«

»Nein, das habe ich vermieden.«

»Was ist dann dein Problem?«

»Psychokram. Ich verliere meinen Job, wenn ich die Angst vor Hunden nicht loswerde.«

»Hat Nina echt gesagt, sie feuert dich?« Er hob die Arme, die Ellbogen über dem Waschbecken, damit das Wasser ablaufen konnte.

»Nicht so explizit, aber es war schon klar, was sie meinte.«

»Dann sollten wir zusehen, dass du die Angst loswirst.«

»Hilfst du mir?« Sie klang so erleichtert, dass das Zimmer hell wurde.

»Natürlich helfe ich dir.«

»Vielen, vielen Dank, Sam! Wie willst du das anstellen?«

Sam trat vom Waschbecken zurück, die Arme immer noch erhoben, und ging zu seiner Assistentin, die ihm Kittel und Handschuhe reichte. Dann schloss er die Tür mit dem Hintern und sah sie an. »Für den Anfang könntest du mir bei der Operation zusehen.«

»Wahnsinn, dein Name ist Samuel Cheek.«

»Du spielst ab und zu Shakespeare?«

»Das tun alle Schauspieler.«

»Also, kein Witz, du kommst jetzt mit und siehst mir bei der Operation zu.«

Sie sah ihn nervös an. »Ehrlich?«

»Ein bewusstloser Hund ist doch schon mal ein guter Anfang.«

»Ein Punkt für dich, Doc.«

»Delia!«, rief er.

Seine Assistentin schaute wieder herein. »Sie haben gebellt?«

»Zeigen Sie Emma, wo sie sich waschen kann, und geben Sie ihr einen Kittel. Sie kommt mit rein und sieht zu.«

»Ernsthaft?« Delia sah ihn an, als hätte er den Verstand verloren. Und sie sah Emma an, als wäre sie eindeutig der Grund dafür.

»Ernsthaft«, bestätigte er und verschwand schon mal im Operationszimmer. Er war ganz fröhlich dabei, keine Ahnung warum, aber er spürte sein Lächeln im Gesicht.

Als Emma hereinkam, riss sie die Augen weit auf. Er hatte bereits mit dem Einschnitt begonnen. Sie trug eine Gesichtsmaske, sodass er nur ihre riesigen grünen Augen sehen konnte – dieselbe Farbe wie bei Charlie.

Er nickte der zweiten Assistentin zu, die die Anästhesie regelte. »Linda, das ist Emma. Sie hat große Angst vor Hunden, deshalb habe ich sie eingeladen, Scooby Doo zu sehen, wenn er am verletzlichsten ist.«

»Herzlich willkommen, Emma«, sagte Linda.

»Heißt er wirklich Scooby Doo?«, fragte Emma.

»Manche Leute sind nicht besonders originell bei der Namenwahl.« Sam nahm die Spreizzange, die Linda ihm reichte, bevor er danach verlangt hatte. Sie arbeitete auch schon von Anfang an bei ihm, und sie harmonierten sehr gut miteinander. »Kannst du Blut sehen?«

»Wenn ich eine Medizinerrolle spiele, schon.«

»Und was heißt das konkret?«

»Im Moment spiele ich die Meredith aus *Grey's Anatomy*. Sie ist tough und unerschrocken, nichts kann sie aus der Bahn werfen. Jedenfalls nichts Ekliges. Beziehungen machen sie fertig, da ist sie nicht so gut.«

»Ich hab die Serie nie gesehen«, gestand er.

»Schade eigentlich, sie ist wirklich gut. Ein bisschen viel Soap, aber gute Geschichten. Welche Serien siehst du dir an?«

»Alles, was auf Animal Planet läuft.«

»Ja, hätte ich mir denken können.«

»Emma ist Schauspielerin«, erklärte Sam Linda. »Sie spielt die Rebekka Nash in dem Stück zum Stadtgründungstag.«

Linda schaute Emma bewundernd an. »Beeindruckend. Habe ich Sie schon mal im Fernsehen gesehen?«

»Sie spielt am Broadway«, sagte Sam wie nebenbei, während er in Scooby Doos Bauch nach dem Tennisball suchte.

»Stimmt nicht ganz. Bis zum Broadway habe ich es nie geschafft, nur hier und da eine Off-Broadway-Produktion. Und ein paar Mal Werbung.«

»Ach, echt? Welche zum Beispiel?«

»Ich habe mal den großen Zeh in einem Spot für Fußpilzsalbe gespielt. Da war ich der einzige Zeh mit Text«, sagte Emma stolz.

»Die kenne ich«, rief Linda. »Und das waren Sie?«

»Fünf von uns zusammengedrückt in diesem fiesen Fußkostüm. Wir trugen Klettergurte und baumelten von einem Regal.«

»Das war bestimmt lustig.« Linda reichte Sam das nächste Instrument.

»Lustig? Na ja. Am Ende mussten wir alle zum Chiropraktiker.«

»Aua.«

»Aber ich kriege bis heute Tantiemen dafür, das war es schon wert. Es war der lukrativste Job von allen. Offenbar bringt es was ein, wenn man bereit ist, sich demütigen zu lassen.«

Er stellte sich Emma in New York vor, wie sie in diesem Halsabschneidergeschäft arbeitete, in dieser Halsabschneiderstadt lebte, um endlich Erfolg zu haben.

Was für ein kompliziertes Leben, verglichen mit seinem Leben hier in Twilight. Sie war so energisch, so mutig! Eigentlich zu groß für diese Stadt. Die ganze Zeit dachte er an Dinge, die er an ihr bewunderte: ihre Schlagfertigkeit, ihre Intensität, ihre Neigung zum Ungewöhnlichen, ihr gutes Auge für die Schönheit in Dingen, die andere übersahen. Ihr Mut und ihre Widerstandsfähigkeit raubten ihm den Atem. Sie war einzigartig. Er würde sicher nie wieder einen solchen Menschen kennenlernen.

»Wenn Sie also Meredith Grey spielen«, überlegte Linda, »ist Sam dann McDreamy? Die richtigen Haare hätte er ja dafür.«

»Mac wer?«, fragte Sam alarmiert, als er die spekulativen Blicke der beiden Frauen sah.

»Oder McSteamy«, fügte Emma hinzu.

»Wer?«

»Nee«, protestierte Linda. »Wahrscheinlich ist er Finn, der Tierarzt. Ehrlich, freundlich, geradeaus, wahrhaftig. So wie Sam. Meredith war für Finn immer viel zu abgedreht. Er braucht eine Frau mit weniger Drama im Leben.«

Sam spürte Emmas Blick, sah aber nicht auf. Er hatte keine Ahnung, wovon die beiden redeten, aber der Vergleich zwischen ihm und diesem Finn klang jedenfalls so, als wäre er ein Labrador.

»Stimmt«, antwortete Emma. »Finn hatte ich ganz

vergessen. In welcher Staffel kam der noch mal vor? In der dritten?«

»Ich glaube, ja«, sagte Linda und wandte sich dann an Sam. »Soll ich absaugen?«

»Ja, das wäre gut.« Er versuchte, sich auf seine Arbeit zu konzentrieren, konnte sich aber einen Seitenblick auf Emma nicht verkneifen.

Emma legte den Kopf schief und betrachtete den bewusstlosen Hund. »Er sieht so traurig aus mit den zusammengebundenen Pfoten und dem Blutdruckmessgerät am Arm.«

»Streichel ihm mal den Kopf«, sagte Sam. »Los, greif mal unter das Tuch und streichle ihn.«

Sie zögerte.

»Er ist bewusstlos, und selbst wenn er bei sich ist – Scooby Doo ist lammfromm«, versicherte Sam ihr.

»Er ist größer als ich«, antwortete Emma, ließ aber langsam ihre Hand unter das grüne Tuch gleiten, das das Gesicht des Hundes von dem sterilen Bereich abschirmte. »Oh, ist der weich! Ich hätte nicht gedacht, dass seine Haut so weich ist.«

Sam sah auf, und ihre Blicke trafen sich über den Rand ihrer Gesichtsmasken hinweg. Sie atmete langsamer, bis er spürte, dass sie im gleichen Rhythmus atmeten wie vertraute Liebende nach großartigem Sex.

Schnell ließ er den Blick wieder sinken, selbst überrascht von der Richtung, die seine Gedanken einschlugen. Er wollte so etwas nicht denken. Er hatte sie in seinen OP eingeladen, damit sie ihre Angst vor Hunden überwinden konnte, und das war's. Vielleicht lag es daran, dass sie hinter der Maske so geheimnisvoll aussah. Vielleicht lag es auch daran, dass sie das erste Mädchen war, das er geküsst hatte. Zum Teufel, vielleicht lag es auch daran, dass er so lange keinen Sex mehr gehabt hatte. Wie auch immer, er musste einen klaren Kopf behalten und sich auf seine Arbeit konzentrieren. Schließlich hing Scoobys Leben davon ab.

»Ich hab den Tennisball«, brummte er und ließ den neongelben Ball in eine Schüssel aus Edelstahl fallen, die Linda ihm hinhielt.

»Hmmm …«, machte Emma leise.

Als Sam sie wieder ansah, war sie leichenblass geworden und schwankte. »He!«, rief er ihr zu, weil er befürchtete, sie würde umfallen und er könnte nichts dagegen tun, ohne die Sterilität aufzugeben. »Nicht ohnmächtig werden! Denk dran, du bist Meredith. Würde Meredith jetzt ohnmächtig?«

Sie schüttelte den Kopf und schluckte schwer.

»Nicht die Knie durchdrücken«, sagte er. »Geh langsam zur Wand und lass dich runtergleiten.«

Irgendwie gelang es ihr, seinen Anweisungen zu folgen. Dann saß sie auf dem Boden, die Arme um die Knie geschlungen, und zitterte wie Espenlaub. Und Sam war außer sich, weil er nicht hingehen und sie umarmen konnte. Er wollte ihr nur zu gern sagen, dass alles gut würde.

»Ich fühle mich wie ein Idiot, dass ich vor deinen Augen umfalle«, sagte Emma eine Viertelstunde später zu Sam. Inzwischen war Scooby Doo wieder zugenäht, und Sam war zu ihr gekommen, um ihr aufzuhelfen. »Ich bin noch nie ohnmächtig geworden. Noch nie!«

»Du bist doch jetzt auch nicht ohnmächtig geworden, du hast dich absolut professionell benommen.«

»Wirklich?«

»Meredith Grey hätte es nicht besser machen können.« Er ging zur Tür. Linda hatte die dänische Dogge schon in den Aufwachraum gebracht. Emma folgte ihm.

»Du kennst sie doch gar nicht.«

»Das macht nichts. Du kennst sie ja. Und offensichtlich ist sie zu abgedreht für Finn den Tierarzt, aber eine großartige Chirurgin.« Er entledigte sich seines Kittels, der Maske und der Überschuhe und packte alles in einen Eimer vor der Tür. »Manchmal sind die besonders taffen Leute besonders verletzlich, weil sie sich nichts anmerken lassen wollen.«

Emma zog sich ebenfalls die Schutzkleidung aus. Er hatte ja nicht unrecht mit dem, was er sagte. »Hältst du es für bescheuert, wenn ich mich in eine Rolle hineindenke, um eine schwierige Situation zu überstehen?«

»Wer bin ich, dass ich so etwas beurteile? Wenn es funktioniert, ist doch alles in Ordnung. Wie geht's dir jetzt?«

»Geht so.« Sie schob das Kinn wieder vor.

»Jedenfalls hast du wieder Farbe im Gesicht.«

»Und Scooby Doo kommt durch?«

»Ja, ein Tennisball ist eine Routineoperation.«

»Machst du so was jeden Tag?«

»Nicht jeden Tag, aber ziemlich oft. Meinst du, das hat dir jetzt geholfen, deine Angst zu überwinden?«

»Es geht mir schon besser, was Hunde angeht. Tennisbälle allerdings ...« Sie grinste.

Als er das Grinsen erwiderte, wurde ihr wieder ganz flau

im Magen, wenn auch aus anderen Gründen. »Bist du bereit für den nächsten Schritt?«, fragte er.

Sie legte den Kopf schief. »Und der wäre?«

»Vom bewusstlosen zum wachen Hund.«

Sie wappnete sich und bohrte ihre Fingernägel in die Handflächen. »Äh …«

»In einer Box«, versicherte er.

»Dann … okay.«

»Hast du eigentlich eine Ahnung, woher diese Angst vor Hunden kommt?«, fragte er auf dem Weg durch den Flur.

Sie erzählte ihm von dem Terrier, der eine Charles-Bronson-Haltung ihr gegenüber an den Tag gelegt hatte. »Ich schwöre, dieses Vieh hat mich mindestens zwei Dutzend Mal am Tag gebissen, solange wir das Stück spielten.«

»Und der Regisseur hat das einfach so zugelassen?«

»Es war sein Hund – in seinen Augen konnte Fluffy nichts Böses tun.«

»Fluffy?«

»Manche Leute haben einfach keine Phantasie.«

Seine Augen funkelten. »Und keine Empathie anderen Menschen gegenüber.«

»Als ich mich beschwerte, hat er gedroht, mich zu feuern.«

»Ist das normal in deiner Branche?«

Sie verdrehte die Augen. »Du hast ja keine Ahnung.«

»Wäre für mich keine Alternative, für jemanden zu arbeiten, der sich nicht um die Gesundheit und das Wohlergehen seiner Angestellten kümmert.«

»Machst du Witze? Das war eins meiner besten Engagements! Ganz was anderes als die Werbespots, die zwar lukrativ sind, aber wahrlich keine Kunstwerke.« Sie fuhr sich mit der Hand durch die Haare, die unter der Schutzhaube ganz platt gedrückt worden waren. Am Ende des Flurs befand sich eine Doppeltür. Dahinter war Gebell zu hören.

»Und du warst wirklich der große Zeh?«, fragte er. Ihr war klar, dass er versuchte, sie abzulenken.

»Machst du dich über mich lustig?«

»Überhaupt nicht. Weißt du den Text noch?«

»Du machst dich *doch* über mich lustig.«

»Warum sagst du mir den Text nicht?«

»Autsch!«, erwiderte sie. »Das juckt ja vielleicht.«

Er zog die Augenbrauen hoch. »Wie bitte?«

»Das war der Text.«

Er setzte zum Lachen an, hielt aber plötzlich inne und schnaufte nur einmal kurz durch.

»Lach nicht, die paar Worte haben mir fast zwanzigtausend an Tantiemen allein im letzten Jahr eingebracht.«

»Autsch! Das ist aber ganz schön viel.«

»Ha ha. Witzbold.«

Sam zwinkerte ihr zu und berührte kurz und sanft ihren Ellbogen. Sie spürte, dass er sie beruhigen wollte. Er machte sich nicht über sie lustig, er wollte, dass sie sich entspannte. Im selben Moment öffnete er die Doppeltür und führte sie in den klimatisierten Raum mit den Hundeboxen. Sofort wurden die Hunde ruhig. Es war fast unheimlich, jedenfalls sehr beeindruckend.

Der Mann hatte definitiv eine besondere Gabe: Man fühlte sich sofort wohl, wenn er in der Nähe war, als könnte einem nichts schaden, solange er da war.

Aber nun ja, ein Raum voller Hunde war ein Raum voller Hunde.

Emma holte tief Luft.

»Alles in Ordnung«, murmelte er.

Ein karamellfarbener Yorkie in der ersten Box rechts von Emma fletschte die Zähne und knurrte. Emma zuckte zusammen und ging zurück zur Tür.

Sam stand ruhig da, die Hand ausgestreckt. »Am besten überwindet man eine Angst, indem man sich ihr stellt. Wusstest du, dass G. Gordon Liddy Angst vor Ratten hatte? Um diese Angst zu überwinden, hat er eine getötet und aufgegessen.«

»Äh, nein, das wusste ich nicht. Aber vielen Dank für das Bild in meinem Kopf.«

»Ich dachte mir, dass es dir gefällt.«

»War sie roh?«

»Hm?«

»Die Ratte, die G. Gordon Liddy gegessen hat. Hat er sie roh gegessen?«

»Äh, nein, ich bin ziemlich sicher, er hat sie gebraten.«

»Oh.« Sie wirkte ganz enttäuscht. »Die Geschichte wäre aber viel düsterer und morbider gewesen, wenn er sie nicht gebraten hätte. Da geht ja das ganze Drama verloren.«

»Und, wie sieht es aus?« Seine schokoladenbraunen Augen sahen sie voller Wärme an.

»Ich esse keine Ratten, weder roh noch gebraten.«

»Ich rede nicht von der Ratte.«

Sie trat von einem Fuß auf den anderen. »Ich weiß.«

»Hunde sind die liebevollsten Geschöpfe auf dieser Erde.«

»Das musst du ja sagen, du bist Tierarzt. Du liebst Tiere, und deshalb lieben sie dich auch.«

»Da ist was dran«, stimmte er ihr zu. Dann bewegte er

seine Hand so sanft und langsam von ihrem Ellbogen zur Schulter, dass sie es kaum merkte. Sie war auch zu beschäftigt damit, den hechelnden Yorkie anzustarren. »Sie spüren deine Angst. Du musst die Angst wirklich loswerden.«

Sie seufzte. »Ich vermute, es wäre auch gut für die Weiterentwicklung meines Charakters.«

»Das und die Tatsache, dass Patches dich nicht mehr hütet, wenn du deinen eigenen Raum einnimmst.«

»Er betrachtet mich als Schaf.« Sie spürte nur noch Sam, den Yorkie hatte sie vergessen. Sam stand so dicht neben ihr, dass sie die Wärme seines Körpers fühlen konnte.

»Zum Glück kann man Hunde leicht umerziehen.«

Jetzt lag seine Hand an ihrem Nacken. Wie war sie bloß dorthin geraten? Es machte ihr nichts aus, sie wunderte sich bloß. »Sagst du.«

»Ja, und ich bin der Profi hier. Hast du als Kind nie ein Haustier gehabt?« Seine Finger kneteten ihre Nackenmuskeln.

Bis zu diesem Moment hatte sie gar nicht bemerkt, wie angespannt sie war. Ein leiser Seufzer entkam ihren Lippen. »Nein.«

»Kannst du dich noch an das Kaninchen erinnern, das ich dir geschenkt habe?«

»Rex hat mir verboten, es zu behalten.«

»Harte Zeiten.« Seine Stimme wurde leiser, fast als wollte er sie hypnotisieren.

»Ist doch egal. Natürlich hat er mich nicht geliebt, aber er hat für mich gesorgt, hat mir ein Dach über dem Kopf gegeben, mich ernährt. Es gibt viele Leute, denen es schlechter geht.« Jetzt schnurrte sie fast. Unter seinen beruhigenden Fingern entspannte sich ihr gesamter Körper.

In diesem Moment hörte auch der Yorkie auf zu hecheln.

»Siehst du«, sagte Sam. »Jetzt bist du bereit.«

»Bereit wozu?«

»Max kennenzulernen.«

»Wer ist Max?«

Er ließ die Hand sinken, und ihr Nacken fühlte sich ganz einsam ohne ihn. Dann krümmte er einen Finger und lockte sie an den Boxen vorbei. Emma zögerte.

»Nicht wieder anspannen. Bleib entspannt. Tief atmen.«

Sie atmete tief durch und folgte ihm. Alle Hunde in den Boxen wedelten ruhig mit den Schwänzen.

»Das ist die Macht eines ruhigen Geistes.«

»Du bist erstaunlich«, flüsterte sie, weil sie fürchtete, wenn sie zu laut sprach, würden die Hunde sich wieder aufregen.

In diesem Moment wurde ihr etwas Seltsames klar. Mit seiner ruhigen, stetigen Art hatte Sam viel mehr Macht als irgendein angeberisches Alphamännchen. Die Erkenntnis traf sie mit geradezu blendender Klarheit, und sie akzeptierte sie, ohne lange nachzudenken. Wer konnte denn auch den Einfluss in Frage stellen, den er auf diese Tiere ausübte, ohne auch nur die Hand zu heben oder ein Wort zu sprechen?

Es lag alles in seiner Haltung. Er wusste einfach, wer er war, außen und innen. Emma beneidete ihn glühend um diese spirituelle Anmut, diese körperliche Haltung und innere Reife. Aber dann spürte sie noch etwas anderes, mit ebenso großer Klarheit. Sie schleppte zu viel emotionalen

Ballast mit sich herum, um zu einem Mann wie Sam zu passen. Meredith und Finn der Tierarzt. Bei ihnen beiden war es ganz ähnlich. Er hatte etwas Besseres verdient als eine schadhafte Vase, die jemand ungeschickt zusammengeklebt hatte.

Er führte sie zu der letzten Box links und öffnete die Tür. Ein alter Bluthund mit langsamen Bewegungen und einem faltigen Gesicht, ähnlich wie Duke in *The Beverly Hillbillies,* kam heraus. »Max ist der älteste Hund unserer Stadt«, sagte Sam. »Behandle ihn mit Respekt.«

Max setzte sich zu Emmas Füßen und sah sie mit traurigen Augen an.

»Er möchte, dass du ihn streichelst.«

Emma verschränkte die Arme. »Ich?«

»Los jetzt, es ist in Ordnung, glaub mir.«

Sie würde das schaffen. Es war überhaupt nichts dabei. Ständig streichelten irgendwelche Leute irgendwelche Hunde. Emma hockte sich hin und streckte die Hand aus, um Max hinter dem Ohr zu kraulen.

Er stöhnte laut.

Sie zuckte zusammen und zog ihre Hand weg, als hätte sie sich verbrannt. Der Yorkie in der Box bei der Tür jaulte auf, als könnte er ihre Anspannung spüren. Ein paar andere Hunde bellten zurück. »Was ist denn? Was habe ich falsch gemacht?«

»Nichts.« Sam lächelte. »Der alte Max hat bloß vor Freude gestöhnt. Du hast alles richtig gemacht.«

Emma runzelte die Stirn. »Bist du sicher? Vielleicht wollte er nur einfach nicht, dass ich ihn anfasse. Vielleicht mag er mich nicht.«

»Er mag jeden.«

»Woher willst du das wissen? Er kennt mich doch gar nicht. Vielleicht hat er was gegen kleine Frauen aus Manhattan.«

»Glaub mir, es war ein reines Lustgestöhn.«

»Ach, und damit kennst du dich aus, ja?«

Sam grinste ironisch. »Reden wir noch von Hunden oder was?«

Max ließ die Zunge aus dem Maul hängen und rollte sich auf den Rücken. Emma wollte so dringend das Thema wechseln, dass sie einfach die Hand ausstreckte und dem Hund den Bauch kraulte, ohne noch über ihre Angst nachzudenken. Max stöhnte wieder, so laut, dass ihr die Haare zu Berge standen. Es klang, als bekäme er gleich einen Orgasmus.

Emma zog die Hand weg und stand auf. Max sah sie verzweifelt an.

»Und jetzt sag mir, wie kannst du vor so einem Hund Angst haben?«, fragte Sam. »Er ist doch wie Wachs in deinen Händen.«

»Okay, also, dann habe ich jetzt also keine Angst mehr vor dem stöhnenden Max. Mit Patches ist das aber etwas ganz anderes.«

»Warum denn?«

»Weil er mich einschüchtert. Weil er mich so anschaut, als wollte er sich gleich ein Stück aus meinem Bein zum Mittagessen genehmigen.«

»Er ist ein Border Collie. Er ist einfach nur konzentriert.«

»Auf mein Bein.«

»Ich glaube, ich weiß, was dir in Sachen Patches helfen könnte.«

»Nämlich?«

»Du müsstest ihn mal in Aktion sehen.«

»Glaub mir, ich habe ihn schon genug in Aktion gesehen.«

Sam unterdrückte ein Grinsen. »Ja, aber auf der Empfängerseite. Wenn du mit ihm arbeiten könntest, wäre es was anderes. Dann geht er mit dir eine partnerschaftliche Bindung ein und hütet dich nicht mehr.«

»Und wie soll das gehen?«

»Du gehst mit mir zu einer Hütehundausstellung.«

Sie verzog das Gesicht bei dieser einschüchternden Vorstellung. Aber immerhin, es wäre eine gute Entschuldigung, um mehr Zeit mit Sam zu verbringen.

Du sollst keine Zeit mit ihm verbringen. Du weißt, dass das dumm ist. Deine Gefühle für ihn sind gefährlich.

»Wann?«

»Am zweiten Oktober, Samstag in einer Woche.«

Sie überlegte. Wenn sie mit Sam zusammen sein wollte, hieß das, sie musste mit Tieren zusammen sein. Anders ging es nicht. Aber sie hatte eigentlich keine andere Wahl. Patches gehörte einfach zu ihm. Sie würde wohl wirklich lernen müssen, mit dem Hund zu arbeiten. »Okay, ich komme mit.«

»Ich will dich zu nichts zwingen.«

»Nein, ich mache es. Wer weiß, vielleicht macht es ja Spaß.«

»Du sagst das so, als könntest du dir im Leben nicht vorstellen, dass es Spaß macht.«

»Du schlägst mir vor, mich an einen Ort mitzunehmen, wo massenweise Hunde sind. Hunde mit scharfen, spitzen Zähnen. Hunde, die einen anspringen …«

»Diese Hunde springen dich nicht an. Sie sind bestens ausgebildet.«

»Gut. Hunde, die einen hüten.«

»Nur, wenn du dich benimmst wie ein Schaf.«

»Du hast leicht reden. Ich bin nun mal ein Schaf in den Augen eines Border Collies.«

»Das werden wir ändern.«

»Du hast offenbar mehr Zutrauen zu mir als ich selbst.«

»Frau«, sagte Sam. »Du bist nach New York City gezogen, ganz allein, mit achtzehn Jahren. Wenn du das schaffst, dann kannst du auch diese alberne Angst überwinden. Ich hole dich an dem Samstag morgens um acht ab. Bereite dich darauf vor, dich selbst zu überraschen.

Kapitel acht

»Der Beginn eines neuen Quilts ist jedes Mal, wie wenn man zum ersten Mal verliebt ist.«
Patsy Cross, Stadträtin von Twilight und Mitglied des True Love Quilting Club

Es war Abend geworden. Emma hatte sich unmöglich gemacht, indem sie im Theater Angst vor Patches gehabt hatte. Dann war sie in Sams Praxis fast in Ohnmacht gefallen, und schließlich hatte sie sich ganz und gar inkompetent gezeigt, indem sie sich im Quilting Club ein paar Mal mit der Nadel in den Daumen gestochen hatte. Jetzt war sie in den üppigen Garten des *Fröhlichen Engels* geflohen. Die meisten Gäste waren schon in ihren Zimmern, es war zehn Uhr abends. Ein riesengroßer weißer Mond stand am Himmel und warf einen silbrigen Lichtschein in den Garten, bei dem sie sogar ihr Skript lesen konnte.

Sie breitete ein großes Handtuch auf dem Liegestuhl aus und legte sich darauf. »Möge Gott mit dir sein, geliebter Jon, und dich in den Schrecken des Krieges bewahren«, sagte sie in dem singenden Südstaatentonfall der Rebekka Nash.

Dann las sie Jons Zeilen schnell und monoton, um sie hinter sich zu bringen. Eine Rolle so allein zu lernen war schwierig, aber sie wollte niemanden mit der Bitte belästigen, ihr dabei zu helfen. Wenigstens die ersten paar Seiten wollte sie bei der morgigen Probe auswendig können, um ihr albernes Benehmen heute wiedergutzumachen.

Immerhin hatte sie hier in Twilight Zeit, sich ganz auf ihre Schauspielerei zu konzentrieren. In Manhattan hatte der heftige Konkurrenzkampf immer viel zu viel von ihren Gedanken absorbiert; sie hatte nie genießen können, dass sie das tat, was sie am besten konnte. Es war eine riesige Befreiung: kein Druck, keine Ablenkung, keine Eifersüchteleien unter Kolleginnen, einfach nur Schauspielerei, rein und unverfälscht.

»Nimm dies, mein Liebster …« Sie hielt inne, um dem eingebildeten Jon ein eingebildetes Spitzentaschentuch zu überreichen. »Und trag es an deiner Brust, nah an deinem Herzen.«

»Jede Nacht werde ich es aus der Tasche ziehen, den Duft einatmen und von dir träumen«, ertönte eine Männerstimme von der anderen Seite des hohen Zauns.

Emma zuckte so sehr zusammen, dass sie das Script zerknüllte und fast von ihrem Liegestuhl fiel. »Sam?«

Sein Gesicht erschien über dem Zaun. »Nein, hier ist kein Sam. Ich bin's, schöne Rebekka, dein liebster Jon«, neckte er sie.

»Woher kennst du den Text?«

»Ich kenne nur die Szenen mit Rebekka und Jon. Weil ich Valerie geholfen habe, ihre Rolle zu lernen. Nina hat ja wohl noch zwei neue Akte geschrieben, oder?«

»Stimmt genau«, bestätigte Emma. »Hast du wieder im Garten gearbeitet?«

»Vollmond ist eine gute Zeit für Gartenarbeit.«

»Sagt der echte Landmann.«

»Mach weiter?«

»Womit?«

Er zeigte auf ihr Rollenbuch. »Mach weiter, ich helfe dir, jedenfalls mit dem ersten Akt. Wenn du willst, dass ich den Rest auch mitspreche, brauche ich ein Skript.«

»Du kennst den ganzen Akt auswendig?«

»Ja.«

»Wow. Du warst wirklich ein großartiger Ehemann.«

»Du kennst mich doch, ich mache keine halben Sachen.«

»Jedenfalls ist das toll. Ich weiß es wirklich zu schätzen, dass du mir hilfst.«

»Kein Problem«, sagte er, und seine Stimme kräuselte sich verführerisch über den Zaun bis zu ihren Ohren. »Tatsächlich bin ich ganz gut in Multitasking. Ich kann dich gleichzeitig abhören und Unkraut jäten, es geht sogar schneller so. Außerdem habe ich dann etwas, worauf ich mich freuen kann.«

Das freute sie viel mehr, als gut für sie war. »Du bietest mir an, das jeden Abend zu machen?«

»Bis du deine Rolle kannst, ja.«

»Aber findest du nicht, dass es ein bisschen komisch ist, das so über den Zaun zu machen? Willst du nicht rüberkommen?«

»Ich muss ein Ohr bei Charlie haben.«

»Und was ist mit Maddie?«

»Die schläft wie tot, außerdem bin ich ja für den Jungen verantwortlich. Sie ist meine Haushälterin, kein Kindermädchen.«

»Dann sollte ich wohl rüberkommen.«

Er hielt einen Moment inne. »Ähm … ich weiß nicht. Ich möchte eigentlich nicht, dass die halbe Stadt über uns spekuliert. Wenn du jeden Abend spät hier rüberkommst, planen sie hier binnen kürzester Zeit unsere Hochzeit.«

»Ehrlich?«

»Du bist hier in Twilight, vergiss das nicht. Die Leute hier finden nichts schöner, als sich in fremde Angelegenheiten zu mischen. Sie schließen sogar Wetten darauf ab.«

»Ich fürchte, das hatte ich tatsächlich vergessen.«

»Ist ja auch nicht immer nur schlecht. Man kümmert sich umeinander. Hier muss niemand seine Tür abschließen, die Nachbarn passen schon auf.«

»Ich finde das auch schön, selbst die Wetten sind eigentlich nett.«

»Twilight ist schon eine besondere Stadt.« Er sagte es aus tiefstem Herzen.

Für einen Moment schwiegen sie, Emma auf ihrer Seite des Zauns, Sam auf seiner. Fast hätten sie sich berühren können.

Sam räusperte sich. »Also, dann sollten wir anfangen. Er deutete mit dem Daumen über seine Schulter. »Ich kümmere mich weiter um mein Unkraut.«

»Ja.« Emma schlug ihr Rollenbuch auf. Motten umkreisten die Straßenlaterne, die ihr Licht in beide Gärten warf, sodass sie gut lesen konnte.

»Ich liebe dich schon, seit wir Kinder waren«, sagte Sam in diesem Moment.

Einen winzigen, verrückten Moment lang dachte sie, er redete mit ihr. Dann fiel ihr ein, dass das in Jons Text stand, und sie kam sich sehr dumm vor.

»Ich werde dich immer lieben.« Emma warf ihre eigenen Gefühle ab und schlüpfte in die Rolle der Rebekka Nash. Sie stand auf und ging am Zaun entlang. »Lass nicht zu, dass dir im Krieg etwas zustößt, hörst du?«

»Ich komme zurück, das verspreche ich dir hoch und heilig, hier vor Gottes Angesicht.«

»Jon!«, wimmerte Emma tief in der Kehle, um sich an Rebekkas heftige Gefühle anzuschließen.

»Du weißt gar nicht, wie schön du im Mondschein aussiehst. Dein Haar glüht wie eine Flamme.«

Emmas Wangen wurden heiß. Sie musste sich wieder daran erinnern, dass sie Rebekka war und dass Sam nur Jons Zeilen rezitierte. Sie war dankbar für den Zaun zwischen ihnen. Er sollte nicht wissen, dass sie rot geworden war.

So ging es weiter, sie rezitierten den Text, Sam einfach so, während Emma ihre Zeilen bereits mit Bedeutung und Gefühlen auflud und immer tiefer in Rebekkas Seele eintauchte. Die Zeit verging, die Nacht kam, es wurde kühl, und sie standen da am Zaun, tief versunken in die romantische Liebesgeschichte aus der Vergangenheit der Stadt. Emma spürte die große Liebe, die Jon und Rebekka verbunden hatte.

»Also«, sagte Sam, nachdem sie den ersten Akt durchhatten. »Ich muss jetzt mal rein. Bis ich geduscht habe und fertig fürs Bett bin, ist es fast Mitternacht. Und morgen früh habe ich gleich eine Operation.«

»Wieder ein Hund, der einen Tennisball verschluckt hat?«

»Nein, nur eine routinemäßige Kastration.«

»Vielen Dank noch mal, Sam, und eine gute Nacht.« Sie schloss ihr Textbuch und ging ebenfalls zum Haus.

»Ist es eigentlich wahr?«, rief er hinter ihr her.

Sie ging zurück zum Zaun. »Was?«

»Delia hat mir erzählt, irgend so ein großer Produzent in

New York hat versucht, dich anzugrapschen, und da hast du ihm gezeigt, wie wir solche Dinge in Texas regeln.«

»So kann man das auch sehen«, lachte sie leise.

»Und dann hat er behauptet, du hättest ihn angegrapscht, und dich sogar angezeigt?«

»Stimmt genau«, gab Emma zu. »Er muss das irgendwie persönlich genommen haben, dass ich ihm ein Ei abgedreht habe.«

»Aber verdient hatte er es«, erklärte Sam heftig. »Ich wünschte nur, ich wäre dabei gewesen und hätte ihm auch noch eine scheuern können.«

»Das wäre toll gewesen. Dann hätten wir vielleicht zusammen im Knast gesessen.«

»Hast du wirklich im Knast gesessen?«

»Klar, die Polizei hat mich verhaftet, mit Handschellen und allem drum und dran.«

Sam ließ einen so kräftigen Fluch los, dass sie die Augen aufriss. Nicht, weil sie den Fluch schockierend fand, sondern weil sie so etwas von Sam noch nie gehört hatte.

»Ich weiß nicht, was passiert wäre, wenn Nina sich nicht eingemischt hätte. Im Übrigen weiß ich auch immer noch nicht, warum sie es eigentlich getan hat.«

»Wie auch immer«, sagte er. »Ich wollte dir noch sagen, es ist schön, dass du wieder hier bist, auch wenn es vielleicht nicht lange dauert.«

»Es ist schön, wenn auch anders als damals. Ich bin gern wieder hier. Ich habe Twilight mehr vermisst, als mir bewussst war.«

»Gute Nacht, Trixie Lynn«, murmelte er. »Und willkommen zu Hause.«

Zu Hause.

Das klang so schön. Aber sie durfte sich nichts vormachen, sie gehörte nicht wirklich hierher, das wusste sie. Sie hatte hier gerade einmal ein kurzes Jahr ihres jungen Lebens verbracht, von zu Hause konnte gar keine Rede sein.

Sie drückte ihr Ohr gegen den Zaun und lauschte auf Sams Schritte, die die Gartentreppe hinaufgingen. Dann knarrte die Tür und fiel gleich darauf ins Schloss.

»Gute Nacht, Sam Cheek. Träum was Schönes.«

Es tat fast ein bisschen weh, als sie ihr Script nahm und zu Bett ging. Bilder von Jon Grant und Rebekka wirbelten ihr durch den Kopf.

Die nächsten anderthalb Wochen vergingen in hektischer Aktivität. Tagsüber war im Theater viel los; die Mitspieler probten, das Bühnenbild wurde gebaut, Handwerker gingen aus und ein. An den frühen Abenden wurde gequiltet, und Emma lernte von den Frauen des True Love Quilting Club weit mehr über diese Kunst, als sie je für möglich gehalten hätte. Und am späten Abend probte sie mit Sam ihren Text.

Sie war selbst überrascht, wie sehr sie sich auf die Abende freute. Die Quilterinnen waren warmherzig, lustig, einladend und großzügig. Sie hielten sie über alles, was in der Stadt vorging, auf dem Laufenden – wer lag im Krankenhaus, welche Krankheit, wer war schwanger, wer heiratete, wer ließ sich scheiden, wer war gestorben. Sie waren aber auch klug und witzig, frotzelten sich und stritten auch mal. Sie verstanden zu feiern, und sie konnten zuhören. Während der Arbeit an den Quilts ermunterten sie Emma, von

New York zu erzählen. Vor allem Nina schien regelrecht hungrig auf Theatergeschichten. Sie fragte immer wieder nach Stücken und Leuten, die sie beide kannten.

Nach ein paar Tagen fühlte sich Emma, als hätte sie ihr ganzes Leben in Twilight verbracht. Die zwölf Jahre in Manhattan kamen ihr vor wie ein ferner Traum. Bei diesen Frauen fühlte sie sich gut und sicher. Andererseits war es ihr fast ein wenig unheimlich, *wie* gut sie sich fühlte. Sie hatte in ihrem Leben viele Verluste erlitten, hatte schwer kämpfen müssen und wenig gewonnen. Sie traute dem Frieden nicht. In Wirklichkeit war dieses gute Gefühl doch nur ein lächelndes Gesicht, hinter dem das Chaos lauerte. Es war ein großer Fehler, sich zu wohlzufühlen, das war ihr klar, aber wenn die Frauen sie anlächelten, ging es ihr wie einem nassen, frierenden Kätzchen, das an einen trockenen, warmen Ofen gebeten wird.

Und sie zeigten ihr, wie man quiltet. Nicht nur die Technik des Nähens, sondern auch die Gestaltung eines Quilts. Sie erfuhr, dass ein Quilt im Prinzip nichts anderes ist als ein Haufen Quadrate, die man Blöcke nennt und aneinandernäht. Jeder Block hatte drei Lagen, oben das schöne Muster, darunter eine Füllung, die den Quilt weich macht, und darunter die Rückseite.

Die Frauen waren echte Künstlerinnen, die über die traditionellen Quilts hinausgingen und moderne Kunst gestalteten. Die Grundvorstellung bestand darin, von einem traditionellen Quilt auszugehen und allmählich immer komplizierter zu werden. Der erste Quilt, dem sie sich widmeten, zeigte den Bürgerkrieg und die nachfolgende Wiedervereinigung der beiden Liebenden Jon und Rebekka.

»Wie geht es mit dem Stück?«, fragte Belinda Nina und Emma an dem Freitag nach der zweiten Probenwoche.

»Wir finden allmählich unsere Seebeine«, sagte Nina, während Emma gleichzeitig sagte: »Ich denke, es wird wunderbar.«

Seebeine? Was sollte das denn heißen? Es klang, als wäre Nina mit den Proben nicht so recht zufrieden. Das überraschte Emma, denn sie selbst hatte das Gefühl, sie wäre ganz leicht in die Rolle der Rebekka Nash hineingeschlüpft. Sie hatte sich ein bisschen über ihre Heldin informiert und festgestellt, dass sie viel mit ihr gemeinsam hatte. Sie waren beide Einzelkinder und beide rothaarig. Rebekka hatte ihre Mutter früh verloren und war von einem emotional sehr distanzierten Vater großgezogen worden. Das brachte bei Emma eine Saite zum Klingen.

Rebekka war für ihre Zeit eine ungewöhnliche Frau gewesen. Sie hatte es vorgezogen, unverheiratet zu bleiben, statt sich mit einem Mann zu verheiraten, den sie nicht liebte. Sie war taff und willensstark gewesen, hatte einen Beruf ausgeübt – sie hatte schicke Sonnenhüte hergestellt, die sie in Fort Worth verkaufte – und mehrere Hobbys gehabt. So hatte sie zum Beispiel im Kirchenchor gesungen, hatte Rosen gezüchtet, mit denen sie sogar Preise gewann, und Hütehunde für die Schaffarmer in der Gegend ausgebildet.

Belinda zog eine Augenbraue hoch. »Gibt's Probleme?«

»Emma ist noch dabei, ihre Angst vor Hunden zu überwinden«, antwortete Emma. »Wir haben Patches noch nicht wieder auf der Bühne gehabt, aber Sam nimmt Emma morgen mit auf eine Ausstellung für Hütehunde. Und wir hoffen sehr, dass Emma und Patches lernen, zusammenzuarbeiten.«

»Oh!« Belindas Augen leuchteten auf. »Du und Sam?«

»Da ist gar nichts«, beeilte sich Emma zu versichern. »Er und Patches helfen mir nur, meine … nun … meine Nervosität in Gegenwart von Hunden zu überwinden.«

»Ah ja.« Belinda nickte, als wüsste sie von einem großen Geheimnis.

»Und wie geht es mit Beau, Nina?«, wollte Terri wissen, die gerade einen langen Steppfaden durch ihren Block zog.

Alle anderen hörten auf zu nähen und sahen Nina an. Es hing ein Hauch von Drama in der Luft, den Emma nicht ganz verstand. So weit sie verstanden hatte, war Beau als Sheriff sehr beliebt gewesen, bis er das Vertrauen der Stadt missbraucht hatte. Einige Bewohner hatten sich auf Ninas Seite geschlagen und fanden, er hätte eine zweite Chance verdient. Andere meinten, man sollte ihn ganz aus der Stadt vertreiben. Die Quiltfrauen waren sich an diesem Punkt nicht einig. Nina, Belinda, Marva und Jenny waren für Vergebung, Patsy, Terri, Raylene und Dotty Mae plädierten fürs Exil.

»Er macht das großartig«, sagte Nina mit warnendem Tonfall. »Ich bin wirklich beeindruckt von seinen Fortschritten.«

»Und wie findest du ihn, Emma?«, fragte Terri.

»Er scheint, ein netter Mann zu sein.« Emma versuchte, möglichst vage zu bleiben. Sie wollte keine Partei ergreifen. Man konnte gut mit Beau arbeiten, und für einen Amateur war er eigentlich ein ziemlich guter Schauspieler.

»Eine wichtige Frage noch«, bemerkte Raylene. »Küsst er gut?«

»Raylene!«, ging Marva dazwischen.

»Was denn? Ich frage doch nur, was alle anderen auch wissen wollen.«

»Die Kussszene haben wir noch nicht geprobt«, antwortete Emma.

»Nein? Das ist allerdings eine Enttäuschung. Wer weiß sonst irgendwelchen guten Tratsch?«, wechselte Raylene das Thema.

Alle schüttelten die Köpfe.

»Niemand? Ehrlich? Nichts?«

»Bei G.C. ist ein Nierenstein abgegangen«, sagte Marva.

»Igitt!« Raylene hielt sich die Ohren zu. »Das ist kein Tratsch, das ist zu viel Information.«

»Muss aber ziemlich wehtun«, bemerkte Jenny.

»Kann man wohl sagen«, antwortete Marva. »Er ist zwei Tage lang durchs Haus gerannt und hat sich die Seite gehalten. Und hinterher hatte er die Stirn, es mit einer Geburt zu vergleichen. Kann ja wohl nicht wahr sein.«

»Tatsächlich meint Ted, der Schmerz wäre ziemlich vergleichbar«, sagte Terri.

Raylene verdrehte die Augen. »Männer. Wir brauchen eine Frau, die beides erlebt hat, einen Nierensteinabgang und eine Geburt. Kann damit hier jemand dienen?«

Niemand meldete sich.

»G.C.s Nierensteine sind also alles, womit wir aufwarten können?«, fragte Belinda. »Meine Damen, wir sind tief gesunken.«

»Du liest doch den *National Enquirer.* Gab es denn da in letzter Zeit nichts Interessantes? Nach dem Bericht über Emma kam von dir auch nichts mehr.«

»Nicht wirklich, nein. Madonna adoptiert mal wieder ein Kind aus dem Ausland.«

»Braucht sie wieder Presse?«, sagte Raylene.

»Also ehrlich«, unterbrach Marva wieder. »Niemand weiß, was in ihrem Herzen vorgeht.«

»Bin ich hier eigentlich die Einzige, die den Mut hat, laut auszusprechen, was alle denken? Warum muss ich das immer machen?«, regte sich Raylene auf.

»Weil du es so schön machst.« Nina versuchte, ihren Nacken ein wenig zu lockern.

Für einen Moment herrschte Schweigen, alle zogen weiter ihre Fäden durch den Stoff. Obwohl sie sich ständig anfrotzelten – oder vielleicht gerade deshalb –, wusste Emma, die Frauen liebten sich und verließen sich aufeinander. Der Gedanke machte sie unerwartet traurig.

»Wie geht es denn Jimmy?«, fragte Marva Patsy.

Jenny beugte sich zu Emma und flüsterte ihr ins Ohr: »Jimmy ist Patsys Mann. Er hat Alzheimer, und es ist so schlimm, dass er jetzt im Heim leben muss. Furchtbar.«

»Unverändert«, seufzte Patsy. »Gestern hat er mich mit seiner Schwester verwechselt. Dabei ist das eigentlich sogar eine Verbesserung, denn beim letzten Mal meinte er, ich sei eine CIA-Agentin.«

»Gibt's was Neues von Hondo?«, fragte Raylene.

Alle froren mitten im Stich ein.

»Sheriff Hondo Crouch«, flüsterte Jenny Emma zu, »war Patsys Freund zu Schülerzeiten, aber es hat nicht so richtig funktioniert mit den beiden. Eine dunkle, schwere Geschichte. Dabei liebt sie ihn noch immer.«

»Jennifer Cheek Cantrell, ich sitze hier, und du flüsterst nicht besonders leise«, brummte Patsy. »Und zu deiner Information, ich liebe Hondo Crouch *nicht* mehr.«

Raylene schnaubte. »Genau, und ich habe kein Fläschchen Wodka in der Tasche.«

Patsy und Raylene sahen sich wütend an, und alle rutschten auf die Stuhlkante für den Fall, dass gleich der Dritte Weltkrieg ausbrechen würde, genau hier im Gemeindesaal der Methodistenkirche.

Patsy schob das Kinn vor und kniff die Augen zusammen. Der Blick hätte Raylene töten können, wenn sie nicht eine so dicke Haut gehabt hätte. »Ich werde diese Bemerkung aus Respekt vor unseren Soldatinnen und Soldaten überhören. Der Quilt muss ja fertig werden.«

»Trotzdem, Patsy, du liebst diesen Mann, seit du siebzehn bist.« Raylenes Stimme klang jetzt sanfter.

Patsys Unterlippe zitterte. Sie senkte den Kopf und starrte auf den Block vor ihr. »Wird hier gequiltet oder nicht?«

Alle machten weiter, lange Zeit ohne etwas zu sagen. Dotty Mae brach das Schweigen als Erste. »Hat eine von euch den Artikel in der *Quilter's Monthly* gesehen? Über die Frau, die Quilts für die Pflegeheime ihrer Stadt machte und in einem der Heime ihre lange verloren geglaubte Mutter fand?«

»Und dann?« Marva fädelte einen neuen Faden ein.

»Die Mutter leidet wohl seit Jahren unter Gedächtnisschwund, und jemand hat sie verwirrt am Highway gefunden«, fuhr Dotty Mae fort. »Niemand wusste, was man mit ihr machen sollte, deshalb haben sie ihr den Namen Jane Doe gegeben und sie in das Pflegeheim gesteckt. Eigentlich sollte es eine herzerwärmende Geschichte sein, weil gerade diese Mutter der Frau ja das Quilten beigebracht hat und die Quilts die beiden zusammengebracht haben. Aber ich fand das alles sehr traurig. Das arme Mädchen denkt seit Jahren, die Mutter ist einfach abgehauen. Und dann finden sie heraus, dass sie die ganze Zeit in derselben Stadt gelebt haben. Muss man sich mal vorstellen.«

Emma starrte auf den mitternachtsblauen Stern, den sie quiltete, und plötzlich kam ihr ein Gedanke. Was, wenn ihrer Mutter auch so etwas passiert wäre? Was, wenn Sylvie auch vergessen und verwirrt in irgendeinem Pflegeheim lag? Die bloße Vorstellung verursachte ihr Übelkeit.

Was machst du dir Sorgen um Sylvie? Sie hat sich nicht um dich gekümmert, hat dich einfach zurückgelassen und dich vergessen, als sie mit dem Cadillac-Typen nach Hollywood gefahren ist.

Oder eben auch nicht. Und ein Gedächtnisverlust würde erklären, warum sie sich all die Jahre nicht bei Emma gemeldet hatte. Keine Briefe, kein Anruf. Es gab aber natürlich auch noch eine andere Möglichkeit. Vielleicht war Sylvie ja tot. Vielleicht hatte der Cadillac-Typ sie umgebracht und zerstückelt und sie in seinen Kofferraum gepackt. Der Kofferraum eines Cadillac war groß genug, um eine Leiche zu verstecken.

Ja klar, du suchst nach einer anständigen Erklärung, warum deine Mutter dich verlassen hat. Traumatische Amnesie. Dramatische Zerstückelung.

Die Wahrheit war wohl viel schlichter: Sylvie war das alles scheißegal. Und doch blieb immer diese dämliche Hoffnung. Vielleicht, ganz vielleicht, war ihre Mutter ja irgendwo da draußen und brauchte sie.

»Das ergibt doch überhaupt keinen Sinn«, argumentierte Terri. Die Medien haben mit Sicherheit über Jane Does Verschwinden berichtet. Warum hat die Tochter denn davon nichts mitbekommen?«

»Es war in einer Großstadt, ich glaube, in Atlanta. Und die beiden hatten sich vorher heftig gestritten, weil die Tochter mit ihrem Freund nach Europa wollte. Sie ist dann trotzdem gefahren, und in dieser Zeit verschwand ihre Mutter. Bis heute wissen sie nicht, wodurch der Gedächtnisverlust verursacht wurde. Und wisst ihr, woran die Tochter ihre Mutter nach all den Jahren wiedererkannte?«

»Woran?«, fragte Belinda.

»An einem Quilt auf ihrem Bett. Die beiden hatten den Quilt zusammen gemacht. Da war die Tochter noch ein Teenager.«

»So was passiert doch heutzutage nicht mehr, mit Fingerabdrücken und DNA-Tests und so weiter«, sagte Raylene. »Ich meine, sie nehmen einem doch schon bei der Führerscheinprüfung die Fingerabdrücke ab. Jeder von uns findet sich in irgendwelchen Akten wieder. Die Regierung will nun mal nicht, dass wir anonym rumlaufen.«

Patsy hob die Hand wie zu einem Stoppsignal. »Hör bloß auf mit Earls albernen Verschwörungstheorien!«

»Ist ja auch egal, ob es Sinn ergibt oder nicht«, bemerkte Dotty Mae. »So war es jedenfalls. Sie ist irgendwie durch alle Raster gefallen. Das passiert ja ständig. Jemand lässt den Ball fallen, macht seinen Job nicht richtig, und Peng!, schon liegt man in irgendeinem Pflegeheim, ohne Namen, und wartet darauf, dass die Tochter kommt und einen findet.«

»Na, sie hatte ja wenigstens ihren Quilt«, sagte Jenny.

»Genau«, kommentierten alle wie aus einem Munde und nickten. Als wäre ein Quilt die Entschädigung für alles andere.

Kapitel neun

»Abgesehen von Hunden, sind Quilts die besten Freunde einer Frau.«
Delia Franklin, Assistentin von Dr. Sam Cheek

Es graute Emma vor der Hütehund-Ausstellung.

»Sei bereit, dich selbst zu überraschen«, hatte Sam gesagt, oder so ähnlich. Während der Probenarbeit und des Quiltens ging dieser Satz Emma ständig durch den Kopf. Sam hatte leicht reden. Er hatte ja keine Ahnung, welchen Schrecken Hunde auslösen konnten.

Andererseits hatte er ja recht. Sie musste ihre Angst überwinden, wenn sie in dem Stück mitspielen wollte. Sie hatte versucht, Nina zu überzeugen, dass man den Hund auch weglassen könnte, aber Nina war unbeugsam. Rebekka hatte Hütehunde aufgezogen und trainiert. Rebel gehörte einfach in das Stück. So war es historisch korrekt, Emma musste damit klarkommen.

Also gut, okay, sie würde es schon schaffen. Emma atmete tief durch und hielt vor dem Spiegel des *Fröhlichen Engels* eine Motivationsrede für sich selbst. Alle Engel um sie herum sahen zu. Sie konnte fast hören, wie sie mit ihren Harfen das Thema aus *Rocky* spielten.

Sie schminkte sich fertig und zog sich schlichte Jeans und ein T-Shirt an, das den Aufdruck trug: »Alles ist besser in Twilight«. Dazu ihre Sportschuhe. Dann band sie ihre Haare zu einem Pferdeschwanz zusammen. Heute spielte sie das Mädchen von nebenan, mit dem man Pferde stehlen konnte. Oder Hunde. So würde sie diesen Tag überleben. Indem sie eine Rolle spielte.

Ein paar Minuten vor acht sprang sie die Treppe hinunter und lief in die Küche, in Gedanken bei einem von Jennys köstlichen Bananenmuffins. Aber da saß Sam schon mit seiner Schwester am Küchentisch. *Schluck!* Er war schon da, und sie war noch gar nicht fertig mit der Vorbereitung für ihre Rolle.

Und außerdem sah er verdammt gut aus. Er trug ausgewaschene Jeans und ein langärmliges blau kariertes Hemd, dazu Cowboystiefel. Patches lag ihm zu Füßen. In dem Moment, als Emma die Küche betrat, hob der Hund den Kopf.

Sam machte leise »Schscht«, und der Border Collie senkte den Kopf wieder.

Wahnsinn. Sie hätte viel gegeben für dieses Ausmaß an Kontrolle.

»Hallo!«, sagte sie.

»Morgen.« Er grinste sie an.

»Äh … du bist früh dran.«

»Jenny hat mir gesagt, sie hat Bananenmuffins gebacken. Die esse ich besonders gern.«

»Setz dich doch, Emma«, sagte Jenny und stand auf. »Ich hole dir eine Tasse Kaffee.«

»Müssen wir nicht los?«, fragte Emma. Sie war nicht so begeistert von der Vorstellung, hier zusammen zu frühstücken, wenn sie doch eigentlich versuchte, sich nicht zu sehr für diesen Mann zu begeistern. Und das war echt nicht leicht. Diese dunklen Augen, diese vollen Lippen, diese Ohrläppchen, die geradezu zum Knabbern einluden …

Aufhören!

»Ich tu dir den Kaffee in den To-Go-Becher«, rief Jenny ihr über die Schulter zu. »Du wirst als ein ganz anderer Mensch zurückkommen.«

»Warum bist du dir da so sicher?«, fragte Emma, während sie sich einen Bananenmuffin aus dem Korb auf dem Tisch schnappte. Die Muffins waren noch warm.

»Was Tiere angeht, hat Sam nun mal Zauberhände. Du wirst über dich selbst staunen.« Jenny kam zurück und gab ihr zwei verschlossene Becher. »Der orangefarbene gehört Sam, schwarz und koffeinfrei. Der grüne ist deiner, einmal mit allem, Koffein, drei Mal Zucker, ein Esslöffel dicke Sahne.«

»Danke!«

»Kein Wunder, dass du immer so nervös bist«, bemerkte Sam. »Wenn du solches Zeug trinkst.«

»Ich habe einen schnellen Stoffwechsel«, erwiderte Emma. »Ich brauche das Zeug, wie du es nennst, es ist mein Brennstoff.«

»Es ist aber nicht besonders gesund, so was zu brauchen.«

»Komm, erzähl mir nicht, du wärst die Koffeinpolizei.«

»Warte nur«, sagte er, »bis du mit deinem schnellen Stoffwechsel die Ratte gegessen hast.«

»Was ist los?«, fragte Jenny. »Igitt, das ist ja …«

Sam lächelte Emma an, und sie grinste zurück – ein Privatwitz zwischen ihnen beiden. »Nicht wörtlich gemeint«, erklärte Sam seiner Schwester. »Bist du marschbereit, Trixie Lynn?«

Sie hatte diesen Namen als Jugendliche gehasst, aber wenn Sam ihn aussprach, klang er eigentlich ganz nett. Die

Kaffeebecher und Muffins in der Hand, gingen sie hinaus. Patches kam sofort an Emmas Seite, und sie wich hinter Sam zurück.

»Nein«, sagte er. »Niemals zurückweichen. Er muss wissen, wer der Chef ist.«

»Er weiß schon, dass er der Chef ist«, brummte sie.

Sam balancierte seinen Muffin auf dem Deckel seines Kaffeebechers und klopfte mit der flachen Hand zwei Mal gegen seinen Oberschenkel. »Fuß.«

Patches senkte den Kopf und kam an Sams linke Seite getrabt.

»Bei dir sieht das so einfach aus.«

»Bevor dieser Tag zu Ende ist, kannst du das auch.«

Sie nahm die Sonnenbrille aus ihrer Tasche und setzte sie auf. »Du bist ja sehr optimistisch.«

Sam lachte bloß. Sie gingen um den Jeep herum, damit Sam die hintere Klappe öffnen und Patches hineinspringen konnte. Dann hielt Sam Emma die Beifahrertür auf.

»Du bist heute aber ritterlich.«

»Hm?«

»Du musst mir nicht die Tür aufhalten, ich mache das schon seit Jahren selbst. Denn weißt du, ich habe ja Hände, keine Pfoten. Mit Daumen ist alles möglich.«

Er sah sie verwirrt an. »Wie bitte?«

»Du behandelst mich total herablassend.«

»Indem ich dir eine Tür offen halte?«

Okay, sie war bescheuert. Was war bloß mit ihr los?

»Also, damit ich es wirklich verstehe«, fuhr er fort. »Du fühlst dich beleidigt durch die Tatsache, dass ich dir eine Tür aufhalte?«

»Ich bin doch nicht hilflos.«

»Das sage ich ja auch nicht. Ich habe lediglich gelernt, dass es höflich ist, einer Dame die Tür aufzuhalten.«

»Im vierzehnten Jahrhundert, ja.« Sie stieg ein. Warum legte sie es auf einen Streit mit ihm an? Sie fand es eigentlich schön, wenn man ihr die Tür aufhielt. Es war ein Gefühl von Schutz, Sicherheit und … Trotzdem, sie wusste, die Welt war kein sicherer Ort und es war albern, den eigenen Selbstschutz aufzugeben und zu glauben, jemand anderer würde sich um einen kümmern.

»Bist du jetzt sauer auf mich?«

»Nein, nicht sauer.«

Er schlug die Tür zu, sah sie wütend an und marschierte auf die Fahrerseite. Als er gerade den Schlüssel ins Zündschloss stecken wollte, hielt er noch einmal inne. »Ach so, warte mal, vielleicht ist es auch herablassend von mir, anzunehmen, dass ich fahre.« Er hielt ihr den Schlüssel hin. »Willst du?«

»Nein.«

»Ich verstehe das nicht. Wenn ich dir die Tür aufhalte, bin ich ein chauvinistischer Quadratschädel.«

»Das habe ich nicht gesagt.«

Er sah sie eindringlich an. »Aber gemeint.«

Darauf hatte sie keine vernünftige Antwort. Natürlich hatte sie es gemeint.

»Aber wenn ich mich hinters Steuer setze, ohne es vorher mit dir zu besprechen, bin ich kein Chauvinist.«

»Richtig.« In aller Ruhe schnallte sie sich an und versuchte so zu tun, als merkte sie nicht, wie dicht sie nebeneinander saßen.

»Aber warum? Wo liegt der Unterschied?«
»Ich kann nicht fahren.«
Er fuhr herum und starrte sie an. »Du kannst nicht fahren?«
»Nein! Ich habe die Hälfte meines Lebens in Manhattan verbracht.«
»Und warum hast du es vorher nicht gelernt?«
»Warum muss ich mich dafür jetzt rechtfertigen?«
»Ich kenne niemanden über sechzehn, der nicht Auto fahren kann.«
»Dann musst du mal dringend deinen Horizont erweitern. Eilmeldung: Da draußen außerhalb von Twilight gibt es eine ganze Welt.«
»Aber das ist nicht meine Welt.«
»Wohl wahr«, murmelte sie.
»Was sagst du?« Er legte den Kopf schief, als könnte er schlecht hören, aber sie wusste, er hatte sie sehr wohl verstanden. »Kannst du das noch mal lauter sagen?«
»Schau mal!« Sie zeigte aus dem Fenster. »Kühe!«
»Hallo!«
»Was denn?«
»Wir führen hier eine Diskussion, und du fängst auf einmal mit den Herefords an.« Er wollte so schnell nicht aufgeben. Der Jeep rumpelte über Bahngleise, als sie vom Highway 377 abbogen, um auf die Market Road nach Cleburne zu kommen.
»Herefords? Heißen die so? Warum?«
»Weil sie rot-weiß sind und lockiges Fell haben. Du versuchst mich abzulenken.«
»Und funktioniert es?« Sie schaute ihn an. Er hatte die

Brauen zusammengezogen und klammerte sich mit beiden Händen an das Lenkrad. Perfekte Zehn-vor-zwei-Stellung, typisch Sam. Traditionell und gut verwurzelt. Sie erinnerte sich, dass er vom Sternzeichen her ein Stier war. Wenn man an Astrologie glaubte, ergab das absoluten Sinn. Sie wusste nicht so genau, ob sie daran glaubte, aber in seinem Fall stimmte alles: stabil, konservativ, verlässlich, heimatverbunden.

»Nein, es funktioniert nicht. Lass uns das zu Ende bringen.«

»Müssen wir das?«

»Du hast angefangen.«

»Und jetzt höre ich wieder auf.« Sie lächelte und hoffte, er würde darauf eingehen.

»Was ist verkehrt an der Welt, in der ich lebe?«, fragte er.

Emma seufzte. Wie war sie nur in dieses Gespräch geraten? »Du lässt nicht los, oder?«

»Bulldog, Knochen, ich.« Bei jedem Wort schlug er mit der flachen Hand auf das Armaturenbrett.

»Und das heißt?«

»Nein, ich lasse nicht los.«

Emma wusste nicht recht, wie sie anfangen sollte. Sie starrte gerade auf seine Oberschenkel, wo sich die Muskeln deutlich unter dem Jeansstoff abzeichneten. Wie albern war das denn? Wie konnte sie scharf auf den Mann sein, mit dem sie gerade einen Streit hatte? »Gar nichts ist verkehrt an der Welt, in der du lebst«, sagte sie jetzt. »Es ist nur eben eine Welt voller Lollipops und Regenbogen und mit fröhlichen Engeln.«

»Wie bitte?«, grollte er jetzt.

Apropos albern, ihr alberner Körper reagierte ganz furchtbar auf diesen tiefen texanischen Tonfall. Ihre Nervenenden vibrierten, als würde er langsam mit schwieligen Fingerspitzen über ihre Haut fahren. Alles unerwünscht, oder eher sehr erwünscht, aber ungut. Am liebsten wäre es ihr gewesen, er hätte den Wagen an den Straßenrand gefahren, hier, wo nur Weiden um sie herum waren, hätte den Motor abgestellt und sie geküsst, bis sie keine Luft mehr bekam. Und ja, sie wollte ihn zurückküssen, bis er ebenfalls keine Luft mehr bekam.

»Ich habe meine Frau im Krieg verloren. Mein sechsjähriger Sohn spricht seit ihrem Tod kein Wort mehr. Als ich sechzehn Jahre alt war, wurde ich von einem Puma angegriffen und fürs Leben entstellt. Und du sprichst von Lollipops, Regenbogen und fröhlichen Engeln?«

Jetzt schämte sie sich. Warum konnte sie nicht einfach den Mund halten? Warum musste sie blödes Zeug reden, das sie nicht einmal so meinte?

»Warte mal.« Sam schnippte mit den Fingern. »Wahrscheinlich bin ich etwas schwer von Begriff, aber ich glaube, ich weiß, worum es geht.«

»Nämlich?«

»Du willst absichtlich einen Streit vom Zaun brechen.«

»Ich? Ich bin viel zu impulsiv für so viel Berechnung.«

»Du hättest gern, dass ich das denke, aber es ist nicht wahr. Du willst aus dieser Hundegeschichte heute rauskommen, damit du dich deinen Ängsten nicht stellen musst. Aber das wird nicht funktionieren.«

»Erwischt«, sagte sie. Es war gut, wenn er dachte, das wäre der Grund für ihre Zickigkeit. Besser, als wenn er die

Wahrheit mitbekam. Die Wahrheit war nämlich, dass sie absichtlich einen Streit vom Zaun brach, weil sie Angst vor ihren Gefühlen hatte. Die Hunde spielten dabei gar keine Rolle.

»Also, dann werden wir jetzt mal damit anfangen. Damit, dass du dich deinen Ängsten stellst, meine ich.« Er fuhr von der Hauptstraße ab, bremste vor einem Viehgitter und fuhr dann weiter durch ein Ranchtor mit einem Schild: Triple C Ranch. Jetzt sah sie, dass auch andere Wagen hier abbogen und auf einer Wiese parkten. Kleine Gruppen Schafe waren in beweglichen Pferchen untergebracht. Sobald Patches die Schafe witterte, fing er an zu fiepen und lief unruhig auf der Ladefläche herum.

Da draußen waren jede Menge Border Collies, ein schwarz-weißes Meer von Hunden.

»Alles in Ordnung?«, fragte Sam Emma.

»Äh … nein.«

Er streckte die Hand zu ihr aus und drückte ihre Schulter. Als sie seine seelenvollen dunklen Augen sah, stieg eine ganz andere Angst in ihr auf. Ihr Puls pochte am Hals, ihre Hände zitterten. Sie ballte die Fäuste und bohrte ihre Fingernägel in die Handflächen.

»Du schaffst das. Denk dran, du bist mit achtzehn Jahren ganz allein nach Manhattan gezogen. Dazu braucht man jede Menge Mut.«

»Ja, und du siehst ja, was daraus geworden ist.«

»Wieso? Du hast zwölf Jahre in dieser Stadt gelebt und Erfolg gehabt.«

»Du hast keine Ahnung. Am Ende habe ich meinen letzten Wertgegenstand verpfändet, um einen Kurs bei einem

Guru zu machen, der wahrscheinlich auch nur ein Scharlatan war, nur um endlich meiner Karriere den entscheidenden Schub zu geben. Und das war *vor* dem Fiasko mit Scott Miller.«

»Was hast du denn verpfändet?«

»Die Sternbrosche meiner Mutter.«

»Nein.«

»Doch.«

»Das kann doch nicht wahr sein! Diese Brosche hat dir unheimlich viel bedeutet. Sie war die einzige materielle Erinnerung an deine Mutter. Das Symbol all deiner Träume.«

Sie zog die Schultern hoch. »Ich sage dir ja, ich war wirklich ganz unten angekommen.«

»Nein. Für mich ist das nur ein Beweis dafür, wie mutig du wirklich bist.«

»Ich kann nicht …«

»Doch, kannst du wohl«, sagte er sanft und fest zugleich. »Und jetzt komm. Wir steigen jetzt aus.«

Sie schluckte, löste ihren Sicherheitsgurt und stieg schnell aus, bevor er um den Wagen kommen und wieder ritterlich sein konnte. Sie trafen sich vor der Heckklappe. Er hatte eine Leine in der Hand, die er ihr jetzt gab. Dann nahm er einen dünnen hölzernen Hirtenstab aus dem Kofferraum.

»Du siehst aus wie das kleine Hirtenmädchen aus dem Kinderbuch.« Sie lachte.

»Wieso ich? Der Stab ist für dich.«

»Für mich?«

»Ja, klar. Aber jetzt wirst du erst mal Patches anleinen«, sagte Sam.

»Und wenn er nach mir schnappt?«

»Das tut er nicht. Denk dran, im Moment interessiert er sich nur für eins: für die Schafe. Er ist zum Schafehüten geboren, und er liebt diesen Job mehr als alles auf der Welt.«

»Ein musterhafter Angestellter«, sagte sie und versuchte, locker zu klingen, damit sie nicht schon beim ersten Bellen der vielen Hunde zusammenzuckte.

»Genau«, lächelte Sam. »Sobald du ihn angeleint hast, wird er ganz ruhig. Dann mache ich die Klappe auf. Er weiß, dass er erst rausdarf, wenn er ruhig ist.«

»Und ich soll ihn beruhigen?«

»Ja.«

»Wie soll ich das anstellen?« Nervös knabberte sie an ihrer Unterlippe.

Er legte seinen Zeigefinger auf ihren Mund. Seine Haut schmeckte ein bisschen salzig. »Indem du ihm deine Angst nicht zeigst. Hör auf, auf deiner Lippe herumzubeißen.«

»Aber ich habe Angst.«

»Ist klar, aber er darf es nicht merken. Tiere spüren so was. Atme mal tief ein.«

Sie gehorchte.

»Luft anhalten. Sehr gut.«

Die Luft füllte ihre Lunge. Sam schaute sie an. Ein seltsamer Blick.

»Und jetzt langsam ausatmen.«

Zischend ließ sie die Luft raus.

»Locker machen. Schüttel dich mal kräftig, so wie ein nasser Hund.«

Sie folgte seinen Anweisungen, sprang auf und ab, schüttelte sich, schüttelte tatsächlich die Spannung ab, wackelte mit den Armen, mit den Füßen, ließ den Nacken rotieren wie ein Boxer, der gleich in den Ring steigt. Es fühlte sich an wie eine Übung in der Schauspielschule.

»Genau richtig. Schüttel alles ab.« Er hatte eine Engelsgeduld mit ihr. »Keine Angst mehr. Aber du solltest auch nicht aggressiv werden. Ruhig und bestimmt. Nimm deinen Raum ein. Du bist der Alphahund.«

»Klingt wie dieser Hundeflüsterer.«

»Na ja, Cesar Millan ist nicht ohne Grund berühmt geworden. Er weiß schon, wovon er redet.«

»Verstehe. Ruhig, bestimmt, meinen Raum einnehmen.«

»Fertig?«

»Absolut.«

Sam öffnete den oberen Teil der Heckklappe. Patches sah aus, als wollte er sofort rausspringen. »Er ist noch nicht ruhig genug.«

»Und was mache ich jetzt?«

»Du sagst ihm, dass er sich hinsetzen soll.«

»Sitz«, sagte Emma.

Patches sah sie nur an.

»Er macht es nicht.«

»Hör auf, dich zu beschweren wie eine große Schwester, die sich von ihrem kleinen Bruder ärgern lässt. Du bist der Chef.«

»Willst du damit sagen, du hast Probleme mit Jenny?«

»Lenk nicht vom Thema ab.«

»Okay, schon gut.« Sie atmete noch einmal tief ein, hielt die Luft an, atmete wieder aus. Sie war Schauspielerin. Sie konnte diese Rolle spielen. »Sitz«, befahl sie dem Hund.

Und Patches setzte sich.

»Oh! Oh! Er hat es gemacht!«

Patches sprang sofort wieder auf.

»Jetzt ist er wieder aufgestanden. Warum?«

»Weil du so aufgeregt klingst. Dann regt er sich auch auf.«

»Tut mir leid«, flüsterte sie.

»Noch mal.«

»Sitz.«

Patches setzte sich.

Sie beugte sich über die Klappe und leinte den Hund an. »Erstaunlich«, flüsterte sie Sam zu.

»Na ja. Die meisten Hunde können sitzen. Warte ab, bis du siehst, wie er mit den Schafen arbeitet.«

Plötzlich fand sie das alles nicht mehr so schlimm.

»Jetzt sag ihm, er soll aussteigen.«

»Aussteigen«, sagte sie.

Patches sprang aus dem Jeep auf den staubigen Boden und sah von Emma zu Sam.

»Er stellt deine Autorität in Frage«, sagte Sam. »Sag ihm, er soll dich anschauen.«

»Schau mich an«, befahl sie dem Hund.

Sofort hatte sie wieder Patches' Aufmerksamkeit.

»Loben.«

»Guter Hund.«

»Und jetzt gehen wir zur Anmeldung. Er darf nicht ziehen. Normalerweise geht er an der Leine ruhig mit, aber er ist nicht an dich gewöhnt und wird wahrscheinlich versuchen, das Kommando zu übernehmen. Dann muss er mitbekommen, dass du die Kontrolle hast. Nimm die Schultern zurück und heb den Kopf. Die Leine nur locker halten. Wenn du ziehst, spürt er die Spannung und spannt sich auch an.«

»Das ist ja ganz schön kompliziert.«

»Eigentlich nicht. Wenn du entspannt bleibst und die Kontrolle behältst, passt er sich an dich an.«

»Also, diese Sache mit der Entspannung und Kontrolle …«

»Ja?«

»Das finde ich ziemlich kompliziert. Ich bin, glaube ich, mehr ein Katzenmensch.«

»Weil Katzen sich überhaupt nicht darum kümmern, ob du ängstlich oder entspannt bist?«

»Genau.«

»Aber Hunde haben etwas zu bieten, was Katzen nicht können.«

»Sie apportieren.«

»Ja, aber das meine ich nicht. Sie schenken uns bedingungslose Liebe.«

»Hunde sind Tiere, die können doch keine Liebe empfinden.«

»Man merkt, dass du noch nie einen Hund gehabt hast.«

Wohl wahr. Die ganze Zeit, während sie miteinander sprachen, saß Patches neben ihnen und schaute Sam an.

»Wir besprechen das später. Jetzt komm.« Er legte ihr eine Hand auf den Rücken, als wollte er sie führen. Sie spürte, wie die sexuelle Energie von ihm auf sie übersprang und wieder zurück, eine unsichtbare Kraft, so deutlich wie ein Stahlband. So viele Jahre hatte sie versucht, ihn aus ihren Gedanken zu verbannen. Hatte versucht zu vergessen, wie sehr sie ihn geliebt hatte. Aber jetzt waren die Gefühle wieder da und überschwemmten sie.

Nein! Sie wollte das nicht, sie konnte nicht zulassen, dass

diese Gefühle bei ihr Fuß fassten. Er gehörte in die Vergangenheit. Er hatte ein Leben in Twilight, sie nicht. Ihre Bestimmung lag anderswo. Und doch, so sehr sie auch dagegen anargumentierte – ihr ganzer Körper brannte.

»Hier entlang.«

Zu Emmas Überraschung ging Patches neben ihr her und schaute sie immer wieder an.

»Warum schaut er mich an? Die ganze Zeit wirft er mir Blicke zu.«

»Er will wissen, was du von ihm willst. Geh einfach weiter, schau ihn nicht an, verspann dich nicht. Einfach ganz selbstbewusst weitergehen.«

Es war anstrengend und nervenzerfetzend, mit dem Hund an ihrer Seite zu gehen. Ein paar Mal berührte seine Rute ihr Bein, dann atmete sie erschrocken ein. Als ein anderer Hund sehr dicht an ihnen vorbeiging, spannte sie sich an und spürte sofort, wie die Leine sich ebenfalls spannte.

»Ruhig«, sagte Sam und legte ihr eine Hand auf die Schulter. »Denk dran, er spürt alles, was du spürst.«

Emma zwang sich zur Entspannung, und sofort wurde die Leine wieder locker. »Keine Angst«, flüsterte er. »Das ist der Schlüssel.«

Damit war alles gesagt. Sie checkten ein, bekamen ihre Startnummer und gingen zu einem weißen Holzzaun, hinter dem alle Teilnehmer aufgereiht standen. Vor ihnen erstreckte sich eine üppig grüne Weide. Eine kleine Herde von acht Schafen mit schwarzen Köpfen graste in der Mitte der Weide. Die Oktobersonne war mild, der Wind kühl. Ein guter Morgen, um Schafe zu hüten.

Als der erste Border Collie samt Mensch zum Startpunkt

ging, erklärte Sam, was jetzt passieren würde. Er brachte ihr die wichtigsten Begriffe und Kommandos bei und sprach dabei mit Autorität und Selbstbewusstsein. Sam liebte alle Tiere, aber sie spürte mehr als deutlich, dass seine besondere Zuneigung den Hunden galt. Vor allem den Border Collies.

Sie musste zugeben, dass sie es trotz ihrer Ängste genoss, mit ihm hier draußen zu sein. Er krempelte die Ärmel seines Cowboyhemds auf und zeigte seine muskulösen Unterarme mit den dunkelbraunen Härchen. So stand er an den Zaun gelehnt, schlank und sehr gut gebaut. Als er sich zu ihr umdrehte, wirkten seine Augen einladend und sein Lächeln sanft. Der leichte Wind fuhr ihm durchs Haar und legte für einen Moment die silbrig glänzende Narbe frei. Sie konnte ihn riechen, eine sehr anregende Mischung aus männlichen Pheromonen, Sandelholzseife und Sprühstärke.

Er sprach immer noch über die Hunde und das Hüten, aber sie hörte ihm nicht mehr so genau zu. Nur noch seine hypnotisierende Stimme drang zu ihr durch, machte sie hilflos gegenüber dem tiefen Vibrieren in ihr. Er war erdverbunden, unkompliziert und echt – und ganz anders als die statusverliebten Typen, die sie in New York kennengelernt hatte.

»Wir sind die Nächsten.«

»Hm?« Emma blinzelte und richtete die Aufmerksamkeit wieder auf ihre Umgebung.

»Du gehst mit uns da raus.«

»Ich?« Sie warf einen Seitenblick auf Patches. »Und er?«

»Wenn du mitmachst, bist du die Chefin.«

»Und kein Schaf.«

Sam grinste. »Genau.«

»Und die lassen das zu, dass ich mit dir rausgehe?«

»Wenn das hier ein Finalwettkampf wäre, dann nicht, aber es ist ja nur eine inoffizielle Ausstellung. Das ist kein Problem.«

»Als nächste«, sagte eine Stimme durch den Lautsprecher, »sehen wir Dr. Sam Cheek und Emma Parks mit dem Hund Patches.«

»So, du nimmst den Stab.« Er reichte ihr den Hirtenstab und nahm eine schlanke Pfeife aus der Hemdtasche. »Komm mit.«

Er führte sie den grasbewachsenen Abhang hinunter zu einer kleinen Plattform aus Holz. Patches ging dicht an seiner Seite. Sam winkte Emma, sie sollte mit ihm auf die Plattform klettern. Patches beobachtete die Schafe, die sich etwa vierhundert Meter vor ihnen zusammendrängten.

Dann pfiff Sam. Emma hörte nichts, aber Patches rannte sofort wie der Blitz nach links. »Das war sozusagen der Start«, sagte Sam zu ihr. »Patches läuft zu den Schafen, treibt sie zusammen und bringt sie zu uns.«

Als Patches weit genug gelaufen war, näherte er sich den Schafen, um sie vorwärts zu treiben.

»Der erste Kontakt mit den Schafen nennt sich ›Lift‹«, erklärte Sam. »Dann treibt er sie zu uns. Das ist wichtig, weil die Schafe dabei einen ersten Eindruck von Patches bekommen.«

»Ich erinnere mich noch an *meinen* ersten Eindruck von ihm«, lachte Emma leise. »Da hat er dafür gesorgt, dass ich die Füße schön hochnahm.«

Sam blies wieder in seine Pfeife. Patches lief hinter die Schafe und führte sie durch zwei weiße Tafeln auf der Weide, genau zwischen der Plattform und dem Ort, wo Hund und Schafe sich getroffen hatten.

»Jetzt holt er sie zusammen und bringt sie genau auf der Mittellinie zu uns«, erklärte Sam.

Sie bemerkte, dass er »zu uns« sagte und nicht »zu mir«. Irgendwie war das ein komisches, aber schönes Gefühl, als sähe er sie in diesem Moment wirklich als Team. Sie beschirmte ihre Augen mit der Hand und beobachtete, wie Patches die Schafe auf die Plattform zutrieb.

Sam nahm die Pfeife an die Lippen und pfiff noch zwei Mal. Daraufhin trieb Patches die Schafe wieder von ihnen weg durch einen Dreieckskurs, der ebenfalls mit Tafeln markiert war. »Er macht das gut«, sagte Sam. Tatsächlich bewegte sich Patches wie ein Profisportler und wandte keine Sekunde den Blick von den Schafen ab.

Noch ein Pfiff. »Jetzt bringt er sie in den Pferch, wo sie getrennt werden. Da kommen wir dann wirklich ins Spiel. Halt deinen Stab bereit. Los geht's.« Er lief zu dem Pferch hinüber.

Emma trabte neben ihm her, ihre Schuhe versanken im üppigen Weidegras. »Was passiert da?«

»Wir müssen mit Patches zusammenarbeiten und die Schafe in zwei Gruppen aufteilen. Du hilfst mit dem Stab, die Schafe dorthin zu führen, wo du sie haben willst.«

»Und wenn ich es versaue?«

»Du versaust es nicht.«

»Aber wenn doch?«

»Du versaust es nicht«, wiederholte er entschieden. »Konzentrier dich einfach nur auf die Schafe.«

Leichter gesagt als getan. Er war für ein solches Leben geboren.

He, du bist Schauspielerin. Tu einfach so, als wärst du auch für dieses Leben geboren. Du bist Schaffarmerin, das hier ist deine zweite Natur.

Patches hörte Sams Pfeife, startete sofort und schnitt drei Schafe von der restlichen Gruppe ab.

Während er mit diesen drei Schafen beschäftigt war, versuchte der Rest der kleinen Herde, zu den dreien zu gelangen. Instinktiv streckte Emma ihren Stab aus, um sie daran zu hindern, und tatsächlich blieben die Schafe erstaunt blökend stehen und liefen in die entgegengesetzte Richtung, während Patches seine drei Tiere wegtrieb.

»Großartig«, sagte Sam. »Und jetzt noch mal einzeln.«

Sie brachten die acht Schafe wieder zusammen, und während Sam wieder seine Anweisungen pfiff, trennten Emma und der Hund ein Schaf von der Herde. Und nachdem das erledigt war, brachten sie alle acht Tiere zurück zum ursprünglichen Pferch.

Die Zuschauer applaudierten.

Emma empfand Stolz und das Gefühl, wirklich etwas geleistet zu haben. »Das hat Spaß gemacht«, sagte sie zu Sam, als sie mit Patches an der Seite die Wiese verließen. Der Hund sah genauso aus, wie Emma sich fühlte: glücklich, zufrieden über eine gute Arbeit.

»Ich habe dir doch gesagt, du versaust es nicht.« Sam legte ihr einen Arm um die Schulter und grinste sie von der Seite an.

Ein heftiges Gefühl sexueller Anziehung durchfuhr sie. Sam verfügte über eine unwiderstehliche Mischung aus ruhiger Zuversicht, freundlicher Großzügigkeit und männlichem Beschützerinstinkt.

Er führte sie zum Zuschauerzaun, wo man sie durchließ, während das nächste Team zu der kleinen Plattform ging. »Willst du was trinken, während wir auf die Wertung warten?« Er deutete mit dem Kinn zu dem Verkaufsstand neben der Anmeldung.

Bei der Arbeit war ihr heiß geworden. Und wenn sie so dicht neben Sam stand, wurde ihr noch heißer.

Sie brachten Patches zu den Wassernäpfen und holten sich dann selbst etwas zu trinken. Sam kaufte zwei Flaschen eisgekühltes Wasser, hielt sich eine Flasche an den Nacken und stöhnte leise. Ihre Zehen krampften sich zusammen, als sie ihn hörte.

»Das tut gut.«

Emma trank einen großen Schluck.

»Und? Bist du jetzt nicht mehr so nervös in Patches' Gegenwart?«, fragte er.

»So seltsam es sich anfühlt, ja, es ist jetzt wirklich besser.«

»Wusste ich's doch.« Er sah sie an und zwinkerte ihr zu. »Du bist eine mutige Frau, Emma.«

Sie standen sehr dicht nebeneinander bei dem Erfrischungsstand, ein Stück von der Zuschauermenge entfernt. Ein paar große Pecanbäume bot ihnen Schatten. Seine Augen waren dunkelbraun wie Kakaobohnen in schwarzem Tee. *Du bist eine mutige Frau,* hatte er gesagt, und wenn er sie so ansah, brauchte sie auch allen Mut, den sie in sich aufbringen konnte.

Nachdem sie ihr Wasser ausgetrunken hatten, spazierten sie zurück zum Zaun. Die Sitzplätze für Zuschauer waren belegt, aber sie konnten dem Rest der Teilnehmer gut auch im Stehen zusehen.

»Und hier die Ergebnisse des Wettbewerbs«, sagte die Lautsprecherstimme ein paar Minuten, nachdem der letzte Teilnehmer fertig war. Die längsten Zeiten kamen zuerst. Dann der dritte Platz, der zweite und schließlich: »Auf dem ersten Platz Dr. Sam Cheek, seine Assistentin Emma Parks und ihr Hund Patches.«

Ihr Hund. Sie brauchte einen Moment, um zu begreifen, dass sie gewonnen hatten.

»Echt jetzt?« Emma schrie es fast.

Sam nickte. »Ich sagte dir doch, du wirst dich selbst überraschen.« Er klang, als wäre er richtig stolz auf sie. Und seine Stimme war auch ein bisschen rau, als hätte er etwas in den Hals bekommen.

»Gewonnen!« Ohne lange nachzudenken, stürzte sie sich in seine Arme. Er fing sie auf und wirbelte sie herum. Sie klammerte sich mit den Beinen an seiner Taille fest und schlang die Arme um seinen Hals. Es fühlte sich einfach nur gut an. Patches neben ihnen spürte die gute Stimmung und umkreiste sie aufgeregt. »Gewonnen!«

»Wir haben es geschafft.« Seine Augen waren so einladend, sein Lächeln so breit, dass Emma nicht anders konnte. Im nächsten Moment küsste sie ihn.

Kapitel zehn

»Wie gut du auch planst, der fertige Quilt wird dich immer überraschen.«
Marva Bullock, Leiterin der Highschool in Twilight und Mitglied des True Love Quilting Club

Sam drückte Emma an sich und machte aus ihrem schnellen Küsschen einen brennend heißen Kuss voll verborgener Bedeutung.

Er hielt sie mit dem einen Arm um die Taille, die andere Hand legte er an ihren Hinterkopf, um sie festzuhalten, während er ihren Mund erforschte. Er schmeckte erdiger, als sie ihn in Erinnerung hatte. Wie ein guter Wein war er mit den Jahren immer besser geworden. Seine Lippen lagen fest auf ihren, fest und heiß und sehr männlich. Emma verschmolz mit ihm.

Die Elektrizität zwischen ihnen war in all den Jahren nicht verloren gegangen, sondern hatte sich eher noch intensiviert. Es fühlte sich an wie ein nahendes Gewitter mit Tornados.

Sie versuchte, sich seinem Kuss zu entziehen, aber verdammt, er ließ sie nicht los, sondern drückte sie noch fester an sich. Sie hatte ganz vergessen, wie erotisch Küsse sein konnten.

Im gleichen Moment spürte sie seine Erektion. Sie zog sich ein wenig zurück und riss die Augen auf. »Bist du … ist das …«

»Tut mir leid …« Er wollte sich entschuldigen, aber dann unterbrach er sich, und sie sah ein Funkeln in seinem Blick. Ein Funkeln, das sie dort noch nie gesehen hatte. »Nein, es tut mir nicht leid. Du machst mich an, Frau, es ist der Wahnsinn. Und ich schäme mich nicht dafür.«

»Wow, Sam, ich hätte nicht gedacht, dass du so offen darüber reden kannst«, neckte sie ihn, während ihr Blut kochte.

»Kann ich normalerweise auch nicht«, erwiderte er. »Aber bei dir, Trixie Lynn, ist es um mich geschehen.«

Trixie Lynn. Bei jedem anderen hätte sich der Name nach billig glitzerndem Hillbilly angehört. Aber wenn Sam ihn aussprach, klang es wie eine Melodie von Mozart mit komplexen Noten und üppigen Akkorden. Und es weckte Erinnerungen.

Er küsste sie noch einmal und kümmerte sich allem Anschein nach überhaupt nicht um die Leute, die sie beobachteten. Das war nicht der Sam, an den sie sich erinnerte. Absolut nicht. Er ließ sich hinreißen, war impulsiv und dachte nicht an die Folgen. Sie dachte daran, sich nach dem ersten heftigen Ansturm zurückzuziehen, aber es gelang ihr nicht. Stattdessen küsste sie ihre erste große Liebe noch einmal, und es war wild und frisch und aufregend.

Nein! Sie musste damit aufhören. Wenn sie so weitermachte, würde es böse enden. Emma zappelte in seinen Armen, ließ ihre Beine sinken und glitt an ihm herunter, bis ihre Füße auf den weichen Erdboden trafen. Dann sah sie zu ihm auf, heftig atmend, und legte ihm eine Hand aufs Brustbein, um ihn von sich wegzuschieben. »Nein, du hast recht. Ich muss mich entschuldigen. Ich wollte das alles gar nicht, ich war nur so aufgeregt und begeistert und … egal. Es sollte jedenfalls nicht passieren.«

Er fuhr mit beiden Händen ihre Arme hinauf bis zu den Schultern und sah ihr in die Augen. Emma wurden die Knie weich, aber sie atmete tief ein, um sich zu stärken.

Gleichzeitig bewegten sie sich wieder aufeinander zu.

»Emma«, murmelte er.

»Sam«, antwortete sie.

Er senkte den Kopf.

Sie hob das Kinn.

Wieder durchfuhr sie ein Schock, noch stärker als zuvor, und ihr Herz schlug wie ein Hammer. Er küsste sie immer wieder, lange, unanständige Küsse, voller Anspannung und gut gewürzt. Sie genoss das Gefühl seines glattrasierten Kinns an ihrem und seiner aufregenden, forschenden Zunge.

Sam, der sich vor den Augen seiner Freunde, Nachbarn, Patienten und Kollegen so richtig schlecht benahm. Was hatte sie ihm angetan? Sie hatte ihn auf ihr Level heruntergezogen.

Und es fühlte sich köstlich an.

Sie umfasste sein Gesicht mit beiden Händen. Seine Haut fühlte sich unter ihren Fingerspitzen sehr männlich an. Sie wusste nicht, ob sie versuchte, den Kuss zu beenden, oder ob sie ihn in Wirklichkeit vertiefen wollte.

Er machte weiter, interpretierte ihre Geste offenbar so, als wollte sie mehr. Er erhöhte das Tempo, und von irgendwoher holte er noch mehr Hitze, bis sie das Gefühl hatte, sie würde im Feuer seiner Seele schwimmen.

Sie ließ die Hände sinken, umfasste seine Taille und

drückte sich gegen die erfrischende Landschaft seines festen Körpers. Niemals zuvor hatte sie ein solches Verlangen gespürt. Ein solches gedankenloses, wildes Verlangen.

Mit einer Hand umfasste er ihren Hintern und zog sie noch enger an sich. Inzwischen war er hart wie Marmor. Mitgerissen von der Flut der Leidenschaft, keuchte Emma auf und krallte ihre Finger in seinen Gürtel. Wenn sie nicht am helllichten Tag mitten auf einer Wiese gestanden hätten, umgeben von vielen Menschen, hätte sie ihm die Kleider vom Leibe gerissen und hier auf der Stelle mit ihm geschlafen. Auf der Stelle.

So was Dummes.

Es war dumm, und sie wusste es, aber sie konnte sich einfach nicht zurückhalten. Die Gefühle überrollten sie, ihre Muskeln spannten sich an, während ihr Körper an den richtigen Stellen ganz weich und glatt und feucht wurde. Kein Dessert hatte jemals so köstlich geschmeckt. Kein Duft war je so berauschend gewesen. Keine Melodie hatte je so verführerisch geklungen wie das Geräusch ihrer hungrigen Lippen.

Der Knoten in ihrem Bauch löste sich und schickte Wellen der Erregung durch ihren Körper. Ihre Nervenenden flehten um Erlösung. Davon hatte sie in den Nächten geträumt, in ihren geheimen Phantasien, die sie sogar vor sich selbst geheim hielt. Vereinigung mit Sam. Auf jede nur denkbare Weise. Verschmelzen, verbinden, verknoten.

Und offenbar hatte er auch davon geträumt, wenn ein einziger Kuss ihn so in Aufruhr brachte. Sie hatte viele Männer geküsst, an vielen Orten. Einen Punkrocker hinter der Bühne bei einem Metallica-Konzert, einen Industrieboss ganz oben auf dem Empire State Building, einen Halbpromi in einer Achterbahn auf Coney Island. Aber nichts, absolut nichts ließ sich damit vergleichen, wie sie jetzt hier ihre Schülerliebe küsste. Auf einer Wiese, dem Schauplatz eines Hütehundwettbewerbs. Zum ersten Mal nach sechzehn Jahren.

Plötzlich überfiel sie Panik. Was machte sie hier? Das durfte doch nicht sein! Sie war dabei, einen bösen Karriereknick zu überwinden, und Sam musste sich um seinen Sohn kümmern. Er hatte ein Leben hier. Sie konnte ihm nichts versprechen außer ein paar Wochen mit großartigem Sex. Und er hatte so viel mehr verdient.

Sie zog sich genau in dem Moment zurück, als Patches fiepte und seine Nase zwischen sie steckte, als wollte er sie auseinanderdrängen.

»Da wird jetzt jemand eifersüchtig«, sagte Sam fröhlich, aber sie konnte den Aufruhr in seinem Blick spüren, in seinen roten Wangen und der heißen Stirn. Er machte sich ebenso viel Gedanken über das, was gerade passiert war, wie sie. Vielleicht sogar noch mehr. Er hatte ja auch mehr zu verlieren.

»Ja«, sagte sie heiser.

»Noch einen auf den Weg?« Er zog eine Augenbraue hoch.

Sie wollte den Kopf schütteln, wollte ihm sagen, dass sie einen riesengroßen Fehler begingen. Stattdessen flüsterte sie: »Noch einen.«

Er fiel wieder über ihren Mund her, und diesmal hatte er voll und ganz die Regie übernommen. Sie sank an seine Brust, hilflos gegen den intensiven, heftigen Druck seiner Lippen auf ihren.

Duft, Geschmack und Rhythmus trieben alle ihre Sinne in eine Richtung: näher zu ihm. Sie schauderte, stöhnte und keuchte im Einklang mit ihrem Herzschlag.

Konnte man von einem Kuss einen Orgasmus bekommen? Es klang albern, aber sie war fast sicher, dass es nicht mehr lange dauern würde.

»So«, murmelte er, als er den Kuss beendete. Seine Lippen glänzten nass. »Da hast du jetzt was zum Nachdenken.«

Dann trat er einen Schritt zurück, pfiff nach Patches und ging zu seinem Jeep. Und Emma stand da, schwindelig, verwirrt und sehr, sehr glücklich. Was für ein Spiel spielte dieser Mann?

Sam hätte sich in den Hintern treten können. Was zum Teufel dachte er sich dabei, sie so zu küssen, vor den Augen all seiner Bekannten? Kein Zweifel, die Buschtrommeln von Twilight würden heute Abend kräftig donnern.

Genau. Du hast überhaupt nicht nachgedacht.

Noch nie hatte er sich so benommen. Noch nie. So impulsiv, irrational und unkontrolliert.

Höchstens vielleicht mit vierzehn.

Okay. Er hatte sich nicht mehr so benommen, seit er vierzehn Jahre alt gewesen war. Damals war Emma – Trixie Lynn – durch sein Leben gefegt wie ein Wirbelsturm und hatte alles auf den Kopf gestellt.

Und jetzt war sie wieder da und machte dasselbe noch einmal mit ihm.

Und er?

Er warf ihr einen heimlichen Blick zu. Sie saß auf dem Beifahrersitz seines Jeeps, sang zu Faith Hill im Radio und nickte mit dem Kopf im Takt der Musik. Ein wunderbarer, aufregender Anblick. Sie war so ausdrucksstark, so spontan, so lebendig. Neben ihr fühlte er sich wie ein träger, erdverbundener Klotz.

Er erinnerte sich genau, wie sie mit vierzehn gewesen war. Ihre Phantasie, ihre Lust am Theaterspielen. Oft hatte sie Schwierigkeiten bekommen, weil sie Geschichten erfand und schwindelte. Die Leute hatten nicht begriffen, dass sie wirklich in die Haut der erfundenen Figuren schlüpfte und sich so weit in ihre Phantasiewelt hineinbegab, dass sie darin verschwand. Niemand hatte ihre Kreativität wirklich zu schätzen gewusst. Sie hatte die anderen Jugendlichen zusammengeholt und erklärt, sie würde jetzt ein Theaterstück inszenieren, mit Kostümen und Bühnenbild und allem. Er hatte sich immer geweigert, dabei mitzumachen, weil er einfach zu still und in sich gekehrt war. Aber Bühnenbilder hatte er gern gebaut, schon, weil er ihr eine Freude machen wollte. Er hatte nie einen Menschen kennengelernt, der so bunt, originell und aufregend war. Sie hatte Farbe in sein Leben gebracht wie niemand sonst.

»Ich möchte dir für heute danken. Es war wunderbar. Ich bin jetzt ganz entspannt in Patches' Gegenwart, nachdem ich ihn endlich verstehe«, sagte Emma.

»Oh, bitte.« Plötzlich fühlte er einen schrecklichen Drang, die Zeit zurückzudrehen und die Küsse ungeschehen zu machen, die Intimität auszulöschen, die sie geteilt hatten. Er war noch nicht bereit für so etwas, und er wusste überhaupt nicht, wie er damit umgehen sollte. Etwas hatte sich verschoben. In seinem Kopf, in seinem Herzen. Und das alles war ihm sehr, sehr unheimlich.

»Weißt du was?«, fragte sie.

Er schüttelte den Kopf, drückte aufs Gas, wollte nur noch nach Hause und in seine Praxis, sich in seine Arbeit flüchten und all die verstörenden Gefühle wieder ausblenden.

»Ich glaube, ich komme auf dein Angebot zurück, mir das Autofahren beizubringen.«

Hatte er ihr das angeboten? Er konnte sich gar nicht daran erinnern. »Äh …«, machte er. »Ich weiß aber nicht, ob mein Jeep dafür das richtige Lernfahrzeug ist. Er hat Handschaltung. Jenny würde dir in ihrem Mazda sicher gern ein paar Fahrstunden geben.«

»Aber ist es denn nicht besser, gleich auch das Schalten zu lernen? Ich meine, danach ist das mit der Automatik doch ein Klacks.«

»Stimmt auch wieder.«

»Aber vielleicht ist dir ja unwohl bei dem Gedanken, mich ans Steuer deines Jeeps zu lassen.«

»Natürlich ist mir unwohl dabei. Du kannst ja nicht fahren.«

»Keine Sorge, ich verspreche dir, dass ich nichts Großes umfahre.« Sie lächelte ihn strahlend an. »Wie wäre es mit morgen? Das ist ein Sonntag, da musst du nicht arbeiten.«

Er hätte eine Ausrede erfinden müssen. Einen guten Grund, warum er ihr keine Fahrstunden geben konnte. Aber er war so bezaubert von ihrer lebhaften Art, dass er es einfach nicht übers Herz brachte, ihr einen Korb zu geben. »Gut«, hörte er sich selbst sagen. »Morgen Nachmittag um zwei, wäre das in Ordnung für dich?«

An diesem Nachmittag war Emma vollkommen durch den Wind. Sie konnte nicht aufhören, an Sam zu denken. Immer noch die Wiese in der Nase und seinen Geschmack auf der Zunge, spazierte sie auf der Suche nach Ablenkung über den Stadtplatz und stand auf einmal vor dem Fitnessstudio. Aber nicht einmal eine halbe Stunde Steppertraining konnte ihre Gedanken beruhigen.

Auf dem Weg hinaus stieß sie fast mit Beau Trainer zusammen. Er stand in der Tür und sah sie gleichzeitig unsicher und entschlossen an.

»Da bist du ja«, sagte er. »Ich habe schon in der ganzen Stadt nach dir gesucht.«

Sie legte den Kopf schief. »Was ist denn los?«

Er senkte den Kopf und fuhr sich mit einer Hand über den Nacken. »Ich dachte nur, wenn du sonst nichts zu tun hast …«

O nein, er wollte sie doch hoffentlich nicht einladen? Das hatte sie nicht erwartet.

»Ich weiß, du bist ziemlich beschäftigt, weil du Nina und den anderen Frauen beim Quilten hilfst, und ich weiß auch, das hier ist dein einziger freier Tag, aber …«

»Beau«, unterbrach sie ihn. »Ich fühle mich wirklich geschmeichelt, aber ich habe auf die ganz harte Tour lernen müssen, dass man sich besser nicht mit Kollegen verabredet. Bei der Schauspielerei tauchen jede Menge unechte Gefühle auf und …«

»Moment mal.« Beau hob eine Hand wie ein Stoppzeichen. »Hast du gedacht, ich wollte dich einladen? Tut mir leid, wenn ich mich da missverständlich benommen habe.«

Jetzt fühlte sie sich stattdessen wie ein egoistisches Ekel.

»Wobei ich wirklich sehr gern mal mit dir ausgehen würde«, fuhr er fort. »Aber ich müsste schon gehirnamputiert sein, um nicht zu sehen, dass du nur Augen für Sam hast.«

Na, das wurde ja immer besser. Sie beschloss, seine Worte lieber nicht zu kommentieren.

»Ich wollte dich nur fragen, ob du vielleicht noch eine Zusatzprobe mit mir machen würdest. Ich habe echt Probleme mit dem letzten Akt. Und du bist so erfahren in diesen Dingen. Ich möchte einfach nur eine anständige Leistung abliefern, damit du dich mit mir bei der Premiere nicht blamierst.« Er sah sie todernst an.

Emma dachte über das nach, was Nina zu Beau gesagt hatte. Dass dieses Stück ihn wieder in die Gemeinschaft zurückholen sollte. Es bedeutete ihm viel, und sie hatte an diesem Nachmittag wirklich nichts anderes zu tun. Außerdem war sie in einer anderen Welt, wenn sie Theater spielte. Das liebte sie ja gerade so an ihrer Kunst. Schon die Proben nahmen sie mit in eine andere Zeit und an einen anderen Ort. »Klar«, stimmte sie zu und zuckte lässig mit den Schultern.

»Ehrlich?« Ein überraschtes Lächeln zog über sein Gesicht. »Wäre es in Ordnung, wenn wir es gleich jetzt machen? Ich habe Nina schon gefragt, ob wir ins Theater können, und sie hat mir den Schlüssel gegeben.«

»In Ordnung«, stimmte sie zu.

Die nächsten drei Stunden eroberten sie sich zu zweit die Bühne. Er war ein gelehriger Schüler und saugte förmlich auf, was sie ihm sagte. Und sie fand Spaß an der Rolle der Lehrerin.

»Du liebst das Theater wirklich«, bemerkte Beau, als sie den letzten Akt zum vierten Mal durchgespielt hatten und er zwei Flaschen Wasser aus dem Kühlschrank hinter der Bühne holte und ihr eine davon zuwarf. »Die Kunst selbst meine ich, nicht das ganze Drum und Dran. Du liebst die Schauspielerei, auch wenn du nicht in New York oder Hollywood spielst. Genau wie Nina.«

Sie dachte über seine Worte nach. Tatsächlich hatte sie immer ein Star werden wollen. Nicht des Geldes wegen, obwohl ein bisschen Geld durchaus willkommen gewesen wäre. Auch der Ruhm war kein Selbstzweck gewesen. Sie hatte Anerkennung wegen ihrer Fähigkeiten gesucht, ein Publikum davon zu überzeugen, dass sie ein ganz anderer Mensch war. Sie wollte eine Welt erschaffen, in der sie alle zusammen leben konnten, wenn auch nur für kurze Zeit. Und sie war davon überzeugt, wenn sie gut genug wäre, würden Geld und Ruhm von allein dazukommen. Und damit auch das Gefühl, etwas Besonderes zu sein, erwünscht zu sein. Das Gefühl, das sie als Kind nie gehabt hatte. Dieser Glaube hatte sie zwölf lange Jahre angetrieben. Und wenn Beau jetzt sagte, dass sie die Schauspielerei einfach um ihrer selbst willen liebte, dann klang das wie eine Offenbarung.

»Ich weiß nicht«, schränkte sie ein. »Ich war immer sehr von meinem Wunsch nach Erfolg angetrieben, auch da, wo begabtere Schauspieler schon aufgegeben haben. Ich lasse ein Scheitern einfach nicht zu.«

»Würdest du das Theater aufgeben, wenn es keine Chance auf einen großen Erfolg gäbe?« Er trank einen großen Schluck Wasser und sah sie mit beunruhigender Intensität an. Worauf wollte er hinaus?

Sie lachte, obwohl sie nichts Lustiges an seiner Frage fand. »Tja, weißt du, vor der Entscheidung stehe ich gerade. Nach dem, was in New York passiert ist, könnte Twilight sehr gut meine letzte Station sein, bevor ich endgültig in der Versenkung verschwinde.«

Beaus Blick wanderte in die Ferne, als würde er in die Zukunft schauen und dort nur düstere Aussichten vorfinden. Oder vielleicht starrte er in die Vergangenheit und bereute, an einer Stelle falsch abgebogen zu sein. Emma lief ein kalter Schauer über den Rücken, als sie diesen Blick sah.

»Begeh nicht denselben Fehler wie ich«, murmelte er düster, die Stimme schwer wie eine Gewitterwolke. »Lass nicht das zwischen den Fingern zerrinnen, was du am meisten liebst.«

Sie hatte einen Kloß im Hals und fragte sich, ob er an die Frau dachte, die er verloren hatte. Eigentlich hätte sie ihn gern gefragt, aber sein Gesichtsausdruck hielt sie davon ab.

Sie hatte alle ihre Grenzen ausgetestet, auch die Grenzen ihres Talents. Sie war in eine verzweifelte Situation hineingestolpert, hatte ihre Identität im Moloch Manhattan verloren und war gar nicht mehr sicher, ob sie noch wusste, wer sie war.

Aber sie hatte auch die größten Freuden erlebt. Die Bühne, das Licht, das Publikum, die Magie des Theaterspielens. Sie sah sich selbst als tapfer und entschlossen an. Eine taffe junge Frau, die einfach nicht aufgab und bereit war, bis zum letzten Blutstropfen für ihren Traum zu kämpfen. Trotz allen Herzeleids, aller Zurückweisungen und Enttäuschungen. Immer ein Schritt nach dem anderen. Jeden Morgen vor dem Spiegel stehen und Affirmationen aussprechen. Nie daran zweifeln, dass eines Tages … eines Tages …

Aber es war nicht mehr dasselbe. Inzwischen waren Ego und Leistung durch Demut und Opferbereitschaft ersetzt. Sie wollte ihre Gaben mit anderen teilen. Das war ihr größter Wunsch. Reichtum und Ruhm spielten in ihrer Vorstellung keine große Rolle mehr. Aber diese Erkenntnis war neu und voller Zweifel und Unsicherheit.

»Tu es nicht.« Beau sprach jetzt leiser und sanfter, und sie spürte in seiner Stimme die scharfen Kanten eines ungeheuren Kummers. »Verlier nicht deine Seele. Denn der Abgrund ist schwarz wie die Hölle.«

Den Rest des Samstags konnte Sam an nichts anderes denken als an Emma. In seiner Praxis kamen und gingen die vierbeinigen und geflügelten Patienten, aber er war mit dem Kopf nicht bei der Arbeit. Er untersuchte die Tiere, gab Spritzen und schrieb Rezepte aus, und sobald sie wieder draußen waren, erinnerte er sich nicht mehr an sie. Das einzig Reale war das Gefühl von Emmas Mund an seinen Lippen.

Auch nach der Arbeit, nach dem Abendessen und der Gutenachtgeschichte für Charlie hatte er immer noch den Duft ihres Shampoos und ihrer Elfenbeinseife in der Nase, und er spürte ihre weiche Haut unter seinen schwieligen Fingerspitzen.

Als er endlich im Bett lag, brannte das Bild ihres hübschen, sommersprossigen Gesichts auf der Innenseite seiner Lider. Irgendwann schlug er die Decke zurück und stand wieder auf, um in Unterhosen durch sein Schlafzimmer zu tigern. Minuten später machte er den Schrank auf, in dem die eine Hälfte von seinen eigenen Kleidern belegt war, die andere von Valeries Kleidern, Hosen und Blusen.

Er dachte an Charlie. An Tante Belindas Meinung, er würde keine Fortschritte machen, wenn er nicht endlich die Vergangenheit ruhen ließ. Und vor allem an das, was heute zwischen ihm und Emma passiert war.

Er verschränkte die Hände auf dem Rücken und ging immer wieder vor dem Schrank hin und her. Hin und her. Einige große Pappschachteln, die früher einmal Praxisgeräte enthalten hatten, lagen offen und leer auf seinem großen Bett. Und er ging immer noch hin und her.

Ab und zu warf er einen Blick auf Valeries Sachen, und Erinnerungen blitzten in seinem Kopf auf. Das pfirsichfarbene Seidentop und die schwarzen Hosen, die sie zu ihrem ersten offiziellen Date getragen hatte. Das lila Kleid, das er ihr gekauft hatte, das sie aber nur einmal getragen hatte, weil sie die Farbe zu kräftig fand. Der dunkelblaue Rock und die Bluse, die sie sich für die Abschlussfeier ihrer kleinen Schwester an der Technischen Hochschule gekauft hatte. Das zurückhaltende beigefarbene Kleid, das sie bei ihrer einfachen Hochzeit im Rathaus getragen hatte. Und ihre Uniformen. Ordentlich gebügelt und in Plastik eingeschweißt hingen sie in der Ecke, als würden sie nur darauf warten, dass sie kam und sie anzog.

Alles an Valerie war einfach und vernünftig gewesen, reines Understatement. Und ihre Beziehung war auch so gewesen: sanft, angenehm, ereignislos. Bis man sie in den Irak geschickt hatte. Schon seltsam, dass ihr gemeinsames Leben mehr durch ihre Abwesenheit definiert war als durch ihre Gegenwart. Er war im Alter von neunundzwanzig Jahren Witwer geworden. Alleinerziehender Vater. Seine Rollen wurden durch Valeries Tod bestimmt.

Er hatte diese Rollen ohne Klagen angenommen. Er hatte ja gewusst, worauf er sich einließ, als er sie heiratete, und er bereute auch nichts, aber manchmal fragte er sich schon, wie anders sein Leben verlaufen wäre, wenn er einen anderen Weg eingeschlagen hätte. Das vergangene Jahr war das schwerste in seinem Leben gewesen. Er hatte es überlebt.

Aber jetzt war Trixie Lynn wieder da, und er fragte sich auf einmal, ob Überleben genug war.

Mitten im Schritt blieb er stehen, atmete tief ein und ging an den Schrank. Dann nahm er langsam, sorgfältig und Stück für Stück Valeries Sachen aus dem Schrank und packte sie in die Schachteln.

Es wurde schon hell, als er fertig war. Alle nur denkbaren Gefühle hatte er in dieser Nacht durchlebt: Traurigkeit, Nostalgie, Reue, Schuld, Groll, Einsamkeit, Schwermut. Jetzt wusste er, warum er es so lange aufgeschoben hatte. Er hatte nicht in Erinnerungen herumstochern wollen. Aber es musste sein, Tante Belinda hatte recht. Valerie würde nicht zurückkommen. Irgendjemand konnte ihre Sachen sicher gut gebrauchen.

Und als er endlich fertig war, überkam ihn eine erstaunliche Leichtigkeit. Es war wie nach einer langen Krankheit, wenn eines Tages das Fieber sinkt und man weiß, man schafft es. Genauso fühlte er sich jetzt. Erschöpft, aber auch erleichtert.

»Mach's gut, Valerie«, murmelte er, als er die Schachteln zuklebte. »Du weißt ja, ich passe auf Charlie auf, als wäre er mein eigenes Kind.«

Und dann ging er die Treppe hinunter, brachte die Schachteln in die Diele, legte sich ins Bett und schlief, bis Maddie ihn zum Frühstück rief.

Kapitel elf

»Manche Quilts sind gleicher als andere.«
Emma Parks, neuestes Mitglied des True Love Quilting Club

Sam machte ein Nickerchen auf der Couch, als es ein paar Mal an der Tür klingelte. Es war kurz vor zwei, und er fuhr erschrocken hoch. Tatsächlich war er eingeschlafen, während sich die Dallas Cowboys eine böse Niederlage gegen die Washington Redskins einhandelten. Charlie ging schon zur Tür, seine Legosteine lagen auf dem Teppich des Wohnzimmers.

Sam blinzelte und schüttelte kurz den Kopf, um einigermaßen wach zu werden. Charlie hatte schon die Tür aufgemacht.

»Hallo, Charlie.« Emmas Stimme klang durchs Zimmer, sanft wie eine Umarmung an einem Sommertag.

Sam stand gähnend auf.

Charlie öffnete die Fliegentür, und Emma kam herein. Sein Sohn stand da und schaute zu ihr hoch, als wäre sie das faszinierendste Wesen, das er je gesehen hatte. Sam verstand ihn voll und ganz.

Sie beugte sich vor, die Hände auf den Knien, und lächelte den Jungen an. »Ist dein Daddy da?«

Charlie drehte sich um und zeigte auf Sam, der herangeschlendert kam.

Emma richtete sich lächelnd auf. Sie sah sehr lebendig aus in der rot-weiß gestreiften Bluse und dem flatternden roten Rock, der ihr bis zur Mitte der Oberschenkel reichte und ihre fantastischen Beine gut zur Geltung brachte. »Hallo!«

»Hallo.«

Sie sahen sich an, und der Moment schien sich ewig in die Länge zu ziehen. Hätte Charlie Emma nicht bei der Hand genommen und über die Schwelle gezogen, sie hätten wohl noch eine ganze Weile so dagestanden und sich angestarrt.

»Junge, du kannst aber ziehen«, sagte Emma zu Charlie. »Darf ich mal deine Muskeln sehen?«

Grinsend ließ er den Bizeps spielen. Sie drückte mit zwei Fingern auf den mageren kleinen Arm. »Ja, Wahnsinn, du hast ja richtige Muckis!«

Charlie sah unglaublich zufrieden aus.

»Bereit für die Fahrstunde, Herr Lehrer?«, fragte Emma.

Charlie legte den Kopf schief und schaute von einem zum anderen.

»Ich bringe Emma das Autofahren bei«, erklärte Sam. »Ich weiß, du würdest gerne mitkommen, aber Emma muss sich aufs Fahren konzentrieren.«

»Ja, genau«, ergänzte sie. »Du willst doch sicher nicht im Auto sein, wenn ich es kaputt fahre, oder?«

Charlie schüttelte heftig den Kopf.

Emma schlug eine Hand vor den Mund und riss die Augen auf. »Mein Gott, ich wollte nicht … ich habe nicht daran gedacht …«

Sam schüttelte den Kopf und verzog das Gesicht, damit sie die Dinge nicht noch schlimmer machte, indem sie weiterplapperte. »Emma macht nur Spaß, sie fährt das Auto nicht kaputt«, sagte er.

Aber Charlie schien nicht so ganz überzeugt. Zum Glück hielt Emma den Mund.

»Aber ich verspreche dir, wenn du in der Zwischenzeit Maddie hilfst, den Müll rauszubringen, dann gehen wir nachher zusammen ein Eis essen. Ist das eine gute Idee?«

Charlie nickte zögernd.

»Guter Junge.« Sam gab ihm einen Klaps auf den Hintern. »Also los, ab in die Küche.«

Sobald Charlie außer Hörweite war, ließ sich Emma gegen die Tür fallen. »Ach, Sam, es tut mir so leid«, flüsterte sie. »Ich habe für einen Moment total vergessen, wie sein Vater ums Leben gekommen ist. Ich altes Plappermaul.«

»Lass gut sein.«

Dankbar und peinlich berührt sah sie ihn an und strich sich eine Haarsträhne aus der Stirn, sodass die Armreifen an ihrem Handgelenk klingelten. Selbst ihr Schmuck war eigentlich zu auffällig für Sams Leben.

»Aber jetzt – willst du wirklich mit diesen Schuhen fahren?« Er schaute auf die schicken roten Slipper mit den spitzen Absätzen, die sie anhatte. Mules nannte man so was wohl, er hatte keine Ahnung, warum.

»Ja, geht das nicht?«

»Die sehen nicht besonders robust aus.«

»Ach was, die sind prima.« Sie winkte ab und ließ die Armreifen wieder klingeln.

In seinen Augen sahen diese Schuhe gefährlich aus, aber andererseits – an ihr sah heute alles gefährlich aus. Die wilden grünen Augen, der rote Haarschopf, die rosigen Lippen, die nur auf einen Kuss zu warten schienen.

»Schlüssel?« Sie hielt ihm die offene Hand hin.

Zögernd nahm Sam die Autoschlüssel aus seiner Jeanstasche und ließ sie in ihre Handfläche fallen. Wie war er bloß in diese Sache hineingeraten? Nicht, dass er ihr das Fahren nicht beibringen wollte oder konnte. Es war schon eine Affenschande, dass eine dreißigjährige Frau das nicht konnte. Er hatte auch keine Sorge, dass sie sein Auto zu Schrott fahren würde. Schließlich war es ein Jeep, kräftig und robust und dafür gebaut, auch mal einen Knuff abzukriegen. Und er würde ja nicht zulassen, dass sie irgendwie schnell fuhr. Es war eher die Vorstellung, wieder auf engem Raum mit ihr zusammen zu sein, ihren Duft in der Nase zu haben, ihre wohlgeformten Beine zu sehen und ihre leisen kleinen Ausrufe zu hören, wenn etwas überraschend nicht so lief, wie sie es erwartete.

»Los jetzt!« Sie rasselte mit den Schlüsseln. »Wer als Letzter am Jeep ist, muss das Eis bezahlen.« Damit drehte sie sich um und flitzte zur Tür.

Und der Junge in ihm, der mit drei Brüdern und zwei Schwestern aufgewachsen war, konnte der Herausforderung nicht widerstehen. Er rannte ihr nach und holte schnell auf, sodass sie direkt nebeneinander über den Rasen zu seinem leuchtend gelben Jeep liefen, der am Straßenrand parkte.

Sie kamen genau im gleichen Moment an.

»Wir werden uns die Rechnung wohl teilen müssen«, sagte er.

»Du hast gemogelt.«

»Wie das denn?«

»Du hast viel längere Beine als ich.«

»Dafür kann ich nichts.« Er grinste.

Sie ging zur Fahrertür. »Also, jetzt sag, wie komme ich in dieses Ding rein?«

Er stellte sich neben sie und war einmal mehr überrascht, wie zierlich sie war. Neben dem Jeep, der zudem höhergelegt war, sah sie zart und zerbrechlich aus. »Stell dich auf das Trittbrett.« Er klopfte auf die Metallleiste an der Seite.

Sie öffnete die Tür, stieg auf das Trittbrett und sprang auf den Fahrersitz. »Wow, was für eine Sicht. Das gefällt mir schon mal, das macht Spaß. Los, steig ein, ich kann es gar nicht abwarten, endlich loszufahren.«

Sam stieg auf der Beifahrerseite ein und legte seinen Gurt an. Er war nicht sicher, ob er das hier wirklich wollte.

»Okay, was mache ich als Erstes?« Sie drehte sich zu ihm, wobei ihr Rocksaum verführerisch hochrutschte. Er versuchte, nicht hinzugucken, aber das war praktisch unmöglich.

»Das weißt du nicht?«

»Wenn ich es wüsste, würde ich dich ja nicht fragen.«

»Du machst Witze, oder?«

»Ich kann nicht fahren. Überhaupt nicht. Wir müssen ganz vorn anfangen.«

»Hast du denn auch in der Highschool keine Fahrstunden gehabt?«

Sie schüttelte den Kopf. »Für so was hatte Rex kein Geld übrig.«

»Triffst du ihn noch manchmal?«

Das Thema war ihr sichtlich unangenehm. Er wusste noch, wie verzweifelt sie gewesen war, als sie erfahren hatte, dass Rex Parks nicht ihr Vater war. »Schon seit Jahren nicht mehr. Er hat wieder geheiratet, und ich bin froh für ihn, dass er endlich eine Frau gefunden hat. Wir schicken uns Weihnachtskarten und telefonieren ein, zwei Mal im Jahr.«

»Klingt so, als hättest du deinen Frieden gemacht.«

»Was bleibt mir denn sonst übrig?« Sie zog die Schultern hoch. »So, jetzt zurück zum Autofahren.«

»Schlüssel ins Zündschloss.«

»Ach so, ja.« Sie fummelte an dem Schlüsselbund herum.

»Der mit dem dicken runden Griff.«

Endlich fand sie den Schlüssel, den er meinte, steckte ihn ins Zündschloss und umfasste das Lenkrad mit beiden Händen. »Und jetzt?«

»Linken Fuß auf die Kupplung.«

»Welches ist die Kupplung?« Sie warf einen Blick nach unten, und eine kupferrote Haarsträhne fiel ihr übers Gesicht. Sam hätte nur zu gern die Hand ausgestreckt und sie ihr wieder hinters Ohr geschoben.

»Das Pedal ganz links. Drück es ganz durch.«

Sie gehorchte. »Ganz schön schwer, hätte ich nicht gedacht. Und jetzt?«

»Nimm den Gang raus.«

»Wie mache ich das?«

»Du stellst den Schalthebel neutral.«

»Und wo ist der Schalthebel?«

»Hier.« Sam berührte die Schaltung genau in dem Moment, als Emma »Ach so« sagte und sie ebenfalls erreichte.

Ihre Finger berührten sich, und sie zogen sie beide erschrocken zurück. Er bekam eine Gänsehaut.

»Ach so«, sagte sie noch einmal.

»Also, nimm den Gang raus.« Er nickte und versuchte, cool und unbeeindruckt zu klingen, während er seine Gedanken zusammennahm. Gedanken wie: *Wie sich diese Hand wohl auf meiner Gangschaltung anfühlen würde?* Dann schüttelte er den Kopf, um diesen Gedanken zu vertreiben. Was ihm nicht so ganz gelang, solche Gedanken waren hartnäckig bis zum Geht-nicht-mehr.

Sie stellte die Schaltung auf N. »Und jetzt?«

»Schlüssel rumdrehen und Motor anlassen.«

»Geht klar!« Sie klang triumphierend. »Und dann?«

»Langsam die Kupplung kommen lassen und gleichzeitig Gas geben.«

Sie spähte wieder auf den Boden zu ihren Füßen. Der Gashebel ist ganz rechts, oder?«

»Ja, und die Bremse in der Mitte, denk dran.«

Sie seufzte leise. »Ich geb mir Mühe.« Langsam ließ sie die Kupplung kommen und gab Gas. Der Motor startete.

»Gut gemacht.«

Sie strahlte, als hätte man ihr gerade verkündet, dass sie für den Oscar nominiert war. »Wie geht es weiter?«

»Die Kupplung wieder durchtreten und in den ersten Gang schalten. Dabei noch etwas mehr Gas geben und …«

Sie schaltete, ließ die Kupplung schnalzen und drückte gleichzeitig das Gaspedal durch. Der Jeep schoss nach vorn. »Wahnsinn! Ich fahre!«

»Nur nicht übermütig werden.«

»Ach, Scheiße, ich fahre! Ich fahre! Und jetzt?«

»Jetzt versuchst du, dich auf der rechten Straßenseite zu halten. Wir sind ja nicht in England.«

»Echt, wenn man den bloß antippt, geht er los.«

Ein Stück weiter versuchte jemand rückwärts aus seiner

Einfahrt zu fahren, ohne zurückzuschauen. Da Sam Emma nicht zutraute, dass sie von selbst rechtzeitig auswich, griff er ihr ins Lenkrad. Dabei berührte sein Oberarm ihre Brust.

»Oh!«, rief sie. Ihr warmer Atem versengte seine Wange.

Sein Herz raste, und er lenkte im letzten Moment hinüber, sodass sie den anderen Wagen nicht streiften.

»Oha«, flüsterte sie. »Das war knapp.«

Er zog sich auf den Beifahrersitz zurück, so weit von ihr entfernt, wie es in dem engen Wagen möglich war. »Immer beide Hände am Steuer lassen. Und immer aufpassen, was die anderen machen.«

»Danke!«, zwitscherte sie und legte die Hände fest um das Lenkrad. »Aber ich glaube, ich hätte das schon selbst hinbekommen.«

»Mag sein.«

»Du hast ja nicht besonders viel Vertrauen zu mir.«

»Augen auf die Straße.«

Sie beschleunigte. Seine Schultermuskeln verkrampften sich.

»Wenn es sein muss, schalte in den zweiten Gang. Aber immer erst die Kupplung treten. Wenn du das vergisst, wird der Wagen …«

Der Jeep blieb ruckartig stehen.

»… abgewürgt, wollte ich sagen.«

»Oha, tut mir leid. Das versuchen wir gleich noch mal.« Sie ließ den Motor wieder an und fuhr weiter in langsamem Tempo durch die Nachbarschaft. »Kannst du dich noch erinnern, wie ich Rex' Wagen geklaut habe?«

»Allerdings. Du bist damit in den Graben gefahren. Deshalb bin ich ja so nervös.«

»Seitdem habe ich nicht mehr hinterm Steuer gesessen.«

»Das macht mich eher noch nervöser. Bieg mal bei nächster Gelegenheit links ab.«

»Wohin fahren wir?«

»Du fährst.«

»Ja, aber du hast gesagt, ich soll links abbiegen. Warum?«

»Um den Touristenverkehr zu vermeiden, der von der Ruby Street Richtung drei-sieben-sieben fährt.«

»Ah, gute Idee.«

»Blinker setzen.«

»Wo ist der denn?«

»Hier.« Er zeigte ihr den Hebel.

Sie warf einen Blick in den Rückspiegel. »Gut, dass keiner hinter uns war, hm?«

»Sehr gut.« Er hatte das Gefühl, als strömte das Blut doppelt so schnell durch seine Adern wie sonst.

Schweigend fuhren sie ein paar Minuten weiter. Emma bekam langsam ein Gefühl für den Wagen. Solange sie langsam geradeaus fuhr, machte sie ihre Sache gar nicht so schlecht.

»Ich weiß, wohin ich gern fahren würde.«

»Wohin denn?«

»Zur alten Brücke.«

»Die hat Beau doch gesprengt.«

»Ich weiß. Aber ich möchte gern sehen, wie der Fluss ohne die Brücke aussieht.«

Es war eine gute Idee, aus der Stadt hinauszufahren, weg von anderen Autos und Fußgängern und Stoppschildern. »Gut, dann bieg noch mal links ab, so kommst du auf die einundfünfzig, die zum Fluss führt.«

»Könnten wir die Klimaanlage ausschalten und die Fenster aufmachen? Ich möchte gern den Wind in meinen Haaren spüren.«

»Klar«, sagte er, starb aber tausend Tode, während sie ihr Fenster herunterkurbelte und nur noch eine Hand am Lenkrad hatte.

»Hui, das fühlt sich toll an. Jeeps sind schon cool. So hoch und gut gefedert.« Sie hüpfte auf ihrem Sitz auf und ab.

»Beide Hände …«

»Ich weiß schon, beide Hände am Steuer. Wird gemacht, Meister.«

»Sicherheit ist wichtig.«

»Und Spaß ist unwichtig, ich weiß. Tschüs Spaß!«

Er lachte. Wie hätte er ihr widerstehen können?

»Na endlich. Das Geräusch mag ich gern.«

»Was magst du denn noch?«, fragte er wie bezaubert, den Blick auf ihren windzerzausten Haaren und ihrem langen, schlanken Hals.

»Du meinst, abgesehen von Piña colada und Regenwetter?«

Er lachte wieder. Auf der Rollschuhbahn zu Highschoolzeiten war dieser Song von Jimmy Buffett fast in Endlosschleife gelaufen. Emma und er waren sich immer einig gewesen, dass sie ihn von Herzen hassten.

»Dass du dich daran noch erinnerst«, sagte sie.

»Also hör mal, die Rollschuhbahn gibt es immer noch, und sie spielen auch das Lied immer noch. Ich war erst kürzlich mit Charlie da, als er Geburtstag hatte. Als ich Jimmy Buffett hörte, musste ich gleich an dich denken.«

»Unser Anti-Lied«, sagte sie mit übertrieben romantischer Stimme und grinste.

Und dann fingen sie wie aus einem Mund an zu singen. »We hate piña coladas …« Sie erinnerten sich noch an jedes Wort ihres selbst gemachten Anti-Texts, als hätten sie das Duett jahrelang zusammen gesungen.

Als sie fertig waren, spürte Sam einen plötzlichen Schmerz, den er sofort niederkämpfte. »Also, jetzt musst du abbremsen und die nächste Möglichkeit rechts nehmen. Dazu solltest du auch runterschalten.«

Sie bog ab, und wenige Minuten später waren sie am Fluss, wo früher die Brücke gestanden hatte. Die Stelle sah jetzt komisch aus, nur noch Wasser und der verlassene Bootsanleger auf der anderen Seite.

»Langsam!«, warnte er sie und bekam fast einen Herzinfarkt, als sie bis ans Ufer fuhr und erst im allerletzten Moment scharf bremste.

»Frau!«, krächzte er. »Bist du so abenteuerlustig oder nur verrückt?«

»Ich dachte, du könntest mal einen Wecker gebrauchen.« Grinsend sprang sie aus dem Jeep.

»Ich werde über Nacht weiße Haare kriegen«, murmelte er, zog die Handbremse und stieg ebenfalls aus.

Ein Hauch von Herbst lag in der Luft, auch wenn es noch ein paar Wochen dauern würde, bis die Blätter gelb wurden. Außer, sie bekamen einen frühen Frosteinbruch. Aber die Schatten wurden schon länger und die Tage kürzer. Emma breitete die Arme aus und warf den Kopf in den Nacken. »Ah!«, seufzte sie. »Riecht das nicht wunderbar hier am Fluss?«

»Ich habe schon lange nicht mehr darüber nachgedacht.« Er kam nicht oft zum Fluss. Ab und zu entführte ihn die Verwandtschaft aus der Praxis und zwang ihn zu einem Grillabend im Sommerhaus.

»Komm«, sagte sie, zog die heißen roten Schuhe aus und stieg ins Wasser. »Ein bisschen baden bis zum Knie.«

»Sei vorsichtig«, rief er ihr nach. »Die Sandbank ist nicht sehr breit und …«

Bevor er den Satz zu Ende gesprochen hatte, war Emma verschwunden, einfach vom Wasser verschluckt.

»Scheiße!«, schrie er und sprang hinterher, mit Cowboystiefeln und voller Montur. Er tauchte, sein Herz klopfte wie wild.

Emma kam wieder hoch, lachend und wassertretend. Er tauchte neben ihr auf und wischte sich das Wasser aus dem Gesicht. »Das ist nicht lustig«, schrie er sie an. »Hör bloß auf zu lachen! Ich dachte, du bist von der Strömung weggerissen worden.«

»Ach was, ich bin bloß von der Sandbank gerutscht. Das Wasser ist ja echt tief hier, warum hast du mir das nicht gesagt?«

»Habe ich ja, aber da warst du schon weg.«

»Na ja«, bemerkte sie leichthin, während sie zum Ufer zurückschwamm. »Ist ja nichts passiert.«

»Aber es hätte was passieren können«, schimpfte er. »Alles Mögliche hätte passieren können. Du hättest ertrinken können.«

»Bin ich aber nicht«, sagte sie schnippisch und zog sich ans Ufer.

Sam kam ebenfalls aus dem Wasser und ließ sich auf den

Boden neben ihr fallen. »Mein Herz! Du hast mich zu Tode erschreckt.«

»Ach was, lass mal fühlen.« Sie setzte sich dicht neben ihn und legte ihm eine Hand auf die Brust. Die Berührung schickte Blitze durch seinen ganzen Körper. Er sah ihr in die Augen, die so grün waren wie das Meer, betrachtete ihre kupferroten nassen Locken, und ehe er richtig nachdenken konnte, war es schon passiert. Reine Biologie.

Für einen Augenblick dachte er noch, dass er reichlich impulsiv für seine Verhältnisse war, aber der Gedanke wurde von einer Welle aus Hormonen weggespült.

Sein Blut rauschte, sein Gehirn schien zu kochen. Er setzte sich auf, griff nach ihr, umfasste ihre Taille mit beiden Händen und zog sie auf seinen Schoß. Unter der klatschnassen rotweißen Bluse zeichneten sich ihre wunderbaren Brüste ab, und er spürte ihre weiche, feuchte Haut. Ihr Duft entflammte alle seine Sinne. Auf der Stelle bekam er eine Erektion, obwohl er selbst patschnass war. Eigentlich bekam er ständig eine Erektion, wenn sie in der Nähe war. Es war schon verdammt peinlich, dass er sich so wenig unter Kontrolle hatte.

Sie bewegte sich nicht, saß einfach nur an ihn geschmiegt da und studierte ihn. Ihre Nasen berührten sich fast.

Seine Hand umfasste ihren Hintern – einen göttlichen Hintern, der genau in seine Handfläche hineinpasste. Seine Finger machten, was sie wollten, bewegten sich weiter, und sie rührte sich nicht, sondern atmete nur einmal scharf ein und schaute ihn weiterhin fest an.

Sie biss sich auf die Unterlippe, und ihre Wangen wurden sehr hübsch rot, als sie sich ein wenig enger an ihn schob.

Er hörte die Motorboote nicht mehr, die auf dem Fluss fuhren. Er vergaß, dass sie beide durchnässt waren und am Ufer des Brazos River saßen. Er hatte alles vergessen außer ihren faszinierenden grünen Augen.

»Du hast die Hand auf meinem Hintern«, flüsterte sie.

»Genau«, bestätigte er.

»Ich bin nass.«

»Ist mir auch schon aufgefallen.«

»Du hast einen Ständer.«

»Auch das ist mir schon aufgefallen.«

»Das ist ein echtes Problem.«

»Vor allem ist es ein Grund, warum du jetzt nicht weglaufen kannst. Sonst gibt es ein echtes Problem.«

»Du machst nie etwas Impulsives, oder?«

»Ich habe dich auf meinen Schoß gezogen, schon vergessen?«

»Aber du küsst mich nicht.«

»Bittest du mich darum, dich zu küssen?«

»Ich bitte dich nicht, nein.«

»Aber du hoffst es.«

Sie atmete so flach, dass es fast klang wie ein Keuchen. »Ich bete darum.«

Blind und ohne nachzudenken, fuhr Sam mit seinen Fingerspitzen über ihren Hals und küsste den Puls an ihrer Kehle. Ihre seidige Haut wurde unter seinen Lippen immer weicher, und sie stöhnte leise.

Seine Hand bewegte sich langsam nach unten zu ihrer Brust, die sich mit jedem Einatmen hob. Eine einfache, fast tastende Berührung, die die erotische Nähe noch verstärkte.

Sam verstand noch immer nicht, warum Emma ihn so in

ihren Bann zog. In ihrer Gegenwart war er versucht, alle seine bisherigen Werte über Bord zu werfen, seine Zurückhaltung aufzugeben und einfach nur zu tun, was sich gut anfühlte. Er war eine verirrte Seele, die sich an ihre Lippen klammerte. Er konnte an nichts anderes mehr denken als daran, mit ihr zu verschmelzen.

Sie bewegte sich sanft und anmutig an ihm entlang. Das Blut rauschte in seinen Ohren, sammelte sich in seinem Schritt, bis seine Erektion hart wie Stein geworden war. Er schloss die Augen, suchte nach einem letzten Rest von Selbstkontrolle, aber da war nichts. Absolut nichts.

Er küsste sie wieder, verstrickte ihre Zunge in einen heißen Zweikampf, schmeckte sie, nahm ihre wunderbare Wärme in sich auf.

Sie zitterte am ganzen Leib. Er zog sich von ihr zurück, fuhr mit der Zunge über ihre Ohrmuschel, und sie zitterte noch mehr.

Ihr schnelles Atmen unter dem freien Himmel, den Duft und die Töne des Flusses im Ohr, entzündeten sein eigenes Verlangen, bis er ganz und gar in Flammen stand.

Sie biss ihm leicht ins Kinn.

Das Gefühl ihrer Zähne an seiner Haut brachte ihn fast um den Verstand. Er stöhnte laut auf. Sie war eine unglaubliche Frau!

Wieder fanden sich ihre Lippen, und während sie sich küssten, berührte er mit der Hand ihre Brüste. Ihre Brustwarzen waren hart unter dem Spitzen-BH zu spüren.

Seine Daumen fuhr über einen der kleinen Nippel, und sie reagierte mit einer leichten Bewegung ihres Unterleibs. Das Gefühl machte ihn komplett verrückt.

Als er den Kopf senkte, um an ihr zu saugen, keuchte sie auf und fuhr ihm mit den Fingern durchs Haar. Dann drückte sie seinen Kopf ganz fest an ihren Busen.

Das reichte ihm nicht. Er musste ihre nackte Haut spüren, sonst würde er durchdrehen.

Er fuhr mit der Hand unter ihr Shirt, hakte den BH auf und ließ ihre Brüste frei. Sie bewegte sich weiter an ihm, heiß und feurig. Keine Chance dem Gefühl zu entkommen. Er begehrte sie mit Leib und Seele.

»Sam«, murmelte sie und bewegte sich weiter, ohne einen Moment aufzuhören.

Unglaublich, dass er hier mit ihr zusammen war. Sechzehn Jahre waren wie ausgelöscht. Er war der brave Sam, und er war mit dem wildesten Mädchen der Anfangsklasse zusammen. Wie damals schon, fragte er sich, wie er das eigentlich geschafft hatte.

Du verliebst dich wieder in sie.

Das stimmte, aber er hatte ehrlich keine Ahnung, was er dagegen tun sollte. Und er wollte auch gar nichts dagegen tun, obwohl ihm klar war, dass er sich auf einem gefährlichen Weg befand. Mit einem urtümlichen Laut schob er ihre Bluse zur Seite und entblößte eine ihrer vorwitzigen Brüste. Reine, unverfälschte Lust schoss durch seinen Körper, als er den Kopf neigte, um ihren harten Nippel in den Mund zu nehmen.

Sie keuchte leise auf. »Oh!«

Er neckte ihren Nippel mit den Zähnen, biss leicht hinein, sodass sie wieder keuchte und sich heftig an ihm bewegte. Sie saß rittlings auf seinem Schoß, sodass sie sich genau berührten.

Nie zuvor in seinem Leben hatte er es mit einer Frau unter freiem Himmel getrieben. Jeden Moment konnte irgendwer hier auftauchen. Zum Teufel, jemand konnte mit dem Boot den Fluss hinunterfahren und sie am Ufer sehen, aber Sam brachte es einfach nicht fertig, sich darum zu kümmern. Dabei war das vollkommen untypisch für ihn. Er wusste nur eins: Er wollte mehr. Die Tatsache, dass er sie wieder in den Armen hielt, kam einem Wunder gleich, und er hatte die ganze Zeit das Gefühl, er würde gleich aus einem Traum erwachen. Aber aus was für einem Traum!

Er wollte sie! Voller Ehrfurcht nuckelte er an ihrer Brust und lauschte auf ihre entzückten Geräusche. Er wollte sie, schmerzhaft und unerbittlich. Aber eigentlich durfte er das alles nicht. Sie befanden sich nicht nur an einem öffentlichen Ort, er wusste auch, diese Beziehung würde nicht die Wünsche seines Herzens erfüllen. Emma war für Größeres bestimmt. Er konnte von ihr nicht erwarten, dass sie an einem Ort wie Twilight glücklich wurde. Jedenfalls nicht lange. Und er konnte nirgendwo sonst glücklich sein. Außerdem war er nicht in der Lage, spontanen Launen nachzugehen. Er hatte einen Sohn.

Doch sein Körper hörte nicht auf all diese vernünftigen Einwände. Er musste sie wieder küssen, und wenn er dafür in die Hölle kam. Und sie küsste ihn mit einer Leidenschaft zurück, die ihn bis ins Mark erschütterte. Sie küssten sich, bis sie keine Luft mehr bekamen, und als er endlich einmal atmen musste, hörte er ein fast enttäuschtes Geräusch von ihr.

Die Nachmittagssonne fiel durch das Blätterdach der schützenden Ulmen über ihnen und schickte einen kühlenden

Windzug über ihre feuchte Haut. Er spürte, wie sie eine Gänsehaut bekam, und merkte plötzlich, dass es ihm genauso ging. Und das alles hatte überhaupt nichts mit nassen Kleidern und leichtem Wind zu tun.

»Du zitterst ja«, sagte er. »Du musst dich aufwärmen und dir was Trockenes anziehen.«

»Du bist auch nass, Doc.«

Sie sahen sich an, die sexuelle Spannung pulsierte zwischen ihnen mit unglaublicher, unaufhaltsamer Kraft.

Emma küsste ihn wieder, aber er entzog sich ihr, nahm ihr Gesicht in beide Hände und schüttelte den Kopf. Dann fasste er sie um die Taille und hob sie von seinem Schoß herunter.

»Was ist los, Sam?«, flüsterte sie.

Er musste die fast mit Gewalt daran hindern, ihn wieder zu küssen. Er wollte sie so sehr! Nimm sie, nimm sie!, sang ein uraltes Sehnen in ihm. Er musste zusehen, dass er von ihr wegkam, sonst würde er etwas tun, was er nicht mehr ungeschehen machen konnte.

Emma jedoch hatte ihren eigenen Kopf.

Der Kuss, den sie ihm auf die Lippen setzte, war so lebendig wie sie selbst: voller Energie, Spontaneität, Großzügigkeit. Sie küsste so, wie sie lebte, mit Herz und Seele, voller Intensität, und entflammte ihn von Neuem. Dann fuhr sie ihm mit den Fingern durchs Haar und hielt ihn fest, während ihre kleine Zunge auf die Reise ging. Und sie schmeckte so verdammt gut!

Er ließ es viel länger geschehen, als gut für ihn war. Es würde schrecklich enden, so viel war klar. Endlich unterbrach er den Kuss. »Wir müssen aufhören. Wir hätten nie damit anfangen dürfen.«

»Nein«, stimmte sie ihm nickend zu.

»Du bist auf dem besten Weg, ein Star zu werden. Und ich bin nur der brave Sam, der sein Leben in Twilight verbringen wird. Ich kann nicht mit dir mithalten, Trixie Lynn. Du spielst in einer ganz anderen Liga.«

»Nein, das tue ich nicht. Und ich würde dich am liebsten jetzt und hier nehmen, Sam Cheek. Aber ich will dir nicht wehtun. Du hast schon genug gelitten.«

»Du aber auch, mein Schatz.«

»Wenn ich der Ansicht wäre, dass eine Affäre mit dir unsere Schmerzen lindern könnte …«

»Ich weiß. Ich will es auch, aber wir würden einfach zu viel riskieren.« Sam wand sich. Es klang schrecklich in seinen Ohren, als wäre sie das Risiko nicht wert. »Tut mir leid, das klingt jetzt ganz falsch. Ich meine nur …«

»Still.« Sie hob die Hände. »Ich verstehe dich, ehrlich. Ich bin sehr impulsiv, und ich mache gerade dein Leben ziemlich kompliziert.« Emma hakte ihren BH wieder zu, richtete ihre Bluse, stand auf und ging zum Auto. Ihre nassen Kleider klebten an ihrer schmalen, zierlichen Figur.

Sie sah ganz verloren aus. Sam hatte das Gefühl, es würde ihm das Herz brechen, sie so weggehen zu sehen. Aber sie hatte recht. Es war besser, jetzt aufzuhören, bevor es richtig anfing.

Die Frage war nur, warum fühlte es sich so an, als beginge er gerade den größten Fehler seines Lebens?

Kapitel zwölf

»Quilts sind wie Menschen, es gibt keine zwei, die sich absolut gleichen.«
Maddie Gunnison, Haushälterin von Dr. Sam Cheek

Auf der Rückfahrt zu Sams Haus sprachen sie nur über das Fahren. In dem engen Raum des gelben Jeeps herrschte eine geradezu unbehagliche Stimmung. Emma wusste nicht, wie sie das angespannte Schweigen brechen sollte. Eigentlich wusste sie nicht einmal, ob sie es versuchen wollte.

Irgendwie war das alles so schwierig zwischen ihnen. Sie sehnte sich so sehr nach ihm, dass sie gar nicht mehr geradeaus denken konnte, und es schien klar, dass er dieselben Gefühle hegte, aber sie wussten eben auch beide, die Verletzungsgefahr war riesengroß. Ihre Wertvorstellungen waren so verschieden. Sie wünschten sich ganz unterschiedliche Dinge vom Leben. Am liebsten hätte sie das alles einfach ignoriert, aber wenn sie ihn ansah, wurde es ihr immer wieder klar. Er war ein Familienvater, der in einer Kleinstadt lebte und dort glücklich war. Im Gegensatz zu ihr hatte er kein Verlangen nach mehr. Er wünschte sich nicht, in der Welt da draußen einen Fußabdruck zu hinterlassen. Etwas Besonderes zu sein. Solange er sich um Charlie und die Tiere kümmern konnte, war Sam zufrieden.

Das war nichts Schlechtes, im Gegenteil, sie beneidete ihn um diese Zufriedenheit und wünschte sich, sie wäre auch so gestrickt. Weniger ehrgeizig, weniger entschlossen, um jeden Preis Erfolg zu haben. Aber genau das lag ihr im Blut. Sie hatte keine Ahnung, wie sie sich mit weniger als ihren wilden Träumen zufrieden geben sollte.

»Was um alles in der Welt ist denn mit Ihnen passiert?«, fragte Maddie, als sie durch die Hintertür den Hauswirtschaftsraum betraten.

»Das ist eine lange Geschichte«, erwiderte Sam ritterlich und verpetzte Emma nicht.

»Ich hatte mir eingebildet, ich müsste an der alten Brücke in den Fluss hinauswaten. Und dann bin ich reingefallen. Sam hat mich vor dem Ertrinken gerettet, ohne an seine eigene Sicherheit zu denken.«

»Typisch Sam«, sagte Maddie. »Ein Held von altem Schrot und Korn.«

Sam wurde rot. »Du wärst doch gar nicht ertrunken.«

»Aber das wusstest du ja nicht.«

Maddie schnalzte mit der Zunge. »Sie waren jedenfalls so lange weg, dass ich drauf und dran war, Hondo anzurufen, damit er nach Ihnen sucht.«

Jetzt wurde Emma rot bei dem Gedanken, was der Sheriff wohl zu sehen bekommen hätte, wenn die Haushälterin ihn wirklich losgeschickt hätte.

»Sind Sie mit den Schuhen reingesprungen?« Maddie starrte Sams nasse Cowboystiefel an.

»Wenn man in einen Fluss springt, um jemanden vor dem Ertrinken zu retten, dann fängt man nicht erst an, sich die Stiefel auszuziehen«, brummelte Sam.

»Keine Bewegung.« Maddie zeigte mit dem Finger auf die beiden. »Keine Bewegung, bis ich Zeitungspapier ausgelegt habe. Ich habe gerade eben die Küche gewischt.«

Emma deutete mit dem Daumen über ihre Schulter. »Ich gehe ins B&B, Maddie.«

»Auf keinen Fall, meine Liebe.« Maddie schüttelte energisch den Kopf.

»Aber wieso?«

»Weil Sie dem Jungen, der da oben gerade sein Schläfchen hält, versprochen haben, mit ihm Eis essen zu gehen, wenn Sie wiederkommen.« Sie schaute Sam streng an. »Ich finde Eis vor dem Abendessen zwar gar nicht gut, aber was man verspricht, muss man halten. Er wartet seit zwei Stunden sehnsüchtig auf Sie beide, und er wird sein Eis kriegen, komme, was da wolle.«

»Sam kann mit ihm gehen«, sagte Emma. Sie wollte jetzt wirklich nicht auch noch mit Sam und Charlie in den niedlichen Eisladen in ihrer kuschligen kleinen Stadt gehen.

»Er erwartet aber, dass Sie mitgehen.«

»Woher wollen Sie das wissen?«, fragte Emma.

»Weil er in der Zwischenzeit das hier gemalt hat.« Maddie ging kurz in die Küche und nahm ein mit Wachsmalstiften gemaltes Bild vom Kühlschrank, das sie Emma in die Hand drückte.

Auf dem Papier waren drei Strichmännchen zu sehen, Vater, Mutter und ein kleiner Junge. Alle drei aßen Eis, und die Mutter hatte wilde rote Locken.

Emmas Herz zog sich zusammen; beinahe wären ihr die Tränen gekommen. Charlie vermisste seine Mutter ganz fürchterlich, so sehr, dass er nicht einmal sprechen konnte, aber das Bild sagte alles. »Das bin aber nicht ich.«

»Selbstverständlich sind Sie das«, erwiderte Maddie, und

Emma konnte sehen, dass auch ihr die Tränen in den Augen standen. »Schauen Sie sich doch mal die Kleidung an.«

Die Mutter auf dem Bild trug einen roten Rock, eine rot-weiß gestreifte Bluse und rote Schuhe. Es war herzzerreißend. Aber es war eben auch ein Grund mehr, nicht mitzugehen. Charlie fing an, sie zu lieben. Sie sah Sam verzweifelt an und bemerkte dieselbe Sorge in seinem Gesicht.

»Vielleicht wäre es tatsächlich das Beste, wenn Emma ins B...«, fing er an, aber er konnte den Satz nicht zu Ende führen, weil in diesem Moment Charlie den Hauswirtschaftsraum betrat, ein breites Grinsen im Gesicht. Als er sah, dass die beiden Erwachsenen ganz nass waren, legte er fragend den Kopf schief.

»Wir sind in den Fluss gefallen«, erklärte Sam.

Charlie hatte das Bild in Emmas Hand entdeckt und zeigte darauf.

»Ja, wir gehen gleich Eis essen, wir müssen uns nur erst was Trockenes anziehen.«

Charlie nickte.

Emma sah ein, dass es keinen Zweck hatte, sich zu weigern. »Ich laufe schnell rüber und ziehe mir was anderes an.«

»Sie wollen doch jetzt wohl nicht patschnass durch das B&B schleichen«, wehrte Maddie ab. »Auch noch am Sonntagnachmittag, wenn alle Touristen gerade abreisen. Ich suche Ihnen was zum Anziehen.«

Bevor Emma protestieren konnte, war Maddie schon verschwunden. Sie kam mit trockenen Kleidern für Sam und Emma zurück und legte ein paar Zeitungsseiten auf den Boden. Sam zog sich die Stiefel gleich an Ort und Stelle aus, während Emma über die Zeitungsseiten ins Badezimmer ging.

Sobald sie dort endlich allein war und die Tür hinter sich zugemacht hatte, zog sie die nassen Sachen aus, nahm eine schnelle Dusche und zog sich dann das leuchtend lilafarbene Kleid mit dem engen Mieder und dem Glockenrock an, der ihr gerade bis zu den Knien reichte. Es passte ihr wie angegossen, als wäre es für sie gemacht. Und es gefiel ihr unheimlich gut, die Farbe, der Schnitt und das weiche Material.

Dann wurde ihr plötzlich klar, dass das Kleid Valerie gehört haben musste. Die große, kräftige Maddie hätte niemals hineingepasst. Am liebsten hätte sie es sofort wieder ausgezogen. Nicht, weil es einer Toten gehört hatte, sondern weil sie schon viel zu tief in Valeries Leben verstrickt war. Je länger sie blieb, desto schwieriger würde es sein, diese Stadt wieder abzuschütteln, diesen kleinen Jungen und diesen Mann, den sie immer geliebt hatte und mehr denn je liebte.

Vor Rinky-Tinks altmodischem Eisladen stand eine lange Warteschlange. Die meisten Kunden an diesem Samstagnachmittag waren Touristen. Man konnte sie leicht von den Einheimischen unterscheiden, weil sie Gürteltaschen trugen und mit langsamen, großen Schritten an den Schaufenstern vorbeispazierten. Viele trugen auch Sonnenschilde, Strohhüte oder Sonnenmützen, und sie rochen nach Sonnenschutz mit Kokosöl, nachdem sie den Tag auf dem See verbracht hatten.

Charlie war ungeduldig, wand sich wie ein Wurm und

schaukelte an dem Metallgitter, das man aufgestellt hatte, damit die Leute eine ordentliche Schlange bildeten. Ab und zu musste Sam ihm die Hand auf die Schulter legen, damit er nicht ganz durchdrehte.

»Warten ist langweilig, hm?«, sagte Emma.

Charlie nickte so heftig, dass ihm die Brille auf die Nasenspitze rutschte. Er schob sie mit dem Daumen wieder hoch.

»Ich will Mokkaeeis«, sagte Emma. »Du auch?«

Sam hätte sich denken können, dass ihre Lieblingssorte nicht gerade schlichte Vanille war.

Charlie verzog angewidert das Gesicht.

»Welche Sorte magst du denn am liebsten?«, fragte sie ihn.

Er zeigte auf das große Schild an der Tür, auf dem alle Sorten aufgelistet und mit einer Nummer versehen waren.

Emma schaute sich die Liste an. »Das sind aber viele Sorten. Wie soll ich erraten, welche du am liebsten magst?«

Er hielt acht Finger in die Höhe.

»Ah!«, sagte sie. »Keksteig und Nüsse. Das hätte ich mir ja denken können. Das essen fast alle Jungs gern.«

Charlie nickte wieder.

Um ihn ein wenig abzulenken, erzählte ihm Emma eine Geschichte von einem kleinen Jungen, der ganz aus Eiscreme bestand. Sam hörte fasziniert zu. Ihre Stimme war so verführerisch, aber das war sicher dem langjährigen Training als Schauspielerin geschuldet. Bald hatten sich noch ein paar weitere Kinder um sie versammelt, um zuzuhören.

»Ihre Frau ist eine gute Geschichtenerzählerin«, sagte eine der Touristinnen, die hinter ihnen warteten. »Sie könnte das zum Beruf machen.«

»Danke«, erwiderte Sam und machte sich nicht die Mühe zu erklären, dass Emma gar nicht seine Frau war. Schließlich ging das alles die Frau gar nichts an.

Aber für den Bruchteil einer Sekunde fing er Emmas Blick auf. Einen Blick, den er kaum beschreiben konnte, gemischt aus Traurigkeit, Freude und Verletzlichkeit. Ganz kurz blieb ihm die Luft weg. Ob sie sich vorstellte, wie es sein könnte, wenn sie seine Frau wäre? Denn er stellte sich gerade auf alle Fälle vor, wie es wäre, ihr Mann zu sein.

Aufhören! Sinnlose Gedanken, sofort aufhören!

Emma lächelte ihn schüchtern an und senkte dann wieder den Kopf, um weiterzuerzählen. Charlie und die anderen Kinder hingen an ihren Lippen.

Eine halbe Stunde später waren sie endlich an der Reihe. »Eine Kugel Mokkaeis im …« Sam sah Emma fragend an.

»Becher«, ergänzte sie.

»Dann eine Kugel Erdbeer im Hörnchen und eine Kugel Keksteig und Nüsse …« Sam blickte auf, weil Charlie an seinem Hosenbein zog. »Was ist denn, du Held?«

Charlie hielt zwei Finger hoch.

»Zwei Kugeln?«

Charlie nickte.

»Maddie bringt mich um, wenn ich das erlaube. Dann hast du doch keinen Appetit mehr aufs Abendessen!«

Charlie legte die Handflächen zusammen und sah ihn flehend an. Seit er nicht mehr sprach, waren seine Blicke sehr ausdrucksvoll geworden.

»Aber du versprichst mir, dass du trotzdem noch zu Abend isst.« Sam wusste, Charlie würde ihm jetzt alles versprechen, und trotzdem würde er seine Portion aufessen müssen.

Charlie nickte wieder.

»Okay«, sagte Sam zu dem Mädchen hinter der Theke. »Zwei Kugeln Keksteig mit Nüssen. Im Hörnchen.«

Das Mädchen machte das Eis fertig, reichte die beiden Hörnchen und den Becher heraus und Sam bezahlte. »Stimmt so.«

Sie gingen zu einem Tisch am Fenster, den gerade eine vierköpfige Familie freigemacht hatte. In diesem Moment stolperte Charlie über seinen Schnürsenkel, der aufgegangen war. Das Hörnchen mit dem Eis rutschte ihm aus der Hand und fiel mit den Kugeln voran auf den Boden. Sam sah es wie in Zeitlupe, konnte aber nichts dagegen tun.

»O nein!«, riefen ein paar Kunden wie aus einem Mund.

Charlie sah erst erschrocken aus, dann, als würde ihm auf der Stelle das Herz brechen. Den ganzen Nachmittag hatte er auf dieses Eishörnchen gewartet, und jetzt hatte er es in einem einzigen Moment verloren. Es sah aus, als würde er gleich in Tränen ausbrechen.

»Ich hole dir ein neues«, sagte Sam. Aber als er und Emma auf die Schlange blickten, sahen sie, dass sie jetzt noch länger war als bei ihrer Ankunft.

»Muss gar nicht sein«, erklärte Emma strahlend und hockte sich zu Charlie auf den Boden. »Nur die erste Kugel hat den Boden berührt, die zweite Kugel und das Hörnchen sind okay. Gib mir mal ein paar Servietten, Sam.«

Und mit ein paar schnellen Bewegungen rettete sie den Tag, gab Charlie die saubere Eiskugel und wischte die andere mit den Papierservietten vom Boden auf. Charlie grinste und leckte eifrig weiter.

»Hui«, machte Sam. »Das war knapp. Du hast uns echt den Tag gerettet.«

Für einen Moment dachte er daran, dass Valerie ihren Sohn vermutlich ausgeschimpft hätte, weil er mal wieder nicht auf seine Füße achtete. Aber Valerie hätte auch mit Sicherheit nicht zugelassen, dass Charlie zwei Kugeln Eis bekam, schon gar nicht vor dem Abendessen. Und hygienebewusst, wie sie war, hätte sie angesichts Emmas Manöver vermutlich einen Herzanfall bekommen. Aber Emma hatte recht. Die zweite Eiskugel war in Ordnung, und die Katastrophe war abgewendet.

»Brauchen Sie ein Tuch für Ihre Hände?«, fragte die Touristin, die Emma für Sams Frau gehalten hatte, und holte ein feuchtes Reinigungstuch aus ihrer Handtasche.

Emma stand lächelnd auf und wischte sich mit dem Tuch die klebrigen Finger ab.

»Sie sind wirklich ein Naturtalent als Mutter«, begeisterte sich die Frau. »So entspannt, wie Sie mit Ihrem Sohn umgehen.«

»Danke«, sagte Emma und sah etwas unbehaglich aus.

Die Frau ging weiter, und Emma setzte sich zu Sam und Charlie an den Tisch. Die Touristin hatte ja recht, Emma konnte gut mit Kindern umgehen. Vermutlich, weil sie selbst so lebhaft und abenteuerlustig war wie ein Kind.

»Hast du nie daran gedacht, Kinder zu bekommen?«

»Was? Ich und ein Kind?«

»Ja!«

»Nein.« Sie sah ihn an, als hätte er ihr vorgeschlagen, den Mount Everest zu besteigen.

»Aber warum nicht?«, fragte er, ohne recht zu wissen, warum er sie so verhörte.

»Es ist echt schwer, als Schauspielerin eine gute Mutter zu

sein. Und ich bin der festen Meinung, dass die Kinder an erster Stelle stehen sollten. Was glaubst du denn, warum so viele Schauspielerinnen erst Ende dreißig oder Anfang vierzig eine Familie gründen?«

»Glaubst du denn, dass du mit vierzig ein Kind haben möchtest?«

»Ehrlich gesagt, denke ich nicht so weit in die Zukunft. Ich nehme einen Tag nach dem anderen.«

Wenn er sie so ansah, wusste er, dass das stimmte. Sie war spontan, impulsiv, ein Freigeist, der ganz im Hier und Jetzt lebte. Er hielt das für eine große Gabe, aber verstehen konnte er es nicht. Er war ein Planer, er musste wissen, was kam. Ohne Plan konnte er sich überhaupt nicht bewegen. Wenn er in Urlaub fuhr, legte er vorher alle Stopps fest, selbst die Tankstellen. Er fuhr auch nie irgendwohin, ohne ein Zimmer reserviert zu haben. Und schon gar nicht ohne Notfallplan.

Charlie, der neben Emma saß, ihm gegenüber, tätschelte ihr die Hand. Sein kleines Gesicht war ganz mit Eis verschmiert. Sie drehte sich zu ihm, und in diesem Moment sah er in ihren Augen eine so starke, wahrhaftige Zärtlichkeit, dass er der Touristin unwillkürlich zustimmen musste. Emma war ein Naturtalent als Mutter, ob sie es wusste oder nicht.

»Was ist denn, Charlie?«, murmelte sie.

Charlie drehte sich zu ihr um und gab ihr einen sanften Kuss auf die Wange.

Eine herzzerreißende Mischung aus Überraschung, Freude und wehmütiger Sehnsucht war auf ihrem Gesicht zu sehen. »Oha, Charlie«, sagte sie. »Was für ein süßer Kuss. Ich danke dir.«

Und dann küsste sie ihn ebenfalls auf die Wange.

Charlie strahlte, als wäre die Sonne nach wochenlangem Regenwetter durch die Wolken gebrochen.

Sams ganzes Inneres zog sich zusammen. Der kalte Schweiß stand ihm auf der Stirn. Es war furchtbar, ganz furchtbar! Sein sechsjähriger Sohn verliebte sich in eine Frau, die nie im Leben seine Ersatzmutter werden konnte.

»Ich bringe das Kleid morgen zurück«, versprach Emma Sam, als er sie vor dem *Fröhlichen Engel* absetzte.

»Nicht nötig«, sagte er. »Ich hatte es schon für den Charityladen eingepackt, Maddie hat es aus der Schachtel genommen. Außerdem steht es dir echt gut. Du kannst es gern behalten.«

»Aber es hat Valerie gehört.«

»Genau.«

Schweigend sahen sie sich an. Sam hatte also wirklich begonnen, die Sachen seiner verstorbenen Frau wegzugeben. Das war ein gutes Zeichen, er wollte weiterleben, nach vorn sehen. Gut für ihn.

»Ja dann …« Emma hob eine Hand. »Gute Nacht.«

»Gute Nacht«, erwiderte er freundlich, neutral, ohne irgendein besonderes Gefühl hinter den Worten.

»Machen wir nächsten Sonntag weiter mit den Fahrstunden?«

Er sah aus, als wollte er Nein sagen, aber dann nickte er kaum wahrnehmbar. »Selbe Zeit?«

»Auf jeden Fall.«

»Also gut.«

»Und das Rollenlernen?«

Er zögerte.

»Ich verstehe schon, wenn du keine Zeit hast …«, beeilte sie sich zu sagen, bevor er ihr einen Korb geben konnte. »Ich habe dich schon viel zu sehr mit Beschlag belegt. Du bist ja ein vielbeschäftigter Mann.«

»Ich arbeite am Dienstagabend im Garten. Wenn du willst, kannst du mir einfach über den Zaun etwas zurufen.«

»Ja, prima, klar, vielen Dank.« Sie hob die Hand noch einmal, dann drehte sie sich um und eilte ins Haus. Ihr Herz klopfte wie wild, ohne dass sie sich vorstellen konnte, warum.

Zum Glück war Jenny mit anreisenden Gästen beschäftigt, als Emma hereinkam, und konnte nicht mit ihr plaudern. Sie winkte ihr nur grüßend zu und lief dann zur Treppe.

In ihrem Zimmer angekommen, schloss Emma schnell die Tür und ließ sich dagegensinken. Warum hörte ihr blödes Herz nicht auf, so heftig zu klopfen? Warum verabredete sie sich mit Sam zum Autofahren und bat ihn, ihr ihre Rolle abzuhören? Sie wusste, sie rutschte immer tiefer hinein, und je mehr sie mit ihm zusammen war, desto schlimmer würde es sein, ihn zu verlassen.

Sie ging ins Bad, sah ihr Spiegelbild an, den Abdruck der Schokoladenlippen, wo Charlie sie geküsst hatte. Ihr Herz tat einen Sprung.

»Zu spät«, flüsterte sie ihrem Spiegelbild zu und berührte ganz leicht mit zwei Fingern ihre Wange. »Du bist von der Sandbank gerutscht. In eine ganz, ganz schlimme Strömung.«

Fast wütend drehte sie den Wasserhahn auf und wusch sich den Schokoladenkuss ab. Sie war nicht die einzige, die in Schwierigkeiten geriet. Der kleine Junge verliebte sich genauso sehr in sie wie sie in ihn.

»Es ist ja nur, weil du ihn an seine Mutter erinnerst«, sagte sie sich. »Die Haarfarbe, die Statur, und dann hattest du auch noch ein Kleid von ihr an. Mehr ist das nicht. Einfach nur Übertragung.«

Aber so sehr sie sich auch Mühe gab, eine vernünftige Erklärung zu finden, das schlechte Gewissen nagte an ihr. Sie wünschte sich so sehr, sie könnte etwas für den Jungen tun. Ihn irgendwie mit seiner Mutter in Verbindung bringen. Sie öffnete den Reißverschluss des Kleides, schlüpfte hinaus und ließ den leuchtend lilafarbenen Stoff auf den Boden fallen.

Manchmal benutzten die Quilterinnen Stoffreste von Kleidungsstücken, um an geliebte Menschen zu erinnern. Emma hob Valeries Kleid wieder auf. Sam wollte es nicht zurück haben, und sie würde es sicher nicht noch einmal tragen. Was, wenn sie daraus einen Quilt machte?

Einen ganz besonderen Quilt für Charlie, zu Ehren seiner schönen Mutter, die ihr Leben für ihr Land und für andere Menschen gegeben hatte.

Fast eine Woche war vergangen, und nichts hatte sich verändert, jedenfalls nicht nach außen hin. Jeden Abend, wenn Charlie im Bett war, ging Sam in den Garten und ließ sich in den Liegestuhl sinken, das Textbuch in der Hand, ein Glas Eistee auf dem Gartentisch, und wartete auf Emma, damit sie zusammen ihren Text proben konnten. Aber in seinem Inneren veränderte sich etwas. Etwas, was ihn aufregte und seine Seele in Flammen setzte.

Seit dem Tag am Flussufer, wo er sich so sehr hatte gehen lassen, beunruhigte ihn der Gedanke an seinen Mangel an Selbstkontrolle und sein starkes Verlangen nach Emma. Er fürchtete, wenn er weiter mit ihr zusammen war, würde er etwas Unwiderrufliches tun.

Und doch konnte er es nicht lassen, jeden Abend in den Garten zu kommen und sich um den Schlaf zu bringen, indem er bis nach Mitternacht mit ihr probte. Es war, als könnten sie sich nur mit den Worten der Theatergestalten sagen, was sie wirklich füreinander empfanden.

Aber verdammt noch mal, das war doch alles nur ein ärmlicher Ersatz! Und er wagte einfach nicht, ihr zu sagen, was in seinem Herzen vorging.

Es würde ja auch nicht ändern, wenn du es ihr sagst.

An diesem Freitag jedoch, als er die Gartentür des *Fröhlichen Engels* hörte und gleich darauf Emmas leise Schritte auf dem Gras, wurde die Unzufriedenheit zu stark. Er wollte keine Rolle mit ihr üben. Er wollte nicht passiv hier sitzen, während die Frau, die er so sehr begehrte und brauchte, auf der anderen Seite des Zauns auf ihn wartete.

Also warf er das Textbuch hin, stand auf und lief in seinem Garten herum. Heute Nacht wollten sie die letzte Szene lesen. Die Szene, die Nina Valerie zu Ehren geschrieben hatte.

Er hörte Emma auf der anderen Seite des Zauns, sie blätterte in ihrem Textbuch. »Ich fliege morgen in den Irak, Sam, und ich möchte, dass du mir etwas versprichst.«

Als er die Worte hörte, die so unheimlich nach Valerie klangen, löste sich etwas in ihm auf.

»Was auch immer du verlangst, meine Liebste«, sagte er, obwohl er das nie zu Val gesagt hatte. Tatsächlich hatte er gesagt: »Ich höre.«

»Versprich mir, dass du weiterlebst, egal, was passiert. Dass du wieder heiratest. Dass du dafür sorgst, dass Charlie eine Familie hat.«

»Es wird nichts passieren.«

»Bitte, Sam, versprich es mir.«

Er konnte nicht weitersprechen, die Worte blieben ihm in der Kehle stecken. Seine Seele brannte, sein Verlangen und seine Sehnsucht fraßen ihn von innen auf.

»Sam?«

Er sagte immer noch nichts. Ein Vorschlaghammer aus Zweifeln, Angst, Reue und Scham hatte ihm gegen die Brust geschlagen.

»Alles in Ordnung?«

»Ja ja«, brachte er schließlich heraus.

»Gut. Wo waren wir …«

»Warte mal«, sagte er.

»Ja?«

»Ich kann das nicht. Die Erinnerungen tun zu weh.« Er drückte eine Hand an seine Stirn und spürte zu seiner Überraschung, dass sie schweißnass war. Er hatte erwartet, dass sei einwilligte, sich entschuldigte und ihn vom Haken ließ.

Aber da hatte er sich geirrt. »Nein«, sagte sie.

»Nein?« Er blieb stehen, konnte ihren stoßweisen Atem auf der anderen Seite des Zauns hören.

»Du musst da durch. Nicht meinetwegen, sondern deinetwegen.«

»Was meinst du denn?«

»Valerie. Ihren Tod. Du musst darüber hinwegkommen.«

»Ich bin darüber hinweg.«

»Ehrlich?«

»Ja!«

»Dann lass uns weitermachen.«

»Ich will das aber nicht.« Er war gereizt wie eine Wespe.

»Es ist nicht gesund, sich davor zu verstecken.«

»Alle Leute in dieser Stadt fassen dich mit Samthandschuhen an«, sagte sie.

»Was soll das denn heißen?«, schnauzte er jetzt.

»Und allmählich verstehe ich auch, warum. Du bist ein toller Mann, niemand will dir wehtun. Aber du musst endlich raus aus diesem Käfig, Sam. Die Leute hier, deine Familie, die Leute in der Stadt, lassen zu, dass du dich versteckst.«

»Ich verstecke mich nicht«, gab er zurück und ballte seine Hände zu Fäusten.

»Gut, vielleicht ist das nicht das richtige Wort, aber du spielst zu sehr auf Sicherheit. Das Leben ist ein skandinavisches Büffet, und du hast dich entschieden, jeden Tag dasselbe abgepackte Sandwich zu essen.«

»Ich mag Sandwiches.«

»Aber vielleicht würdest du feststellen, dass du auch andere Sachen magst. Du weißt es bloß nicht, weil du zu viel Angst hast und dich viel zu sehr in eingefahrenen Bahnen bewegst. Du probierst es nicht.«

»Frau, ich warne dich, allmählich werde ich echt sauer.«

»Gut«, erwiderte sie. »Einer muss diesen Part übernehmen. Bis jetzt haben es dir nämlich alle zu leicht gemacht.«

Er biss die Zähne zusammen. »Meine Frau ist gestorben.«

»Ja, meinst du denn, du bist der einzige, der einen geliebten Menschen verloren hat? Mach mal die Augen auf! Wir alle laufen mit Verletzungen rum, ich auch. Und nach allem, was ich über sie gehört habe, würde dir Valerie in den Hintern treten, wenn sie dich so sehen könnte.«

»Entschuldige mal, du hast sie doch gar nicht gekannt. Und mich kennst du auch nicht.«

»Doch, Sam Cheek. Ich kenne dich. Weiß Gott, ich kenne dich.«

»Du hast mich mal gekannt. Vor ewigen Zeiten. Ein Jahr lang. Da waren wir noch Kinder, hör auf, solches anmaßendes Zeug zu reden.«

Ihr erster Streit – über einen Zaun hinweg. Was für eine irre Metapher für den Rückzug, den er sich geleistet hatte. Er stritt nicht mal von Angesicht zu Angesicht mit ihr. Sie hatte recht, er versteckte sich vor dem Leben.

Sie wollte ihn mal so richtig durchgeschüttelt sehen? Das konnte sie haben. Sam marschierte zu dem Törchen, das die beiden Gärten trennte, und riss es auf.

Da stand Emma, so klein und doch so wild, und starrte ihn wütend an. Sie stand hoch aufgerichtet, Brust raus, das Kinn trotzig nach vorn gereckt. Als er auf sie zukam und das Törchen hinter sich zukrachen ließ, zuckte sie nicht einmal zusammen.

Sam zögerte nicht, und er dachte auch nicht an die Folgen. Er reagierte nur noch auf die Hormone, die durch seinen Körper strömten, und auf den verletzlichen Blick ihrer meergrünen Augen. Emma war voller Trotz, aber jetzt fürchtete sie sich vor ihm, das konnte er genau sehen.

Er nahm sie um die Taille, zog sie auf die Zehenspitzen

hoch und drückte ihr einen strafenden Kuss auf die Lippen. Er küsste sie grob, fordernd, und er hätte sie auch den Rest der Nacht so geküsst, wenn er nicht allmählich ein schlechtes Gewissen bekommen hätte. Es war nicht gut, seinen Frust und Ärger an ihr abzureagieren. Überhaupt nicht gut.

Hör auf damit.

Er stellte sie wieder richtig hin. »So«, sagte er. »Fühlt sich das an wie ein Mann, der sich versteckt?«

Sie hob eine zitternde Hand an die Lippen und riss die Augen noch weiter auf. »Nein«, gab sie zu.

Sie standen da im Dunkel, sahen sich an und spürten die feucht-kühle Nachtluft auf ihrer Haut.

»Was fehlt dir?«, fragte sie.

»Was mir fehlt?« Sein Herz schlug schneller. »Willst du wirklich wissen, was mir fehlt?«

Sie streckte das Kinn vor. »Ja!«

»Du«, sagte er. »Du fehlst mir. Du hast mich total umgekrempelt, und ich habe keine Ahnung, wie ich damit umgehen soll.«

»Vielleicht sollten wir aufhören, zusammen diesen Text zu üben. Und auch mit dem Fahrunterricht.«

»Gute Idee.«

Ihr Blick sagte ihm, dass sie überhaupt nicht damit aufhören wollte, genauso wenig wie er. Aber das hier … das hier … Nein, er konnte damit nicht umgehen.

»Warum hast du Valerie wirklich geheiratet?«, fragte sie ihn leise. »Nur weil sie und Charlie dir leidtaten?«

Die Frage erwischte ihn auf dem falschen Fuß. »Willst du das wirklich wissen?«

Sie nickte.

Er fühlte sich auf einmal wie ein Luftballon, aus dem man die Luft herausgelassen hatte. Flach und leer. »Ich habe sie geheiratet, weil sie nicht du war. Verstehst du? Weil ich wusste, sie würde nicht einfach weggehen. Sie wollte nur einfach eine gute Mutter und eine gute Krankenschwester sein, keine höheren Ambitionen.« Er schnaubte. »Aber dann stellte sich heraus, dass sie dir viel ähnlicher war, als ich gedacht hatte. Denn sie ging weg und kam nicht zurück.«

»Aber ich bin zurückgekommen«, flüsterte Emma.

»Ja«, sagte er. »Du bist zurückgekommen, um mich zu quälen, zu verfolgen und irgendwann wieder zu verschwinden. Du wirst davonfliegen. Zu den Sternen.«

»Sam …« Sie sah ganz elend aus.

»Willst du das abstreiten?«

»Nein.«

»Eben.«

Und dann drehte er sich auf dem Absatz um und ging.

Kapitel dreizehn

»Dieser Quilt riecht wie meine Mommy.«
Charlie Martin Cheek, sechs Jahre alt

In den nächsten zwei Wochen passierte nicht viel. Es wurde kälter, die Blätter an den Bäumen verfärbten sich und badeten das Land in ein Meer aus Gelb, Rot, Orange und Braun. Emmas Zusatzproben mit Beau zahlten sich aus, er spielte jetzt erheblich besser. Sie hatte ihre Angst vor Patches überwunden. Auf der Bühne lief alles bestens, auch wenn Emma ihren Text nicht mehr mit Sam übte. Es war zwar eine Erleichterung, nicht mehr ständig Liebesworte über den Zaun zu murmeln, aber sie musste zugeben, dass sie es vermisste. Es war schön gewesen, zu wissen, dass er da war, fest wie ein Fels, auf den sie sich absolut verlassen konnte. Inzwischen hatte sie diese nächtliche Routine gegen eine andere vertauscht. Sie arbeitete nämlich auf Jennys Nähmaschine und nähte einen lilafarbenen Quilt für Charlie. Aus dem Kleid seiner Mutter.

Was die Quilterinnen anging, so lief alles nach Plan. Heute Abend würden sie sich an den fünften Quilt machen, den zu Ehren der Veteranen aus dem Koreakrieg. Emmas Fingerspitzen, die zu Beginn der Arbeit oft wund und empfindlich gewesen waren, hatten ordentliche Schwielen bekommen. Sie staunte immer noch über die kunstvolle Schönheit der Quilts, die unter ihren gemeinsamen Händen entstanden. Die Decken pulsierten förmlich von ihren

Themen Pflichterfüllung, Ehre und Opferbereitschaft. Sie war stolz, ihren kleinen Beitrag zu leisten, und irgendwie verstand sie auf einmal auch, was Patriotismus war. Die großherzigen Frauen aus dem True Love Quilting Club waren ihre besten Lehrerinnen.

Abgesehen von den Schrecken des 11. September 2001 hatte Emma nie viel über die militärischen Verstrickungen ihres Landes nachgedacht. Sie kannte auch niemanden, der damit zu tun hatte. Manchmal schämte sie sich ein wenig, weil sie so viel geistige Energie in das Ausleben von Phantasien steckte, während da draußen in der Welt Menschen im Krieg starben.

Allmählich wurde ihr klar, dass die Familien der Soldaten, Flieger und Seeleute stille Helden waren, die viel zu wenig geehrt wurden. Sie machten mit ihrem Leben weiter, obwohl sie sich fürchterliche Sorgen um ihre Lieben machten, und sie hielten das Leben hier zu Hause zusammen, so schlimm es auch kommen mochte. Und wenn sie von Angehörigen sprachen, die weit weg von zu Hause ums Leben gekommen waren, spürte sie, wie schwer ihre Trauer war.

Angesichts all dieser Tapferkeit fühlte sie sich unbedeutend und blass. Sie tat das einzige, was sie konnte, sie stand auf der Bühne und spielte. Und hier und jetzt hörte sie zu und beobachtete, um die Opferbereitschaft und den Mut dieser Menschen in sich aufzunehmen, damit sie auf der Bühne ein Stück von ihrer Geschichte erzählen konnte – durch ihren Gesichtsausdruck, durch ihre Stimme und Körpersprache.

Sie nutzte alles, was sie wahrnehmen konnte. Und das veränderte sie.

An einem Freitag, dem 22. Oktober, mehr als einen Monat nach ihrer Ankunft in Twilight, kam Emma etwas früher in die Kirche. Nur Nina war außer ihr schon da. Sie saß am Quiltrahmen, den Kopf geneigt, und ihre Schultern bewegten sich, als würde sie leise schluchzen.

Der Instinkt riet Emma, den Raum zu verlassen und so zu tun, als hätte sie nichts mitbekommen, aber dann ging sie doch auf die andere Frau zu. »Nina«, murmelte sie. »Alles in Ordnung?«

Nina hob den Kopf, streckte sich und wischte sich mit dem Handrücken übers Gesicht. Dann zwang sie sich zu einem Lächeln. »Ja, ja, alles in Ordnung.«

»Sicher?«

Ihre Blicke trafen sich, und für den Bruchteil einer Sekunde sah Emma einen Schmerz, so tief, dass er ihr ins Herz schnitt. »Soll ich was Kaltes zu trinken holen?«, bot sie an.

»Nein, danke.«

»Und Sie sind sicher, dass Sie nicht darüber reden wollen?« Emma setzte sich Nina gegenüber auf einen der Stühle, die rund um den Quiltrahmen standen.

Nina sah aus, als wäre sie drauf und dran, etwas zu erzählen, und Emma dachte unwillkürlich, dass es vielleicht mit dem Grund zu tun hatte, warum die ältere Schauspielerin sie vor Scott Miller gerettet und nach Twilight geholt hatte.

Sie hatte keine Ahnung, warum sie das dachte, aber der Gedanke war einfach da.

Doch bevor Nina etwas sagen konnte, kam Raylene hereingesegelt. Ihr Haar, das sie normalerweise wild toupiert trug, lag glatt am Kopf an. Eine Zigarette baumelte ihr im

Mundwinkel, und unter dem Arm trug sie eine Flasche Wodka. »Wehe, jemand sagt jetzt, dass man hier drin nicht rauchen darf«, brummte sie warnend. »Ich hatte einen beschissenen Tag.«

Emma hob gottergeben die Hände.

»Gib mir mal nen Zug.« Nina streckte die Hand nach der Zigarette aus. »Mein Tag war auch nicht aus Rosenwasser.«

Raylene riss überrascht die Augen auf, reichte Nina dann aber die Kippe, an der ihr Lippenstift deutlich zu sehen war. Nina nahm einen tiefen Zug. »Seit vierzig Jahren habe ich nicht mehr geraucht«, murmelte sie durch die Wolke aus Qualm.

»Her damit«, sagte Raylene. »Ich will nicht schuld sein, dass du wieder anfängst.«

Nina hustete und reichte ihr die Kippe zurück. »Danke, jetzt geht es mir schon besser.«

Raylene brachte den Zigarettenstummel zur Spüle und ertränkte sie in Wasser, bevor sie sie in den Mülleimer warf. In diesem Moment ging die Tür auf, und Patsy, Marva, Dotty Mae und Terri kamen herein, bepackt mit Quilt-Utensilien.

Patsy schnüffelte. »Wer hat denn hier drin geraucht?«

Nina sah schuldbewusst aus.

Raylene hob die Hand. »Wer schon?«

»Ich hätte es wissen müssen«, grummelte Patsy.

»Mach mich bloß nicht an deswegen, Cross. Ich hatte einen sauschlechten Tag.« Raylene kniff die Augen zusammen, als wartete sie nur auf Streit.

»Aufhören!«, sagte Marva.

»Willkommen im Club, mein Tag war genauso mies.

Jimmy ist aus dem Bett gefallen und hat sich die Hüfte gebrochen. Er liegt jetzt im Krankenhaus.«

»Ted operiert ihn gerade«, fügte Terri hinzu.

»Ach herrje! Tut mir leid, das zu hören.« Raylene holte einen Stapel Styroporbecher und brachte sie zum Quiltrahmen, die Wodkaflasche immer noch unter dem Arm.

Patsy zuckte mit den Schultern. Sie sah richtig verhärmt aus. »Was will man machen?«, fragte sie resigniert.

Jenny und Belinda kamen, und damit waren sie komplett. Jenny hatte einen Teller mit selbst gemachten Schokoladenkeksen mitgebracht.

»Tut mir leid, dass ich zu spät komme«, sagte Belinda. »Aber ich musste zur Rektorin der Mittelschule. Kameron hatte eine Schlägerei, und es sieht so aus, als hätte er angefangen. Harvey und ich haben sehr ernsthaft mit ihm gesprochen. Ich will doch keinen Schläger als Sohn!«

»Das ist nur so eine Phase«, beruhigte Dotty Mae. »Es ist nicht einfach, zwölf Jahre alt zu sein.«

»Und ich komme gerade vom Arzt«, murmelte Jenny düster. »Und ich bin wieder nicht schwanger.«

»Ach, Schätzchen!« Marva tätschelte ihr die Schulter. »Warte nur ab, das klappt schon noch. Du bist doch noch so jung.«

»Vierunddreißig. Das ist nicht mehr so wahnsinnig jung. Der Arzt sagt, wenn es nicht innerhalb der nächsten sechs Monate von selbst geht, sollten wir über eine künstliche Befruchtung nachdenken, aber so viel Geld haben wir doch gar nicht.«

»Klingt so, als hätten alle einen schlechten Tag gehabt«, meinte Raylene und ließ sich auf ihren Stuhl fallen. »Und ich habe das Mittel dagegen.« Sie hielt die Wodkaflasche und die Styroporbecher hoch. »Wer hat Lust auf ein Trinkspiel?«

Emma hätte erwartet, dass alle ablehnen würden, aber zu ihrer Überraschung setzte sich Patsy neben Raylene. »Was für ein Spiel?«

»Es heißt ›Ich noch nie‹. Schon mal gehört?«

»Ich ja«, sagte Emma.

»Natürlich, du hast ja auch in New York gelebt«, grinste Raylene.

»Ich habe auch schon mal davon gehört«, sagte Jenny. »In *Lost.* Sawyer und Kate haben es am Lagerfeuer gespielt. Was eine ziemlich gute Folge. Also, ich mache mit.«

»Ja, das war wirklich eine gute Folge«, nickte Terri. »Da ging die sexuelle Spannung mit den beiden so richtig durch. Ich mache auch mit.«

»Dann erklärt mal uns anderen die Spielregeln«, sagte Marva. »Mein Tag war auch nicht gerade voller Sonnenschein. Gerade habe ich erfahren, dass der Staat ein Auge auf das Stück Land geworfen hat, das mein Dad mir draußen hinter Crescent vermacht hat. Sie wollen dort wohl eine neue Schnellstraße bauen, eine Umgehungsstraße für Fort Worth.«

»Ratten und Schmeißfliegen«, schimpfte Raylene. »Aber wie auch immer«, fuhr sie fort und schenkte Wodka in die neun Becher ein, die sie am Rand des Quiltrahmens aufgestellt hatte. »Das Spiel geht so. Jede fängt einen Satz mit ›Ich habe noch nie‹ an und erzählt uns etwas, was sie noch nie getan hat. Wenn irgendeine von euch das schon getan hat, dann darf sie aus ihrem Becher trinken. Wenn nicht, dann eben nicht. Wer es noch nie gemacht hat, trinkt nicht. Ich habe zum Beispiel noch nie einem Mann in die Eier getreten, sodass man ihm einen Hoden amputieren musste. Emma schon, sie müsste jetzt also trinken, alle anderen nicht, außer, sie haben schon mal einem Mann so fest in die Eier getreten, dass man ihm einen Hoden amputieren musste. Versteht ihr?«

»Es ist so eine Art flüssiger Lügendetektor«, meinte Dotty Mae.

»So ähnlich.« Raylene reichte die Becher herum. »Fertig?«

»Absolut fertig«, erwiderte Patsy. »Wer fängt an?«

»Ich«, sagte Terri. »Dann geht es im Uhrzeigersinn weiter. Ich habe noch nie ein Trinkspiel gespielt.«

Emma, Jenny, Dotty Mae und Raylene tranken einen Schluck.

»Verdammt«, sagte Patsy. »Nimm was, was ich schon mal gemacht habe, Belinda, damit ich auch einen Schluck kriege.«

»Ich war noch nie verliebt in einen Vietnam-Veteranen«, sagte Belinda.

»Danke«, erwiderte Patsy und nahm einen großen Schluck Wodka.

»Du bist dran«, wandte sich Belinda an Emma.

Emma sah Nina an, die ihr gegenüber saß. Sie wusste nicht, wie sie auf die Idee kam – die Worte hüpften ihr einfach so aus dem Mund. »Ich hatte nie eine Affäre mit einem Broadway-Produzenten.«

Nina erwiderte ihren Blick und führte den Becher zum Mund.

»Hmm«, machte Marva. »Bin ich dran? Keine Ahnung.«

»Nimm was Provokatives«, drängte Raylene.

»Also gut. Ich habe noch nie nackt im Fluss oder See gebadet.«

»Und das in einer Stadt mit einem berühmten See.« Dotty Mae schnalzte mit der Zunge. »Eine Schande.«

»Ich bin züchtig«, sagte Marva. »Das kann nicht ganz falsch sein.«

Alle außer Marva tranken. Emma spürte, wie sich nach diesem zweiten Schluck ein angenehm warmes Gefühl in ihr ausbreitete.

Jetzt war Jenny an der Reihe. Sie schaute die anderen wehmütig an. »Ich war noch nie schwanger.«

Alle außer Emma tranken. Auch Nina. Doch soweit Emma wusste, hatte Nina gar keine Kinder. Ob sie ein Kind verloren hatte?

»Ich hatte noch nie einen One-Night-Stand«, sagte Dotty Mae.

Raylene trank einen Schluck, sah sich um und bemerkte, dass alle anderen den Becher unten gelassen hatten. »Also! Ihr müsst schon ehrlich sein.«

Keine trank.

»Okay, dann bin ich also die einzige Schlampe hier.«

»Das Spiel war deine Idee«, sagte Terri. »Und jetzt reg dich nicht so auf.«

»Zu meiner Verteidigung kann ich anführen, dass ich Cheerleader bei den Dallas Boys war. Und zwar in den verrückten Siebzigern.«

»Ist schon gut.« Patsy klopfte Raylene auf die Schulter. »Wir lieben dich trotzdem, Schlamperle.«

»Du bist dran«, sagte Dotty Mae zu Nina.

»Ich habe nie meinen Ehemann betrogen, um beruflich voranzukommen.« Nina hob den Becher und sah Emma wieder an. Da war diese schreckliche Verletzlichkeit wieder, die Emma schon vorhin gesehen hatte, als sie den Raum betreten hatte. War Nina verheiratet gewesen? Sie wusste nichts darüber.

»Verdammt noch mal, alle hacken auf mir rum«, grummelte Raylene und trank wieder einen Schluck. »Nur für die Akten: Lance hatte mich zu diesem Zeitpunkt längst betrogen.«

»Lance war ihr erster Mann«, erklärte Belinda Emma. »Ein Football-Spieler und ein echter Arsch.«

Dotty Mae trank auch. Alle starrten sie mit aufgerissenen Augen an.

»Was ist denn?« Dotty Mae erwiderte den Blick. »Was glaubt ihr denn, wie ich sonst die erste weibliche Führungskraft dort geworden wäre?«

Belinda schüttelte den Kopf und schnalzte mit der Zunge.

»Keine vorschnellen Urteile!« Dotty Mae drohte mit dem Zeigefinger. »Ich hatte zwei Söhne zu ernähren, kein Geld auf der Bank und Stuart war unheilbar an Bauchspeicheldrüsenkrebs erkrankt. Manchmal muss eine Frau einfach tun, was eine Frau tun muss.«

»Niemand verurteilt dich«, sagte Nina, warf den Kopf in den Nacken und trank ihren Becher leer.

»Also wirklich«, sagte Raylene. »Wer hätte das gedacht?«

Am Sonntag wurde Emma mit Charlies Quilt fertig. Sie und Sam hatten seit dem seltsamen Streit nicht mehr miteinander gesprochen. Sie war so beschäftigt mit den Proben, dass sie ihn auch nicht gesehen hatte, höchstens mal zufällig auf dem Stadtplatz. Jedes Mal klopfte ihr Herz schneller, obwohl sie sich immer wieder sagte, dass Sams Einfluss auf ihr Leben ein natürliches Ende gefunden hatte.

Trotzdem legte sie den kleinen lilafarbenen Quilt in eine Schachtel und band sie mit einer blauen Schleife zu. Hier ging es um Charlie, nicht um das komplizierte Verhältnis zwischen ihr und Sam. Um drei Uhr an diesem Nachmittag ging sie die Stufen zu Sams Veranda hoch und klopfte an die Tür.

Sam öffnete ihr. Er sah zum Anbeißen aus in seiner grünen Cargohose und dem grün-weißen Dallas-Stars-Shirt. Sein Gesicht blieb ausdruckslos; nur in seinen Augen sah sie ein freudiges Aufflackern.

»Darf ich reinkommen?«, fragte sie.

Sam trat zur Seite. Charlie kam grinsend in die Diele gerannt.

Emma ging hinein und folgte Sam ins Wohnzimmer. Er deutete auf die Couch und nahm in einem Sessel gegenüber Platz, als sie sich gesetzt hatte. Aber er blieb auf der Kante sitzen, beugte sich vor und stützte die Ellbogen auf die Knie. »Was ist los?«, fragte er.

»Ich habe ein Geschenk für Charlie.«

»Nett von dir.« Seine Stimme klang gleichmütig und ohne Emotionen.

Charlie kletterte zu Emma auf die Couch. Sie roch den wunderbaren Duft eines kleinen Jungen, legte ihm die Schachtel auf den Schoß – und hatte im selben Moment ein schlechtes Gefühl wegen dieses Geschenks. Er war noch ein Kind, er erwartete sicher ein Spielzeug, keinen Quilt. Fast bekam sie ein wenig Angst. Was hatte sie sich bloß dabei gedacht? Es war eine dumme Idee gewesen.

»Ist nichts Großes«, fügte sie hinzu, als er das Geschenkband aufzog.

Er war ein sorgfältiges Kind, riss die Schachtel nicht entzwei, sondern machte sie langsam auf, nahm sich Zeit. Genau wie sein Vater. Emma warf Sam einen Blick zu. Er hatte sie beobachtet.

Charlie hob den Deckel hoch und starrte den Quilt an.

Er gefällt ihm nicht. Wie albern, zu denken, dass ein Kind so eine Decke mögen würde.

Charlie nahm den Quilt aus der Schachtel. Seine grünen Augen waren ganz ernst. Er hielt die Decke an sein Gesicht und atmete tief ein.

Emma kaute auf ihrer Unterlippe herum. »Gefällt er dir?«

Der Junge ließ den Quilt sinken und starrte ins Leere, als würde eine uralte Erinnerung in ihm aufsteigen. Oder als sähe er ein Gespenst. Dann hob er den Quilt wieder an seine Nase und atmete noch einmal tief ein.

»Ich habe ihn selbst gemacht«, sagte sie.

»Aus Valeries Kleid«, murmelte Sam.

Zum ersten Mal kam ihr der Gedanke, er könnte Anstoß daran nehmen, dass sie Valeries Kleid zerschnitten hatte, um daraus die Decke zu machen. »Ich hoffe, das war okay.«

»Ich habe es dir geschenkt, du kannst damit machen, was du willst.« Seine Augen blickten ebenso rätselhaft wie die seines Sohnes. »Drück Emma mal. Sie hat schwer gearbeitet, um diesen Quilt für dich zu machen«, forderte Sam Charlie auf.

Emma schaute wieder Charlie an. Ihr Herz lag wie ein schwerer Knoten in ihrer Brust.

Eine einzelne Träne hing in Charlies rechten Augenwinkel, aber er blieb einfach da sitzen, ohne sich zu rühren.

Du lieber Himmel, jetzt war er womöglich sauer auf sie. Sie fühlte sich ganz leer und verzweifelt. Warum hatte sie das gemacht? Was hatte sie sich dabei gedacht?

»Charlie«, tadelte Sam seinen Sohn. »Bedank dich bei Emma.«

Der Junge machte den Mund auf, als wollte er protestieren, aber er hatte ja seit mehr als einem Jahr kein Wort gesprochen. Seit dem Tod seiner Mutter. Seine kleinen Finger schlossen sich fest um den Quilt und verknautschten ihn.

»Ist schon in Ordnung, Sam, er muss mich nicht drücken, wenn er nicht will«, beschwichtigte Emma.

»Los jetzt!«, drängte Sam. »Emma hat so viel Arbeit in diese Decke gesteckt. Nur für dich.«

»Er ist noch ein Kind, er versteht das nicht. Und ehrlich, es macht mir nichts aus. Ich verstehe ihn.« Emma stand auf.

»Nein, Charlie muss lernen, dass man sich bedankt, wenn man etwas geschenkt bekommt.«

Charlie atmete noch einmal tief durch, sodass seine kleine Brust sich wölbte. Dann hörte man eine heisere Stimme, die so klang, als würde sich eine rostige Türangel bewegen. Und er flüsterte: »Der Quilt riecht wie meine Mommy.«

Emma fiel die Kinnlade herunter. Hatte sie das wirklich gehört? Hatte er wirklich gesprochen? Verblüfft sah sie Sam an.

Er sah aus wie vom Donner gerührt. »Hat er gerade …«

»Ich glaube schon«, grinste Emma.

Ihr war klar, dass Sam Charlie am liebsten in die Arme genommen und ihn durchs Zimmer gewirbelt hätte. Dass er nur zu gern in ein wildes Triumphgeheul ausgebrochen wäre. Ihr ging es ja genauso. Aber sie wollten den Jungen nicht erschrecken. Wenn sie eine zu große Sache daraus machten, hörte er womöglich wieder auf zu reden.

»Hast du was gesagt, mein Sohn?« Sam kniete sich vor Charlie hin und legte ihm einen Arm um die Schulter.

Charlie sah seinen Dad an, drückte den Quilt wieder an die Nase, und dann sprudelten die Worte nur so aus ihm heraus. »Er riecht genau wie meine Mommy. Wie kann das sein? Ist sie hier?« Er sah sich im Zimmer um. »Wo ist meine Mommy?«

Emma brach fast das Herz. Der Junge sah so verletzlich aus mit seinen großen, traurigen, verwirrten Augen hinter den dicken Brillengläsern, und sie wusste im selben Moment, sie hatte einen ungeheuren Fehler begangen, als sie den Quilt aus den Kleidern seiner Mutter gemacht hatte. Voller Reue drückte sie eine Hand auf ihren Mund. Wie hatte sie nur so dumm sein können?

Sam legte den Arm um Charlies Taille und drückte den Jungen an sich. »Charlie«, sagte er leise. »Du hast gesprochen.«

Charlie streckte sich und legte den Kopf schief, als müsste er darüber nachdenken. Endlich nickte er.

»Du weißt, dass deine Mommy nicht mehr da ist, nicht wahr? Wir haben ja darüber geredet.«

Charlie nickte zögernd. »Ja. Sie … ist jetzt bei den Engeln.«

»Genau.«

»Aber nicht bei Tante Jennys Engeln.« Er schaute zum B&B hinüber.

Maddie stand in der Tür, die Hände vor dem Mund, die Augen voller Tränen. Emma spürte auch, wie ihr die Tränen kamen.

»Nein«, sagte Sam.

»Aber die Decke riecht wie meine Mommy.«

»Weil Emma den Quilt aus dem lila Kleid deiner Mommy gemacht hat. Und das Kleid roch noch nach ihr. Emma hat den Quilt für dich gemacht, damit du etwas hast, was dich immer an deine Mommy erinnert«, erklärte Sam geduldig.

Charlie dachte einen Moment darüber nach. »Oh.«

Eine Welle von Gefühlen sorgte dafür, dass sich Gänsehaut auf Emmas Armen ausbreitete. Sie war schuld daran, dass Charlie Hoffnung geschöpft und gleich wieder verloren hatte. Sie konnte seine Enttäuschung spüren, und es war ein schreckliches Gefühl. Aber andererseits hatte dieser Quilt, den sie ihm gemacht hatte, ihn wieder zum Sprechen gebracht.

Maddie konnte sich nicht mehr zurückhalten. Sie kam ins Zimmer geeilt und nahm Charlie in die Arme. »Du hast gesprochen!«

»Hmhm.«

Sie wirbelte ihn herum. Patches nahm die Stimmung auf und drehte sich auch um sich selbst. »Wie heißt du, mein Junge?«

»Charlie Martin Cheek.«

Maddie lachte voller Freude. »Und wie alt bist du?«

»Sechs Jahre.«

»Und wie heiße ich?«

»Du heißt Maddie.«

»Warum hast du denn bloß so lange nicht geredet?«

Charlie zuckte mit den Schultern. Er hielt sich immer noch an den lilafarbenen Quilt fest.

»Ist ja auch egal, oder? Macht nichts, überhaupt nichts. Ich mache die heute Abend dein Lieblingsessen«, erklärte Maddie.

»Hot Dogs?«, fragte Charlie nach.

»Mit Käsenudeln aus der Packung, so wie du sie am liebsten hast.«

Patches bellte, als wollte er seine Zustimmung signalisieren.

Emma schaute zu Sam, in dessen Augen ebenfalls alle möglichen Gefühle zu sehen waren. Würde er ihr Vorwürfe machen? Sie hatte durchaus welche verdient, weil sie sich überhaupt keine Gedanken über die Folgen gemacht hatte. Mit einer so heftigen Reaktion von Charlie hatte sie nicht gerechnet.

»Kannst du mal kurz mit raus auf die hintere Veranda kommen?«, fragte Sam sie.

Jetzt würde sie ihre Abreibung bekommen. Sie bereitete sich auf einen kräftigen Streit vor, als sie hinausging. »Sam, ich bin so …«, setzte sie an. Aber sie brachte den Satz nicht zu Ende.

Sam zog sie in die Arme und nahm sie mit ans hintere Ende der Veranda, sodass man sie vom Küchenfenster aus nicht sehen konnte. Dann drückte er ihr einen heftigen, fordernden Kuss auf die Lippen.

Es war der beste Kuss, den sie je bekommen hatte. Von solchen Küssen konnte man besoffen werden.

Er legte seinen Arm fest um ihre Taille, vertiefte den Kuss

und fuhr mit seinen Bartstoppeln leicht über ihr Kinn. Emma schmolz dahin, öffnete den Mund, überließ ihm die Regie. *Noch einmal, Sam!*

Im Mimosenbaum hinter dem Haus sang ein Vogel ein Lied. Ein leichter Wind fuhr ihr durchs Haar. Als sie einatmete, nahm sie den Duft des Gartens wahr, reifende Kürbisse und Zwiebeln und Rüben. Und Sam. Er duftete nach Erde, reich und lehmig und lebendig.

Er küsste sie, als wäre das seine Lebensaufgabe, als wäre er für nichts anderes geboren. Sein Körper drückte sich heiß und hart an sie, und ihr rauschte das Blut in den Ohren. Sie schlang ihre Arme um seinen Hals, genoss den Kuss, vergaß für einen Augenblick, wo sie waren und wie sie so weit gekommen waren.

»Danke«, hauchte er, hörte auf, sie zu küssen, und legte seine Stirn an ihre. Sie konnte die Narbe an ihrer Haut spüren. »Danke.«

»Ich dachte, du wärst vielleicht wütend.«

»Warum denn um alles in der Welt?«

»Weil ich Valeries Kleid zerschnitten habe.«

»Du hast Charlie zum Sprechen gebracht.« Seine Hände zitterten ganz leicht, als er über ihre Oberarme strich. »Das ist ein Wunder, und du hast es fertiggebracht.«

»Ich habe aber auch schmerzhafte Erinnerungen in ihm geweckt.«

»Er spricht.« Sam hielt inne, und sie konnte die heftigen Gefühle hören, die ihm die Kehle zuschnürten. »Mein Sohn spricht wieder, und das hast du geschafft.«

Seine dunklen Augen durchbohrten sie, sahen sie fast fieberhaft an. Sie spürte dasselbe Fieber in ihren Adern.

»Hast du überhaupt eine Vorstellung, was das heißt? Was du da erreicht hast? Ich bin mit ihm von einem Arzt zum anderen gerannt, zu Trauerberatern und Psychotherapeuten. Und nichts hat geholfen, keine Gespräche, keine Techniken, keine Medikamente. Nichts. Bis du kamst.«

Es klang, als wäre sie eine Heilige. »Ich bin keine Heilige.«

»Doch, in meinen Augen schon.« Er trat einen Schritt zurück, nahm ihre Hand in seine und schaute ihr tief in die Augen, als wollte er nie mehr damit aufhören. Aber das bildete sie sich vielleicht auch nur ein, weil sie ihrerseits nie mehr damit aufhören wollte. »Pass auf, ich muss jetzt ein paar Leute anrufen und ihnen sagen, was passiert ist. Ich muss es meiner Familie sagen.«

»Natürlich.« Sie nickte. »Das verstehe ich vollkommen.«

»Ich kann es immer noch nicht richtig glauben.« Grinsend küsste er sie noch einmal, schnell und leicht diesmal. Sie hatte ihn noch nie so aufgeregt, so sorglos gesehen. Es war herzerwärmend. »Du bist ein Wunder. Unglaublich.«

»Das sagtest du bereits.«

»Ich kann es gar nicht oft genug sagen. Pass auf, wir müssen ausgehen und das richtig feiern. Auf meine Kosten natürlich. Charlies Großeltern väterlicherseits kommen nächstes Wochenende aus Florida und wollen mit ihm zelten fahren. Wollen wir beide dann nicht nach Fort Worth zum Essen fahren? Irgendwo, wo es richtig schön ist?«

»Ich feiere wirklich gern mit dir, Sam, aber ich bleibe dafür sehr gern hier in Twilight. Wir können einfach ins Funny Farm gehen.«

»Und das ist dir gut genug?«, fragte er hoffnungsvoll.

»Warum denn nicht?«

»Weil du ein Stadtmädchen bist. Du bist doch schicke Restaurants und tolles Essen gewöhnt.«

Emma lachte. »Du hast ulkige Vorstellungen über das Leben von Schauspielerinnen in New York. Wir müssen uns mal richtig lange unterhalten.«

»Samstagabend. Acht Uhr im Funny Farm. Ich reserviere uns einen Tisch.«

»Dann treffen wir uns dort.«

»Abgemacht.«

Er hatte ein Date mit Emma. Ein richtiges Date, ein offizielles Date. Ihr erstes Date überhaupt, wurde ihm klar. Sechzehn Jahre nach ihrem ersten Kuss.

Ob er eine Dummheit beging? Höchstwahrscheinlich. Ob es ihm was ausmachte? Auf keinen Fall. Er konnte sich überhaupt nicht erinnern, wann er jemals so glücklich gewesen war. Emma hatte Charlie zum Sprechen gebracht, und sie hatten ein Date. Er ertappte sich sogar dabei, das dämliche Piña-Colada-Lied zu pfeifen.

Maddie war genauso aufgeregt wie er. Sie telefonierte sich die Finger wund, um es allen zu erzählen: Charlie sprach wieder!

Sam packte seinen Sohn in den Jeep und fuhr mit ihm voller Vaterstolz durch die Stadt. Er nahm ihn sogar mit ans andere Ende der Stadt zu seiner Tante Belinda.

»Hi, Kimmie, Kameron, Karmie, Kyle und Kevin!«, begrüßte Charlie seine Cousins, die auf dem Rasen vor dem Haus spielten. Es war selbst für jemanden, der nicht mehr als ein Jahr geschwiegen hatte, ein echter Zungenbrecher, aber er verpasste keine einzige Silbe.

Seine Cousins stürzten sich auf ihn und stellten ihm tausend Fragen. Tante Belinda kam auf die Veranda geeilt. »Habe ich Charlie gerade sprechen gehört? Sam, kann das sein? Hat er gesprochen?«

Charlie hob eine Hand. Mit der anderen umklammerte er den lilafarbenen Quilt. »Hi, Tante Belinda!«

»Mein lieber, lieber Junge!« Belinda schnappte ihn sich und schwang ihn wild herum. Dann drückte sie ihn fest und küsste ihn immer wieder. Er zappelte in ihren Armen.

»Los jetzt«, sagte sie zu ihm. »Spiel mit deinen Cousins.« Und zu Sam sagte sie: Sie haben Standbild gespielt, ein tolles Spiel, da stehen sie wenigstens mal für eine halbe Sekunde still. Komm mit auf die Veranda.«

Charlie schloss sich den Kindern an, den Quilt immer fest im Griff, und Sam folgte Belinda auf die Veranda.

»Was ist passiert?«, fragte sie, als sie sich in den Schaukelstuhl fallen ließ.

Sam nahm den anderen Stuhl. »Emma.«

Belinda lächelte. »Wie hat sie es geschafft?«

»Hat sie dir nichts von dem Quilt erzählt?«

Belinda schüttelte den Kopf.

Er deutete mit dem Kinn in Charlies Richtung. »Sie hat ihn aus einem von Valeries Kleidern gemacht.«

»Was für eine wunderbare Idee!«

»Und Charlie sagt, der Quilt riecht wie seine Mommy. Das waren seine ersten Worte.«

Belinda konnte die Tränen nicht mehr zurückhalten. Sam musste wegschauen, damit er sich zusammenreißen konnte. »Eine tolle Frau, diese Emma.«

»Kann man wohl sagen«, erwiderte Sam. »Aber sie ist eben auch viel zu toll für mich.«

»Wenn es sein soll, Sam, dann soll es sein.«

»Ich wünschte, ich könnte deinen Optimismus teilen.«

»Gib ihr Zeit herauszufinden, was sie wirklich will.«

»Emma weiß schon, was sie will. Das weiß sie, seit sie vierzehn ist.«

Belinda schaute ihn einen Moment eindringlich an. »Das glaube ich sofort.«

»Und sie bekommt, was sie will.«

»Zweifellos.« Belinda tätschelte ihm das Knie. »Hast du deiner Mama schon von Charlie erzählt?«

»Noch nicht.«

Sie stand auf und reichte ihm die Hand. »Dann komm«, sagte sie. »Wir rufen sie an. Sie wird sich ein Loch in den Bauch freuen.«

Kapitel vierzehn

»Wenn du traurig bist, schnellen Trost brauchst und keinen Wodka mehr im Haus hast, macht dich auch ein Quilt ganz schnell wieder glücklich.«
Raylene Pringle, Besitzerin des Gasthauses zum gehörnten Widder und Mitglied des True Love Quilting Club

Bis der Samstagabend endlich kam, war Emma ein Nervenbündel. Sie hatte keine Ahnung, was sie anziehen sollte. Es musste ja genau zu diesem Date passen. Schließlich entschied sie sich für etwas ganz Einfaches. Eine frische rosafarbene Leinenbluse als Jacke über einem ärmellosen weißen Seidentop, dazu Jeans und neue Cowboystiefel, blau wie die Jeans. Sie würde Sam vor dem Funny Farm treffen.

Das Familienrestaurant nahm keine normalen Reservierungen entgegen. Es war so beliebt, und das Essen war so gut, dass es am Wochenende immer rappelvoll war. Man musste also früh kommen und sich für eine der Abendsitzungen eintragen. Sam hatte sie angerufen und ihr gesagt, er sei um vier Uhr dort gewesen, als das Restaurant aufmachte, und hätte sie beide für die Acht-Uhr-Sitzung eingetragen.

Man wartete in einer Schlange draußen, während die Gäste von der vorherigen Sitzung das Lokal verließen. Dann wurde ein großer Essensgong geschlagen, der an einer Straßenlaterne vor dem Restaurant befestigt war, und man durfte hineingehen. Die Atmosphäre auf der Straße war entspannt und ein wenig festlich, während sich die Leute dort versammelten. Es war eine schöne Gelegenheit, Touristen und Einheimische zu treffen.

Sie stellte sich in die Schlange und sah sich um. Da kam Sam auch schon die Cobalt Avenue entlanggeschlendert und näherte sich dem Platz. Er sah schlank und fit aus und trug ein Outfit, das ihrem sehr ähnelte: Jeans, weißes Westernhemd mit silbernen Schnallen statt Knöpfen, frisch polierte schokoladenbraune Cowboystiefel. Kein Cowboyhut, auch keine Basecap mit irgendwelchen Vereinsemblemen, wie sie die meisten Männer in der Menge trugen. Das Haar hatte er ordentlich über seine Narbe gekämmt, und es sah aus, als wäre es noch ein bisschen feucht, so als wäre er gerade aus der Dusche gekommen und hätte sich nicht die Mühe gemacht, es trockenzuföhnen.

Als er sie entdeckte, winkte er ihr grüßend zu.

Sofort spürte sie, wie ihr die Luft wegblieb. Himmel, sah dieser Mann gut aus! Sie bemerkte durchaus, dass ein paar Frauen sich nach ihm umdrehten, als er zu ihr kam. Und sie spürte auch, dass sie gute Lust hatte, diesen Frauen sämtliche Haare einzeln auszureißen. So viel Eifersucht überraschte selbst sie.

Sam sah sie mit einem wissenden Grinsen an, als könnte er ihre Gedanken lesen.

»Was grinst du denn so?«, fragte sie ihn, als er neben ihr stehen blieb.

»Ich grinse gar nicht«, leugnete er und grinste noch mehr. »Ich genieße lediglich den Anblick dieser Jeans, die du da anhast.«

Der Gong ertönte. Kellnerinnen in Uniformen, die ein

wenig aussahen wie Zwangsjacken, öffneten die breite Doppeltür. Die Leute strömten hinein und bekamen an der Tür Kärtchen mit ihrer Sitznummer. Das ganze System war Emma neu. Das Restaurant hatte es noch nicht gegeben, als sie in Twilight gelebt hatte.

»Wie viele Personen?«, fragte die Kellnerin an der Tür Sam und sie.

Sam hielt zwei Finger in die Höhe.

Die Bedienung gab ihm zwei rote Kärtchen mit einem Hahn darauf. »Ihr Tisch ist oben.«

»Danke.«

Das Innere des Lokals war mit landwirtschaftlichen Geräten und allerlei Erinnerungen an Bauernhöfe dekoriert – ein alter Pferdepflug, eine Butterform aus Glas, ein glänzender Milcheimer, zwei alte Mistgabeln mit schwarzen Griffen.

Sam nahm Emmas Hand und versetzte sie damit noch mehr und wieder einmal in Unruhe. Aber sie zog die Hand nicht zurück. Sie fühlte sich fremd hier, und entsprechend reagierte sie. Er führte sie die Treppe hinauf in den roten Bereich, wo alles mit Hühnern und Eiern dekoriert war. Dort angekommen rückte er ihr einen Stuhl an einem Zweiertisch zurecht, und sie setzte sich. Die Handtasche hängte sie über die Stuhllehne.

Er ging um den Tisch herum und setzte sich ihr gegenüber.

»Also«, sagte sie, nahm das Besteck aus der Serviette und legte sich die Serviette auf den Schoß. »Also.«

»Fehlen dir die Worte?« Er grinste wieder und zog eine Augenbraue hoch.

»Ja«, gab sie zu. »Das hier ist ziemlich …«

»Ländlich.«

»Rustikal.«

»Die Touristen lieben es.«

»Das sehe ich.« Emma deutete mit dem Kinn zu einer Familie hinüber, die in ihrer Nähe saß, Mutter, Vater, eine Tochter, zwei Söhne. Sonnenverbrannte Nasen und windzerzaustes Haar, als hätten sie den Tag auf dem See verbracht. Alle fünf trugen T-Shirts mit der Aufschrift: »Ich habe auf der Funny Farm gedient.«

Sam grinste noch breiter.

»Ziemlich speziell«, sagte sie.

»So ist das eben in Twilight.«

»Ich staune immer noch, wie wenig sich die Stadt verändert hat. Es fühlt sich an, als hätte ich eine Zeitreise in die Vergangenheit gemacht. Dreißig Jahre, mindestens.«

»So rückständig sind wir hier aber nicht.«

Sie hob beide Hände. »Ich mag das ja, Ich mag Twilight.«

Er legte den Kopf schief und sah sie fragend an. Sie spürte ihn so deutlich, seine Größe, seinen Duft, seine sehnige, knochige Gestalt. Sie dachte an den Nachmittag auf dem Hängeboden des Theaters, als sie sich die Sterne angesehen hatten, und musste schlucken. Wie konnte man sich nur so rastlos und verwirrt fühlen?

»Ja«, sagte die Bedienung gerade zu der Familie, über die sie gesprochen hatten. »Wir haben gebratene Pickles.«

Emma rümpfte die Nase. »Gebratene Pickles?«

»Sag nichts, bevor du sie probiert hast.«

Sie bewegte ihre Beine und spürte, wie ihre Knie Sams Beine berührten. Oha. Schnell nahm sie die Beine weg und sah ihn an. Hatte er es auch gespürt? Dachte er, es wäre Absicht gewesen? Sollte sie sich entschuldigen, weil sie ihn angestoßen hatte? »Dann sollten wir welche bestellen, oder?«, sagte sie. »Gebratene Pickles meine ich.«

»Machst du Witze? Das Zeug ist absolut ekelhaft.«

Verdammt, sie konnte einfach nicht aufhören, ihn anzustarren. »Aber du hast doch gesagt …«

»Ich meinte das grundsätzlich.«

»Was?«

»Du sollst nicht urteilen, bevor du alle Fakten kennst. Und selbst dann muss man vorsichtig sein, denn es gibt immer noch Fakten, die keiner kennt.«

Sie stützte sich mit dem Ellbogen auf die Armlehne. »Nicht alle Menschen können so studiert und kontrolliert sein wie du. Einige machen einfach gern ihre Fehler und lernen daraus.«

»Aber wenn man sich ein bisschen Zeit zum Nachdenken nimmt, macht man vielleicht nicht ganz so viele Fehler.«

»Manchmal ist die ganze Nachdenkerei für sich genommen schon ein Fehler. Beispielsweise wenn ein Lastwagen auf dich zufährt. Ich würde einfach wegspringen. Du würdest dastehen und nachdenken und so weiter, bis der Wagen dich zerquetscht.«

Was machst du da? Warum benimmst du dich so dämlich? Du hast ein Date mit Sam, hör auf, solche idiotischen Szenarios auszumalen.

»Schlechtes Beispiel«, sagte er.

»Warum?«

»Also zunächst einmal, warum fährt der Lastwagen auf mich zu?«

»Keine Ahnung, vielleicht hat der Fahrer vergessen, die Handbremse zu ziehen.«

»Wenn es so ist, warum rollt das Teil nicht einfach zurück, sondern fährt so schnell?«

»Die Szene spielt sich an einem steilen Hügel ab.«

»Und der Fahrer hat vergessen, die Handbremse zu ziehen.«

»Genau.«

»Dann ist er entweder besoffen oder ein Vollidiot und gehört hinter Gitter.«

»Aber du wolltest doch nachdenken und dich mit Urteilen zurückhalten. Jetzt bringst du den Kerl schon hinter Gitter. Was, wenn er wirklich abgelenkt war? Wenn zum Beispiel sein Kind krank ist?«

»Er ist kein echter Kerl, er ist nur eine Hypothese, die du dir ausgedacht hast.«

»Du stimmst mir also zu.«

Er sah sie verwirrt an. »In welcher Hinsicht?«

»Ich wäre weggesprungen und hätte mich in Sicherheit gebracht. Und du wärst platt wie ein Pfannkuchen.«

»Solchen Annahmen stimme ich nicht zu.«

»Verstehst du denn nicht? In der Zeit, die du gebraucht hast, um die Situation zu analysieren und mich zu befragen, hättest du dich in Sicherheit bringen können.«

»Abgesehen von der Tatsache, dass es keinen dummen, betrunkenen Fahrer mit einem kranken Kind gibt. Und keinen Lastwagen.«

»Könnte es aber geben.«

»Was darf's denn zu trinken sein?«, fragte die Bedienung, die plötzlich neben ihrem Tisch aufgetaucht war. Sie hatte die Haare mit einem roten Band zurückgenommen und trug eine rot karierte Schürze über der Uniform mit dem kurzen Rock. Tatsächlich sah sie aus wie eine Melkerin, was wohl, vermutete Emma, auch beabsichtigt war.

»Ich hätte gern Eistee«, sagte Sam.

»Kein Alkohol?«, fragte Emma.

Sam schüttelte den Kopf. »Ich trinke nicht viel.«

»Aber es ist Samstagabend, und wir haben einen besonderen Anlass.«

Er zuckte mit den Schultern. »Na gut, dann ein Bier vom Fass.«

»Und für Sie, Ma'am?« Die Bedienung sah sie fragend an.

»Auch ein Bier.«

»Geht klar, kommt sofort.«

Sam sah Emma in die Augen, als könnte er direkt in ihre Seele schauen. Sie leckte sich nervös über die Lippen, aber die Trockenheit blieb. Wo blieb denn bloß die Kellnerin mit dem Bier?

Schnell, denk dir was aus, sag was!

»Also«, sagte sie und nahm ihre Speisekarte. »Was schmeckt denn hier besonders gut?«

»Ich nehme immer das Roastbeef Und Charlie mag Hähnchensteak.«

Die Bedienung kam mit dem Bier, nahm die Essensbestellung auf, und sie versuchten sich weiterhin in leichter Konversation, aber die Stimmung war irgendwie seltsam. So sollte ein erstes Date nicht laufen, fand sie.

Er nahm ihre Hand. »Ich möchte dir für noch viel mehr danken. Nicht nur dafür, dass du Charlie zum Sprechen gebracht hast.«

»Oh?«, sagte sie leichthin, aber ihr Puls flatterte, als sie er ihr in die Augen sah.

»Du hast mir geholfen, zu sehen, dass ich mich zu sehr blockiere. Und indem ich mich selbst blockierte, habe ich auch Charlie blockiert. Ich habe beschlossen, dass es an der Zeit ist, meinen Horizont zu erweitern.«

»Sehr gut«, sagte sie.

»Mit dir fühle ich mich so lebendig wie schon lange nicht mehr.«

Danke, gleichfalls.

Und in diesem Moment war die unbehagliche Stimmung weg und die Verbindung wiederhergestellt. Er veränderte sie, so wurde ihr klar, auf eine Weise, die schon fast unheimlich war und über die sie lieber nicht zu intensiv nachdenken wollte. Sie kam ihm erschreckend nahe, und sie wusste es, aber sie hatte keine Ahnung, wie sie damit aufhören sollte. Sie hatte versucht, sich von ihm fernzuhalten, aber das hatte überhaupt nicht funktioniert.

Ihr Essen kam, und während des Essens redeten sie weiter. Über ihre Kindheit, ihre Vergangenheit. Sie erzählte Sam lustige Geschichten vom Leben in New York, und er revanchierte sich mit Erzählungen aus dem Leben eines Kleinstadttierarztes. Irgendwann war sie so weit, ihm Dinge zu erzählen, die sie noch nie jemandem erzählt hatte. Über ihre Zweifel und Ängste. Über die Einsamkeit, die sie so sorgfältig verborgen hielt.

Und Sam ließ sie reden. Manchmal strich er leise mit den Fingern über ihre Knöchel, aber er gab keinen Kommentar ab.

Trotzdem spürte sie, dass ihr, je mehr sie redete, die Brust immer enger wurde. Sie fühlte sich sehr zu ihm hingezogen, aber sie wusste, wie gefährlich das war. Je näher sie kam, desto mehr verschwand ihre Unabhängigkeit. Sie machte sich verletzlich. Aber sie konnte nicht anders.

Als er also fragte: »Würdest du nach dem Essen noch wo hingehen?«, antwortete sie: »Ich dachte schon, du würdest niemals fragen.«

Auf dem Parkplatz des Gasthauses zum gehörnten Widder standen jede Menge Pickup-Trucks, SUVs und ein oder zwei normale Autos. Sam parkte unter einer Laterne. Nach dem Essen waren sie zu ihm nach Hause gegangen, um den Wagen zu holen. Er war seit Ewigkeiten nicht mehr in der Kneipe gewesen, seit seiner Collegezeit, um es genau zu sagen, und selbst damals war er kein großer Partygeher gewesen, sondern hatte lediglich hier und da seine Brüder und Freunde begleitet. Er trank nicht viel, mochte schon den Geschmack von Alkohol nicht, also bestellte er sich meistens ein Bier und hielt sich den ganzen Abend daran fest. Bald wurde ihm klar, dass ihn seine Freunde vor allem deshalb mitnahmen, weil er am Ende des Abends immer noch fahren konnte. Das war ihm recht, solange niemand von ihm erwartete, irgendwie zu der Party beizutragen. Im Rampenlicht durften gern die stehen, die es genossen. So wie Emma.

Aber heute Abend war es anders. Sie schien entschlossen, ihn mit sich ins Rampenlicht zu ziehen. Sobald sie eingetreten waren, fingen ihre Hüften an, im Takt der Musik zu zucken. Auf der Tanzfläche hörte man Cowboystiefel zu einer Liveband, die gerade »Little Miss Honky Tonk« spielte.

Emma drehte sich um, nahm seine Hand und ging rückwärts auf die Tanzfläche zu.

Er zog seine Hand zurück. »Warte mal«, sagte er. »Ich muss mich erst mal ein bisschen locker machen, bevor du mich davon überzeugen kannst, dass ich da rausgehe und mich zum Affen mache.«

Sie legte den Kopf schief und sah ihn an, als wollte sie mit ihm darüber streiten, aber dann nickte sie. »Erst ein Vorspiel.«

»So würde ich es nicht nennen.« Er grinste unwillkürlich.

»Ich schon.« Sie grinste zurück. »Komm, wir suchen uns einen Tisch.«

Er schaute sich um, aber es war wirklich sehr voll. »Vielleicht sollten wir ein andermal wiederkommen, wenn nicht so viele Leute hier sind.«

»So leicht lasse ich dich nicht vom Haken, Doc. Ach, schau doch mal.« Sie zeigte hinüber. »Da sitzen ein paar von den Quilterinnen und winken uns.«

Sam stöhnte.

Emma knuffte ihn mit dem Ellbogen. »Sei nicht so ein mürrischer alter Einsiedler. Es wird dir guttun, dich mal ein wenig unter die Leute zu mischen.«

»In welchem Universum?«, brummelte er.

»In meinem«, erwiderte sie und nahm wieder seine Hand.

Mit einem Gefühl, als wäre er ein Schlauchboot, das von einem schnittigen Speedboot mitgezogen wird, folgte er ihr zu dem großen Ecktisch bei den Billardtischen, wo die Frauen schon für sie zusammenrückten.

»Hallo, Emma, hallo, Sam«, wurden sie von seiner Tante Belinda, seiner Schwester Jenny, Terri Longoria und Dotty Mae Densmore begrüßt.

»Hallo zusammen.« Emma ließ sich fallen und klopfte auf den Platz neben sich.

»N'Abend, die Damen«, sagte Sam und ließ sich neben ihr nieder. »Wo sind denn eure Männer?«

»Das hier ist ein Mädelsabend«, sagte Terri. »Ted hat Bereitschaftsdienst.«

»Harvey passt auf die Kinder auf.« Belinda trank einen Schluck Erdbeer-Daiquiri.

»Dean hält die Stellung im B&B«, ergänzte Jenny und fuhr sich mit einer Hand durchs Haar.

»Und ihr zwei?«, fragte Dotty Mae.

»Wir feiern Charlies Erfolg«, erwiderte Emma.

»Ach, das ist ja toll«, lachte Belinda. »Du wirst doch sicher mal mit Emma tanzen, oder, Sam?«

»Natürlich!« Sam war selbst überrascht über seine Antwort.

»Ja, schau an!« Raylene Pringle war zu ihnen an den Tisch gekommen, stellte sich hinter Sam und legte ihm eine Hand auf die Schulter. »Dich habe ich ja in meinem Etablissement nicht mehr gesehen, seit dein Bruder Ben mit seiner Freundin Schluss machte, sich hier betrank und dann mit der bloßen Faust ein Loch in meine Wurlitzer-Musikbox schlug.«

»Also seit fast zehn Jahren«, ergänzte Jenny.

Raylene tippte sich mit dem Zeigefinger an die Schläfe. »Ich habe ein gutes Gedächtnis, und nachtragend bin ich auch, vor allem, wenn mich etwas so viel Geld kostet. Was soll's denn zu trinken sein?«

»Bedienst du heute selbst?«, fragte Terri.

Raylene verdrehte die Augen. »Die Holloway-Tochter,

die ich angestellt habe, hat sich krank gemeldet, aber inzwischen habe ich gehört, sie ist wohl schwanger. Von einem der Townsend-Jungs. Diese Typen sind unverbesserlich.«

»Stimmt genau«, nickte Dotty Mae.

»Ich hätte gern ein Bier«, sagte Sam, der nicht viel von Klatsch und Tratsch hielt. »Und Emma hätte gern ein …« Er sah sie fragend an.

»Bier?« Emma sah ihn entsetzt an. »Ich dachte, du wolltest mal ein bisschen über die Stränge schlagen.«

»Für meine Verhältnisse ist das schon ziemlich über die Stränge geschlagen.«

»Wie wär's denn mit einem Margarita«, schlug Raylene vor. »Sonny macht ihn nicht so süß, der ist echt gut.«

Emma rubbelte Sams Arm. »Los jetzt, geh mal ein bisschen aus dir heraus. Das muss doch erlaubt sein. Charlie ist bei den Großeltern, Maddie ist verreist, du hast mal eine Nacht lang keine Verantwortung für andere. Und du hast dir doch Spaß verdient!«

Sam sah Emma an. Ihre Augen funkelten geradezu teuflisch. Die kupferfarbenen Locken hüpften um ihre Schultern, wenn sie den Kopf drehte, sodass sie richtig nett aussah, wie das Mädchen von nebenan. Ihre rosafarbene Leinenbluse passte gut zu ihrem Teint, und durch den Lipgloss wirkten ihre Lippen feucht und glänzend. Sie war einfach wunderbar.

»Ich nehme so einen Margarita, Raylene.« Emma hielt seinem Blick stand und forderte ihn heraus.

Ach, zum Teufel! Wenn er tatsächlich noch tanzen sollte, war es vielleicht keine schlechte Idee, sich einen kleinen Schwipps anzutrinken. Sam schaute nicht weg. »Ich auch.«

»Bin gleich wieder da.« Raylene eilte davon.

Emma lächelte ihn an, und er fühlte sich, als wäre gerade die Sonne aufgegangen.

Die Frauen jubelten. »Ich weiß ja nicht, was du mit ihm gemacht hast …« Jenny streckte beide Daumen in die Luft. »Aber wer es schafft, meinen kleinen Bruder aus dem Haus und der Praxis zu locken, hat meine Stimme.«

»So ein Einsiedler bin ich aber nicht!«, protestierte Sam.

»Nein, wirklich nicht.« Jenny schüttelte den Kopf.

»Na gut, ein bisschen. Aber jetzt bin ich hier und habe mir einen Margarita bestellt und …« Er warf einen Blick über die Schulter. »Jetzt denke ich darüber nach, beim Line Dancing mitzumachen. Ich will nichts mehr hören, ist das klar?«

»Yes Sir!« Jenny salutierte grinsend.

Emma legte die Hände auf den Tisch und beugte sich unabsichtlich vor, sodass er ihren Busen sehen konnte. »Und, habt ihr schon getanzt?«

Sam schaute genau im richtigen Moment hin. Es war gar nicht seine Absicht gewesen, aber Himmel, ein Mann musste schon tot sein, um diese Prachtexemplare in ihrer Bluse nicht zu bemerken. Rund und fest und reif wie Pfirsiche im Juli.

Er lehnte sich ein wenig zurück, um besser sehen zu können, und grinste unwillkürlich. Zugegeben, es gefiel ihm, sich so zu fühlen. Ein bisschen lüstern und vor allem lebendig.

»Bitte schön, zwei Margaritas auf Eis.« Raylene stellte ihnen die Drinks hin. »Wollt ihr einen Deckel?«

»Ich glaube, einer ist genug für mich.« Sam zog einen Schein aus der Tasche und reichte ihn Raylene.

»Ja«, sagte Jenny. »Der Himmel möge verhüten, dass Sam mal zwei Drinks an einem Abend bekommt.«

»Was soll das denn? Willst du, dass ich betrunken werde?«

»Könnte mal ganz interessant sein. Ich habe dich noch nie betrunken gesehen.« Seine Schwester streckte ihm die Zunge raus.

»Weil ich nie betrunken war.«

»Ehrlich?« Emma sah ihn prüfend an.

»Ist nicht mein Stil.«

»Dann trinken wir auf Sams ganz eigenen Stil«, sagte Emma und erhob ihr Glas.

»Auf Sam«, stimmten die anderen ein, und sie stießen mit den Gläsern an.

Nur Sam nicht. Ihm war das Ganze ausgesprochen peinlich. »Das ist ja echt ein bisschen pervers, oder?«, sagte er. »Auf die Nüchternheit zu trinken.«

»Los jetzt«, drängte Emma ihn. »Trink mal was.«

Er nahm einen Schluck von dem Margarita, der vor allem nach Limetten schmeckte. Er stieg ihm sofort in den Kopf. »Wie viel Tequila ist denn da drin, Raylene?«, fragte er misstrauisch.

»Genug, Cowboy.« Raylene tätschelte ihm den Kopf. »Und wenn du doch noch einen willst, lass es mich wissen.«

»Ihr habt euch gegen mich verschworen«, sagte er, während der Drink ihm glatt die Kehle hinunterlief. »Eine große Schwester ist eigentlich mehr als genug.«

»So geht es, wenn man sich in einen Mädelsabend einschleicht«. Jenny zwinkerte ihm zu.

»Und, bist du jetzt bereit für einen Tanz?«, fragte Emma.

»Es sieht so aus, als wäre es das geringere Übel.«

»Da hast du recht.« Sam nahm noch einen schnellen Schluck, um sich vorzubereiten.

»Lasst ihr mich mal raus?«, fragte Belinda und stand auf.

»Aber sicher.« Sam schob seinen Stuhl zurück, und nachdem Belinda an ihm vorbeigegangen und in der Menge verschwunden war, stand er seinerseits auf und reichte Emma die Hand. »Darf ich um diesen Tanz bitten?«

»Ich dachte schon, du würdest niemals fragen.« Sie reichte ihm ihre zarte kleine Hand, und er fühlte sich wie ein unförmiges Monster. Sie war so zierlich! Gerade als sie die Tanzfläche erreichten, endete die Musik. Er sah aus dem Augenwinkel, dass Belinda mit einem der Jungs von der Band flüsterte. Was hatte seine Tante denn schon wieder vor? Die Antwort erfuhr er eine Sekunde später. Belinda konnte einfach nicht anders, sie war eine Kupplerin vor dem Herrn. Er hätte wütend auf sie sein sollen, und normalerweise wäre er das auch gewesen. Aber jetzt … jetzt war er gerührt, und er wusste beim besten Willen nicht, warum.

»Wir werden mal ein bisschen Abwechslung reinbringen, Leute«, sagte der Gitarrist. »Jetzt kommt ein Walzer, und er ist allen hier gewidmet, die ihre Highschoolliebe immer noch im Herzen haben.«

»Oha«, sagte Emma. »Da sollten wir wohl lieber sitzen bleiben und abwarten.« Sie wollte zurück zu ihrem Platz gehen, während einige ihnen entgegenkamen.

»Auf keinen Fall.« Sam hielt sie am Ellbogen fest. »Du entkommst mir nicht. Du wolltest tanzen, und jetzt wird getanzt.«

»Aber Walzer?«

»Warum denn nicht?«

»Ein Walzer für alle Liebespaare?«

»Und?«

»Wir sind doch kein Liebespaar.«

»Nein, aber du bist meine Highschoolliebe.«

»Na ja … Wir waren eher so Freunde, bis … du weißt schon.«

»Ja.« Er senkte den Blick und sprach leiser. »Ich weiß.«

Ihr Herz schlug schneller, und sie senkte ebenfalls den Kopf. »Komm, wir warten, bis sie etwas Schnelleres spielen.«

»Du wolltest, dass ich ausgehe und ein bisschen über die Stränge schlage. Und in dem Moment, wo ich bereit bin, das zu tun, kriegst du kalte Füße und willst mir einen Korb geben.«

»Ein Walzer ist etwas sehr Intimes.«

»Und?«

Sie schluckte schwer.

Die Band spielte die ersten Töne von »Waltz across Texas«, und bei den Klängen der inoffiziellen Landeshymne standen noch mehr Leute auf und bewegten sich auf die Tanzfläche. Belinda hatte gut gewählt. Der Mann am Mikrofon fing an zu singen – und Sam nahm Emma in die Arme. In dem Lied ging es um ein Happyend: Der Mann kriegt seine Liebste, und er will eigentlich nur eins mit ihr tun, Walzer tanzen, durch das ganze Land.

Sam sah Emma in die Augen, und eine Welle von Gefühlen übermannte ihn, so schnell, dass er sie kaum sortieren konnte: Melancholie, Freude, Angst, Hoffnung und reine sexuelle Anziehung. An dem letzten Gefühl hielt er sich fest. Es schien ihm am sichersten, es war einfach und leicht verständlich. Die anderen Gefühle waren verdammt riskant.

Dass er auf einmal so sentimental wurde, musste an dem Tequila liegen. An dem Tequila und der Musik und dem Gefühl, Emma in den Armen zu halten. Als er Walzer tanzen gelernt hatte, da hatte er immer an sie gedacht und insgeheim gehofft, dass er eines Tages, irgendwie, mit ihr Walzer tanzen würde. Und jetzt war dieser Tag gekommen. Er konnte es kaum glauben. Und er misstraute dem Gefühl zutiefst.

Die Luft war angefüllt mit dem, was hätte sein können und niemals sein würde. Aber in diesem kostbaren Moment waren sie zusammen. Und sie tanzten Walzer. Die Zeit verschob sich unter ihren Füßen. Sie machten eine wunderbare Zeitreise, zwei Vierzehnjährige, die noch viel zu jung waren, um ihre Leidenschaft zu leben. Und jetzt waren sie erwachsen und wieder zusammen, wenn auch nur für einen kurzen Moment. Sie waren gleichzeitig ernsthafte Kinder und wachsame Erwachsene.

Ein Dutzend Gefühle sauste über Emmas Gesicht und spiegelte, was in ihm vorging. Eine Sekunde lang hätte er geschworen, dass er einen Tränenschleier in ihren Augen sah, aber dann blinzelte sie, und er sah ihn nicht mehr.

Sie schwebten zu der Musik, die Blicke ineinander verschmolzen. Als sie leise seufzte, ging der bittersüße Laut Sam durch Mark und Bein und riss die letzten Reste seiner Nüchternheit mit sich. Mit Tequila hatte das freilich nichts zu tun, dieser Rausch kam von ihrem Duft in seiner Nase, von dem Gefühl ihres weichen Körpers, den er fest an sich gedrückt hielt.

Und dann tat sie etwas, was ihn vollends aus der Fassung brachte. Sie legte ihm den Kopf an die Schulter, ihr Gesicht an seinem Hals vergraben.

Sein Herz schlug wie ein Hammer. Er hielt sie noch ein bisschen fester. In diesem Moment gehörte er ganz und gar ihr. Er spürte es, spürte die sexuelle Energie aufsteigen. Die Musik spielte weiter, brachte die Luft zum Flimmern und pulsierte in ihren Körpern, während sie sich in absoluter Harmonie bewegten.

»Sam«, murmelte sie und fuhr mit den Lippen über sein Schlüsselbein.

Der Klang ihrer Stimme, so verletzlich und zart, ließ ihn erzittern. Er senkte den Kopf und küsste sie sanft auf die Stirn. Sie tanzten weiter, unter der glitzernden Diskokugel hinweg. Jemand hatte das Licht gedämpft, als der Walzer begann, und jetzt warf diese Kugel silbrige Strahlen auf sie und tauchte den Augenblick in Sehnsucht und falsches Sternenlicht.

Ihr fester, kompakter Körper war mit seinem verschmolzen. Sam konnte jede Kurve, jede Kante spüren und fühlte ein Verlangen, das einfach nicht sein durfte. Zwischen ihnen passierte gerade ein Wunder, das konnte jeder sehen. Aber verdammt, sie waren nicht füreinander bestimmt, so sehr er sich das auch wünschte. Sie hatten ganz verschiedene Lebenspläne, und er hatte Verantwortung übernommen, die er nicht einfach aufgeben konnte.

»Emma«, flüsterte er leise.

Sie lehnte sich ein wenig zurück und sah ihm ins Gesicht, studierte ihn, als suchte sie Antworten auf eine unausgesprochene Frage. Ihre grünen Augen waren unschuldig und erfahren zugleich. Ihre dicken kupferroten Haare fielen über ihre Schultern wie ein Wasserfall. Und ihr Blick durchbohrte sein Herz und raubte ihm den Atem.

Er blinzelte, fühlte sich wie benommen, so sehr es in ihm auch jubelte, weil er sie endlich in den Armen hielt. Er starrte in ihre Seele und sie in seine. Es war, als gäbe es den alten, braven Sam nicht mehr.

Um sie herum tanzten andere Paare, man hörte Cowboystiefel auf dem Betonboden – eine andere Harmonie, die sie in einem Kokon aus Musik umgab.

Walzer, Walzer, Walzer.

Der hefige Biergeruch und der scharfe Gestank von verbranntem Popcorn mischte sich mit altem Zigarettenrauch und Parfüm. Auf seiner Zunge lagen der frische Geschmack des Tequila und der scharfe Geschmack der Vergangenheit.

Emma sah ihn in mit großen Augen an und legte eine Hand auf sein Herz, das daraufhin noch schneller schlug. Er fühlte sich durchgeschüttelt wie ein Martini Cocktail.

Dann endete der Walzer, und die Band kündigte an, sie würde jetzt eine Pause machen. Und so blieben Emma und Sam für einen langen, unbehaglichen Augenblick mitten auf der Tanzfläche stehen. Und die Phantasie verschwand, die Realität kam zurück.

Kapitel fünfzehn

»Das Beste gegen einen Kater? Zwei Aspirin, drei Liter Wasser und ein weicher Quilt, unter dem man alles ausschlafen kann.«
Earl Pringle, Besitzer und Wirt des Gasthauses zum gehörnten Widder

Emmas Gesichtsausdruck sorgte dafür, dass sich in Sams Innerem alles verknotete. Zum Teufel, was hatte er getan? Warum hatte er sie in diese Kneipe eingeladen? Warum hatte er den Margarita getrunken? Und warum hatte er mit ihr Walzer getanzt? Jetzt war er echt in Schwierigkeiten.

Scheiße, wie war er bloß hierhergeraten? Er starrte sie an und wünschte sich, der Abend hätte nie stattgefunden. Und wenn er schon am Wünschen war, warum wünschte er sich nicht gleich, dass sie nie zurückgekommen wäre?

Der Gedanke machte alles noch schlimmer. Wem wollte er denn etwas vormachen? Von dem Moment an, als sie auf seiner Veranda gestanden hatte, waren alle seine Teenager-Phantasien auf einen Schlag zurückgekommen, und zwar mit der Wucht eines Panzers.

Sie trat einen Schritt zurück und deutete mit dem Daumen in Richtung Toilette. »Ich gehe mal für kleine Mädchen.«

Er nickte und lächelte, als wäre alles bestens. Dann schob er die Hände in die Taschen. Sie war alles, was er sich nicht wünschen durfte, aber als er ihr nachsah, wie ihre Rückseite von ihm wegschwang, konnte er kaum an sich halten.

Das war nicht gut. Gar nicht gut. Er konnte doch nicht hier stehen wie ein bloßgelegter Nerv! Er war ein studierter Mann, ein Tierarzt. Und Vater eines kleinen Jungen. Er hatte entsetzlich viel zu verlieren. Er zwang sich, ihr nicht mehr nachzusehen, drehte sich um und ging zurück zum Tisch. Die Frauen waren unterwegs, er saß allein. Also trank er einen großen Schluck Margarita, um das Feuer in seinem Inneren zu löschen. Vergeblich. Natürlich.

»Schau dir doch bloß den Hintern von der Rothaarigen an«, lachte ein dicker Typ im Overall und mit einem Cowboyhut, der an einem der Billardtische stand. Er stützte sich auf seinen Queue und wartete, dass er wieder an die Reihe kam.

»Wo denn?«, fragte sein Mitspieler, ein mageres Frettchen mit Pferdeschwanz und jeder Menge Tätowierungen auf den Armen.

»Sie ist gerade von der Tanzfläche gegangen. Ganz allein.«

»Kennst du sie? Ich habe sie hier noch nie gesehen.«

»Könnte ja sein, dass sie Gesellschaft sucht.«

»Gesellschaft? Die würde ich mir gern mal hier auf den Tisch legen«, lachte der Dünne. »Genau das würde ich gern tun.«

»Bei so einer fragt man sich ja, ob wohl der Teppich zu den Vorhängen passt.«

Die beiden Idioten grinsten breit und dämlich und machten anzügliche Handbewegungen.

Mehr war nicht nötig, damit Sam fast durchdrehte. Es war überhaupt nicht seine Art, er war daran gewöhnt, seinen Zorn und seine Zunge im Zaum zu halten, aber er konnte doch nicht zulassen, dass sie solche Sachen über Emma sagten! Er ballte die Faust und schob das Kinn vor.

In dem Moment kam Emma zurück und ging direkt an dem Billardtisch vorbei. Der Magere pfiff, und der Dicke streckte die Hand aus und klatschte ihr kräftig auf den Hintern.

Da sah Sam rot. Wortwörtlich. Die Bar verschwand hinter einem blutroten Schleier, ihm wurde heiß, die Adern an seinen Schläfen klopften. Die Wut raste durch seinen Körper und riss ihn mit sich. Er hatte so etwas noch nie erlebt. Irgendjemand schnaubte wie ein wilder Stier, und im nächsten Moment merkte er, dass er das war. Blind sprang er auf, schob Tische zur Seite, warf Gläser und Bierflaschen um, nur um so schnell wie möglich bei ihr zu sein.

Dann legte er dem Dicken eine bleischwere Hand auf die Schulter. Von Nahem war der Kerl noch größer. »Sie entschuldigen sich jetzt bei der Dame«, brachte er durch zusammengebissene Zähne hervor.

»Verpiss dich«, schnauzte der Dicke, während sein magerer Freund kicherte und herumsprang und seinen Billardqueue wie ein Hillbilly-Ninja schwang.

Der Kerl war groß und stark, aber auch sehr betrunken. Sam sah den Schlag kommen, bevor der andere überhaupt richtig ausgeholt hatte. Er duckte sich und haute dem anderen gleichzeitig die Faust in den Unterleib. Im Herzen war er Pazifist, wohl wahr, aber er war eben auch mit drei Brüdern aufgewachsen. Er wusste durchaus, wie man sich schlägt.

»Umpf!« Der Dicke ging in die Knie.

Im gleichen Moment hörte Sam ein hässliches, krachendes Geräusch, schmeckte dann Blut und spürte erst danach den Schmerz. Er fuhr herum, und da stand das Frettchen mit dem Pferdeschwanz und den Tätowierungen und hatte einen zerbrochenen Queue in den Händen.

»Merk's dir«, sagte er mit nasaler Stimme. »Ich rate dir, merk's dir.«

Sam wollte ihm sofort die Faust auf die Nase setzen, aber die Unterbrechung hatte dem Dicken Zeit gegeben, sich von dem Schreck zu erholen. Jetzt stürzte er sich auf Sam. Und er hatte einen verdammt harten Schlag.

Es war ein Kampf zwei gegen einen, aber Sam hielt ihnen ganz gut Stand. Bis ihre Freunde sich einmischten. Warum hatte er nicht bemerkt, dass sie mit einer ganzen Gruppe da waren?

»Ihr könnt draußen weitermachen.« Earl Pringle war auf seine Theke gestiegen und brüllte sie an.

Eine Seitentür ging auf, sie liefen auf den Parkplatz. Jemand schob Sam weiter, obwohl er sich wehrte. Dann waren sie draußen, die warme Nachtluft schickte einen leichten Windzug über seine Haut. Am Himmel standen unzählige Sterne, aber er hatte keine Chance, sie wahrzunehmen. Seine erste Kneipenschlägerei. Überall Leute, die sich schubsten, schlugen und dabei laut fluchten. Die Luft schmeckte nach Bier und Abgasen. Und er schmeckte Blut in seiner Kehle.

Jemand kletterte mit Cowboystiefeln auf die Motorhaube eines Pickup-Trucks. Eine Frau schrie.

Emma? Wo war Emma? Wie ging es ihr?

Er drehte sich und suchte nach ihr, aber im Gedränge konnte er sie nicht sehen. Wo war sie? In seinem Bemühen, sie zu finden, sah er zu spät, wie die fleischige Faust des Dicken ihm ins Gesicht krachte.

Sein Kopf fuhr herum, in seinen Ohren klingelte es. Sein Auge tat höllisch weh.

»Hör auf damit, du Vollidiot!«, brüllte eine Frau.

Emma.

Er suchte nach ihr, aber er konnte nicht mehr gut sehen, und seine Knie wurden weich. Sein Kopf bekam fast nichts mehr mit, so benommen war er.

Jemand schlug ihm in den Magen. Er vermutete, es war das Frettchen. In dem Moment war Schluss. Seine Beine gaben nach, und ihm wurde schwarz vor Augen.

Sam lag leise stöhnend auf dem Parkplatz der Kneipe, mit blutiger Stirn und einem Höllenschmerz im Kopf. Die Typen, die ihn geschlagen hatten, hatten ihn auf die Ladefläche eines Ford F 150 gepackt und waren davongefahren. Auf dem Parkplatz waren fast keine Leute mehr.

Emma kniete neben ihm. Sie sah aus, als hätte man ihr das Herz gebrochen. Er hatte für ihre Ehre gekämpft und war zusammengeschlagen worden! »Sam, kannst du mich hören?«

Er gab ihr keine Antwort.

Vorsichtig schlug sie ihm auf die Wangen, um ihn zu wecken. »Sam? Sam? Sag doch was! Bitte, sag was. Bist du okay?«

»Schätzchen, sieh zu, dass du ihn von hier wegbringst«, sagte Raylene, die in der offenen Tür stand. »Earl hat die Polizei gerufen, und wenn du Schwierigkeiten vermeiden willst, solltest du mit ihm weg sein, bevor die Streife hier auftaucht.«

Wie zur Bestätigung ertönte eine Polizeisirene durch die Nacht.

»Los Sam, du musst jetzt aufwachen. Wir müssen hier weg, sonst verbringst du die Nacht in einer Zelle. Schau mich an, Sam.«

»Hm?« Er schüttelte den Kopf und riss mühsam die Augen auf. Zumindest eines. Sein Blick wirkte verschwommen. Er sah sie nicht an und blinzelte die ganze Zeit. Scheiße, das war wirklich übel.

»Sam!« Sie nahm sein Kinn in die Hand. »Weißt du, wer ich bin?«

»Trissy Lynn«, murmelte er.

Sternhagelvoll. Der Mann war richtig schwer betrunken.

»Schöne Bluse«, sagte er und berührte mit einem Finger ihren Ärmel. »Bringt deine … Möpse … gut zur Geltung.«

»Was?« Emma sah ihn an und schaute dann an sich herunter. Er hatte recht, sie bot ihm gerade einen ausgezeichneten Blick. Schnell knöpfte sie die rosafarbene Bluse zu, die sie über dem T-Shirt trug.

»Ach, meinetwegen musst du sie nicht wegpacken.«

Sie schnippte mit den Fingern. »Los jetzt, konzentrier dich. Du musst in den Jeep steigen, bevor die Polizei hier ankommt.«

»Gut. Konzentrieren.« Er runzelte die Stirn. »Aber das tut weh.«

Das Geräusch der Sirene kam näher.

»Los, beeil dich, ich helfe dir hoch.«

»Du bist sooo hübsch«, murmelte er.

»Ich nehme dich mit der Schulter hoch.«

»Warte, Schätzchen, ich helfe dir.« Raylene kam auf ihren Highheels herübergestakst.

»Sie sind abgehauen, bevor es richtig losging. Ich könnte Earl in den Hintern treten, dass er die Polizei gerufen hat. Ich meine, klar, mir wäre es auch lieb, wenn die beiden Arschlöcher im Knast landeten, aber ich will nicht, dass Sam Schwierigkeiten bekommt.«

Zu Sam sagte sie: »Hör zu, Sam Cheek, du musst jetzt mal ein bisschen mithelfen. Die Kleine und ich schaffen das nicht allein. Du musst jetzt aufstehen.«

Sam schüttelte heftig den Kopf. »Ich mach ja schon. Ich steh ja schon auf.« Er kam in den Vierfüßerstand.

Raylene nahm einen Arm, Emma den anderen, und so zogen sie ihn hoch. Er schwankte und legte eine Hand an seine Stirn.

»Ist dir schwindelig?«, fragte Emma.

»Geht schon.«

»Bring ihn nach Hause, gib ihm ein großes Glas Wasser zu trinken, mach ihn sauber und pack ihn ins Bett«, sagte Raylene.

»Sollte ich nicht lieber einen Arzt holen?«

Raylene stellte sich auf die Zehenspitzen und schaute sich die Wunde an Sams Stirn genauer an. »Fleischwunde. Da habe ich schon Schlimmeres gesehen.«

»Er könnte aber eine Gehirnerschütterung haben.«

»Weißt du, wo du bist, Sam?«, fragte Raylene.

Sam warf Emma einen strafenden Blick zu. »Da, wo ich auf keinen Fall sein sollte.«

»Wie ist der Mädchenname deiner Mutter?«

»Guthery.«

»Wie alt warst du, als du zum ersten Mal Sex hattest?«

»Raylene!«

»Was denn?« Raylene zuckte mit den Schultern. »Jetzt mach dir mal nicht in die Hosen. Ich weiß schon, es war nicht mit dir, Emma. Er erzählt mir keine Geheimnisse.«

»Achtzehn«, antwortete Sam. »Erstes Jahr auf dem College. Sie hieß Molly Hampton.«

»Die Cheeks sind alle Spätentwickler.« Raylene sah ihn forschend an. »Aber dann!«

»Was soll das denn alles?«, schnaubte Emma.

»An die wichtigen Dinge erinnert er sich.« Raylene klopfte ihm auf die Schulter. »Dann geht es ihm auch gut.«

Die Sirene wurde noch lauter. Raylene lief zur Fahrerseite von Sams Jeep und riss die Tür auf. »Und jetzt müsst ihr los, und zwar ein bisschen plötzlich.«

Emma legte einen Arm um Sams Taille. »Komm, ich halte dich aufrecht.«

Da lachte Sam. Ein kurzes, abgehacktes Lachen. »Das darf ich nicht wieder machen«, sagte er. »Sonst tut mir der Kopf noch mehr weh.«

Irgendwie bugsierten sie ihn in den Jeep und fuhren vom Parkplatz, bevor die Polizeistreife ankam. Im Rückspiegel sah Emma, wie Raylene den Polizisten zuwinkte.

»Hui.« Sie atmete tief durch. »Das war knapp.«

»Spaßiger Abend«, bemerkte Sam.

Sie warf ihm einen strafenden Blick zu. »Mach mir keine Vorwürfe. Niemand hat dir gesagt, du sollst den Dicken verhauen.«

Sam legte den Kopf an die Fensterscheibe. »Er hat dir auf den Hintern gehauen.«

»Wird das jetzt zur Gewohnheit, dieses Heldentum?«

»Nur, wenn es um dich geht, Trixie Lynn.«

Es gefiel ihr. Mehr, als ihr guttat. Ihre Gefühle für Sam wurden immer komplizierter, und sie wusste bald nicht mehr, wie sie sie in den Griff bekommen sollte.

Wer sagt denn, dass du sie in den Griff bekommen sollst? Lass dich doch mal drauf ein!

»Ich wäre mit dem Kerl schon fertig geworden, weißt du. Ich komme aus Manhattan. Trotzdem, danke!« Sielächelte ihn an. »Es war einfach nett von dir.«

»Nett?«, grummelte er. »So siehst du mich also?«

»Was ist denn falsch daran?«

»Frauen stehen auf böse Buben, nicht auf nette Kerle.«

»Valerie nicht.«

Er machte ein seltsames Geräusch.

Emma drehte sich zu ihm um. »Was denn?«

»So war das nicht mit Valerie und mir.«

»Was war nicht so?«

Er zuckte mit den Schultern. »Man könnte wohl sagen, es war eine Art Trostehe. Sie war ein guter Mensch, und sie hatte Charlie, und nach dem Tod ihres Mannes hatte sie niemanden, der sich um sie kümmerte.«

»Und da bist du eingesprungen?«

»Nein, nicht wirklich. Ich meine, wir waren Freunde, und eines Tages war ich da und reparierte ihre Spülmaschine, und sie hat mir was zum Abendessen gemacht, und dann haben wir ein paar Bierchen getrunken und landeten zusammen im Bett. Es war nicht gerade ein Erdbeben, aber es war schön, und wir hatten ja schon gemerkt, dass wir ähnliche Wertvorstellungen hatten und ähnliche Pläne für unser Leben. Also haben wir uns ein paar Mal verabredet. Und als Val auf diesen Auslandseinsatz geschickt wurde, da hatte sie niemanden für Charlie. Jeffs Eltern sind schon um die Achtzig, und da habe ich sie gefragt, ob sie mich heiraten will, und habe Charlie dann adoptiert.«

»Ich denke, es gibt viel schlechtere Gründe, um zu heiraten.«

»Was ist mit dir?«

»Wie, mit mir?« Sie hielt den Blick fest auf die Straße gerichtet, schließlich war sie Fahranfängerin.

»Warst du mal verheiratet?«

»Nein.«

»Verlobt?«

»Nicht einmal nah dran.« Sie bremste vor der Ampel bei Albertson, obwohl um diese späte Stunde kein anderes Auto unterwegs war.

»Warum nicht? Hattest du Angst, dich zu binden?«

»Ich wollte nicht, dass eine Beziehung meine Karriere in Gefahr bringt. Im Rückblick verstehe ich, wie kurzsichtig das war, denn es gibt ja eigentlich gar keine Karriere.«

»Aber sicher! Du hast in sechzehn Stücken mitgespielt und …«

»Aber alle irgendwo weit weg vom Broadway. Und überhaupt, woher weißt du das?«

»Google weiß alles.«

»Du hast mich gegoogelt?«

»Stört dich das?«

Es gefiel ihr unheimlich gut. »Nein, ich bin nur überrascht, dass du dir Zeit dafür genommen hast.«

»Warum überrascht dich das?«

Sie warf ihm einen schnellen Blick zu, dann gab sie wieder Gas. Die Ampel war grün geworden. »Ich dachte, du hättest Besseres zu tun. Du bist doch ein viel beschäftigter Mann.«

»Wenn mich was interessiert, nehme ich mir auch Zeit dafür.«

»Und ich interessiere dich?«

Sam schnaubte. »Was denkst du denn? Ich habe mir gerade deinetwegen die Fresse polieren lassen.«

»Darum habe ich dich aber nicht gebeten.«

»Wie bitte? Wolltest du, dass der Dicke dich angrapscht?«

»Nein. Aber ich brauche auch niemanden, der mich rettet.«

»Tut mir leid, Emma, ich sehe nicht seelenruhig zu, wie jemand die Frau angrapscht, die ich …« Er brach ab.

Plötzlich wollte sie unheimlich gern hören, wie er den Satz zu Ende brachte. Ihr Herz tat einen Sprung. »Was?«

»Wie jemand die Frau respektlos behandelt, mit der ich ausgehe.«

Ihr war klar, dass das nicht der ursprüngliche Schluss gewesen war. »Weißt du, was dein Problem ist?«

»Mir war nicht klar, dass ich ein Problem habe.«

»Du hast Blut an der Schläfe, das könnte durchaus ein Problem sein.«

»Gut. Und sonst?«

»Du hast einen Sir-Galahad-Komplex.«

Er drehte sich auf dem Beifahrersitz zu ihr um. »Und woher willst du das wissen, Dr. Freud?«

Sie spürte die Hitze seines Blicks. »Sam rettet Valerie, die einen Mann in ihrem Leben braucht. Sam rettet mich vor dem Ertrinken. Und Sam rettet mich vor dem bösen dicken Mann, der mir an den Hintern greift.«

»Ich habe das getan, was jeder Mann mit einem Funken Selbstachtung tun würde.«

»Frauen retten?«

»Wenn es nötig ist, ja. Was ist denn so falsch daran?«

Emma atmete kräftig aus. »Ich wusste, dass Twilight ein bisschen hinter dem Mond ist, aber ich dachte nicht, dass du deiner Zeit auch dreißig Jahre hinterher bist.«

»Wenn die Moderne bedeutet, dass man ruhig danebensteht, wenn jemand Hilfe braucht, dann bin ich stolz darauf, ein Dinosaurier zu sein.«

Sie wusste nicht, warum sie eigentlich mit ihm stritt. Denn natürlich war sie froh, dass er ihr geholfen hatte. Der Dicke war ekelhaft gewesen. Sie war unglücklich, dass Sam verletzt worden war, aber gleichzeitig begeistert, dass er für ihre Ehre gekämpft hatte. Seine Ritterlichkeit gab ihr ein sicheres, beschütztes Gefühl.

Aber ihr war eben auch klar, warum sie mit ihm stritt, statt sich überschwänglich bei ihm zu bedanken. Sie konnte es sich nicht leisten, sich an dieses Gefühl von Sicherheit und Schutz zu gewöhnen. Es würde sonst furchtbar schwer, wieder in die Realität zurückzukehren, wo sie sich selbst beschützen musste.

»Weißt du, was *dein* Problem ist?«, fragte er.

»Dass ich den Mund nicht halten kann.«

Er grinste ironisch. »Das auch, aber ich dachte jetzt eher an deine Sucht nach Unabhängigkeit.«

»Was ist damit?«

»Ab und zu muss man sich auch mal helfen lassen. Kein Mensch ist eine Insel. Wir alle brauchen ab und zu mal Hilfe in schweren Zeiten.«

»Du lieber Himmel, auf welchem Kissen stand denn der Spruch aufgestickt?«

Er lachte. »Valerie hat ihn mal auf einen Quilt gestickt.«

Sie parkte den Jeep in seiner Auffahrt, und sie gingen ins Haus. »Komm«, sagte sie. »Jetzt machen wir dich sauber.«

»Das schaffe ich schon.«

»Nein, nein. Jetzt bin ich dran. Du wurdest verletzt, weil du meine Ehre gekämpft hast. Und jetzt werde ich dich verarzten.«

»Na gut«, willigte er ein. »Ich lasse dich Krankenschwester spielen, wenn du das gern möchtest. Ich hole den Verbandskasten, ja? Und du nimmst dir schon mal was zu trinken.«

»Willst du auch was?«

»Ein sehr großes Glas Wasser.«

Er ging nach oben, während Emma in die Küche marschierte, um zwei Gläser Eiswasser zu holen. Als sie sich umdrehte, stand er in der Tür, den Verbandskasten in der Hand. Sie sah ihn an, wie seine Haare vom Blut an der Narbe festklebten und wie er sie ansah – nein, er sah mit seinen dunklen Augen mitten in sie hinein! – und wusste nicht, wie ihr geschah. Überall Treibsand. Emotionaler Treibsand von der gefährlichsten Sorte.

Seine Augen erzählten ihr Dinge, die er vor lauter Stolz und Vorsicht niemals laut aussprechen würde. Als er auf sie zukam und ihre Wange zärtlich in seine Hand nahm, erschütterte diese Geste sie bis ins Mark. Er hatte so sehr damit zu kämpfen, ihr zu sagen, was er wirklich für sie empfand. Für einen Mann wie Sam bedeutete diese Geste sehr viel.

Dann verschwand der Blick aus seinen Augen, und er zog sich von ihr zurück, stellte den Verbandskasten auf den Tisch und setzte sich rittlings auf einen Küchenstuhl, den er umgedreht hatte, und ließ die Arme über die Lehne baumeln.

»Wo ist Patches eigentlich?«, fragte sie, während sie den Verbandskasten öffnete.

»Hinten im Garten. Ich sperre ihn nicht gern im Haus ein, wenn ich weg bin.«

»Wollen wir ihn nicht reinlassen?«

»Kommst du jetzt richtig gut mit ihm klar?«

»Das hast du gut hingekriegt.« Sie nahm ein Päckchen Watte und eine Flasche mit Desinfektionsmittel aus dem Kasten.

»Er kann ruhig noch ein bisschen draußen bleiben«, sagte Sam. »Ich hole ihn rein, wenn ich dich nach Hause gebracht habe.«

Nach Hause.

Das Wort klang so sentimental. Mach dich nicht verrückt. Twilight ist nicht dein Zuhause. Du willst hier ein Stück spielen, deinen Ruf wieder aufmöbeln und dann zurück nach New York. So bald wie möglich. Um die Gedanken zu vertreiben, konzentrierte sie sich darauf, die Watte mit dem Desinfektionsmittel zu tränken.

Sanft beugte sie sich über Sams Wunde. Er atmete scharf ein.

»Tut mir leid, ich mache es so vorsichtig, wie ich kann.«

»Ist schon okay. Es fühlt sich nur so kalt an.«

Sorgfältig wusch sie ihm das Blut ab und versuchte nicht auf das Kribbeln zu achten, dass ihr zu schaffen machte, wenn sie mit den Brustwarzen seine Schulter berührte. Sie ignorierte auch das Gefühl des warmen Atems auf ihrer Haut, seinen Bizeps und sein heiseres Atmen.

»Du wirst ein ganz schön blaues Auge bekommen, aber es schwillt wenigstens nicht ganz zu.«

»Ich werde es überleben.«

Emma schob ihm die Haare aus der Stirn und ließ ihre Finger über die alte Narbe gleiten. Er zuckte zusammen.

»Hab ich dir wehgetan?«

»Nein, ich … es ist alberne Eitelkeit, aber ich mag es nicht, dass du meine Narbe siehst.«

»Du bist empfindlich an dem Punkt.«

Er stöhnte. »Ja, und dumm.«

»Das ist nicht dumm, ich verstehe dich schon.«

»Ich habe deswegen viele Dates verpasst«, sagte er. »Sie hat jahrelang ziemlich übel ausgesehen.«

»Deshalb trägst du auch die Haare so lang.«

»Genau.«

»Muss schwer gewesen sein.«

»Andere Leute haben es viel schwerer. Denk doch mal an Beau.«

»Ich wünschte, ich hätte für dich da sein können. Mich hätte die Narbe überhaupt nicht gestört.«

»Ich weiß«, sagte er leise. »Vielleicht war es aber trotzdem ganz gut, dass du weggegangen bist. So wie es zwischen uns stand, hätten wir uns womöglich in große Schwierigkeiten gebracht.«

»Meinst du?«

»Emma, ich habe monatelang von dir geträumt. Jede Nacht. Heiße, wilde Träume, wie sie nur ein Teenager haben kann.«

»Oha«, lachte sie leise. »Und jetzt willst du mir sagen, dass die besten Jahre vorbei sind?«

»Ich habe schon noch ein bisschen Leben in mir.«

»Ja, das ist mir beim Tanzen auch schon aufgefallen. Nicht übel, Dr. Cheek.« Sie legte den Kopf schief, um seine Kopfwunde besser sehen zu können. Vorsichtig nahm sie saubere, trockene Watte und tupfte sie trocken. »Ich glaube nicht, dass du genäht werden musst. Sieht so aus, als hätte es aufgehört zu bluten.«

Sam drehte sich ein wenig zu ihr, legte den Arm um ihre Taille und zog sie auf seinen Schoß. Sie saß mit dem Rücken zu ihm.

»Huch, was machst du denn da?«

»Was meinst du?«, fragte er und fuhr mit seinen Lippen an ihrem Hals entlang, dass sie zitterte.

Er knabberte an ihrer Haut, und als er eine Stelle fand, bei der sie sich ein bisschen wand, machte er dort intensiver weiter. Sie lehnte sich an seine Schulter, damit er freie Bahn hatte.

Während seine Zunge mit ihrem Hals beschäftigt war, glitt seine Hand unter ihre Bluse und über ihren Bauch. Sie klammerte sich mit den Beinen an ihm fest und schob sich enger an ihn. Eigentlich hätte sie ihm sagen müssen, er sollte aufhören. Sie durften das nicht tun. Aber ihre Gefühle waren zu stark, sie benebelten ihren Verstand und schärften jeden einzelnen Nerv. Ihr ganzer Körper vibrierte und wurde immer schwerer.

Seine Finger bewegten sich unter den Verschluss ihres Spitzen-BHs. Im nächsten Moment war der BH offen und seine Finger fuhren um ihre Brustwarze, die sich sofort zu einer festen Knospe zusammenzog.

»Emma«, flüsterte er heiß in ihren Nacken. Dann drehte er sie um, sodass sie ihn ansehen konnte, und schaute ihr tief in die Augen. »Du bist so verdammt schön.«

»Bin ich nicht. Ich bin ein ganz normales …«

»Widersprich mir nicht, Trixie Lynn. Du warst schon immer die schönste Frau der Welt für mich.«

»Und ich habe nie verstanden, warum«, flüsterte sie, ohne auch nur für eine Sekunde den Blick von seinen schokoladenbraunen Augen abzuwenden.

»Du hast eine so zauberhafte kleine Nase.« Er küsste ihre Nasenspitze.

»Ach, um die Nase geht es!«

»Und deine Lippen. Die anderen Schauspielerinnen im Fernsehen sehen immer aus, als wären sie von einer Biene gestochen worden, aber du hast einen so wunderschön geformten Mund. Köstlich.«

»Findest du?«, murmelte sie.

»Ich weiß es.« Sein Blick war fest auf ihre Lippen gerichtet. »Und dein Körper …« Er verstärkte seinen Griff um ihre Taille. »Wenn ich jetzt anfange …«

Sie fuhr sich schnell mit der Zunge über die Lippen. »Findest du mich sexy?«

»Ich begehre dich so sehr, dass ich kaum Luft bekomme.«

Wie hypnotisiert überließ sie sich seinem Blick. »Sam.«

»Em.« Er küsste sie wieder, heftiger diesmal, fordernder. »Aber klug ist das nicht, was wir hier machen.«

»Absolut nicht«, stimmte sie ihm zu und küsste ihn wieder.

»Ich muss ja auch an Charlie denken.«

»Natürlich.«

»Und du willst nichts tun, was deine Karriere aus dem Takt bringt.«

An ihre Karriere dachte sie gerade überhaupt nicht. Sie klammerte sich an sein Hemd und ritt auf ihm wie auf einem wilden Stier. Er legte ihr eine Hand in den Nacken und hielt sie fest, ließ sich Zeit und erforschte in aller Ruhe ihren Mund.

Ihr wurde ganz heiß. Die Gefühle stapelten sich geradezu in ihr auf, eine Schicht nach der anderen.

Endlich entzog er ihr seine Lippen, hob sie von seinem Schoß und stellte sie vor sich hin. Ein leiser Protestlaut entfuhr ihr. Warum hörte er jetzt auf? Sie wollte nicht, dass er aufhörte. Sie wollte ihn küssen, berühren, schmecken, riechen, Liebe mit ihm machen, die ganze Nacht, und nicht daran denken, wie dumm das alles war. Sie konnte ihr Verlangen nicht mehr bezähmen. Seit Wochen schlichen sie umeinander herum, und sie begehrte ihn so sehr.

Und zwar jetzt.

Er stand auf und nahm ihre Hand. Um sie nach Hause zu bringen? Sie versuchte ihre Enttäuschung zu unterdrücken, aber das fiel ihr nicht leicht.

Dann überraschte er sie vollkommen, indem er sie zur Treppe zog statt zur Haustür. Ihr Herz begann zu schlagen wie wild, ihr Blut rauschte.

Endlich.

Auf diesen Moment hatte sie sechzehn Jahre lang gewartet.

Kapitel sechzehn

»Nichts ist so sexy wie Emma, die sich auf meinem Quilt ausstreckt.«
Tierarzt Dr. Sam Cheek

Er führte sie nach oben in sein Schlafzimmer und machte eine Lampe mit schön gedämpftem Licht an. Ihr Kopf war so voller Lust, dass sie überhaupt nichts wahrnahm außer dem großen Bett in der Mitte des Zimmers.

Trotzdem zögerte sie. »Bist du sicher …«

»Ja.«

»Es ist nicht für immer.«

Das hatte sie nicht sagen wollen. Sie wünschte sich sehr, dass es für immer wäre, aber in ihrem Herzen wusste sie, dass sie Sam nicht das geben konnte, was er brauchte. Und dass sie ihm nicht das versprechen konnte, was er verdiente. Wenn sie das jetzt taten, musste er wissen, dass es nichts Dauerhaftes sein würde.

»Ich weiß, was ich tue.« Er zog sie an sich.

Emmas Hände lagen zwischen seiner Brust und ihrer. »Du hast was getrunken.«

»Aber ich bin nicht betrunken.«

»Ein Bier zum Essen, ein Margarita vor dem Tanzen. Und du bist nichts gewöhnt.«

»Ich versichere dir, du tust nichts mit mir, was ich nicht will.«

»Und ich dachte, du wärst leichte Beute.«

Er küsste sie auf den Scheitel und bewegte seine Hände zu ihrer rosafarbenen Bluse, ließ sie über die Schultern gleiten und zu Boden fallen. Dann nahm er ihr Kinn in eine Hand und hob ihr Gesicht zu sich hoch, um ihr tief in die Augen zu sehen. »Seit Wochen sehne ich mich danach.«

»Warum hast du so lange gewartet?«, flüsterte sie.

»Weil ich Angst hatte.«

»Angst wovor?«

»Dass ich nicht mehr aufhören kann, wenn ich einmal auf den Geschmack gekommen bin.«

»Und warum hast du es dir anders überlegt?«

»Ich konnte dir einfach nicht mehr widerstehen«, sagte er. »Arme hoch.«

»Wie bitte?«

»Arme hoch. Über den Kopf.«

»Oh.« Sie hob die Arme, und er nahm den Saum ihres T-Shirts in beide Hände und zog ihr das Shirt über den Kopf, zusammen mit dem BH. Dann tupfte er warme, feuchte Küsse auf ihre nackte Haut, auf ihren Bauch, ihre Brüste und ihre Kehle.

Als sie so vor ihm stand, fühlte sie sich plötzlich ganz schüchtern. Sein Blick war heiß und hungrig – wenn sie jetzt weitermachten, gab es kein Zurück mehr.

Er trat einen Schritt nach hinten und sah sie fasziniert an. »Du bist noch schöner, als ich es mir erträumt hatte.«

Sie wurde rot, am ganzen Körper, und bedeckte ihre Brüste mit den Armen.

»Du musst dich nicht verstecken.« Er neigte den Kopf, um sie zu küssen.

Seine Lippen entflammten das Begehren wieder in ihr,

und sie hielt sich an seinem Hemd fest. Lachend half er ihr, indem er es auszog. Sie legte ihre Hände auf seine Muskeln, fuhr die Linien seines Körpers nach und erfreute sich an der Berührung.

»Hmmm«, sagte er. »Das ist gut.«

Sie fuhr durch die Härchen auf seiner Brust, zupfte leicht daran, und er hielt sie fester um die Taille. Sie ließ die Hände über seinen Rücken gleiten und fühlte sich wie elektrisiert. So viel Ecken und Kanten, so ein wunderbarer Duft, sein Mund schmeckte so wunderbar, und er hörte sich großartig an.

Sie spürte seine Erektion hinter dem Reißverschluss der Jeans, schmiegte sich an ihn und bewegte sich leicht.

»Vorsicht«, sagte er. »Nicht so schnell. Wir haben sechzehn Jahre lang auf diesen Moment gewartet, ich will jede Sekunde genießen.«

»Aber ich kann nicht mehr warten«, protestierte sie. »Ich will dich. Jetzt. Ich brauche dich so sehr.«

»Und genau deshalb lassen wir uns Zeit.«

Ein verzweifeltes Wimmern war die Antwort.

»Bald, Liebste. Bald.« Er wandte sich ab, und sie fühlte sich, als hätte sie etwas Wichtiges verloren. Dann ging er zu der Stereoanlage an der Wand, nahm die Fernbedienung in die Hand und drückte ein paar Knöpfe. Sanfte klassische Musik erfüllte den Raum. Unwillkürlich musste sie daran denken, dass er und Valerie sich wohl zu dieser Musik geliebt hatten.

»Hast du auch Radio?«

»Du bist kein Fan von klassischer Musik?«

»Ich hätte es gern ein bisschen sexier. Auf dem Satelliten gibt es doch diesen Kanal mit Liebesliedern.«

Er reichte ihr die Fernbedienung. »Bedien dich.«

Sie drückte ein paar Knöpfe, dann hatte sie den gewünschten Sender gefunden. »Unchained Melody« erklang aus dem Lautsprecher.

»Gute Wahl«, sagte er und nahm sie wieder in die Arme.

Sein Kuss raubte ihr den Atem. Sie wollte ihn immer und immer weiterküssen. Nicht zu glauben, dass sie gedacht hatte, sie könnten Liebe machen, eine Affäre anfangen, und sie könnte einfach wieder gehen. Zurück in ihr altes Leben, befriedigt, aber unverändert. Allmählich wurde ihr klar, dass das unmöglich war. Wenn sie mit Sam schlief, würde sie nie mehr dieselbe sein. Egal, wohin sie ging, egal, wer ihr noch begegnen würde. Die Erkenntnis fühlte sich an wie ein Schlag auf den Kopf. Sie spannte sich an.

Sam musste die Veränderung gespürt haben. Er zog sich zurück und sah ihr in die Augen. »Was ist?«

»Ich habe Angst«, gestand sie ihm.

»Ich auch.«

»Vielleicht sollten wir …«

»Schsch …« Er legte einen Finger auf seine Lippen. »Du sagst mir doch immer, ich soll auch mal ein Risiko eingehen. Jetzt tue ich es. Ich bin bereit, alles zu riskieren für eine wunderbare Nacht mit dir. Du darfst jetzt nicht kneifen, Emma. Ich brauche dich so sehr.« Das hörte sich ganz anders an als alles, was sie bisher mit ihm erlebt hatte. Er gestand ihr, dass er sie brauchte, dabei war es doch sie, die *ihn* brauchte. »Entspann dich. Du bist bei mir absolut in Sicherheit.«

»Und du bei mir«, erwiderte sie.

»Ich weiß.« Er küsste sie auf die Stirn und griff nach dem Bund ihrer Jeans.

Langsam zog er eine Spur von Küssen über ihr Gesicht, während er den Reißverschluss öffnete. Er küsste ihre Stirn, ihre Nasenspitze, ihre Lippen, ihr Kinn, ihre Kehle. Bewegte sich weiter hinunter, ging auf die Knie, fuhr über ihre Brüste, spielte sanft mit der einen Brustwarze, dann mit der andere, indem er sie auf seiner Zunge herumrollte.

Sie erstarrte und fuhr vorsichtig, um ihm nicht wehzutun, über sein Haar. Sehr, sehr langsam zog er ihr die Jeans herunter. Es schien ewig zu dauern, und die ganze Zeit setzte seine Zunge kleine Flämmchen auf ihren nackten Bauch.

Sie wartete auf ihn, hoffte, er würde sich endlich ein bisschen beeilen.

Als die Jeans endlich um ihre Knöchel lagen, ging er zur Seite, damit sie sie abschütteln konnte. Dann fing er an, ihren Slip herunterzuziehen. Doch plötzlich hielt er abrupt inne. »Emma!« Er atmete heftig ein. »Was ist denn da passiert?«

Sie blinzelte zu ihm hinunter. »Was denn?«

»Du … du bist …« Er ließ sich auf die Fersen zurückfallen, fuhr sich mit der Hand über den Nacken und sah sie schockiert an. »Du hast ja überhaupt keine Haare da!«

Emma lachte. »Hör auf!«

»Womit?«

»Hör auf, mich auf den Arm zu nehmen.«

»Wieso?«

»Warst du noch nie mit einer Frau zusammen, die beim Waxing gewesen war?«

»Bei was?«

»Ich sage ja, Twilight ist meilenweit hinter dem Mond.«

»Erklär's mir.«

»Heißwachs.«

»Heiß... was?«

»Man streicht heißes Wachs darauf ...« Sie deutete auf ihren Schritt. »Und dann reißt man die Haare aus.«

»Wie in dem Film, wo sie dem Typ die Brusthaare entfernen.«

»So ähnlich.«

Sam biss sich auf die Knöchel. »Aber das muss doch übelst wehtun!«

»Man gewöhnt sich daran.«

»Aber wie? Niemand würde das ein zweites Mal machen, oder?

»Das Ergebnis macht den Aufwand und den Schmerz wett. Allerdings ist es besser, vor dem Termin ein paar Gläser Wein zu trinken. Je mehr man trinkt, desto weniger tut es weh.«

»Und du lässt dir von fremden Leuten heißes Wachs dahinschmieren und die Haare abreißen?«

Emma legte den Kopf schief. »Hast du wirklich noch nie davon gehört?«

»Nein! Und ich glaube auch nicht, dass ich noch mehr davon hören möchte. Das ist doch fürchterlich!« Er schaute sich die glatte Haut zwischen ihren Beinen genau an.

»Ich bin nicht hierhergekommen, um mich beleidigen zu lassen. Wo sind meine Kleider? Ich gehe.« Emma tat so, als wäre sie sauer.

»Du gehst jetzt nicht!«

»Aber sicher gehe ich. Du machst dich über meine Muschi lustig!«

»Hallo!« Er streckte die Hände nach ihr aus. »Tut mir leid, ich wollte mich nicht lustig über dich machen.«

»Es könnte wesentlich überzeugender klingen, wenn du dabei nicht so grinsen würdest.«

Er versuchte, ein ernstes Gesicht zu machen, aber es fiel ihm sichtlich schwer.

Ihre Nasenlöcher blähten sich. »Gib's schon zu, der Anblick beleidigt dein konservatives, konventionelles Denken.«

»Ach was. Ich bin nur überrascht. Ich hatte ein Bild von dir im Kopf und habe erwartet ... Weißt du, ich bin ja Tierarzt. Ich streichle gern über Fell.«

»Und ich bin Schauspielerin und lebe in New York, und in meinen Kreisen ist es unmöglich, da der Natur freien Lauf zu lassen. Von wegen Fell!«

»Du könntest ihr aber freien Lauf lassen, solange du in Twilight bist. Hier bewegst du dich ja in ganz anderen Kreisen.«

»Nur zu deiner Information: Terri Longoria macht das in ihrem Fitnessstudio.«

»Nein!« Sam schüttelte den Kopf. »Du willst mir ehrlich erzählen, es gäbe in Twilight Frauen, die so rumlaufen wie du?«

»Vielleicht nicht genauso. Die meisten sorgen nur für eine ordentliche Bikinizone oder lassen eine Landebahn stehen.«

»Landebahn?«

»Ein kleiner Haarstreifen, ungefähr so lang.« Sie zeigte es ihm mit den Fingern. »Wie eine Landebahn eben. Siehst du nie Pornos?«

»Nein. Ich habe einen Sohn, so was kann ich doch nicht im Haus haben.«

»Ernsthaft?«

»Ja, ernsthaft.« Er kratzte sich am Kopf. »Aber vielleicht bin ich ja wirklich hinter dem Mond.«

»Andererseits stellst du dir bei sämtlichen Frauen in Twilight vor, wie sie ohne Slip aussehen.«

»Nicht bei allen.« Sam Grinste. »Nur bei denen unter vierzig.«

»Und wie war das mit dem Streicheln von Fell?«

»Du hast mir gesagt, ich soll neuen Erfahrungen gegenüber aufgeschlossen sein.« Er streckte sich nach ihr aus. »Und insofern erkläre ich mich jetzt bereit, neue Erfahrungen zu machen. Vorausgesetzt, du bleibst die ganze Nacht hier.«

Wer konnte ein solches Angebot schon ausschlagen? Vor allem bei diesem Blick in seinen Augen. Ob Sam es nun zugeben mochte oder nicht, der ungewohnte Anblick machte ihn an.

»Mir fällt gerade ein, dass wir noch etwas anderes nicht besprochen haben«, sagte sie.

»Die Sicherheit.«

»Genau. Hast du Kondome im Haus?«

Er schüttelte den Kopf. »Aber ich kann schnell in den Drugstore laufen, der hat ja die ganze Nacht offen.«

»Ich habe eins in meiner Handtasche.«

»Warum sagst du das nicht gleich? Ich hole sie schnell.« Er flitzte zur Tür.

»Und komm ohne diese Hose zurück!«, rief sie ihm nach.

In der Stille, die folgte, atmete sie tief durch. Ein bisschen

Zeit zum Abkühlen war ganz gut gewesen. Jetzt konnte sie sich wieder anziehen und verschwinden, ohne dass etwas Unwiderrufliches passierte.

Aber sie wollte nicht verschwinden. Sie wollte Sam, mit jeder Faser ihres Seins. Sie hatte sich diesen Moment – ohne die Unterbrechung wegen der Diskussion über ihre Haartracht – vorgestellt, seit sie vierzehn war. Er war das Idealbild von Männlichkeit, das sie in ihrem Kopf herumtrug. Und ihre Erwartungen waren weit übertroffen worden. Was, wenn der Sex mit Sam ihre Phantasien nicht übertraf?

Da war er schon wieder, ein bisschen atemlos, als wäre er die ganze Strecke gerannt, aber splitternackt.

Emma blieb der Mund offen stehen. Ja, er übertraf ihre Erwartungen wirklich meilenweit. Seine nackten Hüften bewegten sich, als er auf sie zukam; die blasse Haut bildete einen wunderbaren Kontrast zu den gebräunten Beinen. Emma war so fasziniert, dass sie den Blick nicht abwenden konnte.

Er war großartig. Einen so gut ausgestatteten Mann hatte sie noch nie erlebt. Bis ans Ende ihrer Tage würde sie sich an diesen Anblick erinnern.

Sie sah ihm ins Gesicht.

Er grinste. Natürlich, er wusste schon, was er zu bieten hatte. Aber es waren nicht nur sein hübscher Hintern und der eindrucksvolle Schwanz. Er war auch sonst einfach wunderschön. Keine Ahnung, wie er es geschafft hatte, Single zu bleiben, nachdem Valerie gestorben war. Seine verträumten dunklen Augen bildeten einen guten Ausgleich zu dem eckigen Kinn und den hohen Wangenknochen. Seine Haare waren rabenschwarz. Und sein verstrubbelter Haarschnitt passte gut zu seiner zuverlässigen Art. Tierarzt, Vater, Gärtner – ein Mann, der sein Herz und seine Hände zu gebrauchen verstand.

»Emma«, sagte er.

»Sam«, flüsterte sie.

Sie küssten sich wieder, noch heißer als vorher. Sam nahm ihre Brüste in seine warmen Hände. Ihre Nippel wurden zu festen Perlen, und er streichelte sie sanft mit seinen Daumen. Sie atmeten im Gleichtakt.

Erst dachte sie, dass er zitterte, aber dann begriff sie, dass sie es war.

»Liebste«, murmelte er. »Geht es dir gut?«

»Ich kann nicht mehr lange stehen.«

»So geht es mir auch«, gab er zu. »Komm, wir legen uns aufs Bett.«

Er schlug den Quilt zurück, legte sich hin und zog sie mit sich. Sie lagen auf der Seite und schauten sich in die Augen. Er streckte die Hand nach ihr aus und legte sie auf ihre Hüfte. »Sag mir, was du gern magst, Em, ich möchte, dass es schön für dich ist.«

»Mir gefällt es bisher sehr gut.«

»Wie viel Druck?«

»Ganz sanft.«

»Das ist doch schon mal ein Anfang.« Mit ungeheuer leichtem Finger fuhr er über ihren Bauch.

Sie bekam eine Gänsehaut. Seine schwieligen Hände bildeten einen wunderbaren Kontrast zu ihrer weichen Haut. Er fuhr ihre Körperumrisse ab und küsste sie überall. Sanft und achtsam küsste er den Puls an ihrem Schlüsselbein und fuhr dann mit seinen Lippen ihre Kehle hinunter.

Sie wollte sich an ihn schmiegen, sollte selbst etwas tun, aber er hielt sie auf. »Ich bin als Erster dran«, sagte er.

»Das ist nicht fair.«

»Du kriegst deine Chance, es mir zurückzuzahlen.«

Er fuhr weiter hinunter zu ihren Brüsten, die jetzt vor lauter Begehren ganz geschwollen waren. Seine Zunge schnellte über einen Nippel, während sein Daumen den anderen rieb. Sein Oberschenkel an ihrem Bein spannte sich an, und sein Schwanz wurde hart wie reiner, glatter Stahl.

»Sam …«, flüsterte und seufzte sie zugleich. Sie sprach seinen Namen so gern aus. »Sam.«

»Hmm«, murmelte er, dass ihre Haut vibrierte.

Dann fuhr er mit der Hand zwischen ihre Beine. Einen Moment kicherte sie, aber dann war er direkt an ihrer empfindlichsten Stelle gelandet. Seine Lippen schlossen sich um den pulsierenden Punkt, während seine Finger in ihre nasse Öffnung schlüpften. Sekunden später rief sie seinen Namen mit einem langen, heftigen Stöhnen. Ihr Körper war in einem Genuss gefangen, der immer stärker und stärker wurde, je länger seine Zunge ihre Wunder wirkte.

Das war zu viel, sie hielt es nicht mehr aus. Sie fasste ihm in die Haare, um ihn wegzuziehen, aber er hielt sie mit beiden Händen fest und brachte sie zum Wahnsinn.

Seine Zunge quälte ihre empfindliche Haut, während er heftig an ihr saugte. Sie wand sich, versuchte näher zu kommen, wollte mehr und fühlte sich gleichzeitig unendlich schwach und erschöpft. Und dann kam sie.

»Ja!«, stöhnte sie, während er weiter an ihr saugte. »Ja, ja, ja!«

Sam machte wunderbare Sachen mit seinen Fingern und

führte sie mit seiner Zunge in ein unbekanntes Land. Ein wunderbares Abenteuer war das mit ihm. Ihre Sinne schlossen sich kurz, sie roch Geräusche, schmeckte Formen und hörte Farben. Glocken, viele, viele Kreise und Erdbeerrot.

Synästhesie. In ihrer Schauspielausbildung hatten sie das geübt, aber erlebt hatte sie es nie.

War das alles ein bizarrer Traum?

Nein, war es nicht. Die neue sinnliche Wahrnehmung weckte etwas ganz Ungewohntes in ihr, und alle alten Misserfolge und Enttäuschungen verschwanden. Sie lernte sich komplett neu kennen. Nie zuvor hatte jemand sie körperlich so besessen. Seine Bewegungen waren wie ein Erdbeben. Die Zimmerwände stürzten ein, alles bewegte sich und veränderte sich. Und ihre Gefühle strömten in hundert verschiedene Richtungen.

Sie ritt förmlich auf seiner Zunge, lenkte ihr eigenes Vergnügen und seine Erforschungen und erlebte ein Gefühl der Sicherheit wie nie zuvor.

Ein bittersüßes Verlangen überkam sie, als sie daran dachte, dass es so nicht bleiben würde. Sie biss sich auf die Lippe, um die Traurigkeit zu überwinden. Es war gut so, wie es war. Ein süßes Stück Genuss, das sie zu nichts verpflichtete. Sie hatte nie gelernt, wie eine Liebesbeziehung funktionierte. Und es gab auch keinen Grund, jetzt sentimental zu werden. Sie hatten ihren Spaß, das hatten sie beide vorher gewusst und auch ausgesprochen.

Er machte weiter. Der Mann hatte Standvermögen, das musste man zugeben. Er machte sie verrückt, löschte alle ihre Gedanken aus, bis sie sich wimmernd und pulsierend wieder dem Höhepunkt näherte.

Und dann sah sie nur noch eine Explosion. Der Orgasmus war unglaublich, er erschütterte ihre ganze Welt.

»Emma!«, flüsterte er.

»Hmm?«, murmelte sie schwach.

»Ich glaube nicht, dass wir schon fertig sind.«

Sie kam zu sich, stützte sich auf die Ellbogen und sah ihn unter schweren Lidern hervor an.

Seine Erektion war groß, stark und dunkel. Staunend fuhr sie mit dem Finger über die samtige Spitze und hörte, wie er scharf einatmete.

Er sah ihr in die Augen, und im gleichen Moment stürzten sie einander in die Arme, küssten sich, stöhnten und liebkosten sich. Hände und Lippen und Zungen überall. Sam legte sie zurück in die Kissen und drückte ihre Beine auseinander. Sie hob die Hüften, er sah ihr tief in die Augen und drang in sie ein.

Sie atmete heftig ein, hielt sich an seinen Schultern fest und krallte mit ihren Fingern in seine Haut. Er sah sie an. »Ich will dir nicht wehtun. Ich bin so groß und du bist so klein.«

»Du tust mir nicht weh.«

»Ich bin noch gar nicht ganz drin.«

Oha. Kam da noch mehr? Unmöglich. »Geht schon«, sagte sie.

Er schob ein wenig nach, und sie spürte, wie ihr Körper sich seiner Größe anpasste. Er beobachtete ihr Gesicht, um jede Nuance wahrzunehmen.

Jetzt spürte sie ihn ganz. Er entflammte sie von innen. Sie dachte nur daran, dass sie ihn noch tiefer in sich spüren wollte.

»Mehr«, sagte sie. »Ich will alles.«

»Em«, flüsterte er und gab ihr, was sie verlangte.

Sie legte ihm die Beine um die Taille und schaukelte ihn in sich hinein. Ihre Finger umfassten seine Hinterbacken. Jetzt besaß sie ihn. Jetzt hatte sie die Kontrolle.

Es war wie ein Wirbelsturm.

Nur noch Drängen und Aufregung und fast verzweifeltes Begehren. Sie hatte das Gefühl, als würde ihr Herz das gesamte Universum umfassen. Verlangen. So viel Verlangen. Sie wollte ihn finden, wollte Linderung. Wollte fliegen, frei wie ein Vogel.

Sie kamen zusammen wie zwei Sternschnuppen am Himmel. Sie war so befriedigt, dass sie nicht mehr wusste, wo er anfing und wo sie endete. Keine Trennung. Keine Teilung. Kein Platz für irgendetwas anderes. Sie waren eins, ein Körper, jede Zelle vereint.

Es war eine einzige Ekstase, fest und sicher und strahlend. Dieser Orgasmus durchdrang sie ganz, verbrannte sie. Sie fühlte sich warm und weich und vollkommen versengt. Ein wunderbares Gefühl.

Als es vorbei war und sie langsam wieder in die Realität zurückkehrten, lag sie keuchend in seinen Armen. Diese Vereinigung hatte alles umgeworfen, was sie je über Sex gedacht hatte.

Er nahm sie in die Arme, und sie legte ihren Kopf an seine Brust. Sie fühlte sich ganz als Frau, sehr empfindlich.

»So etwas habe ich noch nie erlebt, Em.«

Sie hörte seine Stimme in seiner Brust. »Ich auch nicht«, gestand sie.

»Nie vergesse ich, wie wir uns kennengelernt haben.

Schon damals wusste ich, du bist etwas ganz Besonderes«, sagte Sam. »Und weißt du, warum ich so gern mit dir zusammen war?«

»Weil ich deine sichere kleine Welt erschüttert habe.«

Er grinste. »So hab ich das damals nicht gesehen.«

Emma zog die Augenbrauen zusammen. »Nein?«

»Du hast viel ausprobiert und warst ziemlich wagemutig. Da dachte ich, es wäre besser, du hättest jemanden bei dir, der auf dich aufpasst, bevor du dich in ernsthafte Schwierigkeiten bringst.«

»Ach ja?« Sie fuhr mit der Fingerspitze über seinen Nasenrücken. »Zum Beispiel?«

»Zum Beispiel, als du Graffiti an die alte Brücke gemalt hast. Hätte ich nicht Schmiere gestanden, dann wärst du von Sheriff Clinton Trainer verhaftet worden.«

»Also bitte!« Emma verdrehte die Augen. »Ich wäre weggelaufen, wenn du nicht dabei gewesen wärst. In Wirklichkeit warst du total begeistert. So spät in der Nacht warst du noch nie draußen gewesen.«

»Ja, und danach hatte ich zwei Wochen Hausarrest, weil ich so spät noch draußen war.«

»So ein Leben als Geächteter hat seinen Preis«, neckte sie ihn.

»Und dann damals, wo du die Schlange fangen wolltest.«

»He, ich war ein Stadtkind und hatte keine Ahnung von Giftschlangen.«

»Und dann, als du den Wagen deines Vaters ›ausgeliehen‹ hast und wir damit in den Graben fuhren.«

»Das war nicht zu lustig«, grummelte sie. »Du hast mehr

mit mir geschimpft als Rex. Ich war doch nur ein einsames Kind, das ein bisschen Spaß haben wollte.«

»Ich weiß«, sagte Sam leise und zog sie enger an sich, um ihre Nasenspitze zu küssen.

»Ich war ziemlich erbärmlich, oder?«

»Gar nicht. Alle Kinder brauchen Liebe.«

Mächtige Gefühle zerrten an ihr. Gefühle, die ihr Angst machten. Wenn sie nicht aufpasste, würde es furchtbar wehtun.

Also weg mit allen Gedanken an Liebe und Zuhause und Familie. Sie setzte sich auf, lächelte breit und sagte zu ihm: »Wollen wir noch mal?«

Kapitel siebzehn

»Ein Quilt mit einem anderen Namen wäre nicht dasselbe.«
Hollywood-Schauspielerin Emma Parks

Was zum Teufel machte er da?

Er hatte ihr gesagt, er wollte nur Spaß haben, aber das war gelogen, und jetzt musste er mit den Folgen zurechtkommen. Er hätte alles gesagt, nur um sie ins Bett zu kriegen. So sehr begehrte er sie.

Aber der vernünftige Sam, dessen Gehirn nur vorübergehend vom Sex ausgeschaltet gewesen war, wusste, dass diese Nacht sein Verlangen nur noch größer machte. Sie würde nie zu ihm gehören, so sehr er sich das auch wünschte. Er hatte ein Kind. Und er hatte sein Leben hier in Twilight. Eine Familie, die ihn liebte. Und eine Gemeinschaft, der er diente.

Und Emma hatte ihren Traum, ein Star zu werden. Er wusste, wenn man ihr keine Hindernisse in den Weg legte, würde sie es schaffen. Sie hatte genug Drive und Entschlossenheit, um ihre großen Träume wahr zu machen. Sie konnte keine Komplikationen gebrauchen. Und er war eine riesengroße Komplikation.

Aber er würde ihr nicht im Weg stehen. Diese Träume waren seit Jahren ihr Lebenselixier, und er würde sie nicht behindern. Er hatte nur eine Chance: Er musste so tun, als bedeutete diese Nacht nichts anderes als großartigen Sex.

Sam streckte die Hand übers Bett aus und spürte ihre

warme kleine Gestalt unter seiner Decke. Dann drehte er sich auf die Seite, stützte sich auf den Ellbogen und sah sie an.

Mondlicht schien durch die offenen Vorhänge ins Zimmer. Er atmete flach, nahm ihr Bild in sich auf. Unglaublich. Hier lag er nach all den Jahren in einem Bett mit Trixie Lynn.

Verlass dich nicht auf dieses Gefühl. Du kannst sie nicht halten. Genieß es und lass sie dann wieder gehen.

Aber er wusste nicht, ob er das schaffte. Er war nie leichtfertig mit Sex umgegangen und war in seinem Leben nur mit drei Frauen zusammen gewesen. Molly Hampton im College, Valerie und jetzt Emma. Für ihn waren Beziehungen etwas Ernsthaftes. Er war kein Typ für eine Nacht, so war er einfach nicht gestrickt. Nicht, dass er prüde war. Frauen bedeuteten ihm nur zu viel, als dass er sie als Sexobjekte behandelt hätte. Er wusste, dass er ein seltener Vogel war, seine Freunde und Brüder machten sich auch mehr als genug darüber lustig, aber so war er eben.

Der brave, zuverlässige Sam.

Gott, wie langweilig! Was sie wohl in ihm sah? Warum war sie hier? Sie war eine kluge, scharfsinnige, witzige, wagemutige und noch dazu unglaublich schöne Frau. Sie konnte jeden kriegen. Was wollte sie mit ihm?

Er strich sich eine Haarsträhne aus den Augen, und sein Herz zog sich zusammen, während er die schlafende Schönheit in seinem Bett betrachtete. Er liebte sie so sehr, dass ihm jeder Atemzug wehtat. Er wusste, er konnte sie nicht halten, und das machte den Augenblick umso kostbarer.

Aber er bereute nichts. Diese Nacht war eins der schönsten Ereignisse in seinem Leben.

Mit der Hand fuhr er an ihrem Körper entlang, über die Schulter, ihre Brust, ihren festen, flachen Bauch und das süße, haarlose Dreieck. Er musste lächeln, so stolz war er auf ihren Mut und Esprit. Davon hatte sie jede Menge.

»Sam!« Sie flüsterte seinen Namen wie ein Gebet. »Sam, Sam, Sam.«

Als sie die Arme ausbreitete und ihn an ihre Brust zog, war sie wie ein weicher, warmer Quilt.

Er war verflucht. Wie sollte er sich jemals von ihrer Lebenskraft, ihrer Vitalität fernhalten? Er suchte ihre Lippen, drückte einen Kuss darauf. Sie ließ ein leises, zustimmendes Geräusch hören und kuschelte sich an ihn.

Sein Mund fand ihre Brustwarze, und sie zitterte unter seinen Lippen. Sie schmeckte so gut! Es fühlte sich so richtig an und gleichzeitig, als wäre er ins tiefe Wasser gesprungen und von einer Strömung weggezogen worden. Einer Strömung der Gefühle. Aber er konnte nicht aufhören. Es gab kein Zurück, so sehr er es auch versuchte.

Sie stöhnte leise und drückte ihren Rücken durch. Sofort war die nächste Erektion da. Er zog sie an sich, fuhr mit der Hand über ihren Rücken und spielte mit den Fingerspitzen auf ihrer Haut.

»Hmm«, seufzte sie in sein Haar.

Seine Hand bewegte sich weiter zu ihrem Hintern. Das Verlangen wurde größer, ließ sich nicht mehr verleugnen.

Er küsste sie auf die Lippen und fuhr mit einer Hand über ihren Hintern, mit der anderen über ihren Bauch. Und dann noch etwas tiefer.

Sie hatte die Augen geöffnet, er spürte die Hitze ihres Blicks. Als er selbst die Augen aufmachte, war da ein ungeheures, riesengroßes Gefühl. Sie war seine Frau. Und wenn es nur für eine einzige Nacht war.

Seine Finger schlichen weiter, und sie öffnete die Beine. Er lächelte, und sie riss die Augen auf, als er ihre warme, feuchte Öffnung fand.

»Sam«, flüsterte sie wieder.

»Emma.«

»Bist du das wirklich? Sind wir wirklich hier?«

»Es ist alles Wirklichkeit, meine Liebste.«

»Ich dachte, ich hätte nur von dir geträumt. Und von Twilight und allem.«

»Nein.« Er küsste ihre Stirn. »Kein Traum.«

»Du meinst«, sagte sie, »wenn ich das hier mache …« Sie zappelte ein Stück von ihm weg, aber nur so weit, dass sie ihn auf den Rücken drehen und sich auf ihn setzen konnte. »Dann würdest du nicht verschwinden?«

Er streckte beide Arme aus. »Immer noch da.«

Sie senkte den Kopf, und ihr Mund nahm Besitz von seinem. Langsam glitt sie mit den Händen bis zu seinen Handgelenken und hielt seine Arme über seinem Kopf fest.

Und dann ließ sie sich ganz langsam auf seine Erektion nieder.

Er atmete verzweifelt ein. »Emma!«

Sie bewegte sich auf ihm, ihr weicher Körper warm und entspannt. Es fühlte sich unglaublich an. Er verlor sich in ihr, wurde in einem Strudel mitgerissen und versank in ihren Augen.

Ihre kupferfarbenen Locken fielen ihr über die Schultern. Ihre grünen Augen funkelten mit einem Feuer, das seinem in nichts nachstand. Ihr Mund war ganz geschwollen von seinen Küssen. Er hatte ihr alles gegeben, und sie wollte immer noch mehr.

Sie spielten und neckten sich, bis das urtümliche Verlangen alles verdeckte. Sie zerknautschten die Kissen, verknoteten die Laken und ließen das Kopfende an die Wand schlagen. Sie seufzten und stöhnten und verzehrten sich in der Hitze ihres Begehrens.

»Mit dir«, flüsterte sie, »findet die Zukunft schon heute statt. Morgen ist es zu spät.«

Was soll das heißen? Was meinst du damit? Er wollte sie gern fragen, aber sein Gehirn war so voller Testosteron, dass er es nicht schaffte. Er hatte eine Mission. Er wollte den Schalter finden, damit sie noch einmal zusammen kamen. Sie und er und sie beide zusammen.

Jetzt kauerte sie auf allen Vieren auf der Matratze und warf ihm einen Blick über die Schulter zu, während er ihre Taille mit der einen Hand hielt und mit der anderen eine Brust. Er spreizte ihre Beine weiter und glitt in sie hinein.

»Ich will noch mal kommen, Sam«, sagte sie heiser. »Los!«

Er konnte sich nicht mehr zurückhalten, stieß in sie hinein, und sie stöhnte bei jedem Stoß.

»Ja«, zischte sie. »Ja, Sam! Genau so.«

Tiefer und schneller und härter. Bis sie beide flogen. Sein Atem kam stoßweise wie bei einer Dampflok.

»Ich komme, Sam! Ich komme!«, schrie sie.

Und dann spürte er es auch. Diese unglaubliche, urtümliche Kraft, die alles überrollte.

Sie kamen gleichzeitig, schauderten und brachen dann auf der Matratze zusammen. Die Laken lagen inzwischen am Boden.

Er zog sie an sich, küsste sie auf den Hals und knabberte an ihrem Ohr. Seine Hand fuhr wieder über ihren Bauch.

Emma griff hinter sich, umfasste mit ihrer Hand seinen Hintern und hielt ihn in sich, solange sie konnte.

»Danke, Liebster«, flüsterte sie. »Danke, danke, danke.«

Sie dösten wieder ein und wurden kurz vor Morgengrauen wach. Als sie die Augen aufschlugen, lagen sie sich genau gegenüber.

»Guten Morgen, Sonnenschein.« Er lächelte sie an.

»Ich bin das glücklichste Eichhörnchen auf der ganzen Welt«, sang sie leise. Noch so ein Lied, das sie früher einmal verballhornt hatten.

»Die Songwriter müssen uns hassen.«

»Ich könnte den ganzen Tag hier liegen und dich ansehen«, sagte sie. »Aber ich muss mal.«

»Ich auch.«

»Badezimmer, Zähne putzen, duschen, Frühstück«, sagte Emma. »In dieser Reihenfolge.«

»Dann los.«

Nach einer gemeinsamen Dusche, bei der sie sich träge küssten und kuschelten, gingen sie Händchen haltend in die Küche. Sam trug seine Schlafanzughose, Emma das Oberteil. Es war so groß, dass es ihr fast bis zu den Knien reichte.

»Du siehst zum Anbeißen aus«, sagte er, als er den Kühlschrank öffnete und einen Karton Eier herausnahm.

»Du auch«, grinste sie.

»Könntest du auf den Bacon aufpassen, während ich die Tiere füttere?«, fragte er.

»Mache ich.«

Er ging zur Gartentür und ließ die kühle Morgenluft herein. Sie krempelte die Ärmel seines Schlafanzugs auf, schlug Eier auf und wendete den Bacon. Minuten später füllten köstliche Düfte die Küche. Sie genoss es, für ihn zu kochen, und beschloss, auch gleich noch ein paar Pfannkuchen zu backen.

Als die Tür aufging, rief sie über die Schulter: »Kaffee ist fertig. Aber nicht dieses koffeinfreie Zeug. Und wenn du eine Tasse willst, musst du herkommen und mich küssen. Ich arbeite nicht ohne Bezahlung.«

»Okay«, sagte eine Frauenstimme. »Aber ehrlich gesagt, würde ich dann lieber bezahlen.«

Emma quietschte überrascht auf und drehte sich um, die Bacongabel in der Hand. Und da stand, in den letzten sechzehn Jahren nicht sehr verändert, Sams Mutter vor ihr.

»M… Mrs Cheek!«, stammelte sie.

»Trixie Lynn Parks«, stellte Lois Cheek fest.

»Mom!«, rief Sam, der in diesem Moment hereingeeilt kam. »Was machst du denn hier?«

Es stellte sich heraus, das Sams Eltern gerade von ihrer zweimonatigen Reise zurückgekommen waren und nicht gewusst hatten, dass Charlie das Wochenende mit den anderen Großeltern verbrachte. Sams Mutter hatte selbst erleben wollen, dass ihr Enkel wieder sprach, deshalb war sie rübergekommen. Aber sie ging sehr taktvoll mit der Tatsache um, dass sie ihren Sohn und seine Liebste halbnackt in der Küche vorgefunden hatte.

»Ich wollte euch nicht beim Frühstück stören«, sagte sie, ohne Emma direkt anzusehen. »Wollte nur schnell sagen, dass wir wieder da sind und dass morgen unsere traditionelle Halloween-Party steigt. Kommst du mit Sam, Trixie Lynn?«

»Äh … äh, ja, gern«, sagte Emma.

»Gut. Dann so gegen sieben.« Und damit drehte sie sich um und verließ die Küche.

Jetzt standen die beiden auf der Veranda seiner Mutter, Sam als Cowboy verkleidet, Emma als gute Fee.

»Lahmes Kostüm«, sagte sie zu ihm. »Da musstest du ja nur den Hut aufsetzen.«

»Und ich habe ein Lasso bei mir«, erwiderte er, schwang das Seil und zog sie an sich. »Nicht zu vergessen.«

Dann küsste er sie schnell. Ihr Herz tat einen Hüpfer, als seine Lippen sie berührten. *Vorsicht. Du fliegst zu hoch, Mädchen.*

Die Tür ging auf, bevor sie eine Chance hatten, mit den Küssen weiterzumachen, und eine Nebelwolke erschien, gefolgt von Frankenstein. Im Hintergrund war »Monster Mash« zu hören.

»Hallo, mein Sohn.« Frankenstein schlug Sam auf den Rücken.

»Dad, ich denke du erinnerst dich noch an Trixie Lynn.«

»Em…«

»Trixie Lynn, herzlich willkommen.« Frankenstein, alias Sams Vater Bill Cheek, schüttelte ihr die Hand. Seine Augen funkelten. »Was für eine schöne Fee. Und mein Sohn mal wieder als Wyatt Earp.« Bill Cheek schüttelte den Kopf. »Das fünfte Mal in fünf Jahren.«

»Nicht jeder kann so viel Phantasie haben.«

»Geht schon mal rein«, sagte Bill. »Ich sehe, da kommen

gerade die nächsten Kinder. In der Küche gibt es Punsch, und deine Mutter macht gerade frisches Popcorn.«

Sam nahm Emma bei der Hand und führte sie durch den Trockeneisnebel ins Wohnzimmer. Sofort tauchte sie mit allen Sinnen in den Anblick, die Gerüche und Geräusche einer lebhaften Party ein.

Überall standen Schüsseln mit Süßigkeiten. Der ganze Raum war mit Halloween-Kitsch dekoriert, darunter sogar batteriebetriebene Skelette, die heftig tanzten. Es gab heulende Hexen und einen automatischen, singenden Werwolf. Von der Decke hingen Spinnweben, Ketten rasselten, und in der Mitte des Zimmers stand ein Sarg, der als Büffet diente. Darauf allerlei Gruselessen: geschälte Weintrauben als Augen, Spaghetti als Würmer, eine kleine Wassermelone, die als Gehirn zurechtgeschnitzt war. Und jede Menge verkleidete Leute, vom unvermeidlichen Darth Vader bis zu Vampiren, Clowns und Disney-Prinzessinnen. Es war ein bisschen wie hinter der Bühne eines Theaters. Hier fühlte sich Emma ganz in ihrem Element.

Ich wünschte, ich hätte mehr Zeit gehabt, mir ein richtig gutes Kostüm auszudenken«, flüsterte sie Sam zu.

»Das gefällt dir hier, oder?«

»Absolut«, grinste sie.

Sam ging mit ihr zu seinen Brüdern Ben und Mac (der als Banane verkleidet war) und seiner Freundin Coco (die als Schokoladenkeks gekommen war). Jenny und Dean waren als Lumpenpuppen verkleidet, und Emma lernte auch Katie kennen, Sams jüngste Schwester, die seinerzeit noch mit Barbiepuppen gespielt hatte. Heute war sie als Stewardess aus den Siebzigerjahren da, mit hohen Gogo-Stiefeln, einer glatten blonden Perücke und einem Minirock. »Kaffee oder Tee?«, lachte sie.

Sams jüngerer Bruder Joe sah aus wie ein kalifornischer Surfer mit seinen blonden Locken, der gebräunten Haut und den schönen weißen Zähnen. Er erinnerte sie an Matthew McConaughey mit seinem lässigen Charme. Er trug grüne Chirurgenhandschuhe und ein Stethoskop um den Hals, und er versuchte, ihr einen dieser komplizierten Handshakes zu verpassen, bei denen sich Emma immer verhaspelte.

»Ihr zwei habt ein eher minimalistisches Verhältnis zu Verkleidungen, du und Sam«, sagte sie zu ihm.

»Stimmt genau.« Joe nickte und warf ihr sein Charmebolzenlächeln zu. »Was glaubst du denn, woher ich die Handschuhe habe?«

»Er klaut immer«, sagte Sam. »Pass bloß auf.«

»Apropos, könnte ich dir mal für eine Minute meinen großen Bruder klauen?«, fragte Joe Emma.

»Siehst du?« Sam grinste und boxte Joe leicht gegen die Schulter. »Pass auf, er luchst einer Schlange die Haut ab.«

»Emma!«, rief Sams Mutter und winkte ihr. Lois war als Lily Munster verkleidet. Sie trug eine schwarze Langhaarperücke und ein leuchtendes Leichenhemd als Kleid. »Da bist du ja. Tut mir leid, dass ich dich gestern als Trixie Lynn angeredet habe. Jenny sagte mir, du hast deinen Namen geändert.«

»Ist schon in Ordnung.«

»Würde es dir was ausmachen, mir in der Küche mit den Popcornbällen zu helfen? Gleich kommen die nächsten Kinder, ich brauche Nachschub.«

»Kein Problem.« Emma winkte Sam zu, der von Joe in die andere Richtung gezogen wurde, und ging mit Lois in die Küche.

Sams Eltern hatten ihre Küche seit dem letzten Mal renoviert. Aber das war ja auch schon sechzehn Jahre her. Jetzt gab es hier Arbeitsflächen aus Granit statt aus Holz, alle Geräte waren aus Edelstahl, und die Wände waren frisch gestrichen.

»Oh, das gefällt mir aber gut«, sagte Emma.

»Bill hat eine ganz schöne Abfindung bekommen, als er in den vorzeitigen Ruhestand ging. Damit haben wir die Küche renoviert und uns dann das Wohnmobil gekauft.« Lois warf ihr eine Packung Mais zu. »Machst du das Popcorn? Dann koche ich schon mal den Sirup.«

Emma machte es nichts aus, ihr zu helfen, aber sie fragte sich trotzdem, warum Lois nicht eine ihrer Töchter mitgenommen hatte. Sie maß das Öl ab und tat es in den Topf, um es heiß werden zu lassen, bevor sie den Mais dazugab.

»Meine Schwester Belinda hat mir schon von dir berichtet.«

»Wir quilten zusammen.«

»Ja, ich weiß. Und ich habe auch von dem Quilt gehört, den du gemacht hast. Für Charlie. Allerdings war mir sofort klar, dass du nicht nur Charlie bezaubert hast. Man muss Sam ja nur ansehen.«

Emma wusste nicht, was sie dazu sagen sollte, also konzentrierte sie sich darauf, den Topf zu rütteln, damit das Popcorn nicht anbrannte.

»Ich möchte mich bei dir bedanken, dass du meinen Sohn aus seinem Schneckenhaus geholt hast«, sagte Lois.

»So lebendig habe ich ihn überhaupt noch nie gesehen. Er lächelt, macht Witze, zwinkert den Leuten zu. Dass er mal gepfiffen hätte, daran kann ich mich gar nicht erinnern. Er war immer ein sehr zurückhaltender Junge. Deshalb war ich seinerzeit gar nicht so begeistert, als er Valerie geheiratet hat.

»Oh!« Emma zog beide Augenbrauen hoch.

»Nicht, dass ich sie nicht gemocht hätte oder dass sie kein guter Mensch gewesen wäre. Das war sie durchaus. Aber die beiden waren sich so ähnlich! Beide so zurückhaltend, dass man Angst haben musste, das Leben geht an ihnen vorbei.«

»Wenn Valerie so vorsichtig war, warum hat sie sich dann zur Armee gemeldet?«

»Um ihre Ausbildung zu bezahlen. Sie hat wohl nie daran geglaubt, dass es mal zu einem Auslandsaufenthalt käme.«

»Und sie wäre sicher auch zurückgestellt worden, wenn sie darauf hingewiesen hätte, dass sie mit ihrem Sohn allein ist.«

Lois schüttelte den Kopf. »Stimmt schon, aber so war Valerie nicht. Wie gesagt, sie und Sam waren sich sehr ähnlich. Wenn sie etwas versprach, dann hielt sie es auch.«

»Und deshalb waren Sie nicht sehr begeistert von dieser Heirat«, fragte Emma weiter, obwohl ihr klar war, dass sie sich auf gefährlichem Terrain bewegte. Wollte sie das wirklich wissen? Warum ließ sie sich immer mehr in sein Leben verwickeln, obwohl sie doch bald nicht mehr hier wäre? Das war nicht fair. Weder ihnen beiden gegenüber noch Charlie gegenüber, der sie so sehr liebte. »Und sonst?«

»Valerie war sechs Jahre älter als Sam und wollte keine Kinder mehr haben. Ich fand aber, Sam hätte ein eigenes Kind verdient.«

»Charlie ist doch sein Kind.«

»Ich weiß, und der Junge könnte sich auch keinen besseren Vater wünschen. Aber ich hätte mir für Sam gewünscht, dass er die Erfahrung macht, ein eigenes Kind zu haben. Das ist etwas Unvergleichliches, zumal wenn man seine große Liebe heiratet. Aber nun ja, Valerie und er liebten sich zwar auf ihre besondere Weise, aber es war nicht die tiefe, leidenschaftliche Liebe, die er verdient hätte. Valerie war nicht die Frau, die ihn dazu herausgefordert hätte, neue Dinge auszuprobieren. Sie haben sich auch nie gestritten. Das war ganz unheimlich. Ehepaare müssen sich streiten.«

Emma dachte an all die Streitigkeiten, die sie schon in der kurzen Zeit mit Sam gehabt hatte.

»Ein echter Seelengefährte hilft uns, uns zu verändern und zu wachsen. Er oder sie macht uns zu einem besseren Menschen. Sam und Valerie waren keine Seelengefährten. Es hat mir in der Seele wehgetan, dass er sich damit zufrieden gab.« Lois hielt mit Rühren inne und nickte zu Emma herüber. »Ich habe immer gedacht, wahrscheinlich hat er sie geheiratet, weil sie dir ein bisschen ähnlich sah. Zierlich, rothaarig, tolle Beine.«

Emma wusste schon wieder nicht, was sie dazu sagen sollte, und wechselte das Thema. »Ich glaube, das Popcorn ist fertig.«

»Du tust ihm gut.«

»Danke«, sagte Emma. »Sam tut mir auch gut.«

»Ich weiß, aber du bereitest mir Sorgen, Emma.«

Jetzt bekam sie allmählich eine Gänsehaut. Was sollte dieses Gespräch? »Soll ich das Popcorn in die Schüssel tun?«

Lois gab ihr eine große Plastikschüssel. »Ich bin froh, dass du Sam mal ein bisschen auf die Sprünge geholfen hast, und wir können dir gar nicht genug danken, weil du es geschafft hast, dass Charlie wieder spricht. Aber du bist kein Mädchen für immer und ewig, nicht wahr?«

Emma schüttete das Popcorn in die Schüssel. Dampf stieg zwischen ihr und Sams Mutter auf.

»Sam braucht jemanden – hat jemanden verdient –, auf den er sich ganz und gar verlassen kann. Und wir wissen beide, das kannst du ihm nicht bieten.«

Ach, Scheiße! Was sollte sie denn darauf antworten? Emma schluckte.

»Solange ihm klar ist, dass ihr einfach euren Spaß zusammen habt, ist alles in Ordnung. Aber weiß er das? Weiß er, dass es nichts Ernstes ist?«

Emma nickte schweigend. In ihren Ohren rauschte es. »Ja, das weiß er.«

»Dann ist es gut.« Lois lachte. »Denn das kann ich dir sagen. Wenn du meinem Sohn das Herz brichst, verzeihe ich dir das nie.«

Emma erzählte Sam nichts von dem Gespräch mit seiner Mutter, weil sie wusste, dass Lois Cheek recht hatte. Sie konnte Sam nicht die Verlässlichkeit bieten, die er so sehr verdient hatte. Selbst wenn sie nicht so wild auf die Schauspielerei gewesen wäre – sie wusste überhaupt nicht, wie eine Ehefrau zu sein hatte. Sie war ja ohne Mutter aufgewachsen und stand mehr oder weniger allein im Leben. Was sie über das Familienleben wusste, stammte von der Bühne.

Am Montag ging sie wieder zur Arbeit, immer noch ziemlich durcheinander, und fand Nina im Theater vor, wie sie ein albernes Lied aus *The Sound of Music* sang und dabei wie ein verliebter Teenager über die Bühne tanzte. Diese Frivolität bei der normalerweise sehr eleganten älteren Frau irritierte Emma doch sehr. Sie hatte dasselbe ungute Gefühl wie in Lois Cheeks Küche. »Nina, alles in Ordnung?«

»Emma!« Nina winkte sie auf die Bühne. »Kommen Sie her, ich habe tolle Neuigkeiten.«

Emma kam ihr entgegen. Das letzte Mal, dass man ihr tolle Neuigkeiten angekündigt hatte, war sie im Gefängnis gelandet. »Was ist denn passiert?«

Nina lachte fröhlich. »Etwas ganz Wunderbares.«

»Okay …« Emma verschränkte die Arme vor der Brust.

Nina kam zu ihr und legte ihr eine Hand an die Wange. »Lächle«, murmelte sie. »Es ist ein so schöner Tag.«

»Also, die Neuigkeiten …«

»Nina schaute sich um. Sie waren allein im Theater, aber die anderen würden bald kommen. »Los, wir gehen ein bisschen im Park spazieren.«

»Na gut.«

Sie verließen das Theater und spazierten durch den Park in dem immer noch die Halloween-Dekorationen hingen. Heute würden die Männer vom Bauhof kommen, um einiges abzunehmen und die Thanksgiving-Dekoration aufzuhängen. Die Heuballen und Kürbisse durften also noch hängen bleiben. Morgentau glitzerte auf dem Gras. Emma kuschelte sich tiefer in ihre Jacke.

»Mein Exmann Malcolm Talmadge kommt zu Thanksgiving nach Twilight. Um sich das Stück anzusehen.«

»Der Malcolm Talmadge? Von den Shooting Star Studios?«

»Genau.«

»Ernsthaft?«

»Ernsthaft.«

Emma lief ein kalter Schauer der Aufregung über den Rücken. Sie gingen an einem Teich vorbei, auf dem vier weiße Schwäne majestätisch vorbeischwammen.

»Ich muss dir was gestehen«, sagte Nina.

»Was denn?«

»Ich war nicht ganz ehrlich zu dir, als ich dich hierherholte, aber jetzt sollst du die Wahrheit wissen.«

Keine große Überraschung. Emma hatte schon die ganze Zeit vermutet, dass Nina weitergehende Pläne verfolgte.

»Du hast gedacht, Twilight wäre deine letzte Hoffnung auf eine Rückkehr zum Erfolg, oder?«

Emma schob die Hände in die Taschen. »Allerdings.«

»Aber was du nicht wissen konntest: Du warst vor allem *meine* letzte Hoffnung.« Nina blieb unter dem alten Sweetheart Tree stehen und zeigte auf die Bank. »Wollen wir uns setzen?«

»Ist es so schlimm, dass ich es nur im Sitzen ertragen kann?«

Nina lächelte. »Nicht für dich. Ich bin diejenige mit den weichen Knien.«

Sie setzte sich und ließ Emma damit kaum eine Wahl. Der Augenblick dehnte sich zwischen ihnen, und Nina schaute eine Weile ins Leere. Dann sagte sie leise: »Letztes Jahr hat man bei mir Brustkrebs festgestellt. In fortgeschrittenem Stadium.«

Emma keuchte leise auf. »Ach du Schreck, das tut mir leid.«

»Es hätte viel schlimmer sein können, aber ich musste sowohl eine Chemotherapie als auch Bestrahlungen über mich ergehen lassen. Die Frauen hier in der Stadt waren wunderbar – Patsy, Marva, Terri, Raylene, Belinda und Dotty Mae. Sie haben mich regelrecht beschützt, sich um mich gekümmert und dafür gesorgt, dass ich mich wieder ganz und einigermaßen heil fühlte. Aber in dieser Zeit habe ich begriffen, dass ich mir eine Sache nie ganz verziehen hatte. Etwas Schreckliches, was ich getan hatte. Und ich wollte nicht sterben, ohne es wiedergutzumachen.«

Ihre Worte ließen Emma vor Mitgefühl erschauern. »Ist das der Grund für die zweiten Chancen?«

Nina neigte den Kopf. »Ja.« Sie hielt inne, atmete tief die Morgenluft ein, die nach Kürbissen und Hefebrot aus der Bäckerei duftete. Über ihnen sangen zwei Vögel, als müssten sie einen Wettstreit ausfechten.

»Malcolm und ich haben uns schon seit unserer Kindheit geliebt. Und wir hatten denselben Traum. Er schrieb Stücke, ich war Schauspielerin. Wir heirateten und zogen zusammen nach Manhattan in ein winziges, heruntergekommenes Apartment in SoHo. Wir hatten manchmal nicht viel zu essen, aber wir feierten viel und hatten ständig Besuch. Wir gingen spät zu Bett und standen früh auf, um uns Arbeit zu suchen. Du weißt ja, wie das ist. Wir waren jung und verliebt, voller Hoffnungen und Ehrgeiz. Es war die beste Zeit meines Lebens.«

Emma wartete, dass sie weitersprach, und beobachtete währenddessen, wie ein kupferfarbenes Blatt von einem Baum ihnen gegenüber fiel.

»Dann traf ich Scott Miller. Er war jung, aber er war

schon Regisseur. Sein Vater hatte Geld. Scott hatte auf einer altehrwürdigen, teuren Universität studiert, war mächtig und reich. Er konnte jede Frau haben, die er haben wollte. Die Schauspielerinnen warfen sich ihm förmlich an den Hals. Ich nicht. Mir war er vollkommen gleichgültig. Ich war viel zu verliebt in Malcolm.«

»Ich fürchte, ich weiß, worauf diese Geschichte hinausläuft.«

Nina tätschelte Emmas Knie. »Natürlich, du hast es ja selbst erlebt. Wie auch immer. Eines Nachmittags nach einem Vorsprechen drängte mich Scott hinter der Bühne in eine Ecke und stellte mich vor eine Entscheidung. Wenn ich seine Geliebte würde, bekäme ich eine Hauptrolle und würde ein Star. Ich lehnte ab, aber er ließ sich so schnell nicht aus dem Konzept bringen. Je mehr ich ihn links liegen ließ, desto mehr verfolgte er mich. Malcolm und ich waren absolut pleite. Malcolm hatte ein tolles Stück geschrieben, aber niemand warf auch nur einen Blick darauf. Du weißt ja selbst, wie brutal schwierig es sein kann, in Manhattan von irgendjemandem Aufmerksamkeit zu bekommen. Und was man alles tut für seine Karriere. Die eigenen Werte gehen dabei nur allzu leicht den Bach runter.«

Emma nickte. Sie verstand sehr gut.

»Scott ist genial darin, Schwächen anderer Menschen aufzuspüren. Er wusste, ich würde nicht mit ihm schlafen, um meine Karriere zu fördern, aber ihm wurde bald klar, dass Malcolm meine Achillesferse war. Also änderte er die Bedingungen. Wenn ich mit ihm schlief, würde ich nicht nur eine Hauptrolle in seiner nächsten Produktion bekommen, er würde auch Malcolms Stück herausbringen.«

»*Firelight*«, vermutete Emma.

»Genau. Scott ist verliebt in die eigene Macht. Er findet es wunderbar, andere Leute zu unterdrücken und nach seiner Pfeife tanzen zu lassen.« Nina schob das Kinn vor. »Ich habe es getan. Für Malcolm, der nie erfuhr, wie es zu seinem großen Durchbruch kam. Jedenfalls zuerst nicht.«

»Wie muss das bloß gewesen sein? Eine Affäre mit Scott Miller, um deinem Mann zu helfen? Ein großes Opfer.«

»Mach mich nicht zu einer Heiligen«, sagte Nina. »Ich hatte ja auch was davon. *Firelight* hat mir den Tony Award eingebracht, und Malcolm und ich haben damit über die Jahre hinweg Millionen verdient.«

»Aber was war mit deiner Ehe?«

Nina strich ihren Rock glatt. »Ich wurde schwanger.«

»Verdammt!« Emma schlug eine Hand vor den Mund.

»Und ich musste Malcolm die Wahrheit sagen. Dass ich nicht wusste, von wem das Kind war.« Sie atmete tief durch und erzählte rasch den Rest der Geschichte. »Als ich es nicht länger vermeiden konnte, konfrontierte ich ihn mit der Wahrheit. Er war sehr erschüttert und verlangte die Scheidung. Als ich Miller von der Schwangerschaft erzählte, warf er mich raus. Ich flüchtete aus New York, kam zurück nach Twilight und hatte hier eine Fehlgeburt. Der Tag, an dem du gesehen hast, dass ich in der Kirche weinte, das wäre der Geburtstag des Kindes gewesen, wenn es überlebt hätte.«

Emma berührte leicht die Schulter der anderen Frau. »Ach, Nina, es tut mir so leid.«

»Ich wusste nicht einmal, dass ich immer noch auf eine Chance zur Versöhnung mit Malcolm wartete, bis ich hörte, was dir mit Miller passiert ist. Und dann habe ich dich hierhergeholt. Aus zwei Gründen. Zum einen wollte ich dir helfen. Aber ich wollte auch endlich Frieden mit meiner Vergangenheit schließen. Also schrieb ich Malcolm einen langen Brief, zum ersten Mal seit dem Tod des Kindes. Ich erzählte ihm von dir, von deinem großen Talent und davon, wie mies Miller dich behandelt hatte. Von Twilight und von dem Stück. Von meinem Brustkrebs. Und ich bat ihn um Verzeihung. All die Jahre hatte ich seinen Weg beobachtet, seine steile Karriere, nachdem er Regisseur und dann Produzent geworden war. Ich wusste, seine Frau war an Krebs gestorben und sein einziger Sohn war von einem militärischen Auslandseinsatz traumatisiert zurückgekommen und hatte sich das Leben genommen.«

»Wie traurig«, sagte Emma.

Nina nickte. »Tragisch.«

Ein Schulbus fuhr langsam an ihnen vorbei, ein Mann auf einem Motorrad hupte, und Nina hob grüßend die Hand. »Aber ich bekam keine Antwort von Malcolm. Also nahm ich an, er würde mir nicht vergeben.«

Sie saßen schweigend da, während die Stadt um sie herum zum Leben erwachte. Emma wusste nicht, was sie von der dramatischen Geschichte halten sollte, die sie gerade gehört hatte.

»Aber dann rief er mich gestern Abend an«, sagte Nina und lächelte glücklich. »Er war im Ausland gewesen und hatte meinen Brief gerade erst gelesen. Er möchte dich und Beau kennenlernen. Außerdem hat er ein paar Strippen gezogen und bringt ein Team von *Entertainment Tonight* mit. Sie wollen eine Story über dich, die Quilts und die Charity-Auktion drehen.«

»Und was ist mit dir und Malcolm?«

Nina lächelte noch breiter. »Wir haben stundenlang geredet. Es war, als wären die vierzig Jahre einfach ausgelöscht. Unglaublich! Die Liebe ist immer noch da. Ich glaube fast …« Sie hielt inne, ihre Lippe zitterte. »Ich glaube, es geht weiter mit uns.«

»Nina, das ist doch toll!« Emma drückte ihr die Hand.

»Auch für dich. Wenn Malcolm deine Art zu spielen mag, und ich bin sicher, er wird sie mögen, dann könnte für dich eine Rolle in einem seiner Filme herausspringen.«

»Meinst du wirklich?«

Nina nickte. »Aber bis dahin liegt noch viel Arbeit vor uns.«

»Ich bin bereit.«

»Keine Ablenkungen.«

»Was meinst du damit?«

»Dich und Sam.«

Emma sah sie an. »Ich habe mich immer auf meine Karriere konzentriert.«

»Und daran hat sich nichts geändert?«

Emma dachte an Sam und ihre Liebe zu ihm. Sie dachte an die Warnung seiner Mutter und an all die Probleme, die es zwischen ihnen gab. Er hatte eine Frau verdient, die ihm alles geben konnte. Sie schluckte, drängte den Teil ihrer Seele zurück, der sich so sehr wünschte, genau diese Frau zu sein, und sagte leise. »Nein, daran hat sich nichts geändert.«

Kapitel achtzehn

»Das Quilten geht weiter.«
Nina Blakley, Exfrau des Filmmoguls Malcolm Talmadge

Als Emma Sam von Malcolm Talmadge erzählte, nahm er sie fest in die Arme und flüsterte: »Das ist es! Jetzt wird dein Traum endlich wahr.«

Nicht der ganze Traum.

Sie sah ihn traurig an. Wenn sie jetzt weitermachte und versuchte, ihr großes Ziel zu erreichen, dann würde sie ihn verlieren. Ihr brach das Herz bei dem Gedanken.

»He!«, sagte er und schnippte ihr mit dem Finger unters Kinn. »Warum schaust du denn so traurig? Das ist ein Grund zum Feiern!«

»Ich werde dich so vermissen!«, flüsterte sie.

»Ach was. Wenn du erst in Hollywood bist und neue Freunde findest, wirst du mich ganz schnell vergessen.«

Sie drückte ihn fest. »Ich vergesse dich nie, Sam Cheek.«

Die folgenden drei Wochen genossen sie in dem Wissen, dass es die letzten waren. Sie feierten jeden Augenblick, den sie zusammen verbrachten, wohl wissend, wie zerbrechlich und bittersüß er war. Und sie waren sich einig, dass sie zwar damit zurechtkamen, Charlie aber größte Schwierigkeiten damit haben würde. Also sorgten sie dafür, dass er Emma nur selten sah. Jeden Abend kam Sam, nachdem er seinen Sohn ins Bett gebracht hatte, rüber in den *Fröhlichen Engel* und verbrachte die Nacht dort mit Emma. Am frühen Morgen stand er dann auf und lief nach Hause, um Frühstück zu machen.

Tagsüber konzentrierte sich Emma auf ihre Arbeit, und sie hatte das Gefühl, diesmal richtig gut zu sein. Zwölf Jahre Arbeit und Mühe trugen endlich Früchte. Es war atemberaubend. Endlich war der Erfolg zum Greifen nah. Sie musste nur noch die Hände danach ausstrecken.

Gleichzeitig versuchte sie, möglichst wenig an das zu denken, was sie dafür aufgab. Stattdessen konzentrierte sie sich auf jede Sekunde, die sie miteinander verbrachten und genoss die warmen Herbstnächte. Und sie machte es sich zur Aufgabe, alles über Sam herauszufinden und im Gedächtnis zu behalten. Die Art, wie er das Haar über seine Narbe kämmte, sein Lieblingsessen, seine entspannte Art, mit Tieren und Kindern umzugehen. Sie bewunderte seine Geduld und Ruhe, aber auch seinen Einsatz für die Schwachen, selbst wenn er dafür einen Teil seiner Ruhe und Geduld aufgeben musste.

Abgesehen davon, dass er sie von Charlie fernhielt, ließ er sie ohne Zurückhaltung in seine Welt hinein. Er stellte sie seinen Freunden vor, von denen er überraschend viele hatte. Sie hatte gedacht, er wäre zu eigenbrötlerisch für enge Kontakte. Aber andererseits war er ja in Twilight aufgewachsen, wo ihn alle kannten, achteten und zu ihm kamen, wenn ihren Tieren etwas fehlte. Er übte keinen Druck auf Leute aus, und niemand be- oder verurteilte ihn. Er ließ die Leute so, wie sie waren. Leben und leben lassen. Und alle mochten ihn deshalb.

Mit Emma zusammen ließ er sich auf Abenteuer ein, die er

sonst nicht so leicht gewagt hätte. Im Bett erfand er alle möglichen Rollenspiele, und sie hatten viel Spaß dabei. Mehr Spaß, als sie überhaupt je im Bett gehabt hatte. Es ging über den Sex hinaus und entwickelte sich zu echter Intimität. Eine körperliche Bindung zwischen engen Freunden.

»Wir werden immer Freunde sein«, sagte er ihr eines Abends kurz vor Thanksgiving, als sie nackt auf ihrem Bett unter dem schönen Wedding-Ring-Quilt lagen. Dann streckte er die Hand aus, um sanft über ihre Wange zu streichen. Seine Augen funkelten in dem gedämpften Licht des rosigen Engels, der als Nachttischlampe diente. »Selbst wenn wir jemand anderen heiraten. Das kann uns keiner nehmen.«

»Ich habe mich in einer Weise auf dich eingelassen wie noch bei niemandem zuvor«, bekannte sie.

»Ich weiß«, sagte er und küsste sie auf die Nasenspitze. »Und ich danke dir für dieses kostbare Geschenk.«

»Du wirst immer in meinem Herzen sein.«

»Und du in meinem.«

Und dann liebte er sie, langsam und zärtlich, die ganze Nacht.

An Thanksgiving wurde es noch mal richtig warm, wie es in Texas so oft der Fall war. Die Kinder ließen die Jacken zu Hause und liefen in kurzärmeligen Hemden herum. Auf dem Sandplatz wurde Baseball gespielt. Die Mütter arbeiteten bei offenem Fenster an dem Festessen, um wenigstens ein bisschen von der frühlingshaften Luft zu atmen. Und die Väter schwitzten kräftig, als sie die Schachteln mit der Weihnachtsdekoration vom Dachboden holten.

Nach einer ruhelosen Nacht, in der Emma die ganze Zeit ihren Text memoriert hatte, erwachte sie bei dem Geruch von Truthahnbraten und Bacon. Weihnachtsmusik wehte durchs Haus. »Jingle Bells« erkannte sie, als sie die Decke zurückschlug. Der *Fröhliche Engel* war über das lange Feiertagswochenende ausgebucht. Emma hörte jede Menge Schritte vor ihrer Tür, als die Gäste zum Frühstück nach unten gingen.

Sie machte ein paar Yogaübungen und ging dann unter die Dusche. Das Speisezimmer war voll, und außerdem war sie ohnehin zu nervös, um viel zu frühstücken. Also sagte sie nur schnell Jenny guten Morgen, schnappte sich einen Becher schwarzen Kaffee und ein Muffin und ging rüber zum Theater, um sich vorzubereiten. Auf dieses Ereignis hatte sie neun Wochen hingearbeitet.

Einige Quilterinnen waren schon im Verein mit den Bühnenarbeitern damit beschäftigt, die Quilts aufzuhängen und auszubalancieren. Auf der anderen Seite wurden Requisiten hereingebracht, das ganze Theater pulsierte vor Aktivität. Die College-Studenten, die man für die Nebenrollen engagiert hatte, probten noch hektisch ihren Text. Nina lief herum und gab den Licht- und Tontechnikern letzte Anweisungen. Die Kostümbildnerin und ihre Assistentin hängten die Kostüme in der richtigen Reihenfolge auf, und der Mann für die Requisite hakte die Einträge auf seiner Liste ab und schaute noch ein letztes Mal genau nach, ob alles vorhanden war.

So ein Stück war immer eine Mannschaftsleistung, und Emma war sehr dankbar für all die guten Geister hinter der Bühne, die an ihrem Erfolg mitarbeiteten. Sie waren die unbekannten Helden bei jeder Bühnenproduktion, und sie nutzte die Gelegenheit, um bei jedem kurz stehen zu bleiben und zu sagen, wie sehr sie das zu schätzen wusste.

Nina winkte ihr zu. »Malcolm ist hier, er würde dich gern kennenlernen.«

Du lieber Himmel. Sie war überhaupt nicht auf so was vorbereitet! Emma fuhr sich mit der Hand durch die Haare. »Ich bin ungeschminkt und unfrisiert …«

»Das kennt er doch. Er möchte nur endlich mal das Mädchen kennenlernen, das den Mut hatte, sich gegen Scott Miller zu wehren.«

Nina drehte sich um und winkte einem weißhaarigen Mann zu. »Komm schon.« Sie nahm Emma bei der Hand und führte sie die Treppe hinauf, um sie ihrem Exmann vorzustellen.

»Malcolm, das ist Emma Parks. Emma, das ist Malcolm Talmadge, Leiter der Shooting Star Studios.«

Die Bedeutung dieses Augenblicks traf Emma wie ein Blitz. Vor ihr stand einer der einflussreichsten Männer in Hollywood. Und dabei sah er vollkommen normal aus, wie der freundliche Großvater von nebenan. Er hatte ein freundliches Lächeln, scharfe blaue Augen und ein kleines Bäuchlein, das über den Bund seiner Jeans hing. Hätte er nicht die Vacheron Constantin am Handgelenk getragen, neben der Scott Millers Rolex wie ein Teil aus dem Billigladen aussah, wäre man nie auf die Idee gekommen, dieser Mann könnte ein Milliardär sein, der mit Königshäusern, Prominenten und VIPs Umgang pflegte. Die Art, wie er ihr seine volle Aufmerksamkeit schenkte, gab Emma aber auch das Gefühl, ein VIP zu sein.

»Ich weiß, dass dich ihre Schauspielleistung sehr beeindrucken wird, Malcolm«, fuhr Nina fort. »Ich verstehe überhaupt nicht, warum die Hollywood-Regisseure bei ihr nicht Schlange stehen.«

»Das kann ja noch kommen.« Malcolm lächelte freundlich. »Es ist mir ein großes Vergnügen, Sie kennenzulernen, Emma. Wenn Nina mit Ihnen so einverstanden ist, habe ich keinen Zweifel, dass es ein Genuss sein wird, Sie spielen zu sehen. Sie legt die Messlatte sehr hoch. Und …« Er warf Nina einen schnellen Blick zu. »Und ich möchte Ihnen außerdem sagen, dass mich Ihr Einsatz für unsere Soldaten ebenfalls sehr beeindruckt. Die Quilts sind eine Augenweide und …« Malcolm hielt inne und rang einen Moment um Fassung.

»Malcolms Sohn war in Afghanistan«, murmelte Nina.

»Er hätte nicht gehen müssen«, sagte Malcolm. »Er war mein Sohn, und ich hätte ihn ohne Weiteres mit einer entsprechenden Geldsumme da rausholen können. Aber er bestand darauf, dass Menschen aller Gesellschaftsschichten ihrem Land dienen müssten. Und ich war sehr stolz auf ihn.« Ein Ausdruck tiefster Trauer ging über sein Gesicht, und Emma erinnerte sich an das, was Nina ihr erzählt hatte.

»Mein Sohn Brian kam mit dem, was er dort gesehen hatte und tun musste, nicht zurecht. Er war immer ein empfindsamer Junge gewesen, und als er heimkam, war er nicht mehr er selbst. Ich habe versucht, ihm zu helfen, aber dazu war ich trotz all meines Geldes nicht in der Lage.« Malcolm schüttelte den Kopf. »Und dann … habe ich ihn verloren.« Seine Stimme brach.

»Sir, es tut mir sehr leid«, sagte Emma leise. »Ich kann mir nicht einmal vorstellen, was Sie durchgemacht haben.«

Er zwang sich zu einem Lächeln, und sie konnte sehen, wie er die Gefühle zur Seite schob. »Sie müssen mich Malcolm nennen, bitte«, sagte er.

»Malcolm.« Sie nickte.

»Der Tod meines Sohnes war das Schlimmste, was mir im Leben passiert ist, aber so kam ich mit anderen Soldaten in Berührung. Und dieser Kontakt ist zu einer echten Triebkraft für mich geworden. Ich hoffe, ich konnte ein paar Leuten helfen.«

Nina legte ihm eine Hand auf die Schulter. »Malcolm ist sehr bescheiden, wenn er das so sagt. Er hat eine ganze Kampagne ins Leben gerufen, die dafür gesorgt hat, dass unsere Armee Angehörige mit posttraumatischen Störungen ganz anders behandelt. Viele junge Männer und Frauen, die aus dem Mittleren Osten zurückkamen, wurden nicht angemessen behandelt, um ihre Erlebnisse zu verarbeiten. Ihre Familien verstehen nicht, was ihnen fehlt, und sie fühlen sich isoliert und von allem abgeschnitten. Malcolm will das ändern. Er produziert gerade einen Film über das Thema.«

Emma war voller Mitgefühl. So viele Leute waren von den Auslandseinsätzen der Soldaten betroffen, viel mehr, als sie sich je vorgestellt hatte. Als sie nach Twilight gekommen war, hatte sie vor allem aus Eigeninteresse gehandelt. Sie brauchte Geld und eine letzte, verzweifelte Chance, ihre Karriere zu retten. Aber irgendwo zwischen den Proben und den Quilts und den Geschichten der Frauen, die in dieser Stadt lebten, und Sam und Charlie, hatte sich das alles geändert. Jetzt wollte sie nur noch eine Vorstellung abliefern, die den Männern und Frauen in Uniform gerecht wurde.

»Genug von den traurigen Geschichten.« Malcolm winkte ab. »Heute geht es darum, diejenigen zu ehren, anzuerkennen und zu feiern, die für die Freiheit unseres Landes ihr Leben gegeben haben.«

»Ich möchte dir auch noch unseren Hauptdarsteller Beau Trainer vorstellen«, sagte Nina und hakte Malcolm unter. »Er war im Irak und leidet selbst unter einer schlimmen posttraumatischen Störung. Er hat ein paar schlimme Dinge getan, die er selbst bereut, aber dieses Stück ist seine große Chance.«

Malcolm sah sie aufgeregt an. »Ja, den Mann würde ich gern kennenlernen.«

Nina sah sich im Theater um und warf dann Emma einen Blick zu. »Hast du Beau gesehen?«

»Nicht seit der Probe gestern.«

»Ich gehe mal schnell in mein Büro und rufe ihn an. Mach einfach weiter, wo du aufgehört hast, Emma.«

»Es war sehr schön, dich kennenzulernen«, sagte Malcolm.

»Es war mir eine Ehre.«

Nina nahm Malcolm mit in ihr Büro und ließ Emma Zeit, sich auf die größte Rolle ihres Lebens vorzubereiten. Emma konnte immer noch nicht glauben, dass ein hohes Tier aus Hollywood sie spielen sehen würde. Ein Traum wurde heute wahr.

Und doch konnte sie sich nicht so bedingungslos freuen, wie sie es immer erwartet hatte. Vielleicht hatte sie ja inzwischen gelernt, mit emotionalen Achterbahnfahrten umzugehen. Oder vielleicht lag es daran, dass sie zum ersten Mal ein Leben geführt hatte, das nicht nur aus Schauspielerei bestand. Jetzt war sie auch noch Quilterin und hatte eine enge Beziehung zu einigen einflussreichen Frauen in dieser Stadt geknüpft. Sie hatte gelernt, ein Auto zu fahren und Schafe zu hüten. Und sie hatte einen stummen Jungen zum Sprechen gebracht, nachdem alle anderen schon fast aufgegeben hatten.

Sie hatte in kurzer Zeit viel erreicht, und das alles hatte sie verändert. Was ihr früher als höchste menschliche Errungenschaft vorgekommen war, war auf einmal nur ein Beruf. Ein sehr glamouröser Beruf, aber nichts, was ein ganzes Leben ausfüllte. Früher hatte sie gedacht, wenn sie keine Schauspielerin wäre, dann wäre sie gar nichts. Jetzt wusste sie, dass das nicht stimmte. Sie war viel mehr als nur eine Schauspielerin. Sie definierte sich nicht mehr nur über ihre Arbeit.

»Bereit fürs Bühnenmake-up?«, fragte die Maskenbildnerin, die mit Puderquaste und Rougetopf vor ihr stand.

»Ja.«

Emma folgte der Frau hinter die Bühne, und während sie geschminkt wurde, ging sie noch ein letztes Mal ihren Text durch. Dann wurden ihre Haare gemacht, und sie zog das Kostüm der Rebekka Nash an. Als sie in den Spiegel schaute, hatte sie sich wirklich in die energische Pioniersfrau verwandelt, die so sehr an ihren Liebsten glaubte, dass sie alle anderen Verehrer abwies.

Jetzt herrschte im Theater fieberhaftes Treiben. Die Bühnenarbeiter stolperten fast übereinander, die jungen Leute vom College waren ein wenig grün im Gesicht vor Lampenfieber. Nina ging mit ihrem Textbuch die letzten Details durch.

Pünktlich um zwölf Uhr am Mittag sollte die Vorstellung beginnen. Jetzt war es kurz vor elf, aber die ersten Leute standen schon am Kartenschalter an.

Nina kam zu ihr gelaufen. »Wo ist denn Beau?«

»Ich dachte, du wolltest ihn anrufen.«

Nina biss sich auf die Unterlippe. »Habe ich ja. Aber er ist nicht drangegangen. Ich habe ihm ein Dutzend Nachrichten hinterlassen und die Quilterinnen losgeschickt, damit sie ihn suchen. Terri wollte zu seiner Wohnung gehen, und Patsy zu seinen Eltern. Raylene schaut in der Kneipe nach, ob er da sitzt. Ich kann dir sagen, er wird sich wünschen, tot im Graben zu liegen, wenn ich ihn in die Finger kriege. Nachdem ich mich so für ihn eingesetzt habe!« Sie ballte die Faust und schüttelte sie.

Emma verstand sofort, wie besorgt und frustriert Nina war. Die Aufführung fand auch zu Ehren der Soldatinnen und Soldaten von Twilight statt, und ein ehemaliger Soldat sollte die Hauptrolle spielen. Und jetzt tauchte er einfach nicht auf. Und außerdem waren ja Malcolm Talmadge und das Team von *Entertainment Tonight* da. Nina hatte heute Abend ebenso viel zu verlieren oder zu gewinnen wie sie.

»Wo ist Malcolm?«, fragte sie.

»Er wollte sich mit dem Fernsehteam treffen, sie sind gerade angekommen.«

»Weiß er schon, dass Beau nicht da ist?«

»Noch nicht. Wir brauchen jetzt ganz dringend einen Plan B.«

»Falls er überhaupt nicht kommt.«

Nina nickte kurz. »Da wäre ja dieser junge Student, aber ehrlich gesagt, ich finde ihn ganz schrecklich. Ich war so sicher, dass Beau um meinetwillen durchhält. Und dass wir einen Soldaten als Hauptdarsteller haben, ist wohl auch der Hauptgrund, warum die Fernsehleute hier sind. Das und dein Ruf als energische junge Frau, die Scott Miller Bescheid gesagt hat.«

»Ich bin ja immer da. Über mich kann man jede Menge Klatschgeschichten erzählen.«

Nina lächelte ein bisschen. »Danke, dass du versuchst, mich aufzumuntern. Ich fürchte, wir werden mit dem Studenten vorliebnehmen müssen.«

Raylene und Patsy kamen den Mittelgang entlanggeeilt, wo Nina und Emma standen.

»Im gehörnten Widder ist er nicht«, sagte Raylene.

»Und seine Eltern haben ihn schon seit einer Woche nicht gesehen«, fügte Patsy hinzu.

»Nicht die Hoffnung verlieren«, sagte Emma. »Beau kommt sicher noch. Er weiß doch, wie wichtig das Stück für alle hier in der Stadt ist.«

»Ich würde nicht zu viel Geld darauf verwetten«, sagte Terri, die gerade mit hochrotem Kopf den Gang entlanggerannt kam.

»Sag's nicht«, bat Nina. Sie legte eine Hand auf ihren Magen.

»Sein Vermieter sagt, er ist gestern ausgezogen. Gestern Abend. Das Apartment ist leer.«

Nina schlug sich mit der flachen Hand an die Stirn. »Der miese Schuft!«

Emma lief ein kalter Schauer über den Rücken.

»He!«, rief Nina einem der Statisten zu. »Ich brauche Toby hier. Sag ihm, seine große Chance ist gekommen. Er soll sofort hier antraben, Beau kommt nicht.«

Der Junge flitzte los.

»Alles wird gut, Nina«, sagte Patsy beruhigend. »Du kriegst das schon hin. Du kriegst doch alles hin.«

Nina schüttelte den Kopf. »Diesmal geht es um mehr.« Dann erzählte sie den Frauen von Malcolm und dem Fernsehteam.

»Dein Malcolm?«, fragte Patsy.

Nina nickte.

»Sprechen wir von einer wiederbelebten Liebe?«, fragte Terri.

»Oder nur von heißem Sex«, fügte Raylene hinzu.

Alle sahen sie wütend an.

»Was denn?« Raylene hob die Hände. »Ich sage doch nur, man muss nicht immer restlos verliebt sein. Manchmal ist Sex auch schon ganz schön.«

Der junge Statist kam wieder angerannt. »Nina, Toby ist krank.«

»Wie, krank? Er kann doch jetzt nicht krank sein. Er ist die zweite Besetzung für den Hauptdarsteller, und der Hauptdarsteller ist abgehauen.« Nina war außer sich. »Er muss spielen. Wahrscheinlich hat er nur Lampenfieber.«

»Er kotzt sich die Seele aus dem Leib und hält sich den Bauch. Für mich sieht das schwer nach einer Blinddarmentzündung aus. Bei meinem Bruder war es auch so.«

»Scheiße. Bring mich zu ihm«, sagte Nina.

Der junge Mann ging voraus, und alle anderen folgten. Toby, die zweite Besetzung stand wankend und leichenblass auf dem Flur.

Terri legte ihm eine Hand auf die Stirn. »Er ist ganz heiß. Ich rufe Ted an, dass er ins Krankenhaus kommen soll. Und ihr macht hier weiter.«

Terri und der junge Statist halfen Toby durch den Seitenausgang hinaus.

Nina drückte Patsy ihr Textbuch in die Hand und hielt sich mit beiden Händen die Ohren zu. »Ich will nichts mehr hören. Nichts mehr.«

»Davon wird es aber auch nicht besser«, bemerkte Raylene.

Nina atmete tief durch und richtete sich auf. »Also, dann lasst mich nachdenken. Tun wir einen Moment so, als wäre kein Fernsehteam da. Als hätte ich nicht gerade meine große Liebe wiedergefunden und als müsste Emma nicht gleich die Rolle ihres Lebens spielen. Nehmen wir mal den Druck raus.«

»Okay«, sagten alle wie aus einem Mund, auch die Bühnenarbeiter, die dastanden und lauschten.

»Was können wir machen?«, fragte Nina.

»Die Vorstellung absagen«, rief jemand.

»Beau suchen«, schlug Patsy vor.

»Uns jemand anderen suchen, der seine Rolle spielen kann.«

»Genau.« Nina schnippte mit den Fingern. »Das ist es. Aber niemand kennt das ganze Stück, außer mir, Emma und ihrer zweiten Besetzung.«

»Du könntest den Jon Grant spielen, Nina«, schlug Raylene vor. »In Männeruniform und mit Perücke. Du bist groß und hast eine ziemlich tiefe Stimme. Ich weiß nicht, was Emma davon hält, dich zu küssen, und es wird einigen vorkommen wie eine Lesbengeschichte, aber …«

»Raylene!«, riefen die anderen.

»Ist ja schon gut! Entschuldigung, ich habe nur versucht, ein bisschen originell zu denken.«

In diesem Moment ging die Seitentür auf. Sam, Charlie und Patches kamen herein, und auf einmal hatte Emma eine verrückte Idee.

Sam lächelte Emma an, obwohl er die seltsame Stimmung sofort spürte. Irgendetwas lief hier falsch, das war nicht nur die übliche Nervosität vor einer Premiere. Er war hinter die Bühne gekommen, um Patches abzuliefern und Charlie dann zu seinen Eltern zu bringen. Das Stück war nichts für einen Sechsjährigen, fand er. Aber sein Sohn hatte darauf bestanden, Emma wenigstens viel Glück zu wünschen.

»Kannst du mal kurz mitkommen?«, bat er Emma, nachdem er Patches an den Hundeprofi übergeben hatte, den Nina engagiert hatte. »Charlie will dir was sagen.«

Emma kam zu ihm und sah so aus, als wäre sie dankbar für jede Unterbrechung. Sam sah sie an, und sein Herz setzte einen Schlag aus. Er legte Charlie eine Hand auf die Schulter.

Sie hockte sich vor Charlie hin. »Was willst du mir denn sagen?«

Charlie legte den Kopf schief und grinste sie hinreißend an. »Hals- und Beinbruch«, sagte er.

Es war immer noch eine Freude, seine Stimme zu hören. Sam konnte Emma gar nicht genug danken für das, was sie da geschafft hatte.

»Aber nicht wirklich«, flüsterte Charlie ihr zu und warf einen misstrauischen Blick auf ihre Beine. »Daddy sagt, man muss das sagen, wenn man jemandem Glück wünscht.«

»Oh, wie nett von dir!« Sie breitete die Arme aus. »Krieg ich auch noch eine Umarmung?«

Charlie warf sich in ihre Arme und drückte sie fest.

»So, dann wollen wir hier nicht länger im Weg herumstehen«, sagte Sam und legte seinem Sohn eine Hand auf den Kopf. »Wir wollten dir nur schnell Glück wünschen. Das Stück wird großartig, das weiß ich.« Er zwinkerte ihr zu und hob beide Daumen.

»Ha!«, schnaubte Raylene. »Du hast ja keine Ahnung.«

Nina betrachtete Sam so eingehend, dass er ganz nervös wurde. »Sag mal, Emma, hast du mir nicht erzählt, dass Sam den Text mit dir gelernt hat?«

»Ja.«

»Wie gut kennst du das Stück, Sam?«, fragte Nina.

Er lachte leise. »Vorwärts und rückwärts. Emma ist eine solche Perfektionistin …«

Nina schnappte sich Sam an der Hand und zog ihn ins Theater. »Du bist ein bisschen kleiner als Beau, aber das macht nichts. Die Kuss-Szenen waren ohnehin etwas problematisch wegen des Größenunterschieds. Du passt eigentlich viel besser.«

»Äh, danke …«

»Sein Kostüm ist dir sicher zu lang, aber das kann Leandra schnell in Ordnung bringen.«

»Moment mal!« Sam hob beide Hände. »Die Richtung, in die dieses Gespräch sich bewegt, gefällt mir gar nicht.«

Nina legte flehend die Hände aneinander. »Bitte! Du musst uns helfen. Beau ist verschwunden, und Terri hat gerade unsere zweite Besetzung ins Krankenhaus gebracht. Niemand sonst kennt den Text.«

»Beau ist verschwunden?«

»Abgehauen. Ausgezogen und weg. Keiner weiß, wo er ist.«

Sam schnaubte leise. »Seit er aus dem Irak zurück ist, stimmt etwas nicht mit ihm.«

»Das ist aller meine Schuld. Ich hätte es nicht mit ihm versuchen sollen. Aber ich dachte …« Nina brach ab. »Egal. Ist passiert. Jetzt brauchen wir vor allem eins: einen neuen Hauptdarsteller.«

Sam schüttelte den Kopf. »Ich bin kein Schauspieler, und ich fühle mich im Rampenlicht auch überhaupt nicht wohl.«

Nina beugte sich zu ihm und flüsterte: »Ich bitte dich nicht um meinetwillen, weißt du. Es geht um Valerie und all die anderen Soldaten, die für Valerie gekämpft haben. Für deine Heimatstadt. Aber es geht eigentlich vor allem um Emma. Das hier ist ihre große Chance. Und sie ist verdammt gut, Sam.«

»Ich weiß.«

»Sie hat viel Pech gehabt, aber jetzt könnte es klappen.«

»Weil du ihr eine Chance gegeben hast.«

Sie sah ihm direkt in die Augen. »Stimmt. Und jetzt bist du der Einzige, der ihr helfen kann, ihrer Bestimmung zu folgen.«

Sam sah Emma an, und sein Herz tat unendlich weh. Mehr als alles andere in der Welt wünschte er sich, dass sie glücklich war. Und wenn er ihr dafür den entscheidenden Tritt Richtung Hollywood geben musste, dann würde er es tu. Obwohl er das Rampenlicht hasste und keine Ahnung von der Schauspielerei hatte. Emma brauchte ihn, und er würde sie nicht enttäuschen.

»Okay«, sagte er. »Was muss ich machen?«

Kapitel neunzehn

»Quilte meinen Namen in die Sterne.«
Sylvie Douglas Parks Rodriguez Cleary, erfolglose Mutter, Ehefrau und Schauspielerin

Da sie wusste, dass sie mit einem absolut unerfahrenen Partner auf die Bühne gehen würde, hatte Emma einen großen Knoten im Magen. Sam war kein Schauspieler. Er kannte zwar den gesamten Text, aber keine der Bewegungen. Wie sollte sie eine gute Vorstellung abliefern, die Malcolm Talmadge beeindruckte? Sie lief unruhig hin und her, biss auf ihre Knöchel, rang die Hände.

Aber dann, kurz bevor sich der Vorhang hob, sah Sam – jetzt im Kostüm des Jon Grant – sie an und sagte: »Emma Parks, du kriegst das hin. Wie immer. Du bist einfach der geborene Star.«

In diesem Moment überkam sie eine unbesiegbare Ruhe, und sie fühlte sich, als könnte sie alles erreichen.

Die nächsten anderthalb Stunden spielte sie, wie sie noch nie im Leben gespielt hatte. Sam folgte ihr und sprach seinen Text fehlerlos. Emma nahm all ihre Leidenschaft, die sie für ihn empfand, und ließ sie durch ihren Körper fließen. Mit ihrer ganzen Liebe zu ihm fand sie den richtigen Ausdruck für die Menschen, die sie darstellten. Am schwierigsten wurde es natürlich in der Szene, in der sie Valerie spielte und Sam sich selbst. Als sie ihm beim Abschied in die Augen sah, waren ihre Tränen ehrlich und wahr.

Und als das Stück zu Ende war, gab es stehenden Applaus, und der Vorhang ging noch drei Mal auf, ehe die ersten Zuschauer das Theater verließen.

Die nächsten Stunden war sie so high, dass sie alles nur verschwommen mitbekam. Sie nahm Glückwünsche entgegen, aß ihr Thanksgiving-Dinner auf dem Stadtplatz, das von Funny Farm gesponsert wurde, und nahm an der Versteigerung der Quilts zugunsten der Soldaten teil.

Auch von ihrem Interview für *Entertainment Tonight* bekam sie kaum etwas mit. Die ganze Zeit stand Sam in den Kulissen, überließ ihr das Rampenlicht und stellte sich nie in den Weg. Aber immer, wenn sie aufblickte, war er da und lächelte ermutigend, als müsste er ihr immer wieder versichern, dass er sie unterstützte. Komme, was da wolle.

Am Ende dieses ereignisreichen Tages kamen Nina und Malcolm auf sie zu.

»Du hast mindestens so viel Talent, wie Nina sagte«, erklärte Malcolm. »Wobei ich das gar nicht abschließend sagen kann, weil du unter sehr erschwerten Bedingungen gespielt hast.«

»Danke, Sir.«

»Malcolm«, korrigierte er sie sanft. »Mir ist klar, dass du die letzten Monate sehr hart gearbeitet hast, und ich frage mich, ob es dein Arbeitsethos erlaubt, dich gleich in das nächste Projekt zu stürzen.«

Nina grinste von einem Ohr zum anderen. Emmas Herz schlug so heftig, dass sie fast keine Luft bekam.

»In dem Film, den wir derzeit drehen, spielt Matt Damon die Hauptrolle: einen Kriegsveteranen, der feststellt, dass er nicht wieder nach Hause kann. Die Schauspielerin, die seine jüngere Schwester spielen sollte, muss dringend einen Drogenentzug machen und kann die Rolle nicht übernehmen. Zum Glück haben wir noch keine Szenen mit ihr gedreht. Es ist eine kleine, aber sehr wichtige Rolle. Könntest du einspringen?«

»Ich … Ich würde … Ich muss natürlich erst mit meinem Agenten reden, aber … Ja! Ja, natürlich!«

»Großartig. Ich rufe deinen Agenten an, dann können wir alles festmachen. Und ich sage Entertainment Tonight noch, dass du hier in Twilight entdeckt wurdest und dass ich Großes von dir erwarte. Ich bin sicher, sie wollen dich noch ein zweites Mal interviewen.«

Nina gratulierte mit einer Umarmung, und dann gingen sie und Malcolm davon. Emma stand auf dem Rasen des Gerichtsgebäudes, wie gelähmt vor Schreck.

Als sie aufblickte, sah sie Sam vor sich stehen. »Hast du gehört?«

»Klar.« Er lächelte. »Ich hab's dir doch gesagt.«

»Ich bin noch ganz benommen.«

»Du hast so hart dafür gearbeitet, und es hat so lange gedauert. Da darfst du ruhig einen Moment brauchen, um dich an deinen frischen Ruhm zu gewöhnen. Aber wenn du erst mal in Hollywood bist, wirst du es schon verstehen.«

»Ich kann überhaupt nicht klar denken.«

»Bevor du dich in dein großartiges neues Leben aufmachst, habe ich hier noch was für dich.« Der Blick seiner dunklen Augen drehte ihr den Magen um. Sie hatte keine Ahnung, was dieser Blick bedeutete, aber ihr sagte er vor allem, dass sie nicht hierhergehörte, so sehr sie es sich auch wünschte.

»Ein Abschiedsgeschenk?« Ihr Herz war schwer wie Blei.

»Genau.« Er holte eine kleine weiße Schachtel aus der Jackentasche, die mit einer roten Schleife verschlossen war.

Ihre Hände zitterten, als sie sie entgegennahm. Warum? *Bette Davis.* Sie schlüpfte in die Maske dieser hartgesottenen Schauspielerin, die sich nie auf Sentimentalitäten eingelassen hatte, sondern immer getan hatte, was getan werden musste. Sofort hörten ihre Hände auf zu zittern. Sie atmete aus, zog die Schleife auf und hob den Deckel von der Schachtel.

Und da lag in Seidenpapier die Sternenbrosche ihrer Mutter.

Sie hatte versucht, sie zurückzubekommen, aber die Pfandhaushexe hatte ihr gesagt, sie hätte sie verkauft.

Staunend sah sie ihn an. »Wie hast du das gemacht, Sam?«

»Die meisten Pfandhäuser stellen ihre Pfänder heutzutage online. Da habe ich nachgeschaut, weltweit, mit den Stichwörtern ›Brosche Smaragd Stern‹. Und schon hatte ich sie.«

»Glück.«

»Oder Schicksal.« Man sah seine Lachfältchen.

»Wie viel hat sie dir dafür abgeknöpft?« Sie war sicher, die Hexe hatte einen guten Schnitt gemacht.

»Mach dir darüber keine Sorgen.« Er nahm ihr die Brosche aus der Hand und steckte sie ihr an die Jacke. »So.« Ein leises Lächeln. »Und jetzt mach ihr Ehre, Emma Parks. Du bist ein Star.«

Das Leben in L.A. war turbulent. Von dem Moment ihrer Landung auf dem Flughafen an rannte sie nur noch durch die Gegend. Sie musste viel über das Filmgeschäft lernen, und Malcolm stellte ihr eine Assistentin zur Seite, die ihr bei den ersten Schritten half. Sie war so beschäftigt, dass sie nicht mal Zeit fand, Sam eine Mail oder SMS zu schreiben. Vielleicht, so dachte sie, war es ja auch besser so. Wenn sie den Kontakt ganz abbrach, statt sich an ihn zu klammern, würde es ihnen weniger wehtun.

Sie lernte schnell, dass es in L.A. ganz anders lief als in New York. Die Arbeit auf einem Filmset war schwieriger – und manchmal langweiliger –, als sie erwartet hatte. Die Leute waren nett, aber man konnte ihnen nicht immer ganz trauen. In Manhattan wusste man wenigstens, woran man war, die Leute sagten, was sie dachten. Hier musste man immer zwischen den Zeilen lesen, und das gefiel ihr gar nicht. Nachdem sie in Twilight ihr Misstrauen anderen Menschen gegenüber abgebaut hatte, war es jetzt doppelt schwer, sich wieder zu schützen.

Sie war dankbar, dass Sam ihr das Autofahren beigebracht hatte, aber der Straßenverkehr hier war schlimm. Und die Sonne! Ständig schien die Sonne, sie bekam allmählich Heimweh nach schlechtem Wetter.

Ein paar Tage nach ihrer Ankunft traf sie beim Einkaufen im Supermarkt ihre alte Mitbewohnerin Jill Freeman, die seinerzeit ein gutes Wort bei Meister X für sie eingelegt hatte.

»Emma!«, quietschte Jill los, als sie sich vor den Avocados in die Arme liefen. »Ich habe schon gehört, dass du nach L.A. gezogen bist.«

Sie umarmten sich noch einmal.

»Lass dich anschauen.« Jill trat zurück. »Du siehst ja strahlend aus.«

»Und du erst! Was für eine Sonnenbräune!«

»Glückwunsch zu der Rolle in Malcolm Talmadge' Film.« Jill klatschte ihr leise Beifall. »Vor allem nach dem Scheiß mit Scott Miller.«

»Danke.«

»Was für ein Business, hm?« Jill schüttelte den Kopf. »Wenn man bedenkt, wie naiv wir am Anfang waren. Du hast diesen Traum und denkst, wenn du ihn irgendwann wahr machst, wird alles toll sein.« Jills Lachen klang ein wenig hart.

»Ist was passiert?«, fragte Emma besorgt.

»Sie haben meine Serie gestoppt.«

»Ist ja schrecklich!« Emma schüttelte den Kopf. »Aber du findest sicher was anderes.«

Jill zog die Schultern hoch. »Ich glaube, mir reicht's.«

»Ehrlich? Willst du mit der Schauspielerei aufhören?«

»Das ist doch kein Leben, Em. Es verändert einen, und weiß Gott nicht zum Guten. Die ganze Zeit spiele ich anderen was vor, und allmählich weiß ich schon selbst gar nicht mehr, wer ich bin. Man denkt ja immer, mit Geld lässt sich jedes Problem lösen. Und bei der nächsten Rolle wird alles ganz toll. Aber es wird nicht toll. Jedenfalls nicht toll genug. Dieser Berg hat keinen Gipfel, man ist nie zufrieden. Und mit dem Ruhm ist das auch so eine Sache. Es ist mühsam. Alle lieben dich, solange du Erfolg hast, aber wenn es nicht hinhaut, sind sie verschwunden. Also rennst du in deinem Hamsterrad weiter. Aber jetzt will ich raus.

Ich will nicht eines Tages aufwachen und vierzig Jahre alt sein, ohne Mann und Kinder, nur weil ich mein richtiges Leben für meine Karriere auf Eis gelegt habe. Weißt du, was ich meine?« Jill hielt inne, atmete tief durch und schaute Emma fest in die Augen. »Nein, natürlich nicht. Du hast ja gerade einen echten Lauf hier, du bist noch nicht vor die Wand gelaufen. Entschuldige, ich will keine Spaßbremse sein. Hör mir einfach nicht zu. Genieß es, solange es geht.«

Jills Worte trafen Emma in Herz. Sie waren ein Echo ihrer eigenen Ängste.

Hör nicht hin. Jill ist bloß fertig, weil ihre Serie ausläuft. Sobald sie eine neue Rolle hat, wird sie wieder ganz anders reden.

Sie umarmten sich noch einmal und versprachen, in Kontakt zu bleiben. Aber den Rest des Tages gelang es Emma nicht, die Traurigkeit abzuschütteln, die ihr in den Knochen saß. Sie dachte die ganze Zeit an Twilight und alles, was sie dort zurückgelassen hatte. Unwillkürlich fragte sie sich, ob das hier diesen Verlust wert war.

Der Dackel war bissig. Jedes Mal, wenn Sam versuchte, die kurzbeinige Hündin zu untersuchen, schnappte das Vieh mit spitzen kleinen Zähnen nach seiner Hand.

»Ach du lieber Himmel!«, rief die Besitzerin und rang demonstrativ die Hände. »Es tut mir ja so leid, Dr. Cheek. Prissy ist so nervös!«

Nicht nur Prissy, dachte er. »Mrs Applebaum …«

»Miss Applebaum«, betonte sie und ließ die Wimpern flattern. »Ich bin nicht verheiratet. Nennen Sie mich doch Tara.«

Er sah die Frau an, die zum ersten Mal in seine Praxis gekommen war. Tatsächlich war sie ganz hübsch, hatte lange dunkle Haare, große braune Augen und Grübchen in den Wangen. Auch der Körper war nicht so übel. Hübsche Möpse, lange Beine. Aber Sam spürte keinen Hauch von Interesse. Sie war halt nicht Emma.

Er kniff die Augen zusammen. »Hat meine Tante Belinda Sie zu mir geschickt?«

»Tante Belinda?« Sie sah ihn verwirrt an.

»Was führt Sie denn zu mir?«

»Ich sagte es Ihnen ja schon. Prissy hat nichts gegessen, und ihr Bauch ist so dick, dass ich mir Sorgen mache. Vielleicht hat sie ja eine Darmverschlingung.«

»Und weiter nichts?«

»Nun …« Sie richtete sich auf und schenkte ihm ihr verführerischstes Lächeln. »Ich habe gehört, dass Ihre Freundin weggezogen ist, und da dachte ich …«

»Sehen Sie, Sie sind eine nette Frau«, unterbrach er sie. »Aber ich habe in meinem Leben gerade keinen Platz für so etwas.«

Tara senkte die Lider. »Trauern sie noch um Sie?«

»Woher wissen Sie das alles?«

»Die ganze Stadt redet davon.«

Die Dackelhündin schnappte schon wieder nach ihm.

»Jetzt reicht's mir«, sagte er.

»Was?«

Er schaute Prissy wütend an und fletschte die Zähne. Die Hündin zuckte mit einem Fiepen zusammen. »Siehst du, du kleines Mistvieh, ich habe auch Zähne. Jetzt ist mal Schluss mit der Beißerei.« Und zu Tara sagte er: »Prissy ist trächtig.«

»Aber das kann nicht sein! Ich lasse sie nie allein aus dem Haus.«

»Kastriert ist sie nicht.«

»Nein, aber …«

»Sie ist trächtig«, wiederholte er. »Meinen Glückwunsch. Und wenn Sie mich jetzt entschuldigen würden, ich bin zu einem Gespräch verabredet.«

»Okay …« Tara kniff die Augen zusammen und nahm Prissy auf den Arm.

Sam zog seine Untersuchungshandschuhe aus und marschierte zum Empfang. »Sagen Sie bitte alle Termine ab«, sagte er zu Delia.

»Wie lange?«

»Unbestimmt«, erwiderte er.

Dann ging er zum Theater, wo Nina mit der fünften Klasse der Mittelschule gerade das Krippenspiel probte.

Sie blickte auf, als er hereinkam. »Kinder, wir machen eine kurze Pause.«

Die Kinder liefen los, und sie kam auf ihn zu. »Ist was passiert, Sam?«

»Ich habe sie einfach laufen lassen, Nina. Ich hatte sie hier bei mir und habe sie laufen lassen.«

»Aber du wolltest sie nicht daran hindern, ihren Traum wahr zu machen, Sam.«

»Will ich auch nicht. Aber ich hätte ihr sagen sollen, dass ich sie liebe. Und das habe ich nicht getan.«

»Du hattest Angst, wenn du es ihr sagst, geht sie nicht nach Hollywood.«

Er nickte. »Sie hat diese Chance wirklich verdient. Aber sie hat auch verdient zu wissen, dass ich hier auf sie warte. Wenn es sein muss, ein Leben lang.«

»Du willst dein Leben auf Eis legen, bis Emma beschließt, dass es ihr reicht mit dem Rampenlicht?«, fragte Nina leise.

Er fuhr sich mit der Hand übers Gesicht. »Genau das ist meine Absicht.«

»Aber das ist unrealistisch.«

»Ich weiß, aber ich kann nicht anders. Ich will keine andere Frau. Sie war immer schon meine Frau, schon seit ich vierzehn war.«

»Wenn du ihr das sagst und sie deshalb ihre Karriere aufgibt, dann wirst du immer ein schlechtes Gewissen haben.«

»Ich weiß«, sagte er. »Deshalb habe ich mich entschlossen, nach L.A. zu ziehen. Um bei ihr zu sein. Ich kann überall arbeiten. Und Charlie … na ja, es wird vielleicht mal Zeit, dass er die Welt außerhalb von Twilight kennenlernt.«

»Nichts anderes auf der Welt würde dich dazu bringen, diese Stadt zu verlassen, oder?«, fragte Nina.

»Nein«, gab er zu. »Aber Emma ist es wert, und genau das werde ich ihr sagen. Kennst du ihren Drehplan? Weißt du, wo sie heute Abend sein wird?«

»Sie ist mit dem gesamten Team bei einem Charity-Event für die Truppen. Malcolm ist heute früh deswegen rübergeflogen.«

»Und du bist nicht dabei?«

Nina deutete auf die Kinder, die auf der Bühne herumsprangen. »Ich bin gut beschäftigt hier. Außerdem muss Malcolm sich noch um ein paar andere geschäftliche Sachen kümmern. Tatsächlich sieht es so aus, dass er vielleicht eine Lösung für deine Fernbeziehung hat.«

»Nämlich?«

»Ich kann noch nicht darüber sprechen. Nur, dass du mit

deiner großen Liebeserklärung vielleicht noch ein paar Wochen warten solltest.«

Sam schüttelte den Kopf. »Nein. Ich muss sie sehen, ich kann nicht mehr warten.«

Nina nickte. »Okay. Aber du brauchst für heute Abend einen Smoking und eine Einladung. Ich sorge dafür, dass dich jemand mit diesen beiden Dingen am Flughafen abholt.«

Sechs Stunden später, nachdem er Charlie zu seiner Mutter gebracht und den nächsten Flug genommen hatte, landete Sam in L.A. Dort erwartete ihn ein Fahrer in einem Lincoln Town Car, und auf dem Rücksitz lagen ein Smoking und eine Einladung für die Abendveranstaltung, von der Nina gesprochen hatte. Sam zog sich auf der Flughafentoilette um, und los ging's nach Beverly Hills.

Während des Fluges hatte er innerlich seinen Text geprobt, aber als der Fahrer jetzt vor dem Ritz-Carlton anhielt, fragte er sich nicht zum ersten Mal, ob es richtig war, was er tat. Und als man ihn in den luxuriösen Ballsaal führte, in dem es von Promis und VIPs nur so wimmelte, wurde ihm klar, dass er noch nie in so einem Gebäude gewesen war.

Das Büffet bog sich unter köstlichen Speisen: Hummer, Pastetchen, Tapas mit Shrimps, Kaviar, Leberpastete und so weiter. Aus einer Ecke des Saales erklangen himmlische Harfenklänge. Er musste an Jenny denken, die diese Musik sicher geliebt hätte. Die Tische waren mit exotischen, duftenden Blumen dekoriert.

Kellner trugen Silbertabletts mit Champagnerflöten

durch die Menge. Ihre Smokings sahen genauso aus wie seiner, gemietet eben. Nicht die teuren maßgeschneiderten Teile, wie sie viele Gäste trugen.

Er schluckte und zupfte an seinem Kragen. Die italienischen Lederschuhe an seinen Füßen drückten, und er spürte mit jeder Minute deutlicher, dass er nicht hierher passte. Wenn er es richtig bedachte, war es das erste Mal, dass er überhaupt als Pinguin verkleidet auftrat.

Und er war hier absolut allein. Er kannte keinen Menschen.

Hör auf, dich zu bemitleiden. Du hast einen Grund, warum du hier bist. Emma.

Sam ließ den Blick durch den Raum schweifen und suchte in der Menge nach dem leuchtend kupferroten Haar. Schließlich entdeckte er sie tatsächlich auf dem Podium am Ende des Saales. Sie stand neben Matt Damon und einigen anderen Filmstars, die er kannte. Sein Herz setzte einen Schlag aus, als er sie sah, und sein Mund wurde trocken.

Er ging näher, überlegte, wie er es schaffen könnte, sie einen Moment allein zu erwischen, aber inzwischen war ihm klar, dass er einen schlechten Zeitpunkt und einen schlechten Ort gewählt hatte. Er hätte auf Nina hören sollen. Er hätte warten sollen.

Du gehörst nicht hierher.

Matt Damon beugte sich zu Emma und flüsterte ihr etwas ins Ohr. Sie lachte. Er konnte es bis zu seinem Platz hören – den leisen Ton ihrer Freude.

»Hier«, schnauzte ihn ein Kellner an, der zwei Tabletts mit Champagner trug. »Nimm mir mal eins ab, du Faulpelz.«

Bevor Sam ihm sagen konnte, dass er ein Gast war, drückte ihm der Kellner ein Tablett in die Hand, und da stand er nun, während oben auf der Bühne Emma mit Matt Damon lachte. Sie war ein Star. Und er war nur der brave Sam aus Twilight, Texas.

Auf einmal wurde ihm sonnenklar, dass Trixie Lynn für ihn genauso unerreichbar verloren war wie Valerie. Es war an der Zeit, das zu akzeptieren. Er musste sie loslassen.

Und so kämpfte er innerlich den Schmerz nieder, der ihm das Herz durchbohrte, stellte das Tablett auf den nächsten Tisch und verließ den Saal.

Emma hatte sich noch nie in einer Menschenmenge so einsam gefühlt. Und sie hatte keine Ahnung, warum.

Alle ihre Träume waren wahr geworden. Sie war in L.A. bei einer Charity-Veranstaltung. Mit Matt Damon. Sie bekam köstliches Essen serviert und trank teuren Champagner, und auf dem Weg hinein hatten ein paar Leute sie um ein Autogramm gebeten. So hatte sie sich das vorgestellt. Aber es fühlte sich nicht richtig an.

Sie dachte an Jill. *Das ist doch kein Leben, Em.* Und ausgerechnet an diesem Abend wurde ihr klar, wie recht Jill hatte. Wenn das hier zu Ende war, würde sie nach Hause gehen, in das Apartment, das Malcolm für sie gemietet hatte. Sie würde allein sein, umgeben von fremden Dingen.

Sie biss sich auf die Unterlippe und versuchte, die düstere Stimmung abzuschütteln, aber die ganze Zeit musste sie an Sam denken. Was er wohl gerade tat? Wahrscheinlich las er Charlie eine Gute-Nacht-Geschichte vor.

Emma atmete tief durch. Wie gern wäre sie jetzt bei ihm gewesen.

Du könntest, wenn du wolltest. Du könntest einen neuen Traum beginnen.

Ihre Nackenhaare sträubten sich, und sie hatte ein ganz seltsames Gefühl, als würde sie beobachtet. Als die den Kopf hob und über die Menge hinwegblickte, sah sie, wie eine Seitentür geöffnet wurde. Ein Mann im Smoking verließ den Saal.

Sam!, schrie ihr verrücktes Herz, als sich die Tür hinter ihm schloss.

Aber es konnte ja nicht Sam sein. Der Mann war genauso groß gewesen wie er, ähnlich gebaut und mit ähnlichen Haaren, ja, aber sie wusste doch, dass Sam in Twilight war. Wo er hingehörte.

Und sie war hier in L.A., mutterseelenallein, und sah Phantombilder von ihrem Liebsten, den sie verlassen hatte.

Eine Woche nach der Charity-Veranstaltung saß Emma in der Maske in dem Wohnwagen, den sie mit einer anderen Nebendarstellerin teilte, als auf einmal die Tür aufging.

Emma und die Maskenbildnerin drehten sich um. Eine hagere Frau in billiger Kleidung stand in der Tür. »Hallo, Lammkotelett, kennst du mich noch?«

Emma hatte die Frau seit vierundzwanzig Jahren nicht mehr gesehen, aber in dem Moment, als sie ihr in die Augen sah, erkannte sie ihre Mutter. Sylvie Parks – oder wie sie jetzt heißen mochte.

Die Jahre waren nicht freundlich mit ihr umgegangen. Sylvie wirkte dünn und verlebt wie ein Baumwollkleid, das zu oft gewaschen worden ist. Um ihre Augen zogen sich tiefe Falten, als hätte sie ständig geblinzelt, um ihren rosaroten Blick auf die Welt nicht zu verlieren. Ihre Haare waren lang und ungekämmt, die Spitzen blondiert, der Ansatz grau-braun. Sie trug ein blaues Kindermützchen, und ihre Zähne waren gelb vom Nikotin. Über einer ausgebleichten Jeans trug sie eine lila Tunika mit Schmetterlingen darauf, und ihre Flip-Flops zeigten, dass sie dringend eine Pediküre brauchte. Am Handgelenk trug sie ein hellgrünes Plastikarmband mit dem Aufdruck DREAM. Sie sah aus, als käme sie gerade vom Flohmarkt. Emma fragte sich ernsthaft, wie sie auf das Filmset gekommen war.

»Ma… Mama?«

So oft hatte sie sich in all den Jahren vorgestellt, wie es sein würde, wenn sie es geschafft hätte und ihre Mutter angekrochen käme und sie um Verzeihung bäte. Jetzt, da es wirklich passierte, fühlte es sich ganz surreal an. Und sie fragte sich, ob sie sich das alles nur einbildete.

Sylvie stand da, sah sie forschend an und sagte kein Wort.

Emma hatte vergessen, wie sehr ihre Mutter sie verletzt hatte. Sie war mit diesem Mann im Cadillac weggefahren, hatte sie nie angerufen, nie geschrieben, nie auch nur eine Geburtstagskarte oder ein Weihnachtsgeschenk geschickt. Emma hatte die Erinnerung an all die Nächte aus ihrem Kopf verbannt, in denen sie sich in den Schlaf geweint hatte. Rex hatte nicht gewusst, wie er sie trösten sollte, oder er hatte sich nicht darum gekümmert. Sie hatte sich von ihrer Angst vor Verletzungen, Zorn und Verrat abgetrennt, was in ihrer Teenagerzeit zu allen möglichen verrückten Streichen geführt hatte.

Und doch, als sie Sylvie jetzt sah, stiegen Mitleid und Vergebung in ihr auf.

Sylvie breitete die Arme aus. »Na, willst du deine Mama nicht umarmen?«

Und Emma tat es. Sie winkte die Maskenbildnerin zur Seite, die aussah, als wollte sie die Securityleute rufen, stand auf und stürzte sich in die Arme ihrer Mutter. Zum ersten Mal seit mehr als zwanzig Jahren. Sylvie roch immer noch wie früher, nach einer Mischung aus Zigaretten und billigem Parfüm. Und nach Verzweiflung. Die Umarmung fiel steif und ungeschickt aus, eher kühl. Nicht zu vergleichen mit den warmen, einhüllenden Umarmungen, die Emma bei den Quilterinnen von Twilight kennengelernt hatte.

In ihrer Vorstellung hatten sie beide an dieser Stelle immer geweint. Aber sie war nicht so bewegt, dass sie hätte weinen können. Sie fühlte sich wie abgetrennt, als befände sie sich außerhalb ihres Körpers und beobachtete alles mit milder Neugier. Ehrlich gesagt, war es ihr ganz recht so. Die kühle Stimmung machte alles viel einfacher.

Sylvie trat als Erste zurück und legte den Kopf schief, um Emma genauer zu betrachten. Dann nahm sie eine Haarlocke ihrer Tochter in die Hand. »Immer noch so leuchtend rot.«

»Hmm.«

»Ich habe dich so vermisst. Ich liebe dich, Trixie Lynn.«

Sollte sie jetzt etwas Ähnliches erwidern? Früher einmal hatte sie ihre Mutter heftig und unsterblich geliebt. Jetzt fühlte sie nur eine große Leere. »Ich heiße jetzt Emma.«

»Natürlich.« Ihre Mutter nickte. »Klingt auch besser, kann ich dir nicht verdenken. Ich wollte dich nie Trixie

Lynn nennen, aber Rex wollte, dass du heißt wie seine Großmutter.«

»Ist ja witzig«, erwiderte Emma. »Und das, obwohl er gar nicht mein Vater ist.«

Sylvies Blick flackerte. »Oh, hast du es erfahren?«

»Wer ist mein wirklicher Vater?«

Sylvie zuckte mit den Schultern. »Keine Ahnung. Das ist alles so lange her. Ich kannte viele Männer, bevor ich Rex traf.«

»Du warst schwanger, als du ihn geheiratet hast, und hast ihm nichts davon gesagt? Wie konntest du das tun?«

»Ach, lass uns nicht von den alten Geschichten reden.« Sylvie legte Emma eine Hand auf die Schulter. »Lass uns von schönen Dingen reden. Zum Beispiel von deiner Filmrolle hier. Nicht zu glauben! Meine Tochter ist ein Star. Wer hätte gedacht, dass du das noch schaffst, nachdem du diesem Broadway-Produzenten in die Eier getreten hast.«

»Du hast davon gehört?«

»Ich lese Zeitung, Schätzchen.«

»Und jetzt kommst du, um mich zu sehen?«

Sylvie ignorierte die Frage und plapperte weiter. »Ich muss schon sagen! So was macht man doch nicht! Du kannst doch so einem wichtigen Mann nicht in die Eier treten, nur weil er deine Annäherungsversuche ablehnt.«

Jetzt war Emma wirklich platt. »Du glaubst seine Version der Geschichte?«

»Wenn es doch in der Zeitung steht!«

»Aber er hat gelogen! Er hat mir die Schuld in die Schuhe geschoben, dabei ging es darum, dass ich keinen Sex mit ihm wollte. Beinahe wäre er über mich hergefallen. Und da habe ich mich verteidigt.«

»Ach ja?«

»Willst du mir sagen, du glaubst mir nicht? Mutter?«

Sylvie hielt beide Hände hoch. »Jetzt wird mal nicht frech. Ich habe dir nur gesagt, was ich in der Zeitung gelesen habe.«

»Eine Lüge.«

»Aber es stand in der Zeitung.«

»In der Klatschpresse. Das sind doch keine richtigen Zeitungen. Wenn sie ein UFO auf die Titelseite setzen und behaupten, Brad Pitt sei ein Außerirdischer, weiß ein vernünftiger Mensch doch, dass es gelogen ist. Aber gut, niemand kann behaupten, dass du vernünftig wärst.«

Sylvie kniff die Lippen zusammen, als wollte sie sich selbst daran hindern, etwas zu sagen.

»Sei doch nicht so grausam«, flüsterte sie dann.

Ach, jetzt war Emma also grausam! Dann konnte sie ja auch gleich die Frage stellen, die ihre vierundzwanzig Jahre lang auf der Seele gelegen hatte. »Warum hast du mich verlassen, Mutter?«

Sylvie riss die Augen auf. »Ich … ich habe dich nicht verlassen. Ich bin meinem Stern gefolgt, ich wollte Schauspielerin werden!«

»Und du hast nie darüber nachgedacht, dass du mich mutterseelenallein zurücklässt, nur um deinem *Stern* zu folgen?« Emma spuckte das Wort fast aus.

Ihre Mutter schob das Kinn vor und sah sie fest an. »Du bist nicht der Mittelpunkt der Welt.«

Emma lachte böse auf. »Dann sag mir doch mal, Mutter, wohin hat dich dein Stern geführt? Hast du je in einem Film mitgespielt? Hast du je auf einer Bühne gestanden? Werbespots gedreht? Hörbücher gesprochen?«

»Es ist ein schwieriges Geschäft.«

»Das heißt, die Antwort auf alle meine Fragen lautet Nein.«

»Ich möchte über angenehmere Dinge sprechen.«

Inzwischen war Emma richtig wütend. Ihre Mutter hatte durch die Klatschpresse von ihr erfahren. Nach der Sache mit Scott Miller war sie nicht aufgetaucht, damals, als Emma in Schwierigkeiten steckte und eine Schulter zum Ausheulen hätte brauchen können. Aber jetzt, da Emma Erfolg hatte, tauchte die liebe alte Mama auf. »Worüber willst du denn sprechen?«

»Zum Beispiel über deinen Film.«

»Nun, ich habe es geschafft. Es hat lange gedauert, aber jetzt bin ich hier.« Emma streckte die Arme aus. »Ich habe getan, was du mir gesagt hast. Ich bin ein Star geworden.«

Sylvie sah sie verwirrt an. »Das habe ich nie gesagt.«

Emma zuckte zurück. »Natürlich hast du das gesagt. Das ist meine stärkste Erinnerung an dich. Du hast es mir immer wieder gesagt, wie ein Wiegenlied. Oder ein Mantra. Und dann hast du mir das hier geschenkt.«

Sylvie schnaubte leise und verächtlich. »Ist ja nicht zu fassen.«

»Was?« Emma zog die Brauen zusammen. Hatte sie sich das alles nur eingebildet? Hatte sie sich so sehr gewünscht, ihre Mutter wollte nur das Beste für sie?

Sylvie legte eine Hand an ihren faltigen Hals. »Hast du wirklich gedacht, ich rede mit dir?«

»Mit wem denn sonst? Du hast mich im Arm gewiegt und geflüstert: Du wirst ein Star sein, du wirst ein Star sein, du wirst ein Star sein.«

»Das war eine Affirmation.«

»Und sie hat funktioniert. Immer wenn ich richtig fertig war, habe ich mir das gesagt. Dass du es für möglich gehalten hast, das hat mich immer wieder angespornt.«

»Aber die Affirmation galt doch nicht dir!« Sylvie lachte trocken und freudlos. »Sie galt mir!«

Bevor Emma antworten konnte, klopfte es an ihrer Tür, und ein Assistent mit Headset schaute herein. »Wir wären dann so weit, Miss Parks.«

»Ich muss jetzt gehen«, sagte sie zu Sylvie.

»Nun, vielleicht könnten wir ja später zusammen essen. Ich muss dich nämlich etwas fragen.«

»Ich muss den ganzen Tag arbeiten. Keine Zeit.«

»Nun, ich denke, ich habe diese Zurückweisung verdient«, sagte Sylvie. »Nachdem ich dich damals verlassen habe.«

Ach, jetzt hatte sie also doch ein schlechtes Gewissen. Emma schnaubte. »Hast du in den letzten vierundzwanzig Jahren auch nur einmal an mich gedacht?«

»Aber sicher.«

»Wann denn? Doch erst, als du mich in *Entertainment Tonight* gesehen hast.«

Sylvie sah so schuldbewusst aus, dass Emma wusste, sie war der Wahrheit verdammt nahe.

»Und jetzt lass mich raten, was du mich beim Essen fragen wolltest. Hat es zufällig mit Geld zu tun?«

Sylvie senkte den Kopf.

Emma schnaubte noch einmal, um den Schmerz zurückzuhalten. Sie konnte sich jetzt nicht darum kümmern, sie musste arbeiten. »Wie viel?«

»Zehntausend wären eine große Hilfe.«

Zehntausend Dollar. Genau der Betrag, den Emma von Nina für ihre Zeit in Twilight bekommen hatte. Sie atmete tief durch, ging zu ihrer Schlafkabine und zog ihr Scheckbuch aus der Tasche. Mit zitternder Hand schrieb sie einen Scheck über zehntausend Dollar aus und schob ihn Sylvie zu. »Hier«, sagte sie. »Deshalb bist du doch überhaupt nur gekommen.«

Ihre Mutter stopfte den Scheck in ihre Tasche und murmelte: »Danke.«

»Nein«, erwiderte Emma. »Ich muss mich bei dir bedanken. Ich habe heute etwas sehr Wichtiges von dir gelernt.«

Irgendwie überstand Emma ihren Vierzehn-Stunden-Tag. Sie spielte ihre Rolle gut, und es gelang ihr, für den Moment ihre Mutter und alles, was zwischen ihnen im Wohnwagen vorgefallen war, zu vergessen. Sie war schließlich ein Profi, ein Star, auch wenn sie es aufgrund einer Affirmation geworden war, die nicht ihr gegolten hatte.

Aber als sie für diesen Tag ihre Arbeit beendete, als sie allein im Wohnwagen unter ihrem Quilt lag, den die wunderbaren, klugen Frauen von Twilight ihr zum Abschied geschenkt hatten, kamen alle verdrängten Gefühle wieder hoch.

So viele Jahre hatte sie sich Mühe gegeben, die Prophezeiung ihrer Mutter zu erfüllen. Sie hatte immer nur ein Star sein wollen, um ihre Mutter zu beeindrucken und ihre Liebe zurückzugewinnen. Und sie hatte gedacht, dass ihre Mutter an sie glaubte. Das war ihr Ziel gewesen. Deshalb hatte sie ein Star werden wollen.

Jetzt verstand sie, dass alles ganz falsch gewesen war. Sie hatte sich von verdrehten Vorstellungen leiten lassen. Ihr ganzes Leben basierte auf einer Lüge. Aber wer war sie, wenn nicht Trixie Lynn Parks, die zu Emma Parks geworden war? Wer war sie, wenn sie keine Schauspielerin war, die sich nach der Liebe ihrer Mutter ausstreckte?

Am liebsten hätte sie sofort zum Telefon gegriffen und Sam angerufen, aber in Texas war es zwei Uhr nachts. Außerdem, was konnte er schon tun? Natürlich war er ihr bester Freund, aber er konnte doch all die Einsamkeit und den Verrat nicht spüren. Er hatte eine große, glückliche, eng verbundene Familie. Er hatte ein eigenes Leben, und er hatte ihr sehr deutlich gemacht, dass sie ihm nicht geben konnte, was er brauchte.

Es war schon okay, sie würde das überstehen. Sie hatte schon viel Schlimmeres überstanden. Sie hatte ihre Mutter schon vor vierundzwanzig Jahren verloren, nicht erst heute. Aber heute hatte sie das Gefühl dafür verloren, wer sie selbst war.

Sie wälzte sich im Bett herum. Er hatte ihr gesagt, sie könnte ihn jederzeit anrufen. Aber hatte er das wirklich so gemeint?

Emma stand auf, nahm ihre Handtasche und zog ihr Handy heraus. Dann steckte sie es wieder hinein. Es war egoistisch von ihr, ihm ihre Ängste und Sorgen aufzubürden. Schließlich hatte sie ihn verlassen. Sie hatte Twilight verlassen, um in Hollywood ein glamouröses Leben zu führen.

Aber die Sehnsucht und Einsamkeit waren kaum noch zu ertragen. Sie griff wieder nach dem Telefon. Schaltete es ein.

Schaltete es wieder aus. Schaltete es noch einmal ein und ließ sich dann auf die Bettkante fallen.

Es gab da einen Film, den sie am Flughafen aufgenommen hatte, als Sam und Charlie sie hingebracht hatten. Als sie Charlies niedliches kleines Gesicht sah, brach ihr das Herz. Er lächelte sie an, mit dem unvergleichlichen zahnlosen Lächeln eines Sechsjährigen. Charlie, der Junge, der so viel verloren hatte, lächelte sie an, als wäre sie etwas ganz Besonderes. Beim Abschied auf dem Flughafen hatte sie das gar nicht so zu schätzen gewusst.

Ihr kamen die Tränen. Sie war ungefähr so alt gewesen wie er, als Sylvie sie verlassen hatte. Und sie spürte den Schmerz immer noch. Mitgefühl und ein entsetzliches Schuldgefühl stiegen in ihr auf. Sie hatte diesen Jungen verlassen, nicht nur Sam. Kein Wunder, dass Sam dafür gesorgt hatte, dass sie seinem Sohn nicht zu nahe kam. Sie war nicht viel besser als Sylvie. Sie hatte diesen Jungen und seinen Vater verlassen, um ihre Karriere voranzutreiben. Obwohl die beiden sie liebten.

Sie hatte Sylvie gefragt, wie sie das hatte tun können. Dabei hatte sie genau dasselbe getan. Sie schaltete das Telefon wieder aus und stopfte es in ihre Handtasche. Dann ließ sie sich stöhnend aufs Bett fallen. In diesem Moment hasste sie sich selbst.

Du hast es verdient, allein zu sein. Du hast ein Kind wie Charlie nicht verdient. Und einen Mann wie Sam auch nicht. In diesem Augenblick verstand sie ihre Mutter zum ersten Mal. Sie hatte dasselbe gedacht. *Wenn du ihnen nicht geben kannst, was sie brauchen, dann halt dich von ihnen fern.*

Sylvie war nicht böse. Sie war nur unfähig, andere Menschen zu lieben. Sie liebte sich selbst viel mehr. Und offenbar hatte Emma diesen Defekt von ihr geerbt.

Todtraurig kuschelte sich Emma in den Quilt der Frauen von Twilight. Und sie weinte sich leise in den Schlaf.

Kapitel zwanzig

»Das Muster eines Quilts wird dich immer nach Hause bringen.«
Spruch in der Rinde des Sweetheart Tree in Twilight, Texas

Drei Tage vor Weihnachten war Emma mit den Dreharbeiten fertig. Sie nahm den ersten Flug zurück nach Texas.

Die ganze Zeit brütete die Angst in ihr, aber je näher sie kam, desto nervöser wurde sie. Mit klopfendem Herzen näherte sie sich dem Theater in Twilight. Sie war bereit, sich ganz auf die Barmherzigkeit der Quilterinnen zu verlassen. Vielleicht konnten die Frauen ihr ja helfen, Sam zurückzugewinnen. Sie hatte die Stern-Brosche an ihre Jacke gesteckt, und jetzt fuhr sie leise mit den Fingern darüber, um Kraft zu tanken.

Zwei Mal lief sie vor dem Theater hin und her, bevor sie den Mut fand, hineinzugehen. Drinnen gingen die Lichter an und leuchteten geisterhaft in den Dezembernebel hinaus, der vom See aufstieg. Der Platz war mit glitzernden blauen und weißen Lichtern geschmückt. Ein großer, üppig geschmückter Baum stand auf dem Rasen vor dem Gericht, und von den Straßenlaternen hingen Misteln und Stechpalmenzweige. In einigen Schaufenstern waren Krippen oder Weihnachtsmänner mit Rentierschlitten aufgestellt, und vom Funny Farm an der Ecke duftete es nach Truthahn und Maisbrot. Es war ein einziges Weihnachtsmärchen.

Emma wollte nur zu gern den Rest ihres Lebens hier verbringen. Mit Freunden und Nachbarn, denen sie etwas bedeutete. Sie wollte dazugehören. War es dafür schon zu spät? Hatte sie zu lange gebraucht, bis sie begriff, dass dies der Ort war, an den sie gehörte? Würde Sam sie noch bei sich haben wollen? Konnte sie ihn überzeugen, dass sie Ruhm und Geld nicht mehr brauchte? Dass der Traum, den sie all die Jahre geträumt hatte, gar nicht ihrer war, sondern der Traum ihrer Mutter? Dass für sie, Emma, Twilight der größte Schatz war? Und dass sie zwar wirklich gern als Schauspielerin arbeitete, aber dass sie dafür weder Hollywood noch New York brauchte?

Sie war zu nervös, um durch den Haupteingang zu gehen. Also ging sie zu der Seitentür, durch die sie vor langer Zeit mit Sam hineingeschlichen war. Bei der Erinnerung an den Kuss damals fuhr sie mit ihren Fingerspitzen über ihre Lippen.

Sie bewegte die Klinke, es war nicht abgeschlossen. Langsam öffnete sie die Tür und betrat den kurzen Flur, der ins Theater führte. Drinnen waren Stimmen zu hören. Sie blieb stehen, und die Tür fiel leise hinter ihr ins Schloss.

»Vielen Dank für die Hilfe beim Krippenspiel.« Das war Ninas kultivierte Stimme.

»Keine Ursache.«

Auch diese Stimme erkannte sie. Es war Sam. Ihr Herz schlug heftig, am liebsten hätte sie sich umgedreht und wäre weggelaufen. Aber dann hörte sie eine dritte Stimme.

»Wie geht es dir denn eigentlich, Sam?« Es klang, als wäre es ihm in letzter Zeit gar nicht gut gegangen.

»Ist schon okay.« Er stöhnte leise. »Warum auch nicht?«

Emma ging zwei Schritte vor, um etwas sehen zu können. Aber sie sah nur zwei Hinterköpfe. Patsy und Terri Longoria.

»Du darfst ruhig zugeben, dass es wehtut.« Das klang nach Marva.

»Nein, es ist okay.«

»Sicher?«, fragte Patsy.

»Ja, sicher.«

»Du musst es nicht vor uns verstecken.«

»Ich verstecke gar nichts.« Jetzt wurde Sam allmählich etwas ungehalten. »Nur weil ihr an diesen Mythos mit den jungen Liebenden glaubt, muss ich mich doch nicht darauf verlassen.«

»Du glaubst nicht an die Kraft der ersten Liebe?«

»Ich glaube, dass sich das alles in euren Köpfen abspielt. Wenn ihr daran glaubt, dann ist es für euch auch wahr. Wenn nicht …«

Emma konnte sein Schulterzucken vor ihrem inneren Auge sehen. Sam ging es gut. Er vermisste sie nicht. Das tat weh. Aber vielleicht versuchte er ja nur, den Tapferen zu spielen. Er war es gewöhnt, seine Gefühle im Zaum zu halten. Oder vielleicht hatte sie sich ja auch nur eingebildet, dass sie ihm mehr bedeutete als eine gute Zeit mit viel Spaß im Bett. Sie drehte sich um und wollte das Theater verlassen. Irgendwie war sie dankbar, dass sie dieses Gespräch gehört hatte, bevor sie sich zum Narren machte und ihm ihre unsterbliche Liebe gestand.

»Ehrlich gesagt«, fuhr Sam fort, »glaube ich, ihr steigert euch viel zu sehr in diesen Kram mit der großen Liebe hinein. Komm schon, Patsy, jeder hier weiß, dass du nach vierzig Jahren immer noch Hondo anschmachtest. Wenn du mal endlich damit aufhören könntest, ginge es dir besser.«

Die Frauen atmeten erschrocken ein. Es gehörte schon

Mut dazu, Patsys unglückliche Liebe anzusprechen. Emma hörte seinem Monolog mit Staunen zu. Normalerweise sprach er nie so lange Sätze. Und normalerweise hielt er sich mit seiner Meinung auch eher zurück.

»Aber vielleicht mache ich mir auch nur was vor, weil es sonst zu wehtut«, sagte er.

Die Frauen murmelten ihre Zustimmung.

»Ich habe meine letzte Chance auf ein dauerhaftes Glück verloren, weil die Frau, die ich seit meiner Teenagerzeit liebe, mich nicht so zurücklieben kann, wie ich es brauche. Und deshalb tue ich alles, um sie zu vergessen. Ich wäre, verdammt noch mal, dankbar, wenn ihr mich für eine Weile damit allein lassen könntet.«

Jetzt mischte sich Mitgefühl in das Gemurmel.

Emma schlug eine Hand vor ihren Mund. Ihr wurde ganz kalt. Da drüben in diesem Raum befand sich eine ganze Welt, zu der sie gern gehören wollte. Ob sie wohl doch noch eine Chance hatte?

Sie wollte endlich alles in Ordnung bringen, was sie verbaselt hatte. Also trat sie aus dem dunklen Flur in das helle Theater. Sam kniete mit dem Rücken zu ihr, er war damit beschäftigt gewesen, die Krippe aufzustellen, und die Frauen standen um ihn herum. Sie hatten sie noch nicht bemerkt.

»Braucht ihr Hilfe?«, fragte sie, obwohl der Kloß in ihrem Hals immer dicker wurde.

Langsam drehte Sam sich um. Er sah sie an, bewegte sich aber nicht. Seine Hände schienen wie festgefroren an dem Holz der Krippe.

»Ja«, sagte sie. »Ich bin's. Der schlechte Penny kommt immer zurück.«

Sam sagte kein Wort. Sein Gesicht war absolut ausdruckslos.

Emma spürte, wie ihr Herz Achterbahn fuhr. Die Angst riet ihr, sofort wegzulaufen, aber sie ging weiter durch den Mittelgang auf die Bühne zu. »Ich bin wieder da, und diesmal will ich bleiben. Was haltet ihr davon?«

Sie schob das Kinn vor und sah die Frauen an, die ihre Freundinnen geworden waren: Nina, Patsy, Marva, Terri, Dotty Mae, Raylene und Jenny.

Sam sagte immer noch nichts. Auch die Frauen schwiegen.

Sie hatte sich zum Affen gemacht. Hatte erklärt, sie wollte ihre Zukunft in Twilight verbringen, und niemand hieß sie willkommen. Hatte sie sich so sehr in diesen Menschen geirrt? Hatte sie sich in diesen Frauen getäuscht? In dieser Gemeinschaft? Und in diesem Mann?

Emma versuchte an eine passende Schauspielerin oder Figur zu denken, um die Situation zu meistern. An eine Zeile aus einem Film, die die Spannung auflösen würde. Aber ihr fiel absolut nichts ein. Sie war ganz auf sich gestellt.

Sie schluckte und ging weiter. Jetzt war sie so weit gekommen, sie würde nicht zurückweichen. Wenn Sam sie nicht wollte, musste er es ihr sagen.

»Es gab einmal eine Zeit«, sagte sie, »da hatte ich keine Zweifel. Ich wollte nur eins sein: ein Star. Ich habe als Schauspielerin gegessen und geschlafen und geatmet. Ich habe mich nicht zu sehr auf Menschen eingelassen, weil ich nicht wollte, dass mir irgendjemand im Weg steht. Ich wollte dieses Ziel erreichen, und wenn es mich das Leben kostete.

Ich habe gearbeitet und gehofft und gebetet, dass mein Traum wahr würde. Jede Nacht vor dem Einschlafen habe ich mir mein Mantra vorgesungen: Ich bin ein Star, ich bin ein Star, ich bin ein Star.«

Sie hielt inne. Sams Gesicht war immer noch undurchschaubar. Alle schwiegen, und die Stille dröhnte in ihren Ohren. Aber wenn sie sich hier schon zum Narren machte, dann ganz und gar. Keine halben Sachen.

»Aber jetzt … jetzt bin ich … mir nicht mehr so sicher. Ich habe eine Rolle in einem wichtigen Film gespielt. Das hätte mich ganz ausfüllen sollen, dachte ich. Es hätte all die Liebe wettmachen müssen, die ich als Kind nicht bekommen habe. Aber ich habe mich weder erfüllt noch geliebt gefühlt. Ich habe mich nur … leer gefühlt.« Sie fuhr sich mit der Zunge über die Lippen und unterdrückte die Tränen, die ihr in die Augen stiegen. »Aus einem einzigen Grund: Weil du nicht bei mir warst. Weil ich dich nicht berühren konnte. Weil ich meine Nase nicht an dein Hemd drücken und deinen Geruch nach jungen Hunden und Sprühstärke nicht riechen konnte. Weil ich deine Stimme nicht mehr hörte und dein Lächeln nicht mehr sah. Ich habe dich so verdammt vermisst, Sam.«

Er richtete sich auf, das Gesicht immer noch ausdruckslos. Sie hatte keine Ahnung, was er dachte. Ob er von der Bühne herunterkommen und sie in die Arme nehmen würde. Oder ob er ihr sagen würde, sie sollte gehen und nie mehr wiederkommen.

Sie spannte alle Muskeln an, biss die Zähne zusammen und ballte die Fäuste. »Ich war dumm und engstirnig. Ich war blind und habe nicht gesehen, was direkt vor meiner

Nase war. Ich dachte, wenn ich als Schauspielerin Erfolg habe, fühle ich mich wie ein Star. Das ist aber nicht so. Ich dachte, ich würde mich wie etwas Besonderes fühlen. Aber das ist auch nicht so. Es gibt nur einen Ort, an dem ich mich fühle, als wäre ich etwas Besonderes. Hier in Twilight. Bei dir.«

Jetzt liefen ihr die Tränen über die Wangen. »Vielleicht ist das zu wenig für dich. Und vielleicht komme ich auch einfach zu spät. Aber ich liebe dich, Sam. Nur bei dir fühle ich mich wie ein ganzer Mensch.«

Sam schüttelte den Kopf.

Er wollte sie nicht mehr. Ihr Herz bebte.

»Nein?« Es kam heraus wie ein Wimmern.

»Nein«, sagte er.

In diesem Moment blieb die Welt stehen, und alle ihre Hoffnungen zerbrachen.

»Ich werde nicht zulassen, dass du deinen Traum aufgibst.«

»Aber ich will ihn aufgeben.«

»Dieses Opfer kann ich nicht zulassen.«

Sie starrten sich an.

»Wir schaffen es auch anders«, sagte er. »Vielleicht ziehe ich nach L.A., wenn du dort leben musst. Oder vielleicht können wir im Winter hier leben und im Sommer, wenn Charlie Ferien hat, in L.A.«

»Sam …« Sie schluckte schwer. »Soll das heißen …«

»Ich will mit dir zusammen sein, wo auch immer du bist. Aber ich lasse nicht zu, dass du deinen Traum für mich aufgibst. Deine Träume gehören zu dir. Wir finden eine Lösung.«

»Du liebst mich also auch?«, fragte sie, das Herz fast überfließend vor Hoffnung.

»Frau«, sagte er heiser, »weißt du denn nicht, dass ich dich schon liebe, seit wir vierzehn Jahre alt waren?«

Irgendwo weit hinten hörte sie, wie die Mitglieder des True Love Quilting Club in die Hände klatschten. Aber das war schon in Ordnung, sie hatten ja schließlich ihren Anteil daran. Sie hatten sie gelehrt, die Stücke ihres Lebens zusammenzunähen und daraus einen Quilt der Liebe zu machen. Diese wunderbaren Frauen hatten ihr gezeigt, dass jeder Mensch ein Star ist, dass jeder Mensch etwas Besonderes ist. Einzigartig auf seine ganz eigene Weise.

Sam sprang von der Bühne, als sie in seine Arme flog, und nahm sie um die Taille. Sie schlang ihm die Arme um den Hals, er wirbelte sie herum und küsste sie, drängend und salzig.

Sie schlang ihre Beine um seine Hüften, er trug sie den Mittelgang entlang und zur Tür hinaus. Und er ließ sie nicht los, auch als sie auf der Straße waren, sondern ging zielstrebig weiter, vorbei an Touristen und Einheimischen, die ihnen neugierig hinterherstarrten. Sie klammerte sich grinsend an ihn und sah den Platz hinter ihnen kleiner werden, während er die Topaz Street hinaufging. Zu seinem Haus. Die Treppe zur Veranda hinauf. Dieselbe Treppe, über die Patches sie am ersten Tag »gehütet« hatte. Die Glöckchen an dem Türkranz klingelten fröhlich, als er die Tür öffnete, ohne Emma abzusetzen.

»Wo ist Charlie?«, fragte sie, als er sie über die Schwelle trug.

»Übernachtet bei Belinda und ihrer Meute.«

»Oh«, sagte sie. »Und Maddie?«

»Ihre Schwester musste operiert werden, sie verbringt die Feiertage bei ihr.«

»Hoffentlich nichts Ernstes.«

»Nicht wirklich, das wird schon wieder.«

»Gut.«

Er ließ sie herunter, zog sie an seine Brust und senkte den Kopf, um sie wieder zu küssen. Dabei fuhr er mit beiden Händen durch ihre Haare und hielt sie ganz fest. Seine heißen Lippen schmolzen die letzten Zweifel weg. ER wollte sie. Er liebte sie.

Nach einer langen Weile, in der er sie mit seiner Zunge ganz verrückt gemacht hatte, nahm er sie an der Hand und führte sie nach oben in sein Schlafzimmer. Voller Aufregung zog er an ihrer Kleidung. Sie fühlte das Drängen genau wie er, zerrte an seinen Hemdknöpfen, so groß war der Hunger nach ihm. Sie wollte ihn ganz und gar.

»Du hast keine Ahnung, wie sehr ich dich vermisst habe, Em«, sagte er mit schwerer, angespannter Stimme. »Ich brauche dich. Jetzt.«

»Wir müssen uns nicht beeilen, wir haben die ganze Nacht für uns.«

»Jetzt«, erwiderte er, zog ihr die Jacke aus und warf sie auf den Boden. »Vor zwei Wochen war es so schlimm, dass ich nach L.A. geflogen bin, um dich zu sehen.«

»Und warum hast du mich nicht gesehen?«

»Ich habe dich gesehen. Aber du warst so in deinem Element, dass ich es nicht übers Herz gebracht habe, mich zu erkennen zu geben. Du warst da oben auf der Bühne mit den ganzen Stars und ich …«

»Du warst bei dieser Charity-Veranstaltung?«

»Ja.«

»Ich wusste es. Ich wusste, dass du da warst.«

»Wie meinst du das?«

»Ich habe dich gespürt. Und als ich aufblickte, warst du gerade dabei, den Saal durch eine Seitentür zu verlassen. Aber ich konnte es nicht glauben.« Sie lachte leise. »Du bist meinetwegen nach L.A. geflogen?«

»Ich wollte dir sagen, dass wir eine Lösung finden. Aber dann begriff ich, dass ich einfach nicht in deine Welt gehöre. Aber das war nur meine Angst. Jetzt ist es anders. Wenn du zurückkommen kannst und bereit bist, alles für mich aufzugeben, dann kann ich auch meine Angst überwinden und mich auf deine Welt einlassen.«

»Ehrlich?«, hauchte sie und drehte an seinen Hemdknöpfen.

Er küsste sie wieder. »Ehrlich.«

Sie sahen sich im Halbdunkel an. Ihre Bluse lag schon auf dem Boden, sein Hemd war aufgeknöpft. Sie glühten beide so sehr, dass ihre gesamte Selbstkontrolle regelrecht verdampfte. Also rissen sie sich schnell auch noch die restlichen Kleider vom Leib. Er legte sie aufs Bett, drängte sich an sie, das Gewicht auf den Unterarmen, und sah ihr in die Augen. Sie lächelte ihn an. Seine Haare waren so zur Seite gerutscht, dass man seine Narbe sah.

Sie fuhr die Linie mit den Fingerspitzen nach, ohne dass er zusammenzuckte. »Schön!«, flüsterte sie und küsste die alte Wunde.

Und er ließ es zu, ohne sich zurückzuziehen. Dann spreizte er ihre Beine, und sie nahm ihn in sich auf.

Er stöhnte leise, ein Geräusch männlichen Vergnügens, und ließ sich tief in sie hineinsinken. Seine Augen funkelten, als er tief und langsam in sie eindrang. Liebevoll küsste er sie dabei. Ihre Münder klammerten sich aneinander, während er das Tempo erhöhte.

Emma hob ihre Hüften an, um ihn anzuspornen.

»Ich liebe dich«, flüsterte sie. »Mehr als irgendjemanden oder irgendetwas in der Welt.«

Dann erstarrte er, und sie schlang ihre Beine um seine Taille und zog ihn so tief in sich hinein, wie sie konnte. Als sie beide zusammen kamen, schrie er heiser ihren Namen in die Nacht.

Emma erwachte einige Zeit später in seinem Arm. Er strich mit einer Hand sanft über ihr Haar, ihr Kopf lag an seiner Brust, und sie konnte seinen Herzschlag hören. Sam. Ihr braver Sam. Jetzt war das Drängen gestillt und hatte einer sanften, weichen Stimmung Platz gemacht. Seine Finger fuhren über ihre Kopfhaut, sodass ihr ein Schauer des Vergnügens über den Rücken lief.

Sie fuhr mit ihrem Finger über seine Brust und spürte seine Muskeln. Seine Lippen berührten ihre Schläfe, er knabberte an ihrem Ohrläppchen. Sofort reagierte ihr Körper, sie atmete schneller, erstarrte.

»Entspann dich«, murmelte er und streichelte ihre Schulter.

Wie sollte sie sich entspannen, wenn er gleichzeitig ihre Brust umfasste und mit ihrer Brustwarze spielte? Jetzt folgte sein Mund der Hand, er saugte sanft an ihr. Und da waren auch schon seine forschenden Finger, die über ihren Bauch und zwischen ihre Schenkel glitten, diese wunderbaren Finger, die ihre Feuchtigkeit spürten und in sie hineinglitten.

Stöhnend umfasste sie sein Handgelenk mit ihren Fingern, leitete ihn und zeigte ihm genau, was sie jetzt brauchte. Und er folgte ihr. Mit jeder Bewegung stieg ihre Erregung. Er küsste ihre Kehle mit heißen Lippen.

Dann drehte er sie auf die Seite und nahm sie von hinten. Tief und immer tiefer.

»Willkommen zu Hause, Emma«, flüsterte er. »Willkommen zu Hause.«

Er bewegte sich zielstrebig und mit entspanntem, trägem Rhythmus. Sie wimmerte auf und drückte sich gegen ihn, wollte das Tempo erhöhen, aber er lachte nur und machte noch langsamer weiter. Baute die Spannung langsam auf. Glatt wie Seide. Sie spürte jeden Atemzug, jeden Pulsschlag. Er umfasste ihren Hintern, glitt hinein und wieder hinaus, immer wieder, wie ein Zug, der einen Berg hinauffährt.

Seine Hände hielten sie fest, er schaukelte sie, bis sie leise stöhnte und sich ganz seinem Körper überließ. Er atmete an ihrem Hals, heiß und drängend, zärtlich und liebevoll, und er gab den Rhythmus nie auf. Ihre Körper waren vereint, verschmolzen, passten perfekt zueinander. Jede Bewegung machte das Vergnügen noch größer. Und die Überraschung.

Dann ließ er sich auf den Rücken rollen und nahm sie mit, sodass sie rittlings auf ihm saß. Ihre Blicke trafen sich. Emma versank tief in seinen aufregenden, tröstlichen Augen. Er umfasste ihre Taille und dirigierte ihre Bewegungen.

Als sie schneller wurde, überließ er sich ihrem Tempo,

hob die Hüften an und grub die Fersen in die Matratze. Es war der Ritt ihres Lebens. Ihr wurde schwindelig, so groß war der Genuss.

Immer weiter trieb er sie, dem Höhepunkt entgegen. Seine Augen leuchteten vor Liebe, wahr und echt und ewig. Und als sie lächelte, lachte er mit einer Wärme, die ihre ganze Seele einhüllte.

Als sie kam, schrie sie seinen Namen wie ein Mantra, eine Litanei, ein Dankgebet. »Sam, Sam, Sam.«

Und er folgte ihr in den köstlichen Abgrund, ließ sich fallen, versank ein drittes Mal mit ihr. Ertrinkend, verloren und doch gefunden.

Sie ließ sich nach vorn fallen und legte ihr Gesicht an seinen Hals. Mit tiefen Atemzügen sog sie seinen Duft ein. Den Duft der Liebe. Sie hielten sich aneinander fest, zitternd, tief atmend. Voller Leben. Sam streichelte sie, murmelte süße Nichtigkeiten, bis ihr Herz wieder normal schlug und ihr Körper sich beruhigte.

»Ich fühle mich, als wäre ich etwas ganz Besonderes«, flüsterte sie.

»Das bist du ja auch.« Er hob ihr Kinn an und sah ihr wieder tief in die Augen. »Du bist mein leuchtender Stern.«

Sie schliefen ein paar Stunden, bis Patches seine kalte Nase an Sams nackte Wade drückte, die unter der Decke hervorragte. Er wollte endlich sein Frühstück. Es war später Vormittag, die Sonne schien durch die Vorhänge und zeichnete fröhliche Muster auf den Teppich. Alles sah frisch und funkelnd neu aus. Und genauso fühlte sich Sam auch.

Emma hob den Kopf vom Kissen. Sie hatte eine Knitterfalte auf der Wange, und sie lächelte ihn an und streckte sich. Die Welt war in Ordnung.

Er beugte sich über sie, um sie zu küssen. »Bleib hier, wir frühstücken im Bett.«

»Sei nicht albern. Ich koche doch so gern. Ich mache uns ein Omelett, während du deine Tiere fütterst und bei deiner Tante anrufst, um zu hören, wie es Charlie geht.«

»Woher wusstest du, dass ich all das tun würde?«

»Weil du Sam bist. Der zuverlässige Sam. Ein Mann, auf den man sich verlassen kann.« Sie sah ihn so liebevoll an, dass er auf einmal das Gefühl hatte, er wäre vielleicht doch nicht so langweilig.

Zuverlässigkeit war eine gute Sache. Und mit Emma fühlte er sich so lebendig wie sonst nie. Er war ihr Anker, sie war sein Stern. Er sorgte für die Erdung, sie nahm ihn mit in die Wolken.

Der Duft von gebratenem Speck und frischem Kaffee wehte durch die Küche, als Sam rausging und die Tiere fütterte. Dann nahm er sein Telefon und ging auf die Veranda, um Belinda anzurufen. »Alles in Ordnung mit Charlie?«

»Ja, alles bestens. Er möchte mit dir sprechen. Seit er wieder damit angefangen hat, ist es wie ein Dammbruch. Als hätte er sich alles aufgespart und müsste es jetzt rauslassen.«

»Mit anderen Worten, er macht dich wahnsinnig.«

»Aber nein! Ich habe fünf Kinder, ich bin schon wahnsinnig.« Sie lachte.

»Hör mal, könntest du ihn noch ein bisschen dabehalten? Ich muss noch etwas erledigen und …«

»Schon gut«, sagte Belinda. »Ich habe schon gehört.«

»Ich denke, das wäre jetzt der Moment, um dich um Verzeihung zu bitten, weil ich dich angeschnauzt habe, du sollst dich nicht in meine Leben einmischen.«

»Schon verziehen.«

»Wenn du das Ganze nicht angezettelt hättest …«

»Es hätte auch schiefgeben können.«

»Jedenfalls danke.«

»Bitte.«

»Belinda …« Er atmete tief durch. »Ich liebe sie so sehr.« Er fühlte sich schon so geschwätzig wie sein Sohn. Vor nicht allzu langer Zeit hätte er so etwas nie zu seiner Tante gesagt. Aber Emma hatte ihn gelehrt, dass es gut war, seinen Gefühlen Ausdruck zu verleihen.

»Ich weiß, Sam«, sagte Belinda leise. »Und ich bin sehr froh, dass sie nach Hause gekommen ist.«

»Ich auch.« Sam lächelte. »Ich auch.«

Nach dem Frühstück spülten sie zusammen das Geschirr. Sam sagte Emma, er müsse noch ein paar Sachen erledigen, nicht zuletzt, Charlie bei Belinda abholen. »Wenn du magst, leg dich die Badewanne. Entspann dich, leb dich ein. In ein paar Stunden bin ich wieder da.«

Sein Vorschlag klang himmlisch, und sobald er weg war, ging sie ins Badezimmer und drehte das heiße Wasser auf. Ihr tat ohnehin alles weh nach der vergangenen Nacht – aber es war ein süßer Schmerz. Im Vorbeigehen schaute sie sich im Spiegel an. Ihre Augen leuchteten, ihr Haar glänzte wie poliertes Kupfer. Sie hatte sich nie für schön gehalten, aber in diesem Moment gefiel sie sich richtig gut.

»Das macht die Liebe«, flüsterte sie und folgte mit dem Finger ihren Zügen im Spiegel. Ihr Herz schlug schneller.

Kaum zu glauben, dass sie hier war und dass das alles passierte. Sam hatte sie mit offenen Armen aufgenommen. Und nicht nur das: Er wollte eine Lösung für ihr Zusammenleben finden, die sie nie für möglich gehalten hatte.

Das gute Gefühl in ihrem Herzen sagte ihr, dass sich der Kreis geschlossen hatte. Sie war zu ihrem vierzehnjährigen Ich zurückgekehrt, und sie hatte das ungeheure Glück gehabt, den Mann wiederzufinden, den sie schon immer geliebt hatte. Sie war keine Außenseiterin mehr – zum ersten Mal im Leben gehörte sie irgendwo wirklich dazu. All ihre Wünsche waren Wirklichkeit geworden. All ihre Sehnsucht hatte sich erfüllt. Und daran waren Sam, Charlie und die Quilterinnen schuld. Sie fühlte sich zufrieden und selig.

Das Badewasser war fertig. Sie ließ sich in die Wanne gleiten, lehnte sich zurück und legte sich einen feuchten Waschlappen auf die Augen. Warmes Wasser und der saubere Geruch von Seife – wunderbar. Sie musste eingedöst sein, denn plötzlich hörte sie etwas draußen vor der Badezimmertür, das sie regelrecht zusammenfahren ließ. »Hallo?«, rief sie. »Sam?«

Stille.

»Ist jemand da draußen?« Ganz und gar angespannt, griff sie nach einem Handtuch. War das womöglich ein Einbrecher?

Doch dann brachte sie ein vertrautes Plumpsen vor der Tür zum Lächeln. Patches. Sie hatte den Hund ganz vergessen. Sie stieg aus der Wanne, trocknete sich ab und ließ das Wasser ab. Dann öffnete sie die Tür. Draußen rollte sich der Border Collie auf dem Boden und sah sie eindringlich an.

Wie hatte sie jemals Angst vor diesem wunderschönen Tier haben können? Als sie ins Schlafzimmer lief, folgte Patches ihr. Doch auf der Schwelle blieb sie abrupt stehen. Es war doch jemand im Haus gewesen.

Auf dem Bett lagen ein jadegrünes Kleid aus reiner Seide und dazu passende Highheels. Ihr Herz schlug bis zum Hals. Das Kleid sah genauso aus wie ein Kleid, das sie Sam mit vierzehn einmal beschrieben hatte. Als sie ihm erklärt hatte, was sie darunter verstand, ein Star zu sein. Partys und Fanfaren und schicke Kleider. Unter dem Kleid lag ein Umschlag. Sie öffnete ihn und las:

Lass dich verwöhnen. Zieh das Kleid an und komm pünktlich zu Mittag ins Theater. Sam

Sie spürte, dass sie richtig aufgeregt war. Was er wohl vorhatte?

Es war schon fast Mittag. Eilig zog sie sich an, kämmte sich und legte etwas Make-up auf.

Vom Gerichtsgebäude ertönte der letzte Glockenschlag, als sie die Stufen zum Theater hocheilte. Ihr Magen war ganz verknotet vor Aufregung. Sie schob die Tür auf und betrat das Foyer, wo sie Sam erwartete. Stattdessen saß Nina in ihrem Büro, dessen Tür offen stand.

»Emma!« Nina winkte sie heran. »Komm rein, wir müssen einiges besprechen.«

Zögernd betrat Emma Ninas Büro und sah, dass Malcolm auf dem Sofa saß. »Was ist denn los?«

Nina deutete auf den Stuhl vor ihrem Schreibtisch. »Nimm doch erst mal Platz.«

Emma runzelte verwirrt die Stirn, setzte sich dann aber und legte die Hände in den Schoß.

»Das Kleid steht dir außerordentlich gut«, bemerkte Malcolm.

»Danke. Hat mir Sam gekauft.«

»Und Sam hat nun mal einen ausgezeichneten Geschmack«, fügte Nina hinzu. »Aber das weißt du ja.«

Emma nickte. Was sollte sie auch sagen?

»Ich vermute, du fragst dich, warum Sam dich gebeten hat, hierherzukommen.«

»Ja.«

Nina breitete die Hände auf ihrem Schreibtisch aus. »Malcolm hat Neuigkeiten für dich, und deshalb sollte er dir auch selbst davon erzählen.« Sie drehte sich zu ihm. »Die Bühne gehört dir, Liebster.«

Emma sah Malcolm an, der jetzt aufstand und die Hände hinter dem Rücken verschränkte. »Schon bevor Nina und ich uns wiederfanden«, sagte er. »War ich etwas müde, was L.A. anging. Ich habe mir Gedanken darüber gemacht, mit meinem Filmstudio umzuziehen. Einige Producer sind nach British Columbia gezogen, und ich habe auch über Vancouver nachgedacht. Aber eben auch an Texas. Die letzten zehn Jahre ist die Filmindustrie hier einigermaßen erwachsen geworden.«

»Du willst nach Texas umziehen?«

»Genau. Ein Grundstück in der Nähe von Fort Worth habe ich schon gekauft, die Verträge sind alle unterschrieben. Es ist beschlossene Sache.« Malcolm lächelte.

»Das klingt ja wunderbar!«

»Und ich hoffe, du wirst für die Shooting Star Studios arbeiten.«

»Ernsthaft?« Sie konnte es kaum glauben. Durch Malcolms

Angebot wurden endgültig alle ihre Träume wahr. Sie konnte in Twilight leben, bei Sam und Charlie, und für einen der berühmtesten Produzenten auf der Welt arbeiten.

»Absolut ernsthaft. Du bist eine großartige Schauspielerin, Emma, und es wäre mir eine Ehre, wenn wir weiterhin zusammenarbeiten würden.« Er streckte ihr die Hand hin.

»Ich kann dir gar nicht genug danken.« Emma schlug ein.

»Nicht mir. Nina hat mich überzeugt, dass Texas der richtige Ort ist.

Emma sah ihre großzügige Mentorin an. Nina stand lächelnd auf. Sie hatte Freudentränen in den Augen. »Malcolm hat mich gebeten, ihn ein zweites Mal zu heiraten.«

»Ach, wie schön! Ich gratuliere euch beiden ganz herzlich.«

»Und wir freuen uns für dich und Sam.« Malcolm legte einen Arm um Ninas Schulter und zog sie an sich.

Emma hatte einen Kloß im Hals, als sie die beiden ansah. *Joan Crawford,* dachte sie, um die Tränen aufzuhalten. *Bette Davis.* Ach, zum Teufel. Sie konnte ebenso gut auch weinen.

Nina schniefte auch, angelte ein paar Kleenex aus der Box, gab Emma eins und tupfte sich mit ihrem die Augen. »Wir werden noch viele Abenteuer zusammen erleben«, sagte sie.

Sie besprachen noch eine Weile die Details und entwickelten eine Zukunft voller spannender Möglichkeiten.

»Wir reden morgen weiter«, sagte Malcolm. »Jetzt müssen Nina und ich zu der Hochzeitsplanerin.«

»Ja. Und vielen Dank noch mal.«

»Bleib ruhig noch ein bisschen hier, wenn du magst«, lud Nina sie ein. »Sonn dich in deinem wohlverdienten Erfolg. Und schließ ab, wenn du gehst.« Sie warf ihr die Schlüssel zu.

»Okay.« Emma lächelte.

Sobald die beiden weg waren, ging sie durch Ninas Büro und betrachtete die Programmhefte, die an die Wand gepinnt waren. Sie konnte ihr Glück kaum fassen. Sie würde alles auf einmal bekommen: Sam und Charlie und Twilight, die Quilterinnen und die Schauspielerei. Ihr Herz war zum Bersten voll.

Sie atmete tief ein und nahm wieder einmal den leicht muffigen Geruch des alten Theatergebäudes wahr. So viel Geschichte steckte in diesem Haus. Sie fuhr mit den Fingern über die Mauern. Ein Gefühl von Verbundenheit hielt sie hier, in dieser Stadt, bei diesen Menschen. Sie gehörte hierhin, ganz und gar.

Und sie konnte es gar nicht erwarten, Sam zu sehen. Natürlich hatte er es gewusst. Sie ging zum Haupteingang, Ninas Schlüssel in der Hand, und sah draußen Patches auf dem Gehweg sitzen. Er musste ihr gefolgt sein.

Als sie den ersten Schritt nach draußen tat, kam der Border Collie auf sie zu.

»Fang gar nicht erst damit an. Ich habe keine Angst mehr vor dir.« Emma ging einen Schritt nach rechts. Der Hund trat ihr in den Weg.

»Patches«, schimpfte sie. »Lass mich vorbei!«

Der Hund setzte sich vor sie hin.

Sie ging einen Schritt nach links. Auch da schnitt er ihr den Weg ab.

Genervt seufzte sie auf. »Was soll das, Hund?«

Patches stupste mit der Nase an ihren Fuß.

»Du willst nicht, dass ich vorwärts gehe, nicht links und nicht rechts. Wohin soll ich denn gehen, um Himmels willen?«

»Er starrte auf die Theatertür.«

»Ich soll wieder hineingehen?«

Er wedelte mit dem Schwanz.

Sie versuchte noch einen Schritt vorwärts, aber er ließ es nicht zu.

»Du lässt mich erst in Ruhe, wenn ich wieder reingehe, was?«

Patches legte den Kopf schief.

»Na toll. Ich rede nicht nur mit einem Hund, ich nehme auch noch Anweisungen von ihm entgegen. Also gut. Ich gehe wieder hinein.« Sie öffnete die Tür und betrat das Foyer. »Zufrieden?«

Patches flitzte mit hinein.

»Und jetzt?«

Er stupste sie am Knie.

Sie drehte sich um und ging weiter ins Haus. Der Hund blieb die ganze Zeit dicht hinter ihr. Wenn sie stehen blieb, stupste er sie. Wenn sie links oder rechts gehen wollte, versperrte er ihr den Weg. Offenbar wollte er, dass sie in den Zuschauerraum ging. Sie hatte keine Ahnung, was das sollte. Jetzt stupste er sie schon wieder.

»Ich geh ja schon!« Sie drückte die schwere hölzerne Doppeltür auf und betrat den leeren Zuschauerraum. Es war dunkel dort, aber über der Bühne brannte ein Licht. Das musste oben im Hängeboden sein, dort, wo sie und

Sam sich zum ersten Mal geküsst hatten. Sie würde raufgehen müssen, um es auszuschalten.

Als sie den Mittelgang hinunterging, folgte Patches ihr. Hatte er gewusst, dass hier noch Licht brannte? Nein, wirklich nicht. Border Collies waren kluge Hunde, aber so klug wohl doch nicht. Emma stieg die Treppe zur Bühne hinauf.

Nachdem sie den schweren roten Samtvorhang zur Seite geschoben hatte, ging sie zu der Metalltreppe, die auf den Hängeboden führte.

Da hörte sie ein leises Lachen.

Jemand war da oben.

»Hallo!«, rief sie und ging ein bisschen schneller. »Wer ist denn da?«

Wieder dieses Lachen.

Sie steckte den Kopf durch die Öffnung, und da saßen Sam und Charlie, beide im Smoking. Sie sahen hinreißend aus. Sam hielt eine Hundepfeife in der Hand und grinste schuldbewusst. Das erklärte natürlich auch Patches' Benehmen.

»Was macht ihr denn hier oben?«, fragte sie, als sie auf den Hängeboden geklettert war. »Und warum seid ihr so schick angezogen?«

»Na ja«, erklärte Charlie mit seinem zahnlosen Lächeln. »Wir müssen dich doch was ganz Wichtiges fragen.«

Sie ging auf die beiden zu. »Müsst ihr das?«

»Ja.« Er nickte. »Müssen wir, oder, Dad?«

»Unbedingt«, stimmte Sam zu. »Hier.« Er stand auf. »Setz dich doch.«

Jetzt musste Emma lachen. Sie setzte sich auf den hochlehnigen Holzstuhl mit den dünnen Beinen, den Sam freigemacht hatte. »Was habt ihr beiden denn vor?«

Sam steckte die Hundepfeife in die Brusttasche seines Smokings. Er sah so gut aus, dass ihr fast der Atem stockte.

Dann nahm er etwas aus der Jackentasche und hielt es versteckt in seiner Hand. Und er ließ sich auf ein Knie nieder.

Emma begann zu zittern.

Er streckte die Hand aus, auf der ein schwarzes Kästchen lag, und öffnete es mit seinem Daumen. Darin lag ein wunderschöner Diamantring in Sternform. Die kleinen Diamanten um den Solitär funkelten im Licht.

»Oh!« Sie legte eine Hand auf ihr Herz.

»Trixie Lynn Parks, meine einzige große Liebe, die jetzt zu der wunderschönen, unvergleichlichen Emma erblüht ist: Willst du mich heiraten?«

Charlie kniete sich neben seinen Vater. »Und willst du meine neue Mommy sein?« Er sah sie mit ernstem Blick an, genau wie Sam.

»Aber ja!«, rief sie.

Sam atmete schnell und erleichtert aus. Dann steckte er ihr den Ring an den Finger. Ein breites Grinsen zog über Charlies Gesicht.

Emma sprang auf und umarmte die beiden ganz fest. Dann berührte Sam mit seinen Lippen ihr Ohr und flüsterte: »Ich kann es kaum erwarten, den Rest meines Lebens mit dir zu verbringen.«

Epilog

»Mit diesem Ring nehme ich dich an.«
Worte auf dem Wedding-Ring-Quilt, den Dr. Samuel und Emma Cheek zur Hochzeit vom True Love Quilting Club bekamen

Die Hochzeit fand am Valentinstag im Theater statt. Der Zuschauerraum war bis auf den letzten Platz besetzt. Die Hälfte der Stadtbevölkerung war gekommen, so schien es. Sams Familie war natürlich da, außerdem die Mitglieder des Quilting Club und Malcolm Talmadge.

Der Mann, der sie großgezogen hatte, obwohl er sie nicht lieben konnte, der Mann, der nicht ihr leiblicher Vater war, kam nicht. Auch ihre Mutter ließ sich nicht blicken. Aber das war schon in Ordnung. Sie hatte ja Sam und seine große, laute, bunte Familie, die auch ihr so viel Liebe zeigte. Die Cheeks waren wirklich eine richtige Familie. Sie gingen zusammen durch Dick und Dünn, auch wenn es manchmal Meinungsverschiedenheiten gab. Und Emma hatten sie mit offenen Armen bereitwillig aufgenommen.

Sie bat Sams Vater, sie durch den Mittelgang zu begleiten, und sie hätte schwören können, dass er feuchte Augen hatte, als er mit rauer Stimme sagte: »Es ist mir eine Ehre.« Sams Bruder Ben war der Trauzeuge, Mac und Joe standen ihm bei, Sams Schwester Jenny war Trauzeugin und Katie und Maddie die Brautjungfern. Lois Cheek nahm Emma kurz vor der Zeremonie zur Seite und sagte ihr, wie froh sie war, Emma als Schwiegertochter zu bekommen.

Charlie trug den Ring und sah in seinem kleinen Smoking hinreißend aus. Seine roten Haare, die Emmas so ähnlich waren, standen nach allen Seiten ab, so sehr sich Maddie auch bemüht hatte, sie zu bändigen. Er trug den Ring auf einem Kissen und sah sehr feierlich und nachdenklich dabei aus. Sein Anblick wärmte ihr das Herz durch und durch. Emma konnte gar nicht erwarten, ihn so richtig zu bemuttern. Ihm die bedingungslose Liebe zu schenken, die sie als Kind nie bekommen hatte.

Als sie mit Sams Vater auf den Altar zuging, der auf der Bühne aufgebaut war, überkam sie ein Gefühl tiefen Friedens. Und als sie Sam in die Augen sah und er ihre Hand nahm, summte das ganze Theater von der Energie ihrer Liebe.

Als Sam ihr sein Jawort gab und den Ring an ihren Finger steckte, verstand sie zum ersten Mal ganz und gar, dass Familie nicht immer etwas mit Herkunft zu tun hat. Sie hatte hier Menschen gefunden, die sie sahen, wie sie tief im Inneren war, ungeachtet alles Zurückhaltung und Selbstzweifel, ungeachtet aller Fehler und Missgeschicke. *Familie ist da, wo dein Herz ist,* dachte sie. Und ihr Herz lebte für immer in Twilight, Texas.

»Sie dürfen die Braut jetzt küssen«, sagte der Pfarrer.

Und Sam küsste sie und besiegelte damit ihre Verbindung. Ihre Lippen kribbelten und schickten eine Botschaft reiner Freude durch ihren ganzen Körper. Unter lautem Beifall unterbrach Sam schließlich den Kuss und sah ihr in die Augen. »Willkommen zu Hause«, sagte er.

Dank

Viele Leute meinen, Schreiben sei ein einsames Geschäft. In Wirklichkeit ist es Teamarbeit vom Feinsten. Ich möchte meiner Lektorin Lucia Macro und ihrer Assistentin Esi Sogah danken, die mir geholfen haben, die bestmögliche Arbeit abzuliefern. Außerdem danke ich der besten Agentin auf der Welt, Jenny Bent, die nie aufgehört hat, an mich zu glauben.

Für Hilfe bei meinen Recherchen danke ich der Schauspielerin, Autorin und Hörbuchsprecherin C.J. Critt, die so freundlich war, mir meine unzähligen Fragen über das Showbusiness zu beantworten. Und ich danke Linda Kelso Epstein, die sich die Zeit nahm, mir ganz viel über Quilts zu erzählen. Danke, Linda, du bist die Beste!